우주 만화
Le cosmicomiche

이탈로 칼비노 단편집 김운찬 옮김

LE COSMICOMICHE
by ITALO CALVINO (1965)

이 책은 실로 꿰매어 제본하는 정통적인 사철 방식으로 만들어졌습니다.
사철 방식으로 제본된 책은 오랫동안 보관해도 손상되지 않습니다.

제1부 세상들의 기억

진화한 자들과 변화하는 자들

물고기 할아버지	11
공룡	28
새들의 출현	54

지구에 대한 이야기들

색깔 없는 시대	73
암석 하늘	88
운석들	98
크리스털	111

달에 대한 이야기들

말랑말랑한 달	127
달의 딸들	139
달의 거리	155
버섯 같은 달	176

태양에 대한 이야기들	날이 샐 무렵	191
	태양이 지속될 때까지	206
	태양 폭풍	216

제2부 은하계들을 좇아

우주에 대한 이야기들	모든 것이 한 지점에	235
	끝없는 놀이	242
	얼마 내기할까	251
	공간 속의 기호 하나	263
	광년의 세월	276
	공간의 형태	292
	무(無)와 약간	305
	내부 폭발	316

제3부 바이오코미케

나선형 325
피, 바다 344
프리실라 358

역자 해설 환상 속에서 발견하는 새로운 현실   395
이탈로 칼비노 연보   405

제1부

세상들의 기억

진화한 자들과 변화하는 자들

물고기 할아버지

석탄기에 수중 생활을 버리고 지상 생활을 시작한 최초의 척추동물들은 허파 호흡 경골어류에서 진화했는데, 그들은 지느러미를 몸체 아래에서 회전하여 땅 위에서 발처럼 사용할 수 있었다.

이제는 물속의 시대가 끝났다는 것이 분명해졌습니다 — 늙은 크프우프크는 회상했다. 성큼성큼 걸어 다니기로 결정을 내리는 자들이 더욱더 늘어났으며, 자기 친척들 중 누구라도 저 마른 땅에서 살지 않는 가족은 하나도 없었습니다. 모두들 단단한 땅 위에서 해야 할 신기한 일들을 이야기했고 친척들을 불러들였지요. 이제는 아무도 젊은 물고기들을 물속에 붙잡아 두지 않았으며, 그들은 진흙 기슭 위에서 지느러미를 파닥거리면서, 좀 더 재능 있는 자들이 해내었듯이, 발처럼 움직이는지 시험해 보았답니다. 그렇지만 바로 그 무렵 우리들 사이에 차이점들이 더 뚜렷해졌습니다. 즉 몇 세대 전부터 땅 위에서 살아온 가족도 있었는데, 그런 젊은이들은 이제 양서류도 아니고 거의 파충류에 가까운 몸짓들을 자랑하고 있었어요. 또한 아직도 물고기로 남아 있는, 아니, 오히려 옛날의 물고기들보다 더 물고기다운 모습으로 변해 가는 자들도 있었습니다.

　우리 가족 이야기를 해야겠군요. 할아버지를 선두로 우리는, 마치 다른 사명은 전혀 몰랐다는 듯이, 물가의 기슭을 완벽하게 뒤뚱거리며 걸었지요. 만약 증조할아버지 느'바 느'가께서 고집을 부리지 않았다면, 물속 세계와의 접촉은 벌써 얼마 전에 없어졌을 것입니다.

　그렇습니다. 우리에겐 물고기 할아버지가 한 분 계셨지요. 정확히 말하자면 데본기의 강극(腔棘) 어류 계통(민물 어류의 일종으로 나중에는 다른 어류의 사촌이 되는데, 우리 가계의 계보를 길게 설명드리고 싶진 않군요. 그 누구도 끝까지 추적할 수는 없을 테니까요)에서 태어난 우리 아버지의 할머니의 오빠입니다. 어쨌든 그 할아버지는 우리의 모든 선조들이 태어났던 그 호수 자락의 얕은 진흙투성이 물속에, 원시 침엽수림의 뿌리들 사이에서 살고 있었답니다. 할아버지는 한 번도 그곳을 떠나지 않았습니다. 어떤 계절이건 물속에 빠지지 않을 정도로 아주 부드러운 식물들의 층 위로 몸을 내밀기만 하면, 물 가장자리에서 얼마 떨어지지 않은 바로 그 아래에서 우리는, 나이 든 자들이 그러듯이 할아버지가 숨이 차서 내뿜는 물거품 줄기를 볼 수 있었습니다. 아니면 언제나 그 자리에서 무엇을 찾는다기보다는 습관적으로 그 뾰족한 주둥이로 진흙을 뒤적이면서 내는 진흙 구름을 볼 수 있었지요.

　「느'바 느'가 할아버지! 우리가 할아버지 만나러 왔어요! 저희 기다리셨어요?」 우리는 할아버지의 관심을 끌기 위해 꼬리와 발로 물을 텀벙거리며 소리치곤 했습니다.

　「우리들한테서 자라는 새 곤충들을 할아버지 드리려고 가져왔어요! 느'바 느'가 할아버지! 이렇게 커다란 바퀴벌레들

본 적이 있으세요? 맛있는지 한번 먹어 보세요.」

「그 냄새 나는 바퀴벌레들로 너희들 몸에 난 그 역겨운 사마귀들이나 깨끗이 닦아 없애라!」 할아버지의 대답은 언제나 그런 식이었습니다. 혹은 더 저속하기도 했지요. 매번 우리를 그런 식으로 받아들였지만 우리는 신경 쓰지 않았습니다. 잠시 후면 할아버지는 곧 온화해져서 선물도 받고 친절한 목소리로 이야기를 나눈다는 것을 알고 있었기 때문이지요.

「아니, 무슨 사마귀 말이에요, 느'바 느'가 할아버지? 우리 몸에서 사마귀 하나라도 본 적 있으세요?」 그 사마귀란 바로 늙은 물고기들의 편견이었습니다. 즉 마른 땅에서 살면 사마귀들이 온몸에 돋아나서 끈적거리는 액체를 뿜어낸다는 것이었습니다. 그것은 사실이었습니다. 그렇지만 우리와는 전혀 상관이 없는 두꺼비 종족들에게만 해당되는 일이었지요. 그와는 정반대로 우리의 피부는 그 어떤 물고기보다도 매끄럽고 미끈했습니다. 할아버지는 그것을 잘 알고 있으면서도, 자신이 성장하면서 들은 모든 편견과 비방을 섞어서 이야기하곤 했지요.

우리는 1년에 한 번씩 온 가족이 함께 할아버지를 방문하러 가곤 했습니다. 그것은 육지에서 서로 흩어져 살고 있는 가족끼리 만나는 기회가 되기도 했습니다. 우리는 정보도 교환하고 식용 곤충들도 나누고, 또 해결되지 않는 옛날 관심사들을 논의하기도 했지요.

할아버지는 가령 잠자리 사냥 구역의 분할처럼 수천 킬로미터나 떨어진 마른 땅의 문제들에도 역시 끼어들곤 했습니다. 그리고 자신의 기준에 따라 이쪽 혹은 저쪽 편을 들기도 했는데, 그것은 언제나 수중 생활의 기준이었답니다.

「아니, 깊은 곳에서 사냥하는 자가 위에 떠서 사냥하는 자보다 언제나 유리하다는 것을 모른단 말이냐? 그렇다면 무얼 그렇게 걱정하는 거야?」

「그렇지만 할아버지, 이건 위에 뜨고 깊이 들어가고 하는 문제가 아니에요. 나는 언덕 발치에 있고 상대방은 물가의 중간에 있는 거라고요. 생각해 보세요, 할아버지, 언덕이란…….」

그러면 할아버지는 말했지요. 「암초 발치에는 언제나 맛좋은 가재들이 있는 법이야.」 할아버지에게 자신의 현실과 다른 세계를 받아들이게 할 방도가 없었습니다.

그런데도 할아버지의 판단은 우리들 모두에게 권위가 있었습니다. 우리는 완전히 틀릴 수도 있다는 걸 알면서도, 할아버지가 전혀 모르는 일들에 대해서 조언을 구하곤 했지요. 아마도 할아버지의 권위는 바로 과거의 반영이라는 점에서, 오래된 표현 방식들을 쓴다는 점에서 나온 것인지도 모릅니다. 그것은 〈지느러미를 약간 낮춰, 그래, 잘한다!〉 하는 것처럼, 이제는 우리가 그 의미조차 잘 알 수 없는 것들이지요.

우리는 할아버지를 땅으로 모셔 가려는 시도를 수없이 많이 했고 또 계속하고 있었습니다. 아니, 그 점에서는 가족의 여러 분파들 사이에 경쟁이 사라지지 않고 있었어요. 왜냐하면 할아버지를 자기 집으로 모시는 데 성공한다면 다른 모든 친척들보다 높은 위치에 설 수 있기 때문이지요. 그렇지만 할아버지는 꿈에도 호수를 떠나려고 하지 않았으므로 그것은 쓸데없는 경쟁이었습니다.

「할아버지, 할아버지 연세에 이렇게 혼자 습기 찬 곳에 남아 계시는 것이 얼마나 우리 가슴을 아프게 하는지 아시면……. 저희에게 좋은 생각이 하나 떠올랐어요.」 우리는 매달렸지요.

「난 너희들이 이제 깨달았을 거라고 생각했다.」 물고기 할아버지는 말을 가로막았습니다. 「이제는 마른 땅에서 파닥

거리는 취미도 사라졌을 터이니, 바로 지금이 돌아와서 정상적인 존재로 살아가야 할 때란 말이다. 여기는 모두를 위한 물이 있고, 또 먹을 것이라면 지금처럼 갯지렁이가 풍요로운 시절이 없었지. 너희들 지금 당장 물속에 뛰어들고 더 이상 이야기하지 말자.」

「아니, 느'바 느'가 할아버지, 무슨 말씀이세요? 저희는 할아버지를 모시고 가서 멋진 풀밭에서 함께 살려고 했어요. 분명히 편안하실 거예요. 저희가 신선하고 축축한 웅덩이를 하나 파드릴 테니까, 할아버지는 여기서처럼 원하는 대로 몸을 움직이실 수 있을 거예요. 또 주변에서 몇 걸음 걸어 볼 수도 있고요. 분명 잘하실 겁니다. 더군다나 할아버지 연세에는 땅의 기후가 안성맞춤이지요. 그러니까 느'바 느'가 할아버지, 더 이상 애원하게 하지 마세요. 오시는 거죠?」

「안 가!」

할아버지의 메마른 대답이었습니다. 그러고는 한바탕 콧방귀와 함께 물속으로 들어가 우리 시야에서 사라졌습니다.

「그렇지만 할아버지, 도대체 왜 그리시는지 이해할 수가 없어요. 그렇게 시야가 넓으신 분이, 무슨 편견 때문에…….」

이윽고 유연한 꼬리의 놀림과 함께 물속으로 깊이 들어가기 전에 수면으로 훅 숨을 한 번 내쉬는 할아버지의 마지막 대답이 우리에게 들려왔습니다.

「비늘 사이에 물벼룩이 있는 자가 진흙에 배를 깔고 헤엄치는 법이야!」 그것은 (우리들이 사용하는 훨씬 더 간략하고 새로운 속담인 〈옴 있는 자가 몸을 긁는 법〉과 유사한) 할아버지 시대의 표현 방법이었지요. 언제나 할아버지는, 우리가 늘 쓰는 〈땅〉 대신에 〈진흙〉이란 표현을 고집했습니다.

바로 그 무렵 나는 사랑에 빠졌습니다. 나는 를과 함께 서로 뒤쫓아 달리면서 하루해를 보내곤 했습니다. 그녀처럼 재빠른 여자는 지금까지 본 적이 없었지요. 그녀는 그 당시에는 나무처럼 키가 컸던 양치류 식물들 꼭대기까지 기어 올라갔고, 끄트머리가 거의 땅에 닿을 정도로 구부러지면 풀쩍 뛰어내려 다시 달려가기 시작했습니다. 나는 약간 어색하고 느린 몸짓으로 그녀를 뒤쫓곤 했습니다. 우리는 그 누구도 단단하고 마른 땅 위에 발자국을 남기지 않았던 내륙의 영토까지 넘어가곤 했습니다. 때로는 구역에서 너무 멀리 떨어진 호수들을 보고 깜짝 놀라 걸음을 멈추기도 했지요. 그런데도 를, 그녀처럼 수중 생활에서 멀어진 자는 아무도 없는 듯했습니다. 모래와 바위들의 사막, 풀밭, 울창한 숲, 울퉁불퉁한 바위 언덕, 석영의 산, 그것이 모두 그녀의 세계였습니다. 그것은 를의 길쭉한 두 눈으로 관찰되고, 그녀의 날렵한 발걸음이 지나가도록 일부러 만들어진 세계 같았습니다. 그녀의 매끄러운 피부를 바라보고 있노라면 거기에는 비늘이 전혀 없는 것처럼 보였습니다.

를의 친척들은 나를 약간 의심하는 눈치였습니다. 그들은 아주 오랜 옛날에 땅 위에 정착했기 때문에 본래부터 이곳 땅에서만 살았다고 확신하고 있는 그런 가족이었습니다. 그들은 단단한 껍질에 싸인 알까지도 이미 마른 땅에 낳는 가족이었던 것입니다. 그리고 를은, 그 날렵한 몸짓과 재빠른 동작을 잘 살펴보면, 현재의 모습 그대로 모래와 햇빛으로 뜨거워진 그런 알들 가운데 하나에서 태어났다는 것을 알 수 있었습니다. 말하자면 아직도 덜 진화한 우리 가족들은 반드시 거치는 단계, 즉 올챙이처럼 물속에서 헤엄치며 떠다니는 단계를 훌쩍 뛰어넘어서 말입니다.

를이 우리 가족을 알아야 할 순간이 왔습니다. 그리고 가족에서 가장 연장자이자 권위 있는 분은 바로 느'바 느'가 할아버지였기 때문에, 당연히 나는 할아버지를 방문하여 약혼녀를 소개시켜 드려야 했습니다. 그렇지만 매번 기회가 있을 때마다 나는 당혹스러워서 다음으로 미루곤 했지요. 성장해 온 환경 때문에 생긴 편견들을 잘 알고 있었으므로, 나는 를에게 내 증조할아버지가 물고기라는 사실을 감히 말하지 못했던 것입니다.

어느 날 우리는 호수를 둘러싸고 있는 습기 찬 돌출부까지 나갔는데, 그곳 바닥에는 썩은 식물들과 뿌리들이 뒤엉켜 있었습니다. 를은 언제나처럼 나에게 잘하기 시합 또는 용기 시합을 제안했습니다.

「크프우프크, 넌 어디에서 몸의 균형을 잘 잡니? 우리 물가까지 누가 빨리 달리나 시합하자!」 그러고는 마른 땅에서처럼 깡충거리며 앞으로 내달렸지만, 약간 비틀거렸습니다.

나는 이번에는 그녀의 상대가 될 뿐만 아니라 이길 수도 있다는 생각이 들었습니다. 습기가 있는 곳에서는 내 발이 더 적합했기 때문이지요.

나는 소리쳤습니다. 「네가 원하는 대로 물가까지! 아니, 그 너머까지도 좋아!」

그녀가 말했답니다. 「어리석은 소리 하지 마! 물가 너머까지 어떻게 달린단 말이야? 거긴 물이야!」 아마도 물고기 할아버지에 관한 이야기를 하기에 아주 적합한 순간 같았습니다.

「그러면 어때서?」 나는 그녀에게 말했지요.

「물가 저쪽을 달리는 자도 있고, 또 이쪽을 달리는 자도 있는 법이야.」

「밑도 끝도 없는 소리를 하는구나!」

「내 말은, 우리 느'바 느'가 할아버지는 우리가 땅에서 살듯이 물속에서 산다는 말이야. 물에서 한 번도 나온 적이 없다고!」

「세상에! 정말 그 '느'바 느'가 할아버지를 만나 보고 싶어!」

를의 말이 채 끝나기도 전에, 호수의 혼탁한 수면 위로 물거품이 보글거리더니 약간의 소용돌이가 일면서, 온통 가시 돋친 비늘로 휩싸인 주둥이가 불쑥 솟아올랐습니다.

「그래, 바로 난데, 무슨 일이지?」 할아버지는 돌멩이처럼 무표정하고 동그란 눈으로 를을 뚫어지게 바라보면서, 또 거대한 목 양쪽의 아가미들을 불룩거리면서 말했습니다. 할아버지가 그토록 우리와 다르게 보인 적은 없었습니다. 그야말로 진짜 괴물이었지요.

「할아버지, 허락해 주신다면, 여기는…… 그러니까 할아버지께 소개해 드리고 싶은데…… 제 약혼녀 를입니다.」 그러면서 나는 약혼녀를 가리켰지요. 웬일인지 그녀는 뒷발로 꼿꼿이 몸을 세우고 있었습니다. 그것은 그녀가 가장 정성을 들이는 자세들 중 하나였는데 분명 그 구식 할아버지의 마음에는 들지 않았을 것입니다.

「아, 그래 좋아요, 아가씨. 꼬리를 물에 좀 적시러 왔나요?」 할아버지가 말했답니다. 그것은 아마도 옛날에는 친절하고 예의 바른 말이었을 테지만, 우리에게는 오히려 무례하게 들릴 수도 있었습니다.

나는 를을 바라보았습니다. 틀림없이 그녀가 소란스러운 외마디 비명과 함께 몸을 돌려 달아나 버릴 것이라 생각했지요. 그렇지만 나는 그녀가 주변 세상의 모든 천박스러움을 무시해 버리도록 얼마나 집요한 교육을 받았는지 알지 못했습니다.

「저어, 저기 저 식물들 말이에요.」 그녀는 거리낌 없이 말하면서, 호수 가운데서 거대하게 자라고 있는 갈대들을 가리키더군요.

「저것들은 어디에다 뿌리를 내리고 있는지, 말해 주시겠어요?」

단지 대화를 잇기 위해 하는 질문이었습니다. 그녀에게 갈대들이 무어 그리 중요하겠습니까! 그렇지만 할아버지는 다른 것에는 관심이 없다는 듯이 식물들의 뿌리가 어떻게 또 무엇 때문에 물속에 떠 있는지, 어떻게 그 사이로 헤엄칠 수 있는지 설명하기 시작했습니다. 게다가 그 바로 아래가 사냥하기에 가장 적합한 장소라는 말까지 했답니다.

설명은 끝이 없었지요. 나는 투덜거리며 중단시키려고 노력했습니다. 그런데 그 버릇없는 여자가 어떻게 했는지 아십니까? 계속해서 이야기를 더 끌고 있질 않겠어요?

「아하, 그래요? 그러면 할아버지는 떠 있는 뿌리들 사이로 사냥하러 가나요? 그것 정말 재미있네요!」 나는 부끄러워서 미칠 지경이었지요.

그러자 할아버지는 말했습니다. 「거짓말이 아니에요. 바로 그곳에 갯지렁이들이 있지요. 우리가 정말 배불리 먹을 수 있는 것이라고요!」

그러고는 우리 생각은 하지도 않고 물속으로 들어가는 것이었습니다. 내가 지금까지 전혀 본 적이 없는 유연한 잠수였지요. 아니, 그것은 높다란 도약이었습니다. 할아버지는 가시 돋친 지느러미들을 쫙 펼치면서, 비늘 위로 온통 얼룩투성이인 기다란 몸이 전부 물 위로 드러나도록 훌쩍 뛰어오르더니, 허공에 멋진 반원을 그린 다음, 머리부터 물속으로 잠겨 들어갔답니다. 그러고는 초승달 모양의 꼬리로 일종의 회전 운동을 하며 재빨리 사라졌습니다.

그런 모습을 보자, 할아버지가 멀어진 틈을 이용하여 를에게 재빨리 변명하려고 준비해 두었던 말이 목구멍에서 잠겨 버렸습니다. 그건 〈이해해야 해. 이렇게 물고기처럼 살아간다는 고정관념으로 인해 정말로 물고기를 닮아 버렸어……〉 하는 것이었지요. 나 역시 내 아버지의 할머니의 오빠가 얼마나 물고기를 닮았는지 전혀 고려해 본 적이 없었습니다. 나는 가까스로 말했습니다.「를, 늦었어, 이제 가자.」

그런데 할아버지는 상어 같은 입술 사이에다 갯지렁이와 진흙투성이 수초 한 움큼을 물고 다시 나타났습니다.

우리가 헤어졌을 때 그건 정말 꿈만 같았습니다. 그렇지만 를의 뒤를 뒤뚱거리며 따라가면서 나는 이제 그녀가 자신의 의견을 말할 것이라고, 말하자면 틀림없이 나에게 최악의 상황이 벌어질 것이라고 생각했지요. 마침내 를이 걸음을 멈추지도 않은 채 나를 향해 몸을 약간 돌리면서 말했습니다.

「근데 말이야, 너희 할아버지 정말 멋지구나!」 단지 그 말뿐이었습니다. 그녀의 역설적인 말 앞에서 나는 다시 한 번 무방비 상태였습니다. 그렇지만 그런 말에 얼마나 등골이 서늘했는지, 나는 그 문제를 다시 꺼내느니 차라리 다시는 그녀를 만나지 않는 편이 나으리라 생각했을 정도랍니다.

그렇지만 우리는 계속 만났고 함께 돌아다녔습니다. 그리고 호수에서 일어난 일에 대해서는 더 이상 말하지 않았습니다. 나는 불안했습니다. 그녀가 그 일을 잊어버렸을 것이라고 생각하려 무진 애를 썼답니다. 때로는 그녀가 자기 가족들 앞에서 나에게 창피를 주기 위해서 입을 다물고 있거나, 아니면 — 이건 나에게는 더욱 불리한 가정이었는데 — 단지 연민 때문에 다른 이야기를 하려고 노력하고 있으리라는 의혹이 나를 사로잡기도 했습니다. 그러던 어느 날 아침 그녀가 난데없이 이런 말을 하는 게 아니겠습니까.

「그런데 이제는 네 할아버지한테 날 안 데리고 가는 거야?」

나는 힘없는 목소리로 물었지요. 「……농담이야?」

천만에요. 그녀는 진지하게 말하고 있었습니다. 늙은 느'바 느'가 할아버지한테 가서 잡담을 하고 싶어 안달이 난 것입니다. 나는 이해할 수가 없었습니다.

이번에는 호수 나들이 시간이 훨씬 더 길었습니다. 우리 셋은 모두 비스듬한 호수 기슭에 길게 누웠습니다. 할아버지는 물 쪽에 좀 더 가까이 있었지만 우리도 역시 반쯤은 물속에 잠겨 있었지요. 누군가 옹기옹기 모여 길게 누워 있는 우리 모습을 멀리서 바라보았다면, 누가 지상 주민이고, 누가 수중 주민인지 알 수 없었을 것입니다.

물고기 할아버지는 상투적인 이야기를 늘어놓기 시작했습니다. 바로 공기 호흡보다 수중 호흡이 더 우월하다는 이야기였는데 모든 중상모략들이 총동원되었지요. 〈이제 를이 벌떡 일어나 멋진 대꾸를 하겠지〉 하고 생각했습니다. 그런데 그날 를은 다른 전략을 쓰는 모양이었습니다. 그녀는 우리들의 관점을 옹호하며 열심히 논의를 하고 있었지만, 느'바 느'가 할아버지의 이야기들을 정말로 진지하게 받아들이는 것 같았습니다.

할아버지의 말에 따르면, 땅이 솟아오른 것은 제한된 현상이라는 것이었습니다. 즉 땅은 위로 솟아올랐던 것처럼 다시 사라져 버리거나, 화산, 빙하, 지진, 습곡, 기후나 식물군의 변화 등과 같은 끊임없는 변동을 겪게 될 것이라는 말이었지요. 그리고 그런 땅에서 우리는 계속되는 변화에 직면해야 할 것이며, 그런 과정 속에서 모든 주민들은 사라져 버리거나, 아니면 자기 존재의 토대들을 완전히 변화시킬 성향이 있는 자만이 살아남을 수 있을 것이고, 따라서 삶을 아름답게 해주는 요인들이 완전히 뒤집어지거나 잊힐 것이라고 했습니다.

그것은 우리 호수 기슭의 자손들이 기대 온 낙관론에 정면으로 일격을 가하는 견해였습니다. 그러한 견해에 대해 나는 격렬한 항의를 하고 싶어 안달이었습니다. 그렇지만 그런 주장들에 대한 진짜 살아 있는 논박은 바로 를의 모습이었습니다. 그녀에게서 나는 솟아오른 땅을 정복함으로써 태어난 가장 완벽하고 결정적인 모습, 새로이 펼쳐지는 무한한 가능성들의 정수를 보았습니다. 를이라는 구체적인 현실을 할아버지가 어떻게 부정할 수 있겠습니까? 나는 논쟁하고픈 열정으로 불타올랐으며, 동료인 를이 우리의 반박자에게 지나칠 정도로 너그럽고 관용을 베푼다는 생각이 들었답니다.

물론 나에게도 — 할아버지의 입에서 불평과 모욕적인 말들만 듣는 데 익숙해져 있었으므로 — 그토록 질서 정연한 할아버지의 논리 전개는 새롭게 들렸습니다. 비록 과장되고 낡은 표현들로 치장되어 있고, 또 그 특이한 억양 때문에 우스꽝스럽게 들리기는 했지만 말입니다. 또한 대륙의 땅들에 대한 — 비록 피상적이기는 하지만 — 상세한 지식을 보여주는 것도 역시 놀라운 일이었습니다.

그런데도 를은 계속 질문을 함으로써 가능한 한 할아버지가 물속 생활에 대해 이야기하도록 노력하고 있었습니다. 물론 그것은 할아버지가 더욱 치밀하고 또 때로는 감동적으로 이야기하는 주제였습니다. 땅과 공기의 불안정성과 비교해 볼 때, 호수와 바다와 대양은 안전한 미래를 나타낸다는 것이었습니다. 그곳에서는 변화가 지극히 적을 것이며, 공간과 식량이 무한하며, 온도는 언제나 균형을 유지하리라는 것이었지요. 간단히 말해 삶은 지금까지 전개되어 왔던 상태 그대로, 어떤 변화나 의심스러운 결과도 일어나지 않고 완벽하고 충분한 형태 그대로 유지될 것이며, 모두들 각자의 성격을 깊이 심화시키고 자기 자신과 모든 사물의 본질에 도달할 수 있으리라는 것이었습니다. 할아버지는 물속 생활의 미래에 대해 환상이나 가식 없이 이야기했으며, 앞으로 나타나게 될 심각한 문제들(가장 심각한 문제는 염분의 증가였지요)을 감추지도 않았답니다. 그러나 그것들은 할아버지가 믿고 있는 가치와 관계들을 뒤엎을 만한 문제는 아니라고 했습니다.

「그렇지만 저희는 지금 계곡과 산들을 뛰어넘고 있다고요, 할아버지!」 나는 나 자신과 릴의 편에서 외쳤지요. 그런데도 릴은 말없이 있었습니다.

「꺼져, 올챙이야! 빨리 물속에 뛰어들어 집으로 돌아오라고!」 할아버지는 언제나처럼 똑같은 억양으로 내게 말했습니다.

「할아버지, 만약 저희가 물속에서 호흡하는 법을 배우려 한다 해도, 지금은 너무 늦었다고 생각하지 않으세요?」 릴이 진지하게 물었습니다. 그녀가 나의 늙은 친척을 할아버지라고 불렀기 때문에 내가 홀렸는지, 아니면 말도 안 되는 질문이라(최소한 나는 그렇게 생각하고 있었지요) 내가 어리둥절해했는지 느낄 수도 없었습니다.

「만약 원한다면, 귀여운 아가씨.」 할아버지가 말했습니다. 「내가 곧바로 가르쳐 드리지!」

갑자기 릴은 이상한 웃음을 터뜨렸습니다. 그러더니 마침내 내가 뒤따라 잡을 수 없을 정도로 빠르게 달리기 시작했습니다.

나는 들판과 언덕으로 그녀를 찾아 헤매다, 어느 현무암 돌출부의 꼭대기에 이르렀습니다. 그곳은 호수로 둘러싸인 사막과 숲의 주변 경치가 한눈에 내려다보이는 곳이었답니다. 를은 그곳에 있었습니다. 그녀는 느'바 느'가 할아버지의 말을 듣다가 달아나 그 위에 숨음으로써, 나에게 〈이제야 깨달았어!〉라고 말하려는 듯이 보였지요. 즉 물고기 할아버지가 자기 세계에 살고 있는 것과 마찬가지로 우리는 우리의 세계에서 살아가야 한다고 말입니다.

「할아버지가 거기에 있듯이, 나는 여기에 남아 있을 거야.」

나는 약간 더듬거리면서 말했습니다. 그리고 곧바로 정정했지요.

「아니 우리 둘이, 함께, 있을 거야!」 사실 그녀가 없으면 나는 불안했습니다.

그런데 를이 뭐라고 나한테 대답했는지 아십니까? 수많은 지질학적 시대들이 흘러간 지금에도 그것을 생각하면 나는 부끄러워서 얼굴이 붉어집니다. 그녀는 이렇게 대답했답니다.

「꺼져, 올챙이야! 그게 아니란 말이야!」

그녀가 할아버지와 나를 동시에 놀리기 위해서 그런 말을 했는지, 아니면 정말로 그 늙은 물고기 할아버지가 증손자를 대하는 태도를 배워 익혔는지 나는 알 수 없었습니다. 그 두 가지 모두가 나에게는 똑같이 실망스러운 것이었지요. 두 가지 다 그녀가 나를 어정쩡한 중간치기로, 이쪽에도 저쪽에도 자기 세계를 갖지 못하는 녀석으로 간주한다는 의미였기 때문입니다.

내가 그녀를 잃은 것일까요? 그런 의혹 속에서 나는 그녀를 다시 되찾으려고 혼신의 노력을 기울였습니다. 나는 용감한 일을 해내기 시작했습니다. 곤충 사냥에서, 뜀뛰기에서, 땅굴 파기에서, 싸움에서도 나는 힘 있는 동료들과 겨루었습니다. 스스로가 자랑스러웠지요. 그러나 불행하게도 내가 무언가 대담한 일을 할 때마다 그녀는 그곳에 없어서 나를 보지 못했습니다. 언제나 그녀는 어디론가 사라졌고, 어디에 숨었는지 알 수가 없었답니다.

마침내 나는 알게 되었지요. 를은 호수로 가곤 했으며, 그곳에서 할아버지는 그녀에게 물속에서 헤엄치는 법을 가르쳐 주고 있었습니다. 나는 그들이 함께 물 위에 떠오르는 것을 보았답니다. 그들은 남매로 보일 정도로 똑같은 속도로 나란히 헤엄치고 있었습니다.

「이것 봐.」 그녀는 나를 보더니 유쾌하게 말했습니다.

「발이 지느러미처럼 아주 잘 움직인다고!」

「그래, 멋지구나. 정말 멋진 걸음걸이로구나.」 나는 냉소적으로 말하지 않을 수 없었습니다.

나는 깨달았습니다. 그녀에게 그건 하나의 유희였습니다. 그렇지만 내 마음에는 들지 않는 유희였지요. 나는 그녀를 현실 세계로, 우리를 기다리고 있는 미래로 다시 불러들여야만 했습니다.

어느 날 나는 호수 위로 늘어진 높다란 양치식물 숲에서 그녀를 기다렸답니다.

「를, 너에게 할 말이 있어.」 나는 그녀를 보자마자 말했습니다.

「이제 너도 충분히 즐겼을 거야. 우리들 앞에는 더 중요한 일들이 있어. 내가 산맥 사이에서 통로를 하나 발견했어. 거기에 얼마 전부터 물이 빠진 아주 널따란 자갈 평원이 펼쳐져 있어. 우리가 맨 처음으로 그곳에 정착하게 될 거야. 그리고 우리와 우리의 자식들이 그 무한한 영토의 주인이 될 거야.」

「바다는, 끝이 없어.」 를이 말했습니다.

「그 어리석고 늙은 물고기의 거짓말은 믿지 마. 세상은 다리를 가진 자들의 것이지, 물고기들의 것이 아니야. 그걸 알라고.」

「나는 알아, 그이는 유일하게 〈하나〉인 분이야.」 를이 말했습니다.

「그러면 나는?」

「다리를 가진 자들 중에서는 그이처럼 〈하나〉인 자가 아무도 없어.」

「그러면 너의 가족들은?」

「가족들이랑 싸웠어. 아무것도 이해하질 못해.」

「너 정말 미쳤구나! 절대로 뒤로 돌아갈 수는 없다고!」

「나는 할 수 있어.」

「그러면 무엇을 하려는 거야, 그 늙은 물고기하고 단 둘이서?」

「결혼하지. 그이와 함께 물고기로 돌아가는 거야. 그리고 세상에 다른 물고기들을 낳는 거야. 안녕.」

그러고는 마지막으로 높다란 양치식물 잎사귀의 꼭대기까지 기어오르더니, 호수를 향해 몸통을 기울였다가 물속으로 텀벙 뛰어들었습니다. 그녀는 다시 물 위로 떠올랐습니다. 그렇지만 혼자가 아니었어요. 느'바 느'가 할아버지의 튼튼한 초승달 모양 꼬리가 그녀의 꼬리 곁에 떠올랐고 함께 나란히 물결을 갈랐습니다.

그것은 나에게 커다란 시련이었습니다. 그렇지만 지난일을 어떻게 하겠습니까? 나는 계속해서 나의 길을 갔답니다. 세상이 변하는 가운데에서 나 역시 변화하면서 말입니다. 때때로 나는 살아 있는 존재들의 수많은 형태들 중에서 나보다 훨씬 더 〈하나〉에 가까운 누군가를 만나기도 했습니다. 알에서 깨어 나온 어린 새끼에게 젖을 먹이는 오리너구리나, 아직도 키 작은 식물들 한가운데서 사는 비쩍 마른 기린처럼 미래를 예고하는 〈하나〉도 있었고, 혹은 신생대가 시작된 후에도 살아남은 공룡처럼 돌아올 수 없는 과거를 증거하는 〈하나〉도 있었으며, 아니면 악어처럼, 오랜 세월 속에서 요지부동으로 자신을 보존하는 방법을 발견하여 과거를 증거하는 〈하나〉도 있었습니다. 나는 알고 있습니다. 그들은 모두 어딘가 나보다 우월하고 고귀해 보이며, 또 그들과 비교할 때 내가 보잘것없게 보이도록 하는 그 무엇인가를 가지고 있었다는 것을 말입니다. 그렇지만 나는 그들 중 누구와도 나 자신을 바꾸지 않았을 것입니다.

공룡

삼첩기와 쥐라기의 전 기간에 걸쳐 진화하고 성장하면서 1억 5천만 년 동안 대륙의 당당한 지배자였던 공룡들이 갑자기 멸종한 원인은 아직도 신비에 싸여 있다. 아마도 백악기에 일어난 기후와 식물계의 대규모 변화에 적응하지 못한 것 같다. 백악기가 끝날 무렵 그들은 모두 죽었다.

나만 제외하고 모두 죽었습니다 — 크프우프크는 설명했다. 나 역시 일정한 기간 동안, 그러니까 약 5천만 년 동안 공룡이었지요. 그러한 사실을 이제 와서 후회하지는 않습니다. 그 당시에는 공룡이었다는 것이 당연한 것으로 생각되었으며 존경받을 만한 사실이었지요.

그런데 상황이 뒤바뀌었습니다. 자세한 내용들을 여러분에게 일일이 설명할 필요는 없을 겁니다. 패배와 실수, 의심, 배반, 질병 등 온갖 재난이 시작되었습니다. 땅 위에는 새로운 주민들이 우리의 적으로서 번창했습니다. 그들은 사방에서 우리를 공격했고 우린 아무도 살아남지 못했습니다. 요즈음 누군가는 말하더군요. 우리들 공룡에게는 벌써 오래전부터 몰락하려는 성향, 파괴당하고자 하는 열정이 정신 속에 침투해 있었을 것이라고 말입니다. 그렇지만 나는 잘 모르겠습니다. 나는 전혀 그러한 감정을 느끼지 못했습니다. 다른 공룡들이 그런 감정을 갖고 있었다면 그것은 이미 패배감을 느꼈기 때문이겠지요.

그 엄청난 죽음의 시절을 이제 와서 돌이켜보고 싶지는 않습니다. 내가 그 죽음을 피할 수 있으리라고는 전혀 생각하지도 않았습니다. 나는 끝없이 기나긴 피난 생활을 하며 가까스로 살아남았답니다. 갈기갈기 찢어진 시체 더미를 가로질러 끝없는 피난은 계속되었고, 그 시체 더미에서는 오로지 등 위에 돋아난 뼛조각 하나, 혹은 뿔 하나, 혹은 커다란 발톱 하나, 혹은 온통 비늘로 뒤덮인 피부 껍질 한 조각만이 살아 있을 당시의 영광을 상기시켜 주고 있었지요. 그리고 그 시체들의 잔해 위에는 새로운 주인들의 주둥이와 날카로운 부리, 송곳니, 빨판들이 사정없이 달려들고 있었습니다. 살아 있는 자들의 흔적도, 죽은 자들의 흔적도 보이지 않게 되었을 때에야 나는 걸음을 멈추었답니다.

나는 황량한 고원 지대를 몇 년이고 헤매며 돌아다녔습니다. 재난과 질병, 피로, 무서운 혹한 속에서도 나는 살아남았지요. 그렇지만 나는 혼자였습니다. 그 높은 곳 위에서 영원히 머무를 수는 없었답니다. 그래서 나는 내려오기 시작했습니다.

세상은 완전히 뒤바뀌어 있었지요. 산도 강도 초목들도 알아볼 수 없었습니다. 맨 처음 살아 있는 존재들을 보았을 때 나는 황급히 몸을 숨겼습니다. 그들은 몸집이 작으면서도 힘이 센, 전형적인 새 주민들의 한 무리였답니다.

「이봐, 너!」

그들이 나를 발견했습니다. 그들이 날 부르는 그 친절한 태도에 나는 깜짝 놀랐습니다. 나는 도망쳤고 그들이 뒤쫓아 왔습니다. 수천 년 전부터 나는 으레 내 주위에 공포를 불러일으켰으며, 또 내가 불러일으킨 공포에 대한 상대방의 반응에서 오히려 내가 공포를 느끼곤 했지요. 그런데 이제 아무것도 아니었습니다.

「이봐, 너!」 그들은 아무 일도 아니란 듯이, 적대감도 없이 놀라지도 않은 채 내게 다가왔습니다.

「왜 달아나는 거야? 무슨 생각을 하는 거야?」 그들은 단지 나도 모르는 곳으로 가는 길을 물어보고자 했을 뿐입니다. 나는 그곳 출신이 아니라고 더듬더듬 말했지요.

「그런데 무엇 때문에 도망치는 거지?」 그들 중 하나가 말했습니다.

「아무래도…… 공룡을 본 모양이야!」 그러자 모두들 웃었습니다. 그 웃음 속에서 나는 처음으로 해결의 실마리를 찾았답니다. 그들의 웃음 속에는 약간의 두려움이 섞여 있었습니다. 그리고 그들 중 하나가 이렇게 덧붙이더군요.

「농담이라도 그런 소리 하지 마. 넌 공룡이 어떤 건지도 모르잖아.」 어쨌든 새 주민들 사이에는 아직도 공룡에 대한 공포가 남아 있었답니다. 그렇지만 아마도 여러 세대 전부터 실제로 공룡을 본 적도 없고, 이제는 알아보지도 못하는 것 같았습니다. 나는 그런 경험을 반복해 보고 싶으면서도 신중하게 경계하며 계속 걸었습니다. 어느 샘물가에서 새 주민들 중 젊은 아가씨 하나가 물을 마시고 있었습니다. 그녀는 혼자였지요. 나는 천천히 다가가 목을 길게 뽑고 그녀 곁에서 물을 마셨습니다. 나는 벌써 예감하고 있었습니다. 그녀가 날 보자마자 필사적인 비명을 내지르고 숨을 헐떡이면서 도망칠 것이라고. 그녀는 소리쳐 무리들에게 알릴 것이고 그러면 새 주민들은 우르르 나를 잡으러 달려오겠지. 순간 나는 경솔한 행동을 후회했답니다. 내가 살기 위해선 그녀를 곧바로 갈기갈기 찢어 버려야 했습니다. 그러고는 또다시……
 그런데 그녀는 몸을 돌리더니 이렇게 말하더군요.
「물맛이 정말 시원하지요?」
 그녀는 상냥하게 나에게 말을 걸었고, 마치 낯선 자들에게 말하듯이 내가 멀리서 오는 것인지, 여행하는 동안에 비를 만나지 않았는지, 혹은 날씨가 좋았는지 가볍게 물었습니다. 나는 공룡이 아닌 자들과 그렇게 이야기를 나눌 수 있으리라고는 꿈에도 생각하지 못했답니다. 나는 완전히 얼이 빠져 거의 벙어리 같았습니다.
「전 자주 이곳으로 물을 마시러 와요.」 그녀가 말했지요. 「여기 공룡 샘에…….」
 나는 고개를 번쩍 들고 눈을 동그랗게 떴습니다.
「그래요, 옛날부터 공룡 샘이라고 불렀어요. 옛날 이곳에 마지막 남은 공룡 하나가 숨어 있었대요. 그래서 물을 마시러 오는 자들을 덮쳐 갈가리 찢어 죽이곤 했대요, 세상에!」
 난 숨어 버리고 싶었습니다. 〈이제 내가 누군지 알게 될 거야. 지금 날 자세히 살펴보면 되겠지!〉 이렇게 생각하며 나는 자세히 관찰당하지 않기 위해 눈을 아래로 내리깔고 꼬리를 감추려고 한껏 몸을 웅크렸습니다. 정말 힘든 일이었지요. 그녀가 얼굴에 온통 미소를 띠며 인사를 하고 자기 길을 갔을 때 나는 아주 심한 피로감을 느꼈답니다. 마치 우리가 발톱과 꼬리로 스스로를 방어하던 시절에 한바탕 격렬한 싸움을 치르고 난 후처럼 말입니다. 나는 그녀에게 작별 인사도 하지 않았다는 것을 깨달았습니다.
 나는 어느 강기슭에 이르렀답니다. 그곳에는 새 주민들이 동굴을 파고 물고기들을 잡아먹으며 살고 있었습니다. 그들은 강에다 물살이 세지 않은 후미진 곳을 만들어 물고기들이 꾀도록 나뭇가지로 둑을 쌓고 있었지요. 내가 다가가자 그들은 일을 멈춘 채 고개를 들고 쳐다보았습니다. 그러고는 말없이 마치 상의라도 하듯이 서로를 쳐다보았습니다. 〈이제 올 것이 왔구나. 이제는 목숨을 걸고 싸우는 수밖에 없어.〉이렇게 생각하며 나는 덤벼들 태세를 취했답니다.

다행히도 나는 적시에 공격을 멈추었습니다. 고기잡이하던 녀석들은 나에게 아무런 적의도 갖고 있지 않았답니다. 단지 튼튼한 내 모습을 보고, 자기들과 함께 머무르며 나무를 운반하는 작업을 하고 싶지 않느냐고 물어보려고 했던 것입니다.

「여기는 안전한 곳이야.」 그들은 당황해하는 내 모습을 보고 말했습니다.

「공룡은 우리 할아버지의 할아버지 때부터 본 적이 없다고.」

그 누구도 내가 누구일까 하는 의심을 하지 않았습니다. 나는 그곳에 머물렀지요. 기후도 괜찮았고, 물론 우리 입맛에 맞지는 않았지만 음식 또한 그런대로 넉넉했습니다. 일도 그다지 힘들지 않았답니다. 그들은 나를 〈못난이〉라는 별명으로 불렀습니다. 단지 내가 자기들과 다르게 생겼다는 이유 하나로 말입니다. 여러분들이 이 새 주민들을 판토테리우스라고 부르는지 혹은 어떤 다른 이름으로 부르고 있는지는 잘 모르겠지만, 그들은 아직 완전한 형태를 갖추지 못한 종족으로, 후에 그들로부터 여러 다른 종류들이 진화해 나왔습니다. 그 당시에 이미 그들 사이에는 여러 가지 유사성과 차이점들이 많이 나타나고 있었지요. 따라서 나는 그들과는 전혀 다른 종족임에도, 그다지 뚜렷한 차이는 나지 않는다고 생각할 수가 있었습니다.

그렇지만 나는 그런 생각에 완전히 젖어 들지는 못했습니다. 언제나 나는 적들 한가운데에 있는 공룡임을 느꼈고, 저녁마다 몇 세대에 걸쳐 전해져 내려온 공룡에 대한 이야기들을 들을 때면, 신경을 곤두세우고 뒤로 물러나 구석진 곳에 웅크리고 있어야만 했답니다.

그것은 무시무시한 이야기들이었어요. 이야기를 듣는 녀석들은 하얗게 질려 이따금 비명을 지르면서 말하는 녀석의 입만 바라보았고, 이야기하는 녀석의 목소리에도 적잖은 감정의 동요가 섞여 나오곤 했지요. 얼마 지나지 않아 나는 그런 이야기들은 모두가 이미 알고 있는 것들이며 언제나 똑같은 이야기를 반복하는데도 그들은 들을 때마다 새삼스럽게 공포를 느낀다는 사실을 알았습니다. 이야기 속에서 공룡들은 실제와는 전혀 다른 무시무시하게 생긴 진짜 괴물들로 등장했고 새 주민들을 괴롭히기만 하는 존재로 묘사되어 나타났습니다. 마치 새 주민들이 처음부터 지구상의 유일한 거주자들이었으며, 우리 공룡들은 아침부터 저녁까지 오로지 그들의 뒤만 쫓아다녔다는 듯이 말입니다. 그렇지만 우리 공룡에 대해 돌이켜보면, 그것은 기나긴 역경과 고통과 죽음의 세월에 지나지 않았습니다. 우리에 대한 새 주민들의 이야기는 나의 경험과는 너무나도 동떨어진 것이어서 마치 모르는 자들, 이방인들에 대한 이야기인 양 무관심하게 들을 수 있을 정도였지요. 그러면서도 그런 이야기들을 듣고 있노라면 나 자신도 우리가 다른 종족들에게 어떻게 보였는지에 대해서는 전혀 생각조차 하지 않았다는 것을 깨달았으며, 또한 그런 꾸며 낸 이야기들 중에서도 몇 가지 사실들은 그들의 관점에서 볼 때 옳다는 것을 알 수 있었습니다. 그들이 우리 때문에 겪은 공포스러운 이야기들은 내가 겪은 공포의 기억들과 내 머릿속에서 뒤섞였습니다. 우리가 얼마나 그들을 공포에 떨게 했는지 이해하면 할수록 무서움에 떨었지요.

그들은 차례로 돌아가며 이야기하다가 나에게 말했습니다.

「이봐 못난이, 넌 안 하니? 넌 이야기가 없어? 너희 집안에는 공룡에 관한 이야기가 없냐고?」

「있어, 하지만…….」 나는 어물어물했습니다.

「아주 오랜 일이야…… 그리고…… 만약에…….」

그때 곤란한 처지에서 날 구해 준 것은 〈양치류 꽃〉, 바로 그 샘물가의 처녀였습니다.

「그냥 놔두세요. 그는 이방인이에요. 아직 이곳에 적응하지도 못했고 우리말도 잘할 줄 모르잖아요.」

결국 화제가 바뀌었지요. 나는 안도의 숨을 내쉬었답니다.

양치류 꽃과 나 사이에는 일종의 신뢰가 싹텄습니다. 그렇다고 아주 친밀한 것은 아니었어요. 난 감히 그녀를 살짝 스치지도 못했습니다. 그렇지만 우린 오랫동안 이야기를 나누곤 했지요. 정확히 말하자면 그녀가 먼저 자신의 생활에 대한 여러 가지 이야기를 해주었고 나는 정체가 탄로나지 않을까, 그녀가 나의 신분을 의심하지나 않을까 하는 두려움에 언제나 일반적인 말만 했습니다. 양치류 꽃은 나에게 자신의 꿈 이야기를 했지요.

「어젯밤 꿈에 엄청나게 크고 무시무시한 공룡이 나왔어. 콧구멍으로 불을 내뿜고 있었어. 그런데 내게로 오더니 내 목을 잡아 끌고 가서 산 채로 잡아먹으려고 하는 거야. 정말 무시무시했어. 그런데도 난 이상하게 전혀 무섭지가 않았거든. 글쎄, 뭐라고 할까? 기분이 좋았다고…….」

그 꿈 이야기에서 나는 여러 가지 사실, 특히 그녀가 공격받고자 한다는 것을 눈치 챘어야 했습니다. 바로 그녀를 껴안을 수 있는 절호의 기회였던 것입니다. 그러나 그들이 상상하는 공룡은 실제 공룡인 나 자신과 너무나 달랐으며, 바로 그렇기 때문에 나는 더욱더 소심하고 이상해져 있었습니다. 간단히 말해서 나는 그 절호의 기회를 놓쳤답니다. 더구나 평원에서의 고기잡이가 끝나고 양치류 꽃의 오빠가 다시 돌아오자, 그녀는 감시를 받게 되었고 우리의 대화도 점점 줄어들었습니다.

그녀의 오빠 자안은 나를 처음 보는 순간부터 어딘가 의심스럽다는 태도를 취했습니다.

「저 녀석은 누구야? 어디서 온 거지?」날 가리키며 곁에 있던 동료에게 물었습니다.

「못난이야. 나무 작업을 하는 이방인이지.」동료들이 말했지요.

「왜 그래? 뭐가 이상해?」

「내가 저 녀석에게 직접 물어보겠어.」자안이 날 째려보면서 말하더군요.

「이봐, 너 어디 좀 이상한 거 아니야?」

내가 무어라고 대답하겠습니까?

「나? 아무것도……」

「네 생각에는 네가 이상하다고 생각하지 않아? 응?」

그러고는 웃었습니다. 그때는 그것으로 끝났지만 나로서는 결코 기분 좋은 일은 아니었습니다.

자안은 마을에서 가장 결단력 있는 자들 중 하나였지요. 세상도 많이 돌아다녔고 누구보다도 아는 것이 많았습니다. 그 틈에 박힌 공룡 이야기들을 들을 때면 무척이나 시셔워했습니다. 한번은 이렇게 말하더군요.

「꾸며 낸 이야기들이야. 완전히 꾸며 낸 이야기를 하고 있어. 이곳에 진짜 공룡이 한번 왔으면 좋겠어.」

「모습을 나타내지 않은 지 꽤 오래됐다고.」
고기잡이하는 녀석이 중간에 끼어들었습니다.
「그렇지는 않아.」
자안은 코웃음을 쳤습니다.
「아직도 들판을 습격하는 몇몇 무리가 있을 거라는 소문을 들은 적이 있어. 들판에서는 우리 종족들이 교대로 밤이고 낮이고 계속 보초를 서고 있다고. 거기에서는 아무리 믿음이 가더라도 모르는 종족은 절대 함께 데리고 있지 않아.」

그러면서 의도적으로 시선을 나에게 고정시켰습니다.

더 이상 머뭇거릴 필요가 없었지요. 역겨운 감정은 차라리 그대로 내뱉어 버리는 편이 나았습니다. 나는 한 걸음 앞으로 나섰습니다.

「내게 무슨 감정이 있어?」 내가 물었지요.

「우리는 지금 누구에게서 태어났고 또 어디서 온지도 모르는 녀석과 함께 있다고. 우리들의 음식을 먹고 또 우리 자매들의 꽁무니를 쫓아다니는……」

「못난이는 자기 먹을 것은 벌고 있다고. 열심히 일하는 녀석이야.」

고기잡이를 하는 누군가가 내 편을 들어 주더군요.

「나무를 등에 짊어지고 옮기는 거야 할 수 있겠지. 나도 그건 부정하지 않아.」 자안이 계속 우겼습니다.

「그렇지만 위험한 순간에, 우리가 필사적으로 이빨과 발톱으로 싸워야 할 순간에, 당연히 해야 할 일을 할 것이라고 누가 보장하지?」

그러자 논쟁이 시작되었습니다. 이상하게도 내가 공룡일 가능성은 전혀 고려되지 않았답니다. 나에게 뒤집어씌우는 잘못은 단지 내가 이상하게 생겼고 이방인이며, 따라서 믿을 수 없는 녀석이라는 것뿐이었습니다. 그리고 바로 나라는 존재가 공룡들의 우발적인 복귀의 위험성을 얼마나 증가시키느냐 하는 것이 논쟁의 초점이었지요.

「저 녀석이 직접 싸우는 것을 보고 싶어. 저 도마뱀 같은 주둥이로 말이야.」 자안은 계속하여 경멸적으로 날 자극했습니다.

「너만 도망가지 않는다면 지금이라도 보여 줄 수 있어.」

그건 정말 예기치 않은 일이었습니다. 나는 주위를 둘러보았지요. 다른 녀석들은 빙 둘러섰습니다. 이제 부딪쳐 보는 수밖에 없었답니다.

나는 앞으로 다가섰지요. 물어뜯으려고 덤벼드는 자안의 이빨을 목을 돌려 피하고는 앞발로 한 대 걷어찼습니다. 자안은 벌렁 뒤로 넘어졌습니다. 나는 녀석의 배 위로 올라탔답니다. 그런데 그게 실수였습니다. 예전에 공룡들은 가슴과 배에 발톱과 이빨 자국이 가득한 채 죽어 가면서도 자기들이 적을 꼼짝 못하게 만들었다고 생각했는데, 나는 마치 그런 모습을 본 일도 없고 또 모른다는 듯이 실수로 그런 동작을 취했답니다. 그렇지만 나는 아직도 꼬리를 이용하여 튼튼하게 균형을 유지할 줄 알았습니다. 내가 오히려 밑에 깔리지 않아야 했습니다. 나는 힘을 썼지만 넘어지려 하고 있다는 것을 느꼈지요.

바로 그때 같이 있던 한 녀석이 소리쳤습니다.

「자, 힘내, 공룡!」

일순간 나는 그들이 내 정체를 밝혀냈으며 다시 옛날로 되돌아가 있음을 느꼈습니다. 이왕 죽게 될 몸이라면 그들에게 옛날의 공포심이나 다시 불러일으켜 주어야겠다고 생각했지요. 나는 정신없이 자안을 때렸습니다. 한 번, 두 번, 세 번…….

옆에 있던 녀석들이 우릴 뜯어말렸습니다.

「이봐, 자안, 우리가 말했잖아. 못난이는 힘이 있다고. 못난이를 함부로 놀리지 말라고!」

그들은 웃었습니다. 그리고 축하를 하며 앞발로 내 어깨를 가볍게 두드렸답니다. 이제 완전히 정체가 발각되었다고 믿고 있던 나는 이해할 수가 없었습니다. 나중에야 나는 〈공룡〉이라는 말이 시합에서 경쟁자들을 부추기기 위해 〈힘내, 더 힘내라고!〉 하는 의미로 사용되고 있다는 것을 깨달았지요. 사실 그것이 나에게 한 말인지 혹은 자안에게 한 말인지조차 명확하지 않았습니다.

그날부터 나는 모두에게서 존경을 받게 되었습니다. 자안도 나에게 용기를 북돋아 주었고 새로운 힘 자랑을 보려고 내 뒤를 쫓아다니곤 했답니다. 공룡에 대한 그들의 일상적인 대화 역시 약간 바뀌었다는 것을 말씀드려야겠군요. 즉 모든 것을 언제나 동일한 방식으로 판단하는 것에 싫증을 느낄 때면 다른 방향으로 그 유행의 흐름이 바뀌기 시작하는 것과 마찬가지로 말입니다. 이제는 마을에서 어떤 것을 비판하려고 할 때면, 어떠어떠한 일들이 공룡들 사이에서는 발생하지 않았을 것이라고 말하는 습관이 생겼습니다. 말하자면 여러 가지 상황에서 공룡들의 예를 들게 되었으며, 이러저러한 상황에서(예를 들면 사사로운 생활에서) 공룡들의 행동에 대해서는 다시 이야기할 필요가 없다는 등등의 말을 하게 되었지요. 간단히 말해 그 누구도 자세히 모르는 공룡들에 대한 일종의 칭찬 같은 것이 나오게 되었습니다.

그래서 한번은 내가 이런 말까지 했습니다.

「너무 과장하지 말자고. 진짜 공룡이 어떻게 생겼는지 알고나 있어? 응?」

그러자 내게 이렇게 말하더군요. 「시끄러워. 전혀 보지도 못한 네가 공룡을 어떻게 알아?」

아마도 사실을 사실대로 말해 줄 적당한 기회 같았습니다. 「그래, 나는 보았어.」 내가 소리쳤지요. 「원한다면 어떻게 생겼는지 내가 자세히 설명해 줄 수도 있어.」

그들은 날 믿지 않았습니다. 내가 자기들을 놀리고 있다고 생각하더군요. 나에게는 그들이 공룡에 대해 그렇게 새로운 방식으로 말하는 것이 그전 못지않게 견딜 수 없는 일이었습니다. 우리 종족에게 가해진 잔혹한 운명에 대해 내가 느끼고 있던 고통은 제쳐 두고라도, 나는 공룡들의 생활을 내부 깊숙이까지 알고 있었으며, 우리 공룡들 사이에 얼마나 제한된 사고방식이, 즉 새로운 상황에 전혀 적응할 줄 모르는 편협한 사고방식이 얼마나 만연해 있었는지를 잘 알고 있었기 때문입니다. 그런데 이제 와서 그들이 우리들의 그 편협했던 세상, 그렇게 뒤떨어지고, 말하자면 그토록 지겨웠던 우리의 세상을 하나의 모델로 삼는 것을 보아야만 하다니! 나 자신도 전혀 느껴 보지 못했던, 우리 종족에 대한 일종의 성스러운 존경심을 바로 그들에게서 느껴야만 하다니!

그렇지만 결국에는 그런 말이 옳다는 생각도 들었습니다. 도대체 이 새 주민들이 좋은 시절의 공룡들과 다를 바가 무엇이란 말입니까? 그들 역시 둑을 쌓고 고기잡이를 하는 마을 안에서 조그마한 안전을 느끼며 나름대로의 건방짐과 오만함까지 갖고 있지 않은가. 나는 나의 동족에 대해 갖고 있던 것과 동일한, 견딜 수 없는 감정을 그들에 대해서도 느꼈습니다. 그리고 그들이 공룡을 칭찬하는 말을 들으면 들을수록, 나는 공룡과 그들을 동시에 경멸하게 되었습니다.

「이봐, 어젯밤 공룡 하나가 우리 집 앞으로 지나가는 꿈을 꾸었어.」 양치류 꽃이 내게 말했습니다. 「정말로 크고 멋진 공룡이었어. 분명히 공룡들의 왕 아니면 왕자였을거야. 나는 예쁘게 치장하고 머리에는 리본을 매고 문 앞으로 나갔어. 그 공룡의 관심을 끌려고 경의를 표했지. 그런데 그는 나의 존재를 알아보지도 못하는 것 같았어. 나한테 시선 한 번도 주지 않았어.」

그 꿈은 나에 대한 양치류 꽃의 심리 상태를 이해할 수 있는 새로운 열쇠를 주었습니다. 틀림없이 그녀는 나의 소심함을 거만함으로 착각하고 있었던 모양입니다. 지금에 와서 다시 생각해 보면, 그때 내가 조금만 더 그러한 태도를 유지하면서 거만한 거리감을 과시했더라면 그녀를 완전히 정복할 수 있었으리라는 생각이 듭니다. 그런데 어리석게도 나는 그런 생각에 스스로 감동하여 눈물을 글썽이면서 그녀의 발치에 꿇어앉아 말했습니다.

「아니야, 양치류 꽃. 그게 아니야, 네가 생각하는 것처럼 그렇지는 않아. 넌 어떤 공룡보다 더 훌륭해. 백 배나 더 훌륭하다고. 난 너에 비해 보잘것없는 존재야.」

양치류 꽃은 깜짝 놀라 뒤로 물러섰습니다.

「아니, 도대체 무슨 소리야?」

그녀가 기대했던 것은 그게 아니었습니다. 그녀는 당황했고 그 어색한 광경에 어리둥절해했습니다. 나는 너무 늦게야 깨달았지요. 난 서둘러 자세를 가다듬었지만 불편한 분위기가 이미 우리 사이를 무겁게 짓누르고 있었답니다.

더구나 잠시 후에 발생한 야단법석 때문에 다시 생각해 볼 겨를도 없었습니다. 급박한 소식이 마을에 퍼진 것입니다.

「공룡들이 돌아온다!」

정체를 알 수 없는 한 무리의 괴물들이 들판을 가로질러 무섭게 달려오는 광경을 멀리서 발견한 것입니다. 그런 속도로 달려온다면 내일 새벽녘에는 마을을 습격할 수 있으리라는 전갈이었습니다. 마을에 온통 경보가 울렸지요.

여러분들은 그 소식을 들으면서 내 가슴속에 차오른 감정의 충일감을 상상하실 수 있을 것입니다. 우리 종족은 멸망하지 않았다! 난 이제 형제들과 다시 만나 옛날의 생활을 다시 시작할 수 있다! 그러나 옛 기억은 내 머릿속에서 끝없이 계속되던 패배와 도주와 위험들을 떠올리게 했습니다. 다시 시작한다는 것은 아마도 일시적으로 그러한 고통을 다시 겪는다는 것, 이미 끝난 것으로 생각하던 그 단계로 되돌아간다는 것을 의미했습니다. 이곳 마을에서 나는 이미 일종의 새로운 평온을 되찾았고 그것을 잃고 싶지 않았답니다.

새 주민들의 정신 상태도 여러 가지 감정으로 나뉘어 있었지요. 한편으로는 공포에 사로잡혀 있었고, 다른 한편으로는 옛날의 적을 무찌르고 승리해 보겠다는 열망에 차 있었습니다. 또 다른 한편으로는 만약 공룡들이 살아남아서 이제 새로이 복귀하려고 한다면 아무도 그들을 저지할 수 없을 것이며, 또한 그들의 승리가 비록 잔인할지는 모르지만 그래도 모두를 위한 좋은 세상을 세울지도 모른다는 의견도 있었답니다. 간단히 말해 새 주민들 사이에는 방어하자, 도망가자, 적을 무찌르자, 패배하자 등등의 여러 의견이 한꺼번에 뒤섞여 있었습니다. 이러한 불안감은 그들의 무질서한 방어 준비에 잘 나타나 있었지요.

「잠깐만!」 자안이 소리쳤습니다.

「우리들 중에서 지휘를 할 수 있는 자는 단 한 명뿐이야! 우리들 중에서 가장 힘이 센 못난이야!」

「그래, 맞아! 못난이가 우릴 지휘해야 해!」 모두들 한꺼번에 소리쳤습니다.

「그래, 그래. 못난이가 지휘해!」 그러고는 내 주위에 모였습니다.

「아니야. 나는…… 이방인이고, 그럴 능력이 없어.」 나는 슬슬 피했지요. 그들을 설득할 방도가 없었습니다.

나는 어떻게 해야 할까요? 그날 밤 나는 한숨도 잘 수 없었습니다. 내 혈관의 피는 빨리 도망쳐서 내 형제들과 합류하라고 말하고 있었답니다. 그렇지만 날 받아들여서 잘 대해 준 새 주민들이 나를 신뢰하고 있다는 생각은 새 주민들의 편에 서라고 말했습니다. 더구나 나는 공룡을 위해서도, 새 주민들을 위해서도 손가락 하나 움직일 가치가 없다는 것을 잘 알고 있었지요. 만약 공룡들이 침략과 살육으로써 다시 지배를 하려고 한다면 그건 그들이 과거의 경험에서 아무것도 배우지 못했다는 것을, 단지 실수로 살아남았다는 것을 의미했습니다. 그리고 새 주민들은 나에게 지휘권을 줌으로써 가장 편리한 해결 방안을 찾았다는 것 역시 명백한 사실이었답니다. 말하자면 이방인에게 모든 책임을 돌려 버림으로써, 패배했을 경우에 나는 적을 무마하기 위하여 적에게 넘겨줄 속죄양으로 그들의 구원자가 될 수도 있겠지요. 또 내가 배신자가 되어 그들을 적의 손아귀에 넘겨준다면 공룡들에게 지배당하고자 하는 그들의 보이지 않는 꿈을 실현시켜 줌으로써 또한 구원자가 될 수도 있겠지요. 간단히 말해서 나는 이쪽 편에도 저쪽 편에도 끼고 싶지 않았습니다. 저희들끼리 죽이든지 살리든지! 나는 그들 모두에게 관심이 없었습니다. 가능한 한 빨리 빠져나가야 했답니다. 죽이 되든 밥이 되든 그들에게 맡겨 두고 더 이상 그 케케묵은 옛날이야기들을 생각하지 말아야 했습니다.

그날 밤 나는 어둠 속을 빠져나와 마을을 떠났습니다. 맨 처음 생각은 가능한 한 그 싸움터에서 멀리 떨어져야겠다는 것이었습니다. 나만의 비밀스러운 도피처로 돌아가고 싶었답니다. 그런데 내 동족들을 보고 싶은 호기심이, 누가 싸움에서 이길 것인지 알고 싶은 강렬한 호기심이 생겼습니다. 나는 강기슭의 후미진 곳이 내려다보이는 바위 꼭대기에 몸을 숨기고 새벽이 되기를 기다렸습니다.

점차 날이 밝으며 지평선에 그들의 모습이 나타났습니다. 그들은 점점 가까이 진격해 오고 있었습니다. 그들의 모습을 정확하게 구별해 내기도 전에 이미 나는 공룡들은 절대로 그렇게 점잖지 못한 걸음걸이로 달리지 않는다는 점을 포착할 수 있었습니다. 그들을 정확히 알아볼 수 있었을 때, 나는 웃어야 할지 아니면 부끄러워해야 할지를 몰랐습니다. 그건 코뿔소들이었지요. 크고 거칠며, 흉측하게 생겼고 머리에는 단단한 뿔이 돋아나 있지만 실제로는 아무런 해도 주지 않으며 풀을 뜯어먹고 사는 한 무리의 초기 코뿔소들이었던 것입니다. 바로 그들을 옛날 지상의 왕자들과 혼동했다니!

코뿔소 무리들은 쿵쾅거리며 요란스럽게 뛰어다녔습니다. 그들은 멈추어 서서 관목 숲을 이리저리 헤쳐 보기도 하면서 고기잡이 주민들의 감시를 조금도 눈치 채지 못한 채 멀리 지평선을 향해 다시 달려가기 시작했습니다.

나는 마을로 달려 되돌아왔습니다.

「잘못 봤어! 공룡들이 아니야! 코뿔소들이었다고! 벌써 멀리 가버렸어!」 그리고는 나의 야반도주를 징딩화하려고 이렇게 덧붙였지요. 「내가 탐색해 보려고 나갔어! 염탐을 해서 알려 주려고 말이야!」

자안이 냉담하게 말했습니다. 「그들이 공룡이 아니라는 것은 우리가 몰랐을 수 있어. 하지만 네가 영웅이 아니라는 건 알게 됐어.」

그러고는 나에게서 등을 돌려 버렸답니다.

분명히 그들은 실망했습니다. 공룡에 대해서, 그리고 나에 대해서 실망한 것입니다. 이제 공룡에 대한 그들의 이야기는 조롱거리로 바뀌어 버렸습니다. 그 무시무시했던 괴물들이 이제는 우스꽝스러운 주인공으로 등장하게 된 것입니다. 나는 그렇게 천박한 그들의 정신 상태에 정말로 가슴이 아팠습니다. 그제야 나는 우리로 하여금, 더 이상 우리의 것이 아닌 세상에서 사는 것보다는 차라리 소멸해 버리는 편을 택하도록 한 영혼의 위대성을 인정하게 되었습니다. 내가 지금까지 살아남은 것은 공룡이라는 존재가 그 새 주민들, 아직도 자신들을 짓누르는 공포를 천박한 조롱거리로 위장하고 있는 그 주민들 사이에서 줄곧 그런 식으로 인식되었기 때문이지요. 그리고 새 주민들에게는 조롱과 공포 이외에 다른 어떤 선택이 주어질 수 있었겠습니까?

양치류 꽃은 내게 꿈 이야기를 들려주면서 달라진 태도를 드러냈습니다.

「아주 어설프고 우스꽝스럽게 생긴 공룡 하나가 있었는데 모두들 꼬리를 잡아당기면서 놀려 대고 있었어. 그래서 내가 앞으로 나서서 그를 감싸 주었고 데리고 가서 쓰다듬어 주었지. 우스꽝스럽기는 했지만 눈물이 강물처럼 쏟아지는 그 붉고 노란 눈을 보니 정말로 불쌍한 존재라는 걸 깨달았어.」

그 말을 듣고 내 머릿속에 무슨 생각이 떠올랐는지 아십니까? 꿈의 이미지와 나를 동일화하는 데 대한 반발, 아니면 연민으로 바뀌어 버린 듯한 감정에 대한 거부감, 아니면 그들 모두가 공룡에 대해 가지고 있던 생각의 변화에 따른 고통이었을까요? 나는 갑자기 오기가 치솟아 올랐고 분에 못 이겨 경멸에 찬 몇 마디 말을 그녀의 얼굴에 내뱉었습니다.

「도대체 무엇 때문에 언제나 그 어린애 같은 꿈 이야기로 날 귀찮게 하는 거야! 넌 그 멍청한 꿈밖에 모르는구나!」

양치류 꽃은 왈칵 눈물을 터뜨렸습니다. 나는 어깨를 으쓱해 보이며 그녀 곁을 떠났지요.

우연히도 이런 일이 제방 위에서 일어났습니다. 우리 둘만 있었던 것이 아닙니다. 고기잡이하던 녀석들이, 우리의 대화를 알아듣지는 못했지만, 나의 돌변한 태도와 그녀가 울음을 터뜨린 것을 알았습니다.

자안이 중간에 개입해야겠다는 의무감을 느낀 모양입니다.

「도대체 무얼 믿고 내 누이동생한테 그렇게 불손하게 구는 거야?」

그가 불쾌한 어조로 말하더군요.

나는 걸음을 멈추고 대꾸도 하지 않았습니다. 다시 한 번 붙고 싶다면 각오가 되어 있었지요. 그렇지만 최근 들어 마을의 분위기는 바뀌어 있었습니다. 그들은 모든 것을 조롱거리로만 생각했지요. 고기잡이하던 녀석들에게서 기묘하게 꾸며 낸 목소리가 들려왔습니다.

「꺼져, 꺼지라고, 공룡!」

나는 알고 있었지요. 그것은 최근에 널리 사용하는 깔보는 표현으로 〈허풍 떨지 말고 고개를 숙여!〉라는 의미였습니다. 하지만 내 피 속에선 무언가가 꿈틀거리며 올라왔습니다.

「그래, 자 보라고. 내가 공룡이다!」

나는 소리쳤습니다.

「내가 바로 공룡이라고! 너희들 공룡을 본 적이 없다면, 자 여기 있으니 잘 보라고!」

그러자 일시에 냉소가 터져 나왔습니다.

그때 노인 하나가 말했답니다. 「어제 나는 진짜 공룡을 보았지. 눈더미 밖으로 삐죽이 나와 있었어.」

갑자기 주위가 조용해졌습니다.

그 노인은 산 위의 어느 마을에서 돌아오고 있었습니다. 따스한 해빙기가 되어 오래된 빙하가 녹아내렸고 거기에 공룡의 시체 하나가 밖으로 나와 있었다는 것이었지요.

소문은 금세 온 마을에 퍼졌습니다.

「공룡을 보러 가자!」

모두들 그 산을 향해 달려갔고 나도 함께 뛰어갔습니다.

자갈들과 뿌리 뽑힌 나무둥치들, 진흙, 새들의 시체로 뒤덮인 퇴적층 언덕을 넘어서자 자그마한 골짜기가 펼쳐졌습니다. 파릇파릇한 이끼류가 얼음 덩어리에서 풀려 나온 바위들을 뒤덮고 있었지요. 그 한가운데에 마치 잠자는 듯한 거대한 공룡의 해골이 누워 있었습니다. 척추 뼈에서 길게 뻗어 난 목과 뱀처럼 꼬리를 늘어뜨린 채 말입니다. 흉부는 마치 돛처럼 굽어 있었고, 갈비뼈 사이의 판판한 횡경막이 바람에 펄럭일 때마다 아직도 그 안에서 보이지 않는 심장이 펄떡거리며 뛰고 있는 듯했습니다. 입은 처절한 비명을 지르듯이 벌어진 채였고 두개골은 완전히 뒤틀려 있었습니다.

그곳까지 유쾌하게 떠들며 달려간 새 주민들은 두개골 앞에서, 그 텅 빈 두 개의 동공이 자신들을 응시하고 있는 것을 느끼고는 몇 발자국 떨어져 잠시 동안 말이 없었습니다. 그러나 잠시 후에는 몸을 돌리더니 또다시 멍청하게 떠들어 대기 시작했습니다. 그들 중 한 명이라도 시선을 그 해골에게서 나에게로, 꼼짝 않고 그걸 응시하고 있던 나에게로 돌렸더라면 곧바로 우리가 똑같다는 사실을 알아차렸을 것입니다. 그렇지만 아무도 그러지 않았지요. 그 해골의 잔해, 이빨들, 흩어진 사지들은 이제는 이미 해독할 수 없는 언어로 말하고 있었습니다. 현재의 경험들과는 아무런 관계도 없게 된 그 공허한 이름 이외에는, 더 이상 누구에게도 아무런 말도 해주지 못하고 있었습니다.

나는 계속해서 그 해골을, 아버지를, 형제를, 나와 동일한 존재를, 나 자신을 뚫어지게 바라보았습니다. 거기에서 나는, 나 자신의 뼈만 남은 해골과 바위 틈에 새겨진 나 자신의 희미한 윤곽을 보았습니다. 또 우리들 자신이었으면서도 이제는 더 이상 우리가 아닌 모든 것을, 우리의 위험을, 우리의 잘못을, 우리의 파멸을 보았습니다.

이제 이 잔해들은 지구의 어리석은 새로운 점령자들에게 하나의 볼 만한 구경거리로만 이용될 것이며, 결국 아무런 의미도 없이 공허한 메아리가 되어 버린 〈공룡〉이라는 이름의 운명을 뒤따르게 될 것입니다. 아니, 나는 그걸 절대 용납할 수 없었습니다. 공룡들의 진정한 본질에 관계되는 것은 모두 감추어져 있어야만 했습니다. 그날 밤 새 주민들이 해골 주위에 모여 잠을 자고 있는 동안 나는 갈비뼈 하나하나까지(나 자신의 죽음을) 모조리 다른 곳으로 옮겨 파묻었습니다.

이튿날 아침 새 주민들은 해골의 흔적조차 발견하지 못했습니다. 그들은 그런 사실에 대해 오래 생각하지도 않았습니다. 공룡을 둘러싼 수많은 신비들에 새로운 신비 하나가 덧붙여졌을 뿐이시오. 그리고 그 신비마저 곧바로 그들의 뇌리에서 사라졌습니다.

그러나 그 해골은 하나의 흔적을 남겼습니다. 즉 공룡에 대한 그들의 관념은 일종의 슬픈 종말의 개념과 연결되었으며, 따라서 그들의 이야기 속에서 이제는 우리의 고통에 대한 동경과 연민의 감정이 널리 지배하게 된 것입니다. 그들의 이러한 연민에 나는 어떻게 해야 할지 몰랐습니다. 도대체 무엇에 대한 연민이란 말입니까? 만약 우리 종족이 훌륭히 진화했더라면, 행복하고 영원한 왕국의 주인은 바로 우리들이었을 것입니다. 우리들의 소멸은 우리의 과거에 걸맞은 장엄한 에필로그였습니다. 도대체 이 멍청한 녀석들이 그러한 사실을 이해할 수 있단 말입니까? 그들이 공룡에 대한 연민에 빠지는 걸 볼 때마다 나는 그들을 조롱하고 싶은 생각이 들었고 그럴듯하게 꾸며 낸 이야기들을 들려주고 싶은 생각이 들었습니다. 그렇지만 공룡에 대한 진실은 이제 이미 아무도 이해할 수 없는 것이 되어 버렸을 것이며, 따라서 그것은 오로지 나 자신만 알고 있어야 할 하나의 비밀이었습니다.

한 무리의 떠돌이 종족이 마을 근처에 머물렀습니다. 그들 가운데에는 아가씨 하나가 있었지요. 그녀를 보자 몸이 떨려 왔습니다. 내 눈이 잘못 되지 않았다면 그녀의 혈관 속에는 틀림없이 새 주민들의 피만 흐르고 있지는 않았습니다. 그녀는 분명 혼혈족, 공룡의 혼혈이었습니다. 그녀는 그걸 알고 있을까요? 자유분방한 그녀의 태도로 판단해 보건대 그녀는 분명 그런 사실을 모르고 있었습니다. 아마 그녀의 부모들은 아닐지라도 할아버지나 증조할아버지나 고조할아버지들 중 한 명은 분명히 공룡이었을 것입니다. 그녀에게서는, 이제 이미 그녀뿐만 아니라 아무도 알아볼 수 없는, 우리 혈통의 몸짓과 성격들이 그 자유분방한 눈초리와 함께 나타나고 있었습니다. 그녀는 아름답고 쾌활했습니다. 그녀 주위엔 금세 따라다니는 녀석들의 무리가 생겼지요. 그들 중 가장 집요하고 열렬히 사랑에 빠진 녀석은 바로 자안이었습니다.

여름이 시작되었습니다. 젊은이들은 강에서 축제를 벌였답니다.

「자, 우리와 함께 가자!」

수많은 싸움 끝에 내 친구가 되려고 노력하던 자안이 날 이끌었습니다. 자안은 그 혼혈 아가씨 곁에서 헤엄치기 시작했습니다.

나는 양치류 꽃에게로 다가갔지요. 아마 그녀에게 모든 걸 설명하고 이해를 시킬 순간이 온 것 같았습니다.

「어젯밤에는 무슨 꿈을 꾸었지?」 대화를 꺼내려고 내가 물었지요.

그녀는 고개를 숙이고 있었습니다.

「상처를 입고 고통에 몸부림치는 공룡을 보았어. 섬세하고 고귀한 머리를 떨어트리고는 고통을, 고통을 받고 있었어. 난 바라보았어. 그에게서 눈을 뗄 수가 없었어. 그리고 그가 괴로워하는 걸 보면서, 내가 희미한 쾌감을 느끼고 있다는 것을 깨달았어.」

양치류 꽃의 입술은 내가 그녀에게서 보지 못했던 암시 속에서 긴장해 있었습니다. 나는 단지 그녀의 그 불투명하고 모호한 감정들의 유희와 나는 아무런 상관이 없다는 것, 즉 나는 나름대로 인생을 즐기고 있으며 행복한 혈통의 후계자라는 것을 보여 주고 싶었을 뿐입니다. 나는 그녀의 주위를 돌며 춤을 추었고 꼬리를 흔들어 그녀에게 강물을 뿌렸습니다.

「넌 슬픈 이야기밖에 할 줄 모르는구나!」 내가 가볍게 말했지요.

「집어치우고 이리 와 춤이나 추라고!」

그녀는 이해하지 못했습니다. 그녀는 얼굴을 찡그렸습니다.

「나하고 춤추지 않으면 다른 아가씨와 추겠어!」 내가 외쳤지요. 나는 자안의 코앞에서 혼혈 아가씨의 앞다리 하나를 잡아 끌고 가버렸습니다. 자안은 자신의 사랑에만 빠져서 처음에는 아무것도 깨닫지 못하고 그저 멀어져 가는 우리를 바라보고만 있었지요. 그러다 갑자기 질투심에 사로잡혔습니다. 그렇지만 너무 늦었습니다. 나와 혼혈 아가씨는 이미 강물로 뛰어들어 맞은편 강가로 헤엄쳐 가서 숲 속으로 숨어 버렸습니다.

아마도 나는 단지 양치류 꽃에게 나의 실체를 보여 주고, 나에 대한 그녀의 잘못된 생각들을 부정하고 싶었는지도 모릅니다. 또 자안에 대한 옛 원한이 떠올라서 그의 새로운 우정의 제의를 거만하게 물리치고 싶었는지도 모릅니다. 아니면 무엇보다도 혼혈 아가씨의 특이하면서도 친근한 자태가 나에게 비밀스러운 생각도 없고, 기억도 없는, 직접적이고 자연스러운 관계에 대한 욕구를 불러일으켰는지도 모릅니다.

그 떠돌이 무리들은 이튿날 아침 다시 떠날 예정이었지요. 혼혈 아가씨는 숲 속에서 나와 함께 밤을 지새우기로 동의했습니다. 나는 새벽까지 그녀와 사랑에 빠졌습니다.

그렇지만 이것은 사건이 거의 없는 평온한 일상에서 일어난 덧없는 에피소드에 지나지 않았습니다. 나는 나에 대한, 그리고 우리 왕국의 시대에 대한 진실을 침묵 속에 잠기도록 내버려 두었답니다. 이제는 공룡에 대해 더 이상 말하지도 않았고 그들이 존재했으리라는 것조차 믿지 않는 것 같았습니다. 양치류 꽃도 이제는 공룡 꿈을 꾸지 않았습니다.

그녀는 이렇게 말했지요.

「어느 동굴 안에 아무도 그 이름을 기억하지 못하는 종족의 유일한 생존자가 숨어 있는 꿈을 꾸었어. 그에게 무언가 물어보러 갔지. 동굴은 어두웠어. 보이지는 않았지만 난 그가 거기에 있다는 걸 알고 있었어. 하지만 그가 내 질문에 대답하는 건지 아니면 내가 그의 질문에 대답하고 있는지조차 알 수 없었어.」

그것은 끊임없이 생명의 위협을 느끼며 떠돌아다니다 샘물가에 걸음을 멈춘 그때부터 내가 바라던 대로, 마침내 우리들 사이에 사랑의 이해심이 싹트기 시작했다는 신호였습니다.

그때부터 나는 많은 것들을, 특히 공룡들이 승리하는 방식을 배웠습니다. 처음에는 소멸해 버리는 것이 우리 형제들에게는 너그럽게 패배를 받아들이는 것이라고 믿었지요. 그렇지만 이제는 공룡들이 사라져 가는 만큼 그들은 자신의 지배력을, 현재 대륙을 뒤덮고 있는 것보다 훨씬 더 무성한 숲에 대한 지배력을, 그리고 남아 있는 자들의 뒤엉킨 사고의 그물 속에서 자신들의 지배력을 확대하고 있다는 것을 깨닫게 되었습니다. 이미 아무것도 모르는 세대들의 의혹과 두려움의 그늘로부터, 공룡들은 계속해서 그들의 기다란 목을 내밀고 날카로운 발톱을 세운 다리들을 쳐들고 있었습니다. 이러한 그들의 마지막 그림자마저 지워졌을 때, 그들의 이름만이 남아 계속하여 모든 의미들 위에 겹쳐졌으며, 살아 있는 존재들 사이의 관계에서 자신들의 존재를 영속시키고 있었지요. 이제 그 이름마저 지워져 버린 지금, 이름도 없고 말도 없는 사고의 모태(母胎)와 함께 유일한 것으로 되는 길만이 그들을 기다리고 있었습니다. 그 모태들을 통하여 새 주민들이, 새 주민들의 뒤를 이어서 나타날 존재들이, 그리고 또 그 뒤를 이을 녀석들이 생각하는 것은 형태와 실체를 갖게 될 것입니다.

나는 주위를 둘러보았습니다. 내가 처음 이방인으로 들어

왔던 마을을 이제는 나의 마을이라고 말할 수 있었으며, 나의 양치류 꽃이라고 말할 수 있었습니다. 바로 공룡이 그렇게 말할 수 있는 방식으로 말입니다. 그렇기 때문에 나는 침묵의 작별 인사와 함께 양치류 꽃과 헤어져 마을을 떠났습니다. 영원히 떠나가 버렸지요.

길을 가는 도중에 나는 나무와 강과 산들을 바라보았지요. 공룡 시절에 있었던 것들과 그 후에 나타난 것들을 더 이상 나는 구별할 수 없었습니다. 어느 땅굴 주변에 떠돌이들이 진을 치고 있었지요. 나는 멀리서 혼혈 아가씨를 알아보았습니다. 약간 살이 쪘지만 언제나 매력적인 모습이었어요. 나는 들키지 않으려고 숲 속에 몸을 숨기고 몰래 살펴보았지요. 그녀 뒤에는 이제 가까스로 뒤뚱거리는 다리로 뛰어다니는 어린 아들이 뒤따르고 있었습니다. 도대체 그처럼 완벽한 공룡을 못 본 지가 얼마나 되었을까요? 그렇게 공룡 특유의 본질로 가득 차 있으면서도 공룡이라는 이름이 무엇을 의미하는지 전혀 모르고 있는 그 완벽한 어린 공룡을.

나는 숲 속 빈 터에서 기다리며 그 아이가 노는 모습, 나비를 쫓아가는 모습을, 솔방울 씨앗을 빼내려고 솔방울을 돌멩이에 두드리는 모습을 지켜보고 있었습니다. 나는 가까이 다가갔지요. 틀림없는 나의 아이들이었습니다.

아이는 호기심 어린 눈으로 나를 바라보았습니다.

「누구세요?」 아이가 묻더군요.

「아무도 아냐.」 내가 말했습니다.

「그러면 넌 네가 누군지 아니?」

「아, 물론이죠! 모두 알고 있다고요. 난 새 주민이에요!」 아이가 말했습니다.

내가 듣고 싶었던 말은 바로 그것이었습니다. 나는 머리를 쓰다듬어 주며 말했지요.
「그래, 맞았어.」
그리고 나는 떠났습니다.
나는 계곡과 들판을 가로질러 달렸습니다. 나는 어느 역에 도착하여, 기차를 잡아타고 군중 속으로 파묻혀 들어갔습니다.

새들의 출현

진화의 역사에서 새들의 출현은 비교적 늦었다. 새들은 동물 왕국의 다른 모든 종류들보다 늦게 나타났다. 새들의 시조 — 또는 최소한 고생물 학자들이 그 흔적을 발견한 최초의 시조 — 인, 아르카이오프테릭스(시조새: 자신의 선조인 파충류의 몇몇 특징들을 아직 가지고 있음)는 최초의 포유동물이 나타난 지 수천만 년이 지난 쥐라기로 거슬러 올라간다. 이것은 동물학적 계보상 더욱 진화한 동물 집단들의 계속적인 출현 과정에서 나타난 유일한 예다.

우리가 더 이상 놀라움을 기대하지 않은 지 오랜 세월이 지났습니다 — 크프우프크는 이야기했다. 모든 것이 어떻게 될 것인지 이미 명백했습니다. 전에 있던 자가 그대로 있는지, 우리는 직접 눈으로 보아야 했지요. 누군가는 더 멀리까지 갈 것이고, 누군가는 있던 자리에 그대로 머무를 것이며, 누군가는 살아남지 못할 것입니다. 무한한 가능성이 있었습니다.

그런데 어느 날 아침 나는 밖에서 들려오는 어떤 노랫소리를 들었습니다. 전에는 전혀 들어 보지 못한 것이었습니다. 아니 정확히 말하자면 — 무슨 노래인지 아직 모르고 있었으므로 — 이전에는 그 누구도 전혀 한 적이 없는 흥얼거림을 들었지요. 나는 얼굴을 내밀었습니다. 나뭇가지 위에서 노래하고 있는 이름 모를 동물이 보입니다. 그것은 날개·꼬리·발톱·갈퀴·털·깃털·지느러미·가시·부리·이빨·모이주머니·꼬리깃털·머리벼슬·목벼슬, 그리고 이마에 별 표시가 있더군요. 그것은 새였습니다. 여러분은 이미 알아챘겠지만, 나는 몰랐습니다. 전혀 본 적이 없었으니까요. 새는 노래했지요.

「코악스프프…… 코악스프프…… 크아아악크크크…….」

그러고는 찬란한 빛깔의 날개를 펼쳐 퍼덕이더니 허공으로 날아올랐다가, 약간 저쪽에 내려앉아 다시 노래를 시작했지요.

그런데 이런 이야기는 문장들로만 이루어진 소설보다는 만화로 더욱 잘 표현할 수 있을 것입니다. 그렇지만 나뭇가지 위의 새, 얼굴을 내민 나의 모습, 코를 위로 쳐들고 있는 다른 모든 자들이 담긴 만화를 그리려면, 나는 이미 오래전에 잊어버렸던 수많은 것들이 어떤 모습이었는지 자세히 기억해야 할 것입니다. 그것들은 첫째 지금 내가 새라고 부르는 것, 둘째 지금 내가 〈나〉라고 부르는 것, 셋째 나뭇가지, 넷째 내가 얼굴을 내민 장소, 다섯째 다른 모든 동물들이지요. 이런 요소들에 대해 나는 단지 그것들이 지금 묘사하는 것과는 매우 상이했다는 사실만을 기억하고 있습니다. 차라리 여러분 자신이, 모든 등장인물들의 모습이 효과적으로 묘사된 배경 위에 자리 잡은 만화를 직접 상상해 보는 편이 더 나을 것입니다. 동시에 그 모습들이나 배경조차 구체적으로 상상하지 않으려고 노력하면서 말입니다. 각각의 등장인물에는 그가 말하는 대사, 또는 그가 내는 소음이 쓰여 있을 테지만, 여러분은 거기에 쓰인 글자를 한 자 한 자 읽어 볼 필요는 없습니다. 단지 내가 말하는 데 따라 개괄적인 생각만 하면 됩니다.

우선 여러분은 우리의 머리 위에서 분수처럼 솟아나는 수

많은 느낌표와 물음표들을 볼 수 있을 것입니다. 그것은 우리가 놀라움 — 축제와 같은 놀라움, 우리 역시 노래를 하고, 그 최초의 꾸르럭거림을 모방하고 싶은 욕망, 그것이 날아오르는 것을 보고 우리도 뛰어오르고 싶은 욕망 — 에 가득 차서 새를 바라보고 있다는 것을 의미합니다. 그렇지만 그것은 당혹감에 가득 찬 놀라움이지요. 새의 존재는 우리의 사고방식을 완전히 허공으로 날려 버렸으니까요.

그다음 칸의 만화에는, 우리들 중에서 가장 현명한 노인 우(호)가 보입니다. 그는 우리들 무리에서 떨어져 나와 말합니다.

「바라보지 마! 저건 실수야!」

그러고는 마치 거기 있는 자들의 눈을 막으려는 듯이 손을 펼칩니다. 그는 〈이제 내가 이것을 지워야지!〉 하고 말합니다. 또는 생각합니다. 이러한 그의 욕망을 표현하기 위해, 그가 만화에다 대각선으로 사선을 긋도록 할 수 있을 것입니다. 새는 날개를 퍼덕이며, 그 대각선을 빠져나와 맞은편 모퉁이에 안전하게 내려앉습니다. 우(호) 노인은 한가운데의 대각선으로 인해 더 이상 새가 보이지 않으므로 기뻐합니다. 새는 대각선을 부리로 쪼아 산산이 무너뜨리고는, 우(호) 노인에게로 날아가 덮칩니다. 우(호) 노인은 새를 지우려고 그 위에다 두 개의 선으로 가위표를 그리려고 합니다. 그 두 선이 마주치는 곳에 새가 날아와 앉아 알을 낳습니다. 우(호) 노인은 밑에서 그 두 개의 선을 낚아채고, 알이 떨어집니다. 새는 날아가 버립니다. 새 알의 노른자위로 뒤범벅된 그림이 있습니다.

나는 만화로 이야기하는 것을 매우 좋아합니다. 하지만 행동을 보여 주는 삽화들과 생각을 보여 주는 삽화들을 번갈아 사용해야겠지요. 예를 들어, 새의 존재를 인정하지 않으려는 우(흐) 노인의 고집을 설명해야 합니다. 그러므로 여러분은 글씨만 쓰여 있는 칸을 하나 상상해 보십시오. 가령 〈프테로사우루스(익룡)들이 실패한 이후 수억만 년 동안 날개를 가진 동물들의 흔적은 사라졌다〉 하는 식으로 말입니다. 그러한 정보는 이전에 일어난 일들을 종합하여 알려 주는 데 도움이 되지요 ― 〈곤충들은 예외다〉 하고 각주에다 분명히 밝힐 수도 있습니다.

이제 조류들에 대한 장(章)은 이미 끝난 것으로 간주되었지요! 파충류에서 탄생할 수 있는 것들은 이미 모두 탄생했다고 반복해서 말하지 않았던가요? 수백만 년이 흐르는 동안 어떠한 형태의 생물이든 기회가 닿으면 탄생하여 지구의 주민이 되었다가, 백에 아흔아홉은 몰락하여 사라졌습니다. 그 점에 대해서는 우리들 모두 동의했습니다. 살아남은 부류들은 단지 그럴 만한 가치가 있는 종족들이었으며, 선택받고 환경에 적합한 혈통을 탄생시키도록 예정된 종족들이었습니다. 누가 괴물이고 또 누가 괴물이 아닌가 하는 의혹이 오랫동안 우리를 괴롭혔지요. 그렇지만 그러한 의혹은 얼마 전에 해결되었다고 말할 수 있습니다. 즉 현재 존재하는 우리는 모두 괴물이 아니고, 그와는 반대로 존재할 수 있었는데 존재하지 않은 것들은 모두 괴물인 것입니다. 왜냐하면 원인과 결과의 계속되는 과정은 분명히 그들 괴물이 아니라, 우리들, 즉 괴물이 아닌 자들에게 유리했기 때문입니다.

그렇지만 지금 만약 이상한 동물들과 함께 다시 시작된다면, 만약 흰새의 모습으로 오랫동안 살아온 파충류들이 이전에는 전혀 필요성을 느끼지 못하던 사지(四肢)와 피부를 드러내기 시작한다면, 간단히 말해 만약 새처럼 정의(定義)상

불가능한 생물이 반대로 가능해진다면 — 게다가 이 녀석처럼 아름다운 새, 양치식물의 잎사귀 위에서 균형을 잡고 있을 때는 보기에 좋고, 지저귀는 소리를 낼 때는 듣기에 좋은 아름다운 새가 될 수 있다면 —, 그렇다면 괴물과 괴물이 아닌 자 사이의 경계선은 허공으로 사라져 버리고, 또다시 모든 것이 가능해집니다.

새는 멀리 날아갔습니다(만화에서는 하늘의 구름을 배경으로 검은 그림자가 보입니다. 새가 검은색이기 때문이 아니라, 멀리 떨어진 새들은 그렇게 표현하기 때문이지요). 그리고 나는 그 뒤를 쫓아갔습니다(산과 숲들이 무한하게 펼쳐진 풍경 속으로 멀어져 가는 내 뒷모습이 보입니다). 우(호) 노인이 내 뒤에서 소리칩니다.

「돌아와, 크프우프크!」

나는 미지의 구역을 가로질러 갔습니다. 몇 차례나 길을 잃었다고 생각했지요(만화에서는 단 한 번 표현하는 것으로 충분합니다). 그렇지만 〈코악스프프……〉 하는 소리를 듣고 고개를 들어 보면, 마치 나를 기다리듯이 그 새가 어떤 식물 위에 앉아 있는 모습을 발견하곤 했습니다.

그렇게 새를 뒤따르다 보니 나는 덤불 숲으로 가로막힌 곳에 이르렀습니다. 단 한 군데 길이 열려 있었답니다. 발밑으로 끝없는 허공이 보였습니다. 땅은 바로 그 자리에서 끝났고, 나는 그 끄트머리 위에 균형을 잡고 서 있었던 것입니다(내 머리 위로 피어오르는 소용돌이 선이 현기증을 표현합니다). 발아래에는 구름 몇 점 이외에 아무것도 보이지 않습니다. 새는 그 허공 속으로 멀리 날아가고 있었습니다. 그러면서 마치 뒤따라 오라고 권유하듯이 이따금 나를 향해 고개를 돌리곤 했지요. 그 너머에는 아무것도 없는데 어디로 따라오라는 말일까요?

 바로 그때 까마득히 먼 곳에서 마치 안개의 지평선처럼 그림자 하나가 나타났고, 차츰차츰 뚜렷한 윤곽을 드러냈습니다. 그것은 허공 속에서 앞으로 다가오는 하나의 대륙이었어요. 나는 그곳의 기슭, 계곡, 고원들을 알아볼 수 있었으며, 새는 벌써 그 위를 선회하고 있었습니다. 그렇지만 어떤 새인가? 이제는 한 마리가 아니었으며, 그 위의 하늘은 온통 각양각색의 날개들의 퍼덕거림으로 가득 차 있었답니다.

 우리 대륙의 끄트머리에서 몸을 내밀고서 나는 그 표류하는 대륙이 다가오는 모습을 바라보았습니다.

「충돌한다!」

 내가 소리쳤고, 바로 그 순간 지축이 뒤흔들렸습니다(《꽝!》하고 두꺼운 글씨로 쓰여 있습니다). 두 세계는 부딪친 후 충격으로 다시 멀어졌다가는, 또다시 부딪쳤다가 떨어지곤 했습니다. 이렇게 부딪치는 와중에 나는 저쪽으로 튕겨져 날아갔는데, 그동안에 허공의 심연이 다시 열렸고 나는 나의 세계에서 분리되었지요.

 나는 주위를 둘러보았지만, 아무것도 알아볼 수 없었습니다. 나무들, 수정, 짐승들, 풀, 모든 것이 달랐습니다. 나뭇가지에는 단지 새들만이 살고 있는 것이 아니었고, 거미의 다리가 달린 물고기들, 지느러미가 달린 벌레들도 살고 있었답니다. 지금 나는 여러분에게 그곳의 생명체들이 어떻게 생겼는지 설명하려는 게 아닙니다. 여러분이 생각나는 대로 상상하는 편이 더 나을 것입니다. 그 형태들이 더 이상하건 덜 이상하건 **별로** 중요하시 않습니다. 중요한 것은 바로 내 주위에는 이 세상이 변화 과정에서 취할 수 있었던 형태들, 그런데 어떤 우연한 동기로 인해서든 또는 본질적인 모순으로 인해서든, 취하지 않았던 그 모든 형태들이 펼쳐져 있었다는 사실입니다. 그것은 버려진 형태들, 되찾을 수 없고 잃어버린 형태들이었습니다.

[그런 개념을 표현하기 위해서는 이 만화의 칸들을 음화(陰畵)로, 즉 다른 형상들과 다르지 않지만 검은 바탕에 하얀 형상으로, 또는 거꾸로 뒤집힌 형상으로 그려야 할 것입니다 — 이러한 형상들에서 무엇이 위쪽이고 무엇이 아래쪽인지 결정할 수 있다면 말입니다.]

어떤 면에서는 친숙하고, 또 어떤 면에서는 그 비율이나 조합이 지극히 놀라운 그 형상들을 바라보면서(아주 자그마한 나의 모습은, 만화의 칸을 온통 차지하고 있는 검은 그림자들 위에 중첩되어 하얗게 그려져 있습니다), 나는 당혹스러워 뼈들이 얼어붙었습니다(만화에서는 내게서 솟아나는 차가운 땀방울들로 표현됩니다). 그렇지만 주변을 탐험해보고 싶은 강렬한 욕망을 억제할 수 없었지요. 나는 그 괴물들을 피하는 게 아니라 오히려 찾고 있었다고 말할 수 있습니다. 마치 그것들은 본질적으로 괴물이 아니고 공포가 어느 순간에는 불쾌하지 않은 감흥(만화에서는 검은 배경을 가로지르는 빛살로 표현됩니다)으로 바뀌리라는 것을 확신하듯이 말입니다. 아름다움이란, 그것을 인식할 수만 있다면, 그런 곳에도 역시 존재하고 있었답니다.

이러한 호기심에 휩싸여 나는 기슭에서 벗어나 거대한 성게처럼 가시 돋친 언덕들 사이로 들어갔습니다. 나는 이미 미지의 대륙 한가운데에서 길을 잃었습니다(나를 표현하는 자그마한 모습은 아주 미세해집니다). 조금 전만 해도 나에게 가장 신기한 출현이었던 새들이 이제는 벌써 가장 친숙한 모습이 되었습니다. 새들은 엄청나게 많았으며, 모두들 날개를 퍼덕이며 내 주위에 둥근 돔을 이룰 정도였지요(새들로 가득 찬 만화. 나의 윤곽은 가까스로 보입니다). 다른 새들은 땅바닥에 앉거나 관목 숲 위에 웅크리고 있었고, 내가 나아가자 옮겨 앉았습니다. 내가 그들의 포로였을까요? 나는 몸을 돌려 달아나려 했지요. 그렇지만 나는 오직 한 방향만을 제외하고는 전혀 통로를 열어 주지 않는 새들의 벽에 둘러싸여 있었습니다. 그들은 나를 자기들이 원하는 방향으로 밀고 갔으며, 그들의 모든 동작은 나를 한 지점으로 인도했습니다. 그 한가운데에는 무엇이 있었을까요? 내가 발견한 것은 길게 누워 있는 일종의 거대한 알이었습니다. 그것은 마치 조개처럼 천천히 열리고 있었지요.

그러다가 갑자기 활짝 열렸습니다. 감동에 젖은 나의 눈은 눈물로 가득 찼습니다(나 혼자만 옆모습으로 표현되어 있고, 내가 보고 있는 것은 만화의 그림 밖에 있습니다). 나는 이전에는 전혀 본 적이 없는 아름다운 창조물을 마주하고 있었지요. 그것은 우리가 아름다움을 인정했던 그 모든 형태들과는 비교할 수 없는, 〈다른〉 아름다움이었으며(만화에서는 계속해서 나 혼자만이 그것을 볼 수 있고 독자들은 볼 수 없도록 되어 있습니다), 그러면서도 그것은 〈우리의〉 아름다움, 무언가 우리 세계에 가장 친숙한 〈우리의〉 것이었습니다(만화에서는 거대한 깃털 더미에서 솟아나온 여자의 손이나 다리, 또는 가슴과 같은 상징적인 표현에 의존할 수 있을 것입니다). 그것이 없다면 우리 세계는 언제나 무엇인가 결여되어 있다는 느낌이 들었지요. 나는 모든 것이 한데 모이는 지점에 이르러 있다는 느낌이 들었고(하나의 눈을 그릴 수 있겠지요. 소용돌이를 이루는 기다랗고 빛나는 눈썹을 가진 눈을), 그 안으로 내가 빨려 들어가는 듯했습니다(또는 하나의 입을 그릴 수 있겠지요. 내 키만큼 크고 섬세하게 묘사한 두 개의 입술이 열리는 모습, 그리고 어둠 속에서 나타나는 혓바닥을 향해 내가 빨려 들어가는 모습).

주위에는 새들의 모습. 부딪치는 부리들, 퍼덕이는 날개들, 곤추세운 발톱, 그리고 〈코악스프프…… 코악스프프…… 코아악크크크……〉 하는 외침소리들.

「너는 누구니?」 내가 물었지요.

해설 자막에는 〈아름다운 오르그오니르오르니트오르 앞에 마주선 크프우프크〉라는 설명이 나오고, 나의 질문은 필요 없게 됩니다. 그 질문이 담긴 대사 위에 다른 대사가 겹쳐지는 데, 그 대사 역시 내 입에서 나온 것입니다.

「사랑해!」

이것 역시 불필요한 확언이고, 그 위에 다른 질문이 담긴 다른 대사가 겹쳐집니다.

「갇혀 있는 거니?」 나는 대답을 기다리지도 않고, 다른 대사들 위에 겹쳐지는 네 번째 대사에서 이렇게 덧붙입니다.

「내가 너를 구해 주겠어. 오늘 밤 우리 함께 도망치자.」

이어지는 만화는 미지의 하늘빛 아래 희뿌연 밤중에 졸고 있는 새와 괴물들, 달아나려고 준비하는 광경을 묘사하고 있습니다. 만화의 어두운 작은 칸, 그리고 나의 목소리.

「나를 따라오겠니?」

오르가 대답합니다. 「그래.」

여기에서 여러분은 일련의 모험적인 만화 그림들을 상상할 수 있습니다 : 〈도망치는 크프우프크와 오르는 새들의 대륙을 가로질러 간다.〉 경보, 추격, 위험들, 여러분들이 마음대로 하십시오. 이야기를 하려면 나는 어떻게든 오르가 어떤 모습인지 묘사해야겠지만, 그럴 수가 없습니다. 여러분은 어떠한 방법으로든 내 모습 위에 겹쳐진, 그러면서도 내가 감추고 보호하는 하나의 형상을 상상하십시오.

우리는 낭떠러지의 가장자리에 이르렀습니다. 새벽녘이었어요. 태양이 창백하게 솟아오르고, 멀리 우리의 대륙이 보였지요. 어떻게 저곳으로 갈까? 나는 오르를 향해 몸을 돌렸습니다. 오르는 날개를 펼쳤습니다(앞의 그림에서 여러분은 오르가 날개를 갖고 있다는 걸 몰랐습니다. 돛처럼 커다란 두 개의 날개지요). 나는 그녀의 옷자락에 매달렸습니다. 오르는 날아올랐답니다.

이어지는 그림에서는, 구름 사이로 날아가는 오르와 배에 매달려 고개를 내미는 나의 머리가 보입니다. 그리고 하늘 위에 검은색의 조그마한 삼각형들의 삼각형이 보입니다. 우리를 추격하는 새들의 무리지요. 우리는 아직 허공 한가운데에 있고, 우리의 대륙이 가까워지고 있지만, 새들의 무리가 더 빠릅니다. 그들은 날카로운 부리, 불타는 눈을 가진 맹금류입니다. 오르가 빨리 날아 대륙에 도달한다면, 새들이 공격하기 전에 우리는 우리 편에게 이를 것입니다. 힘내, 오르, 조금만 더 날갯짓하면 돼. 다음 칸의 그림에서 우리는 살았습니다.

그러나 천만에. 새들의 무리가 우리를 둘러쌌습니다. 오르는 맹금류들 한가운데로 날아오릅니다(검은색의 조그마한 삼각형들의 삼각형 한가운데에 그려진 하얀색의 조그마한 삼각형). 이제 우리는 내 고향 위를 날고 있습니다. 오르가 날개를 접고 그대로 떨어지기만 하면, 우리는 안전할 것입니다. 그렇지만 오르는 새들과 함께 계속해서 높이 날아갑니다. 내가 소리칩니다.

「오르, 밑으로 내려가!」

오르는 옷자락을 펼쳤고, 나는 아래로 곤두박질합니다 (《쿵!》). 한가운데 오르를 둘러싼 새들의 무리는 하늘 위에서 선회하여 되돌아가고, 지평선 너머로 사라집니다. 나는 땅바닥에 혼자 쓰러져 있습니다.

(해설 : 〈크프우프크가 없는 동안 수많은 변화가 일어났다.〉) 새들의 존재를 발견한 이후 우리 세계를 지배하던 사상들은 위기에 처했습니다. 이전에는 모두가 이해했다고 생각하던 것, 예전에 사물들이 존재하던 규칙적이고 단순한 방식이 이제는 더 이상 쓸모가 없었습니다. 말하자면 그것은 무한한 가능성들 중 하나에 불과했던 것입니다. 모든 것이 전혀 다른 방식으로 존재할 수도 있다는 가능성을 아무도 배제하지 않았습니다. 이제는 모두가 예전에 예상했던 대로 존재한다는 사실을 부끄러워하고, 불규칙적이고 예기치 못한 모습, 약간은 새와 같은 모습, 또는 진짜 새가 아니라면 적어도 새들의 이상함 앞에서 이상하게 보이지 않을 모습을 자랑하려고 노력할 정도였답니다. 이웃들을 나는 더 이상 알아볼 수 없었습니다. 그들의 모습이 많이 바뀐 것은 아니지만, 어떤 설명할 수 없는 특징이 있는 자들은, 전에는 그것을 감추려고 노력했는데, 이제는 자랑스럽게 드러내고 있었습니다. 그리고 모두들 무엇인가를, 예전처럼 원인과 결과의 정확한 계승이 아닌, 무언가 예기치 못한 것을 기다리는 듯한 분위기였습니다.

나는 나 자신을 다시 발견할 수 없었지요. 모두들 나를 새들 이전 시대의, 낡은 생각을 가진 자로 생각했습니다. 그들은 깨닫지 못했습니다. 그들의 새에 대한 동경이 나에게는 한갓 웃음거리라는 것을, 나는 전혀 다른 것을 보았고, 존재 가능한 사물들의 세계를 보았고, 그 모습을 잊을 수 없었던 것입니다. 그리고 나는 그 세계 한가운데에 포로로 잡혀 있는 아름다움, 내가 또 우리 모두가 잃어버린 아름다움을 보았으며, 나는 그녀에 대한 사랑에 빠져 있었습니다.

나는 산꼭대기에서 혹시 하늘 위로 새가 날아가지 않는지 살펴보면서 하루하루를 보냈습니다. 가까운 산꼭대기에는 우(흐) 노인이 앉아 있었는데, 그 역시 하늘을 살펴보고 있었습니다. 우(흐) 노인은 우리 중에서 가장 현명한 자로 간주되었지만, 새들에 대한 그의 태도 역시 바뀐 것입니다. 그는 새들이 실수가 아니라 진리라고, 세상의 유일한 진리라고 믿었습니다. 그는 새들이 날아가는 모습을 해석하여 미래를 읽어내려고 했답니다.

「뭔가 봤어?」 노인은 산에서 내게 소리쳤습니다.

「아무것도 안 보여요.」 나는 대답했습니다.

「저기 하나 있다!」 때때로 우리는 함께 소리쳤습니다. 「어디서 오는 거지? 어느 쪽 하늘에서 나타났는지 미처 보지 못했어. 말해 봐, 어디서 왔지?」

노인은 흥분해서 물었지요. 새들의 출처로 우(흐) 노인은 미래를 예측했습니다.

때로는 내가 묻기도 했습니다. 「어느 방향에서 날아왔지요? 못 봤어요! 이쪽으로 사라졌나요, 저쪽으로 사라졌나요?」

나는 새들이 오르에게 가는 길을 가르쳐 주기를 기대했으니까요.

내가 새들의 대륙으로 돌아가기 위해 사용한 술책을 자세히 이야기할 필요는 없습니다. 만화에서는, 그림만으로도 잘 묘사될 수 있는 그런 술책들 중의 하나로 표현할 것입니다.

(만화의 칸은 텅 비어 있습니다. 내가 나타납니다. 나는 오른쪽 상단 모퉁이에다 풀칠을 합니다. 나는 왼쪽 아래 모퉁

이에 앉아 있습니다. 새 한 마리가 왼쪽 상단에서 날아 들어옵니다. 새가 만화의 칸을 빠져나갈 때 꼬리에 풀이 엉겨 붙습니다. 새는 계속 날아가고, 그 뒤에는 꼬리에 엉겨 붙은 만화의 칸이 통째로 매달려 갑니다. 나는 그 칸의 바닥에 앉아 옮겨집니다. 그렇게 해서 나는 새들의 나라에 도착합니다. 만약 이 술책이 마음에 들지 않는다면, 여러분은 다른 이야기를 상상할 수도 있습니다. 중요한 것은 내가 그곳에 도착하는 것입니다.)

그곳에 도착한 나는 날카로운 발톱들이 팔과 다리를 할퀴는 것을 느꼈습니다. 나는 새들에게 둘러싸여 있었고, 한 마리는 내 머리 위에 앉아 목을 쪼아 댔습니다.

「크프우프크, 너는 체포되었다! 마침내 너를 잡았다!」

나는 감옥에 갇혔습니다.

「나를 죽일까?」

나는 파수꾼 새에게 물었지요.

「내일 재판정에 끌려가면 알게 될 거야.」

빗장 위에 웅크려 앉은 그가 말했습니다.

「누가 나를 심판하는데?」

「새들의 여왕이지.」

그 이튿날 나는 궁전으로 끌려갔습니다. 그러나 살며시 열린 거대한 알-조개는 바로 내가 전에 보았던 것이었습니다. 나는 소름이 끼쳤습니다.

「새들의 포로가 아니잖아!」

내가 소리쳤지요.

날카로운 부리 하나가 내 목을 쪼았습니다.

「오르그오니르오르니트오르 여왕께 무릎을 꿇어라!」

오르가 신호를 했습니다. 모든 새들이 동작을 멈추었습니다(만화에서는 반지를 낀 섬세한 손 하나가 깃털 더미에서 나타나는 것이 보입니다).

「나와 결혼하면 너는 살 수 있어.」 오르가 말했습니다.

결혼식이 거행되었습니다. 이에 대해서도 나는 아무것도 이야기할 수 없습니다. 내 기억 속에 남아 있는 것이라곤 변화하는 이미지의 한 조각에 불과합니다. 아마도 나는 내가 살아왔던 것을 포기함으로써 행복의 대가를 지불했는지도 모릅니다.

나는 오르에게 물었습니다.

「알고 싶어.」

「뭘?」

「모든 것을, 이 모든 것을.」 나는 주위를 가리켰습니다.

「네가 이전에 이해했던 것을 잊으면 알 수 있을 거야.」

밤이 왔습니다. 알-조개는 왕좌도 되고 결혼 침대도 되었습니다.

「이제 잊었어?」

「그래. 무엇을? 뭔지 모르겠어. 아무것도 생각나지 않아.」

(크프우프크가 생각하는 만화 : 〈아니야, 아직 생각이 나. 나는 모든 것을 잊으려고 하면서, 동시에 기억하려고 노력하고 있어!〉)

「이리 와.」

우리는 잠자리에 들었습니다.

(크프우프크가 생각하는 만화 : 〈나는 잊는다…… 잊는다는 것은 아름다워…… 아니야, 나는 기억하고 싶어…… 나는 잊고 싶고 동시에 기억하고 싶어…… 잠시 후면 모두 잊어버릴 것 같아…… 잠시만…… 오!〉 굵은 글씨체로 〈번쩍!〉 또는 〈유레카!〉라고 쓰여 있는 번개 표시.)

눈 깜박할 사이, 내가 이전에 알고 있던 모든 것을 잊어버리고 또 내가 나중에 알게 될 모든 것을 습득하는 순간, 단 한 번의 생각만으로 나는 존재하는 사물들의 세계와 존재할 수 있는 사물들의 세계를 동시에 포용할 수 있었으며, 단 하나의 체계가 모든 것을 포함하고 있다는 사실을 깨달았습니다. 새들의 세계, 괴물들의 세계, 오르의 아름다움의 세계는, 바로 내가 언제나 살아왔고 또 우리들 중 그 누구도 본질까지 이해하지 못했던 그 세계와 동일한 것이었습니다.

「오르! 이제 알았어! 너는! 정말 아름답구나! 만세!」 나는 소리쳤고 침대에서 벌떡 일어났습니다.

나의 신부는 비명을 질렀습니다.

「이제 내가 설명할게!」 내가 들떠서 말했지요.

「이제 모두에게 모든 것을 설명하겠어!」

「말하지 마!」 오르가 소리쳤습니다.

「말하면 안 돼!」

「세상은 하나야, 거기 존재하는 것은 만약⋯⋯.」

나는 주장했지요. 오르는 나의 몸 위에서 나의 입을 막으려고 했습니다(그림에서는, 나를 짓누르는 한쪽 가슴).

「말하지 마! 말하지 마!」

수백 개의 날카로운 부리와 발톱들이 결혼 침대의 휘장을 갈기갈기 찢었습니다. 새들이 나에게 덤벼들었습니다. 그러나 그들의 날개너머로 나는 내가 태어난 고향 풍경이 이질적인 대륙과 함께 용해되는 것을 보았습니다.

「아무런 차이가 없어! 괴물과 괴물이 아닌 자는 언제나 이웃이었어! 존재하지 않았던 것은 계속해서 존재하고⋯⋯.」

나는 새와 괴물들뿐만 아니라, 내가 언제나 알고 있던 자들에게, 사방에서 달려오고 있는 그들 모두에게 말했습니다.

「크프우프크! 너는 나를 잃었어! 새들아! 공격!」 오르는 나를 밀쳤습니다.

새들의 날카로운 부리들이, 나의 폭로와 함께 결합되었던 두 세계를 분리하려고 한다는 것을 내가 깨달았을 때는 이미 늦었습니다.

「안 돼, 오르, 기다려! 떨어지지 마, 우리 둘이 함께, 오르, 어디에 있어!」

나는 허공에서, 종잇조각들과 펜 사이에서 뒹굴고 있었습니다.

(새들은 만화의 책장들을 할퀴고 부리로 쪼아 갈가리 찢어 버립니다. 그들은 각자 찢어진 종잇조각을 부리에 물고 날아갑니다. 그 아래에 남아 있는 책장 역시 만화로 그려져 있습니다. 거기에는 새들의 출현 이전에 있었던 세계와 그 이후의 예측 가능한 전개 과정들이 표현되어 있답니다. 나는 이방인들 사이에서 넋을 잃은 표정으로 서 있습니다. 하늘에는 계속해서 새들이 날아다니고 있지만, 아무도 우리에게 신경을 쓰지 않습니다.)

그 당시 깨달은 것을 나는 지금 모두 잊어버렸습니다. 여러분에게 이야기한 것은 내가 누락된 곳들을 추측에 의존하면서 재구성할 수 있는 모든 것입니다. 언젠가는 새들이 나를 오르 여왕에게 다시 데려갈 것이라는 희망을 버린 적이 없습니다. 그렇지만 현재 우리들 사이에 남아 있는 이 새들이 진정한 새들일까요? 아무리 자세히 살펴보아도, 그들은 오히려 내가 기억하고자 하는 것을 상기시켜 주지 못합니다.

(만화의 마지막 칸들은 온통 사진들로 되어 있습니다 : 새 한 마리, 같은 새의 근접한 모습, 그 새의 확대된 머리, 머리의 한 부분, 한쪽 눈……)

지구에 대한 이야기들

색깔 없는 시대

대기권과 바다가 형성되기 전에는, 지구는 틀림없이 우주 공간에서 회전하는 회색빛 공과 같은 모습이었을 것이다. 현재의 달과 마찬가지로, 그곳에는 태양에서 방출된 자외선들이 차단막 없이 그대로 도달했고, 색깔은 모두 파괴되었다. 따라서 달 표면의 바위들은, 지구의 표면처럼 찬란한 빛깔이 아니라, 음울하고 일률적인 회색빛이다. 지구가 다채로운 모습을 보이는 것은, 그 살인적인 자외선을 여과해 주는 대기권 덕분이다.

약간 단조롭기는 했지만 — 크프우프크는 주장했다 — 아늑했습니다. 나는 중간에 대기가 없을 때 그러하듯이 굉장히 빠른 속도로 수천 마일을 돌아다니곤 했지요. 보이는 것은 온통 회색, 회색뿐이었습니다. 뚜렷한 대비를 이루는 것은 아무것도 없었습니다. 정말로 새하얀 하얀색이 있다면, 그건 태양의 중심에 있었는데, 그것은 바라볼 수조차 없었지요. 정말로 새까만 검정색은 밤의 어둠 속에도 없었습니다. 언제나 무수한 별들이 보였으니까요. 내 앞에는 끝없는 지평선이 펼쳐져 있었고, 울퉁불퉁한 산맥들은 주위의 회색빛 암석 평원 위로 희미하게 솟아올라 있었습니다. 아무리 대륙과 대륙을 가로질러 달려도 나는 그 끝에 이를 수 없었습니다. 바다와 강과 호수들은 어느 땅속에 숨어 있는지 전혀 보이지 않았으니까요.

당시에는 만남이란 거의 없었습니다. 그토록 우리는 숫자가 적었습니다! 자외선에 저항할 수 있으려면 지나친 요구를 하지 않아야 했습니다. 특히 대기권이 없다는 것은 여러 가지로 느낄 수 있었지요. 예를 들어 운석(隕石)을 보십시오. 운석은 우주 공간의 사방에서 우박처럼 쏟아져 내렸습니다. 지금처럼 지붕 같은 대기권이 없어 운석을 막아 분해시키지 못했으니까요. 그리고 정적. 아무리 크게 외쳐 보십시오! 진동하는 대기가 없어서 우리는 모두 벙어리에다 귀머거리였습니다. 그리고 온도는? 태양의 열기를 보존할 만한 것이 주변에는 아무것도 없었습니다. 밤이 되면 얼어붙을 정도의 추위가 닥쳐오곤 했지요. 다행히도 지구의 껍질은 땅속에서부터 따뜻하게 가열되었습니다. 지구의 내장 안에서 서로 압축되면서 용해된 그 모든 광물들로 말입니다. 밤은 짧았습니다 (낮도 마찬가지였지요. 지구는 아주 빠르게 자전했으니까요). 나는 따뜻한 바위를 껴안고 잠을 자곤 했습니다. 주위의 메마른 추위는 하나의 쾌락이었지요. 간단히 말해 기후에 관한 한, 솔직하게 말하면 나는 별로 불편하지 않았습니다.

꼭 필요하면서도 우리에게 결핍된 여러 가지 중에서, 색깔의 부재는 별 문제가 되지 않았습니다. 색깔이 존재한다는 사실을 설령 우리가 알았다 하더라도, 우린 그것을 걸맞지 않은 사치로 간주했을 것입니다. 유일하게 불편한 일은, 누군가 또는 무엇인가를 찾아야 할 때 뚫어져라 쳐다보아야 하는 것이었습니다. 모든 것이 동일하게 무색이었으므로, 어떠한 형태도 그 주변에 있는 것과 뚜렷하게 구별되지 않았기 때문입니다. 운석 조각이 굴러가는 것이라든지, 또는 지진의 소용돌이에 땅바닥이 뱀처럼 갈라지는 것이라든지, 또는 화산재의 분출과 같이, 움직이는 것만을 가까스로 구별해 낼 수 있었지요.

그날 나는 해면(海綿)처럼 구멍 뚫린 바위들로 이루어진 일종의 원형 극장을 달리고 있었습니다. 그곳은 온통 아치와 같은 구멍들이 뚫려 있었으며, 아치 뒤에는 수많은 다른 아치들이 펼쳐져 있었답니다. 간단히 말해 색깔이 없는 대신 우연하게도 우묵한 그림자들의 명암이 다채롭게 펼쳐진 곳이었습니다. 그 무색의 아치 기둥들 사이에서 나는 무엇인가 번개처럼 재빨리 달려가다가 사라지고 다시 저쪽에서 나타나는 것을 보았습니다. 그리고 갑자기 나타났다가 사라지는 한 쌍의 섬광도 보았답니다. 나는 그것이 무엇인지 생각하지도 않고 그것에 이끌려 뒤쫓았습니다. 그것은 아일의 두 눈이었습니다.

나는 모래사막으로 들어갔습니다. 발이 푹푹 빠지는 모래 구릉들 사이로 나아갔지요. 어딘가 서로 다르면서도 거의 동일한 모습의 모래 구릉들은, 바라보는 지점에 따라 마치 잠든 육체들의 윤곽 같기도 했습니다. 저쪽 구릉은 한쪽 팔을 부드러운 가슴 위에 얹고, 손바닥을 비스듬히 한쪽 뺨에 기대고 있는 것 같았습니다. 이쪽 구릉은 엄지발가락이 날렵하게 생긴, 젊은이의 발이 솟아오른 듯했습니다. 한참 동안이나 넋을 잃고 그런 유사한 형상들을 바라보느라고, 나는 바로 내 눈앞에 모래 더미가 아니라, 내가 추격하던 대상이 있다는 것을 미처 깨닫지 못했습니다.

무색의 그녀는, 졸음에 겨워, 무색의 모래 위에 누워 있었습니다. 나는 곁에 앉았습니다. 당시는 — 이제야 나는 알 수 있습니다 — 우리 행성에서 자외선의 시대가 끝나 가던 무렵이었답니다. 막바지에 이른 존재 양식은 최고의 아름다움을 펼치고 있었습니다. 지금 내 눈앞에 있는 존재처럼, 그토록 아름다운 것이 지상에 나타난 적은 없었습니다.

아일은 눈을 떴습니다. 나를 보았답니다. 처음에는 — 내가 그랬던 것처럼 — 그 모래 세계의 다른 것들과 나를 구별하지 못했던 모양입니다. 그러다가 내가 자기를 뒤쫓아 온 미지의 존재라는 것을 깨닫고는 두려움을 느끼는 듯했습니다. 그렇지만 마침내 우리의 공통점을 발견한 듯 수줍어하면서도 미소 짓는 시선을 던졌고, 나는 행복에 넘쳐 침묵의 비명을 질렀지요.

나는 몸짓으로만 대화를 나누기 시작했습니다.

〈모래. 모래 아니다.〉 나는 먼저 주변을 가리키고, 그다음에 우리 둘을 가리키며 말했지요.

그녀는 그렇다고, 이해했다는 시늉을 하였습니다.

〈바위. 바위 아니다.〉

나는 그런 화제로 계속 대화하려고 말했지요. 당시는 많은 개념이 존재하지 않던 시기였습니다. 예를 들어, 우리 둘이 어떤 존재인지, 우리는 무엇이 같고 무엇이 다른지를 설명하기란 쉬운 일이 아니었습니다.

〈나. 너 나 아니다.〉 나는 몸짓으로 설명하려 했지요.

그녀는 그에 대해 반박했습니다.

〈그래. 너 나 같다. 이렇게 이렇게.〉 나는 정정했지요.

그녀는 약간 안심했지만, 아직 경계하고 있었습니다.

〈너, 나, 같이, 달린다, 달린다.〉 내가 말했지요.

그녀는 웃음을 터뜨리더니 달아났습니다.

우리는 화산의 등성이 위를 달렸습니다. 오후의 희미한 빛 속에서 아일의 머리카락이 휘날리는 모습과 분화구에서 솟아나는 불꽃들의 흔들림은 구별할 수 없었답니다. 똑같이 창백한 날개의 흔들림 같았습니다.

〈불. 머리카락.〉 내가 말했지요.

〈불, 머리카락 똑같다.〉 그녀는 수긍하는 모양이었습니다.
〈아름답지?〉 내가 물었습니다.
〈아름답다.〉 그녀가 대답했습니다.

태양은 이미 희뿌연 석양 속으로 지고 있었습니다. 불투명한 바위들의 절벽 위로 햇살이 비스듬히 비치면서 몇 개의 돌들이 반짝거렸습니다.

〈돌 똑같지 않다. 아름답다.〉 내가 말했지요.
〈아니야.〉 그녀는 대답하고 시선을 돌렸습니다.
〈저기 돌 아름답다.〉 나는 빛나는 돌들을 가리키며 우겼습니다.
〈아니야.〉 그녀는 바라보려 하지 않았습니다.
〈너한테, 내가, 저 돌!〉 내가 제안했습니다.
〈아니야. 이 돌!〉 아일은 대답하더니, 그 희미한 회색 돌을 한 움큼 움켜쥐었습니다. 그렇지만 나는 이미 앞으로 달려가고 있었습니다.

나는 빛나는 돌들을 들고 돌아왔습니다. 그렇지만 그 돌들을 억지로 받도록 해야 했지요.

〈아름답다!〉 나는 설득하려고 했습니다.
〈아니야!〉 그녀는 항의하다가, 돌들을 바라보았습니다. 이제 이미 태양의 반사광이 사라진 그 돌들은 다른 것과 마찬가지로 불투명한 색깔이었답니다. 그때서야 그녀는 말했습니다.

〈아름답다!〉

밤이 되었습니다. 그것은 내가 바위를 껴안지 않고 보낸 최초의 밤이었으며, 아마도 그 때문인지 잔인할 정도로 짧게 느껴진 밤이었습니다. 햇빛은 매순간마다 아일의 모습을 지우려 하고, 그 존재를 의심하도록 만드는 반면에, 어둠은 나에게 그녀가 존재한다는 확신을 주었습니다.

다시 날이 새고 지구는 회색빛으로 물들었습니다. 나는 주위를 둘러보았지만 그녀는 보이지 않았습니다. 나는 침묵의 함성을 질렀습니다.

〈아일! 왜 도망갔어?〉

그렇지만 그녀는 바로 내 앞에 있었고, 그녀 역시 나를 찾고 있었습니다. 그녀도 나를 알아보지 못하고 침묵의 외침을 지르고 있었답니다.

〈크프우프크! 어디에 있어?〉

우리의 눈이 그 불투명한 빛살에 다시 적응하여 눈썹, 팔꿈치, 옆구리의 윤곽을 알아볼 수 있을 때까지 말입니다.

나는 아일에게 선물을 듬뿍 안겨 주고 싶었지만, 그녀에게 어울리는 것은 아무것도 없어 보였습니다. 나는 무엇인가 그 균일한 세상의 표면과는 구별되는 것, 두드러진 명암이나 얼룩이 있는 모든 것을 찾아보았지요. 그러나 아일과 나는 비록 정반대는 아니지만 서로 취향이 다르다는 사실을 깨달았습니다. 나는 모든 사물을 가두고 있는 그 창백한 회색 너머의 다른 세계를 찾고 있었으며, 그 다른 세계의 모든 징후, 낌새를 염탐하고 있었습니다(실제로 무언가 변화하기 시작하고 있었지요. 어떤 의미에서는 색깔이 없던 곳에 희미한 색깔들의 여명이 다가오는 듯했습니다). 그러나 아일은 모든 진동이 배제되고 침묵이 지배하는 그곳의 행복한 주민이었습니다. 그녀가 생각하기에 시력의 절대적인 중립성을 깨뜨리는 것은 모두 못마땅한 부조화였습니다. 그녀에게는, 회색이 무언가 회색과 다른 것이 되고자 하는 아주 조그마한 욕망마저 모두 억눌러 버린 그곳, 오직 그곳에서만 아름다움이 시작된 것입니다.

우리가 어떻게 서로 이해할 수 있었겠습니까? 우리의 눈앞에 펼쳐진 세상의 그 어떠한 것도 우리가 서로에게 느끼는 것을 표현할 수는 없었습니다. 내가 사물들에게서 미지의 진동을 이끌어 내려고 열광하는 반면에, 그녀는 모든 것을 최종적인 물질의 무색 지대로 환원시키려고 하였지요.

유성 하나가 하늘을 가로질러 갔는데, 마침 그 궤도는 태양 앞을 지나갔습니다. 불에 휩싸인 유성의 유동적인 표면층은 잠시 동안 태양 빛을 가로막는 일종의 필터 역할을 했고, 갑자기 세상은 여지껏 본 적이 없는 빛살 속으로 잠겼습니다. 오렌지 색깔의 절벽들 아래로 진홍빛 심연들이 열렸습니다. 내 보랏빛 손이 파르스름하게 불타는 유성을 가리키는 동안, 목구멍에서는 아직 표현할 단어들이 존재하지 않는 생각 하나가 튀어나오려고 안간힘을 쓰고 있었습니다.

〈이것 너에게! 나는 이것을 지금 너에게, 그래, 그래, 아름답다!〉

그러면서 나는 그 총체적인 변신 과정에서 아일이 어떤 새로운 방식으로 빛나는지 보려고 몸을 돌렸답니다. 그러나 그녀는 보이지 않았습니다. 마치 그 지루한 회색이 갑작스레 붕괴되는 과정에서, 찬란한 모자이크의 틈 사이로 몸을 숨겨 어디론가 달아나 버린 것 같았습니다.

〈아일! 놀라지 마! 아일! 어서 나와 보라고!〉

그러나 유성의 둥근 모습은 이미 태양에서 멀어졌고, 지구는 다시 영원한 회색으로 뒤덮였습니다. 그것은 찬란한 빛에 멀어 버린 내 눈에는 더욱더 음울하고, 불투명하고, 흐릿한 회색이었으며, 아일은 보이지 않았습니다.

아일은 정말로 사라졌습니다. 나는 오랫동안 밤낮없이 그녀를 찾았답니다. 당시는 세상이 나중에 갖게 될 형태들을 시험하고 있던 시기였습니다. 아주 적합한 것은 아니었지만 당시에 활용 가능한 재료들로 그런 형태들을 시험했지요. 확정적인 것은 아무것도 없는 상태였으니까요. 연기 색깔의 용암으로 된 나무들은 뒤틀린 나뭇가지들을 펼쳤고, 거기에는 얇은 점판암 잎사귀들이 매달려 있었습니다. 화산재로 된 나비들은 점토의 평원 위를 날아다니다가 수정으로 된 희미한 데이지 꽃 위에 내려앉기도 했습니다. 무색의 숲 속에서 나뭇가지에 매달린 무색의 그림자, 또는 회색빛 덤불 아래에서 회색빛 버섯들을 따려고 몸을 숙인 무색의 그림자 역시 아일처럼 보였지요. 나는 수백 번이나 그녀를 찾았다고 생각했으며, 수백 번이나 그녀를 다시 잃었습니다. 나는 황량한 벌판에서 주거 지역으로 들어갔습니다. 그 당시에는 나중에 나타날 변화들을 예감하면서, 무명의 건축가들이 성급하게 머나먼 미래의 모습들을 세우고 있었습니다. 나는 온통 돌탑들로 이루어진 대규모의 돌탑 도시를 가로지르고, 은둔자들의 도시처럼 온통 동굴이 뚫린 산악 지대를 넘어, 진흙 바다를 향하고 있는 어느 항구에 이르렀답니다. 나는 공원으로 들어갔는데, 거기에는 모래 꽃밭 위로 하늘을 향해 높다란 선돌들이 솟아 있었습니다.

회색빛 선돌에는 가까스로 알아볼 수 있는 회색빛 선으로 그려진 그림들이 있었습니다. 나는 걸음을 멈추었지요. 공원 한가운데에서 아일이 동료들과 함께 놀고 있었습니다. 그녀들은 석영으로 된 공을 하늘 높이 던졌다가 받곤 했습니다.

너무 세게 던진 공이 바로 내 손이 닿는 곳까지 날아와 공을 잡았습니다. 그녀들은 공을 찾으러 흩어졌습니다. 나는 아일이 혼자 있는 것을 보고서야, 공을 허공으로 던졌다가 다시 잡았습니다. 아일은 공을 보았습니다. 나는 몸을 숨긴 채 석영 공을 던지면서 아일을 점점 더 먼 곳으로 유인했습니다. 그러다가 내 모습을 드러냈지요. 그녀는 나를 나무랐으나, 곧바로 미소를 지었답니다. 그렇게 우리는 공놀이를 하며 미지의 구역으로 들어갔습니다.

당시는 지구의 지층에 지진이 계속 일어나 힘겹게 균형을 유지하고 있었지요. 이따금 지진이 땅바닥을 들어 올렸고, 땅이 갈라져 아일과 나 사이를 갈라놓기도 했습니다. 그 갈라진 틈을 사이에 두고 우리는 계속해서 석영 공을 던졌습니다. 그 심연의 틈 사이로, 지구의 심장부에 억눌려 있던 모든 요소들이 해방의 길을 찾았으며, 바위 덩어리들이 솟아올랐다가, 구름 같은 증기들이 피어오르고, 뜨거운 용암들이 치솟는 것이 보였습니다.

계속해서 아일과 공놀이를 하면서 나는 두꺼운 가스층이 지구의 껍질 위로 퍼져 가고 있다는 것을 깨달았습니다. 마치 나지막한 안개가 서서히 피어오르듯이 말입니다. 그것은 금세 발꿈치까지 차올랐고, 이제는 무릎까지, 허리까지 올라왔습니다. 그것을 본 아일의 눈에서는 불안감과 두려움의 그림자가 커지고 있었습니다. 나는 그녀를 놀라게 하고 싶지 않았습니다. 그래서 아무것도 아니라는 듯이 공놀이를 계속했지만, 나 역시 불안했습니다.

그것은 예전에는 전혀 본 적이 없는 일이었지요. 거대한 유체 덩어리가 온통 지구 주위에 퍼지면서 완전히 감싸고 있었습니다. 그것은 곧바로 머리에서 발끝까지 우리를 뒤덮을 것이고, 그다음에 어떤 일이 일어날지 누가 알겠습니까.

나는 갈라진 틈 너머에 있는 아일에게로 공을 던졌습니다. 그런데 이해할 수 없게도 공은 내가 의도했던 것보다 훨씬 못 미치는 곳에 이르렀고, 틈 사이로 떨어졌답니다. 그렇습니다. 공이 갑자기 아주 무거워진 것입니다. 아니, 갈라진 틈이 엄청나게 넓어졌으며, 아일은 이제 아주 먼 곳에 있었습니다. 그녀는 우리 둘 사이에서 바위들 위로 솟아오르는 그 가스층 너머에 있었으며, 나는 이쪽 가장자리에서 몸을 내밀고 외쳤지요.

「아일! 아일!」

그런데 내 음성, 소리, 바로 내 목소리가 전혀 상상하지 못할 정도로 커다랗게 퍼져 나갔습니다. 그리고 유체의 물결은 내 목소리보다 더 크게 우르릉거렸습니다. 간단히 말해 나는 아무것도 이해할 수 없었답니다.

나는 먹먹해진 귀를 손으로 막았습니다. 바로 그 순간 나는 우리를 둘러싼 그 강렬한 산소와 질소의 혼합물을 들이마시지 않으려면 코와 입을 막아야 한다는 걸 느꼈습니다. 아니, 그 모든 것보다 강렬한 충동은 터져 버릴 것만 같은 눈을 가리는 일이었습니다.

발밑에 퍼지고 있던 그 유체 덩어리는 갑자기 새로운 빛깔을 띠었고, 그것이 내 눈을 멀게 했습니다. 그리고 나는 불분명한 고함을 터뜨렸는데, 그것은 그때 이후로 아주 분명한 의미를 갖게 되었습니다.

「아일! 바다는 파랗다!」

오래전부터 기다려 온 변화가 일어난 것입니다. 이제 지구 위에는 공기와 물이 존재하게 되었습니다. 그리고 갓 태어난 푸른 바다 위로 태양이 지고 있었답니다. 태양 역시 완전히 다르고 더욱더 격렬한 색깔로 물들어 있었습니다. 나는 무의미한 외침을 계속해야 할 필요성을 느꼈지요. 가령, 〈태양은 빨갛다, 아일! 아일! 정말 빨갛다!〉

밤이 되었습니다. 어둠 역시 달랐습니다. 나는 아일을 찾아 달려가면서, 내가 본 것을 표현하기 위해 밑도 끝도 없는 소리들을 내뱉었습니다. 「별들은 노랗다! 아일! 아일!」

그날 밤 그리고 그 이후에도 나는 그녀를 보지 못했습니다. 주위 세상은 더욱 새로운 색깔들을 자랑했습니다. 불그스레한 구름들이 뭉쳐 보라색 덩어리가 되었고, 거기에서 황금빛 번개들이 쏟아져 내렸습니다. 기나긴 폭풍우가 끝나고 무지개가 이제껏 본 적이 없는 색깔들을 마음껏 조합하며 비춰 주었습니다. 또한 엽록소들은 이미 진화를 시작했고, 이끼와 양치류 식물들이 개울 주변의 계곡들을 녹색으로 뒤덮었습니다. 그것은 바로 아일의 아름다움에 걸맞은 정경이었습니다. 그러나 그녀는 없었습니다! 그녀가 없는 상태에서 이 다채로운 모든 화려함은 불필요하고 쓸모없는 것으로 여겨졌답니다.

나는 또다시 지구를 가로질렀으며, 전에는 회색으로만 알고 있던 사물들을 다시 보았고, 새로운 사실을 발견할 때마다 깜짝 놀랐습니다. 불은 빨갛고, 얼음은 하얗고, 하늘은 푸르고, 땅은 갈색이었으며, 루비는 루비 색깔이고, 수정은 수정 색깔이고, 에메랄드는 에메랄드 색깔이었답니다. 그렇다면 아일은? 모든 상상력을 동원하여 아일이 내 눈앞에 어떤 모습으로 나타날지 상상해 보았지만 헛일이었습니다.

나는 선돌들의 공원을 다시 발견했습니다. 이제는 나무와 풀들로 파랗게 뒤덮였고, 분수가 있는 연못에는 빨갛고 노랗고 파란 물고기들이 헤엄쳤습니다. 아일의 친구들은 아직도 풀밭 위에서 무지개 색깔의 공을 던지면서 놀고 있었답니다. 그렇지만 그녀들의 모습이 얼마나 바뀌었는지! 하나는 하얀 피부에 금발이었고, 하나는 올리브색 피부에 갈색 머리였으며, 하나는 발그스레한 피부에 밤색 머리였고, 하나는 온통 매혹적인 주근깨투성이에다 빨강 머리였습니다.

「그런데 아일은?」 내가 소리쳤습니다.

「아일은? 어디 있어? 어떻게 있지? 왜 너희들과 같이 없어?」

친구들의 입술은 빨강색이었으며, 이빨은 하얗고, 혀와 목구멍은 장밋빛이었습니다. 가슴의 젖꼭지 역시 장밋빛이었습니다. 눈은 바닷물처럼 파르스름하고, 흑단처럼 검고, 호두 색깔이고, 자줏빛이었습니다.

「그런데…… 아일은…….」

그녀들은 대답했습니다. 「이제 없어. 모르겠어.」

그러고는 다시 공놀이를 시작했습니다.

나는 아일의 머리카락과 눈을 모든 가능한 색깔들을 동원해 상상해 보았지만, 상상이 되지 않았습니다. 그렇게 아일을 찾느라고 나는 지구의 표면을 샅샅이 뒤졌습니다.

〈이 위에 없다면, 분명 이 아래에 있을 거야!〉 나는 생각했지요. 그러고는 내 앞에 지진이 일어나자마자 그 틈 사이로 뛰어들었고, 계속해서 아래로, 아래로 지구의 내장 안으로 들어갔습니다.

「아일! 아일!」

나는 어둠 속에서 불렀습니다.

「아일! 밖이 얼마나 아름다운지 나와 보라고!」

나는 목이 쉬어 입을 다물었습니다. 바로 그 순간 아일의 목소리가 나지막하고 조용하게 대답했습니다.

「쉿. 나 여기 있어. 왜 그렇게 소리치는 거야? 왜 그래?」

아무것도 보이지 않았습니다.

「아일! 나랑 함께 나가자! 밖이 얼마나…….」

「나는 밖이 싫어.」

「하지만 너는 예전에는…….」

「예전은 예전이야. 지금은 달라. 모든 것이 혼란스러워졌어.」
나는 거짓말을 했습니다.
「아니야, 일시적인 빛의 변화가 일어났던 거야. 유성이 지나갔을 때처럼 말이야! 이제 끝났어. 모든 것이 예전으로 되돌아갔다고. 가자, 두려워하지 마.」

그녀가 밖으로 나간다면, 최초의 혼란한 순간만 지나면, 색깔들에 적응하고 만족해할 것이라고 나는 생각했지요. 또 내가 좋은 의도로 거짓말했다는 것을 이해하리라고 생각했답니다.

「정말이야?」
「왜 너한테 거짓말을 하겠니? 가자, 내가 널 밖으로 데리고 갈게.」
「아니야. 네가 앞장서. 내가 뒤따라가겠어.」
「그렇지만 난 널 다시 보고 싶어 미치겠어.」
「넌 그냥 내가 좋아하는 모습으로만 나를 다시 볼 수 있을 거야. 앞장서서 가, 뒤돌아보지 마.」

지진이 우리에게 길을 열어 주었습니다. 바위층들이 부채꼴 모양으로 열렸고 우리는 갈라진 틈 사이로 나아갔습니다. 나는 등 뒤로 아일의 가벼운 발소리를 들었습니다. 다시 한 번만 지진이 터지면 우리는 밖으로 나갈 것입니다. 나는 책장들처럼 펼쳐져 있는 화강암과 현무암 계단 사이를 달렸습니다. 저쪽에서는 이미 우리를 바깥세상으로 인도해 줄 틈이 벌어지고, 태양이 비치는 파란 지구의 껍질이 이미 틈 사이로 보이고, 햇살이 우리를 맞이하러 다가오고 있었습니다. 바로 이때였습니다. 이제 아일의 얼굴 위로 떠오르는 색깔들을 볼 수 있을 것입니다. 나는 그녀를 보려고 몸을 돌렸습니다.

나는 어둠 속을 향하여 달아나는 그녀의 외침 소리를 들었습니다. 햇살에 멀어 버린 나의 눈은 아무것도 알아볼 수 없었습니다. 그리고 지진의 굉음이 모든 것을 뒤덮었고 갑자기 바위벽 하나가 눈앞에 수직으로 치솟아 오르면서 우리를 갈라놓았습니다.

「아일! 어디 있어? 빨리, 이쪽으로 건너와, 바위벽에 가로막히기 전에!」

나는 출구를 찾아 바위벽을 따라 달렸습니다. 그렇지만 매끄러운 회색빛 바위 표면은 틈새 하나 없이 치밀하게 뻗어 있었습니다.

바로 그 지점에 거대한 산맥이 하나 형성되었습니다. 나는 바깥세상으로 튕겨 나갔고, 아일은 바위벽 너머에, 지구의 내장 속에 남아 있었습니다.

「아일! 어디 있어? 아일! 왜 이쪽으로 오지 않았어?」

나는 발밑에 펼쳐진 광경에 시선을 돌렸습니다. 그러자 갑자기, 최초의 진홍빛 양귀비꽃들이 피어나는 완두콩 색깔의 녹색 평원들, 온통 파랗게 반짝이는 바다를 향해 황갈색 언덕들이 펼쳐진 그 노란 황토색 들판들, 그 모든 것이 나에게는 너무나도 무의미하고, 너무나도 천박하고, 너무나도 위선적으로 보였습니다. 그리고 아일의 존재, 아일의 세계, 아일의 아름다움에 대한 개념과는 너무나도 대조적인 것으로 여겨졌습니다. 말하자면 아일의 자리는 결코 〈이곳〉이 될 수 없으리라는 것을 깨달았답니다. 그리고 고통스러움과 놀라움 속에서 나는 내가 〈이곳〉에 남아 있다는 사실을 깨달았으며, 그 휘황찬란한 색깔들의 번쩍거림, 하늘빛에서 장밋빛으로 뒤바뀌는 구름들, 가을마다 노랗게 물드는 녹색 잎사귀들을 절대로 벗어날 수 없으리라는 것을 깨달았으며, 이제는 아일의 그 완벽한 세계를 영원히 잃어버렸다는 것을 깨달았습니다. 내가 더 이상 상상할 수조차 없고, 차가운 회색빛 바위벽 이외에는 희미하게나마 그것을 상기시켜 줄 수 있는 것이 전혀 남지 않은, 그 아일의 세계를 말입니다.

암석 하늘

지구 내부에서 지진파가 퍼져 나가는 속도는, 깊이에 따라 그리고 지구의 중심부와 지층, 지표층을 구성하는 물질의 차이에 따라 달라진다.

 당신들은 지금 그곳 바깥에, 껍질 위에 살고 있습니다 — 분화구의 깊은 곳에서 크프우프크의 목소리가 들려왔다. 또는 거의 바깥에 살고 있지요. 왜냐하면 당신들 머리 위에는 공기로 이루어진 다른 껍질이 있기 때문입니다. 그렇지만 지구 내부에 있는 동심(同心)의 구(球)에서 당신들을 바라본다면 당신들은 언제나 바깥에 있습니다 — 마치 지금 내가 구와 구의 틈 사이를 돌아다니면서 당신들을 바라보듯이 말입니다. 더구나 당신들은 지구의 내부가 그다지 치밀하지 않다는 사실을 알려고도 하지 않습니다. 지구는 불연속적이며, 저 아래 철과 니켈로 된 중심부에 이르기까지 밀도가 다른 여러 껍질들이 중첩되어 있답니다. 중심부 역시 서로 겹쳐진 중심들의 체계이며, 각각의 구는 광물 요소들이 지닌 유동성의 차이에 따라 독립적으로 회전하고 있지요.
 당신들은 스스로를 지구인이라 부르지만, 어떤 권리로 그러는지 알 수 없군요. 당신들의 진짜 이름은 지구 외부인, 바깥에 있는 자들이기 때문입니다. 지구인이란 그 안에서 살고 있는 자들이랍니다. 나처럼, 또한 르딕스처럼, 아니 최소한 당신들이 속임수를 써서 나에게서 빼앗아 당신들의 그 황량한 바깥세상으로 데리고 가던 날까지의 르딕스처럼 말입니다.

나는 지금 언제나 그랬듯이 이곳 내부에 남아 있습니다. 처음에는 르딕스와 함께였지만, 지금은 혼자서 이곳 내부에 남아 있지요. 우리들의 머리 위에는 돌로 된 하늘이, 당신들의 하늘보다 더 맑은 하늘이 돌고 있답니다. 크롬과 마그네슘의 현탁(懸濁)물들이 응결되는 곳에는, 당신들의 하늘처럼, 구름들이 떠다니고 있습니다. 또한 날개 달린 그림자들이 날아오르기도 합니다. 이곳 내부의 하늘에도 새 비슷한 것들이 있습니다. 가벼운 암석으로 된 창조물들이 소용돌이를 그리면서 높이 날아올라 아득하게 사라지곤 합니다. 날씨는 갑자기 바뀌지요. 납으로 된 소낙비가 쏟아지거나, 아연 결정체들의 우박이 쏟아질 때는 해면처럼 구멍 뚫린 바위틈에 숨는 수밖에 없습니다. 때로는 어둠을 뚫고 지그재그 모양의 불빛이 번득이기도 합니다. 그것은 번개가 아니라, 발광(發光) 금속이 구불구불한 광맥을 따라 흐르는 것이지요.

우리는 우리를 발밑에서 떠받치고 있는 구를 땅이라 생각하고, 그 구를 둘러싸고 있는 다른 구를 하늘이라 생각했지요. 간단히 말해 당신들이 그러는 것과 마찬가지입니다. 다만 우리에게 이러한 구별은 언제나 잠정적이고 임의적이었습니다. 왜냐하면 광물들의 밀도는 계속 변화했기 때문입니다. 그래서 어느 순간 하늘은 단단하고 치밀해져서 마치 맷돌처럼 우리를 짓누르고, 반면에 땅은 끈적거리는 풀처럼 되어 소용돌이치고 부글거리는 거품들이 솟아오르기도 했지요. 나는 좀 더 무거운 광물 덩어리들을 이용하여 지구의 진짜 중심부로, 즉 모든 중심부들의 중심부 역할을 하는 중심부로 가까이 가려고 노력했습니다. 나는 르딕스의 손을 잡고 하강하는 길로 인도했습니다. 그렇지만 중심부에 다가가려고 할 때마다, 다른 광물 때문에 헛수고가 되거나, 거꾸로 지구의 표면 방향으로 떠밀리기도 했습니다. 때로는 하강하는 동안에 더 위층들을 향해 치솟아 오르는 소용돌이에 휩싸이기도 했지요. 그래서 중심부와는 정반대 방향으로 흘러가기도 했답니다. 광물 층 사이에 틈이 벌어져 우리가 빨려 들어가거나, 우리의 발아래에서 바위가 다시 단단하게 굳어 버리기도 했지요. 다른 땅이 우리를 떠받치고 또 다른 암석 하늘이 우리 위에 드리울 때까지, 우리는 우리가 처음 출발했던 지점보다 더 높은 곳에 있는지 아니면 더 낮은 곳에 있는지 전혀 알 수가 없었습니다.

르딕스는 우리 머리 위에 드리운 새로운 하늘의 광물이 유연해지는 것을 보자마자, 날아오르고 싶은 기괴한 영감에 사로잡혔습니다. 그녀는 위쪽을 향해 몸을 던졌고, 첫 번째 하늘의 둥근 천장을 헤엄쳐 가로지르고, 이어서 두 번째 하늘, 세 번째 하늘을 가로지르더니, 아주 높은 하늘에 드리운 종유석에 매달렸답니다. 나는 그녀의 뒤를 쫓았습니다. 그녀의 놀이 욕구도 채워 줄 겸 우리는 정반대 방향으로 가야 한다는 것을 상기시켜 주기 위해서였지요. 나와 마찬가지로 르딕스 역시 우리가 가야 할 곳은 지구의 중심임을 틀림없이 확신했을 것입니다. 그 중심에 이르렀을 때에야 우리는 지구가 온통 우리의 것이라고 말할 수 있을 테지요. 우리는 지구 생명체의 시조(始祖)였으며, 바로 그렇기 때문에 지구의 중심부에서 우리가 살 수 있도록 함으로써 우리의 존재 조건을 지구 전체에 확산시켜야 했습니다. 우리가 지향하는 것은 바로 지구의 생명체, 말하자면 지구〈의〉 그리고 지구 〈안의〉 생명체였던 것입니다. 단지 껍질 위로 솟아오른 생명체를 지향하지는 않았습니다. 여러분은 그것을 지구의 생명체라 부를 수 있다고 믿지만, 그것은 마치 사과의 주름 잡힌 껍질 위에 얼룩처럼 퍼져 가는 곰팡이에 지나지 않습니다.

당신들이 선택한 길은 잘못된 길이었습니다. 당신들은 부분적이고 피상적이고 무의미한 것으로 남아 있을 운명이었답니다. 르딕스 역시 그걸 잘 알고 있었지요. 그런데도 잘 현혹당하는 천성 탓에 그녀는 모든 잠정적인 상태를 더 선호하였습니다. 그리하여 자유롭게 위로 뛰어오르고, 날아오르고, 암벽의 틈 사이로 기어오를 기회가 주어지자마자, 그녀는 더욱 신기한 상태를 추구했고, 더욱 기괴한 가능성을 추구했답니다.

접경 지역들, 지구의 한 층에서 다른 층으로 옮겨 가는 통로에서 그녀는 현기증을 느꼈지요. 우리는 잘 알고 있었습니다. 즉 지구는 마치 거대한 양파 껍질처럼, 겹쳐진 지붕들로 이루어져 있고, 또한 각각의 지붕은 다른 지붕으로 둘러싸여 있으며, 동시에 모든 지붕은 최종적인 마지막 지붕을 예고한다는 사실을 말입니다. 바로 그 마지막 지붕이 있는 곳에서 지구는 끝나며, 그곳에서 보자면 지구의 모든 내부는 이쪽에 있고, 그 너머에는 단지 바깥세상이 있을 뿐이지요. 당신들은 그 지구의 경계선을 바로 지구 자체와 동일시하고 있습니다. 당신들은 그 전체 덩어리가 아니라 단지 그것을 둘러싸고 있는 껍질이 바로 지구라고 믿고 있습니다. 당신들은 언제나 지극히 평면적인 차원에서만 살아왔으며, 다른 곳에서 다른 방식으로도 존재할 수 있으리라고는 상상조차 하지 않습니다. 우리는 그런 경계선이 있다는 것은 알고 있었지만, 지구 바깥으로 나가지 않고는 그것을 절대로 볼 수 없으리라고 생각했지요. 우리에게 그것은 지극히 두렵고 또 터무니없는 전망으로 여겨졌답니다. 바로 그곳으로, 지구는 자신의 내장에서 배설하는 모든 것을 바로 그곳으로 분출하고 끈적거리며 내뿜고 토해 낸 것입니다. 그것은 가스, 잡동사니 액체, 휘발성 물질, 보잘것없는 광물 등 온갖 종류의 쓰레기였습니다. 그것은 세상의 부정적인 측면이었고, 생각할 수조차 없는 것이었으며, 언뜻 떠올리기만 해도 우리는 역겨운 전율을 느꼈습니다. 아니 그것은 고뇌의 전율, 또는 정확히 말하자면, 일종의 당혹스러움, 바로 일종의 현기증이었으며(그렇습니다, 우리의 반응은 생각보다 더 복잡했지요. 특히 르딕스의 반응이 그렇습니다), 거기에는 약간의 매력도 깃들어 있었습니다. 마치 공허감, 또는 두 갈래의 길, 막다른 길의 유혹처럼 말입니다.

이렇게 르딕스의 모호한 기분을 따라 우리는 어느 휴화산의 목구멍 안으로 들어갔지요. 모래시계의 좁은 통로 같은 곳을 빠져나오자, 머리 위로 우중충한 회색빛 분화구가 펼쳐져 있었습니다. 그 형태나 물질 면에서 그것은 우리 심연 세계의 일상적인 모습들과 크게 다르지 않았답니다. 우리를 깜짝 놀라게 한 것은 바로 지구가 그곳에서 끝난다는 사실, 다른 형상으로 자체의 중력을 향해 끌어당기지 못한다는 사실이었지요. 그리고 그곳에서 바로 공허가, 또는 그때까지 우리가 가로질러 왔던 것들과는 비교할 수 없을 정도로 훨씬 더 희박한 물질, 투명하고 진동하는 물질, 파란 대기가 시작되고 있었습니다.

우리는 화강암과 현무암을 통과하며 느리게 확산되는 그

런 진동, 용해된 금속 덩어리 또는 수정 암석벽 사이를 천천히 지나가는 음울한 반향음, 삐걱거리는 소리, 마찰음에 익숙해 있었지요. 그런데 지금 공기의 진동이, 마치 섬세하고 예리한 소리 불꽃들이 터져 나오듯이 우리를 덮쳤으며, 참을 수 없을 정도의 빠른 속도로 사방에서 계속 쏟아져 내렸습니다. 그것은 일종의 간지러움처럼 우리에게 알 수 없는 초조함을 불러일으켰습니다. 침묵의 검은 밑바닥으로, 지진의 메아리가 부드럽게 지나가 멀리 사라지는 그곳으로 되돌아가고 싶은 욕망이 우리를 사로잡았습니다 — 아니, 최소한 나를 사로잡았습니다. 이제부터 나는 나의 심리 상태와 르딕스의 심리 상태를 구별하지 않을 수 없군요. 언제나 그랬듯이 희귀하고 이상한 것에 이끌리는 르딕스는, 그것이 좋든 나쁘든 무언가 특이한 것을 소유하고 싶은 초조감에 사로잡혀 있었습니다.

바로 그 순간 덫이 작동했지요. 분화구의 가장자리 너머에서 공기가 지속적으로, 아니 불연속적인 다양한 진동들이 담긴 지속적인 방식으로 진동한 것입니다. 그 소리는 충만하게 솟아올랐다가, 희미하게 약해졌다가, 다시 충만해졌으며, 그러한 음조의 변화 속에서 하나의 보이지 않는 그림 — 마치 충만함과 공허함의 이어짐처럼 시간 속에 펼쳐진 그림 — 을 뒤따르는 듯했습니다. 그 위에 다른 진동들이 겹쳐졌는데, 그 진동들은 예리하고 명확하게 구별되었으며, 그러면서도 때로는 달콤하고 때로는 쓰라린 후광 속에 잠기는 듯했지요. 그것들은 아주 심오한 소리의 흐름을 뒤따르는 듯 또는 대비를 이루는 듯, 소리로 이루어진 하나의 둥그런 테두리, 또는 영역, 또는 하나의 영토처럼 여겨졌습니다.

곧바로 나는 그 테두리에서 빠져나와 치밀한 밀도의 세계로 되돌아가고 싶은 충동을 느꼈답니다. 그래서 나는 분화구 안으로 미끄러져 내려왔지요. 그러나 바로 그 순간 르딕스는 그 소리가 들려오는 방향을 향하여 절벽 위를 달리기 시작했습니다. 내가 제지하기도 전에 이미 그녀는 분화구의 가장자리를 넘어섰습니다. 그녀를 서서히 움켜잡아 바깥으로 이끌어 낸 것은 바로 하나의 팔, 또는 팔이라고 생각할 수 있는 그 무엇이었습니다. 나는 비명소리를 들었습니다. 그녀의 비명은 처음에 들려왔던 소리와 하나가 되었답니다. 그녀와 어느 미지의 가수가 함께 음조를 맞춘 노랫소리는 어느 악기의 현(絃)에 이끌려 화산의 바깥 능선을 타고 내려갔습니다.

이러한 광경이 내가 직접 눈으로 본 것인지, 아니면 상상한 것인지 알 수 없습니다. 나는 이미 어둠 속으로 내려가고 있었으며, 내부의 하늘이 머리 위에서 하나하나 닫히고 있었으니까요. 규석질의 둥근 천장, 알루미늄 지붕, 끈적거리는 유황의 대기 속으로 말입니다. 그리고 희미한 굉음들, 나지막한 천둥소리들과 함께 지하의 다양한 침묵이 내 주위에서 메아리치고 있었지요. 나는 그 구역질 나는 공기의 경계선에서, 그리고 음파(音波)들의 무서운 고문에서 벗어났다는 안도감과 함께 르딕스를 잃어버렸다는 절망감에 사로잡혔습니다. 그렇습니다. 이제 나는 혼자였습니다. 나는, 지구에서 끌려 나가, 공허의 세계가 존재한다는 환상을 주는 공기 속에서 팽팽히 긴장된 현들의 끊임없는 진동에 시달려야 하는 그녀를 구해 낼 수 없었습니다. 르딕스와 함께 최종적인 중심부에 도달함으로써 지구에 생명력을 부여하려던 나의 꿈은 좌절되었지요. 르딕스는 바깥세상의 공허한 황무지에 갇힌 포로였습니다.

기다림의 세월이 흘렀답니다. 나의 두 눈은, 지구의 용적을 가득 채우며 치밀하게 겹쳐진 경치를 응시하고 있었습니다. 그것은 실낱같은 동굴, 얇은 암석과 덩어리들이 겹쳐진 산맥, 해면처럼 짓눌린 바다였지요. 나는 우리들의 그 치밀하고, 응축되고, 꽉 짜인 세상을 감동에 젖어 바라볼수록, 그곳에서 르딕스와 함께 살 수 없다는 사실에 괴로워했습니다.

유일한 꿈은 르딕스를 해방시키는 것이었습니다. 말하자면 바깥의 문들을 열어젖히고, 내부로써 외부를 침략하고, 르딕스를 지구의 질료에 다시 연결시키고, 그녀의 머리 위에 새로운 둥근 천장, 즉 새로운 광물들의 하늘을 세워 주고, 그 진동하는 공기, 그 소리, 그 노래의 지옥에서 구해 내는 것이지요. 나는 화산의 동굴들 안에 용암이 모여들어, 지구 껍질의 수직 통로로 치솟아 오르기만을 기다렸습니다. 그것이 유일한 길이었습니다.

분출의 날이 왔습니다. 화산재들이 거대한 탑을 이루어 머리 잘린 베수비오스 산 위로 검게 솟아올랐으며, 용암이 만(灣)의 포도밭을 덮치고, 에르콜라노의 문들을 열어젖히고, 마부와 가축들을 벽 쪽으로 몰아붙이고, 수전노의 돈을 휩쓸고, 노예를 족쇄에서 해방시켰으며, 줄에 얽매여 있던 개는 쇠사슬을 뿌리째 뽑아 곡물 창고로 도망치려 했습니다. 나는 바로 그 한가운데에 있었답니다. 나는 용암과 함께 앞으로 나아갔고, 불덩이의 거대한 용암 덩어리는 사방으로 흩어져 혓바닥을 날름거리며 구불구불한 개울을 이루면서 퍼져 나갔습니다. 나는 맨 앞에 서서 르딕스를 찾아 달렸습니다. 나는 르딕스가 아직 그 미지의 가수에게 사로잡혀 있다는 것을 알고 있었습니다 — 왠지 그런 예감이 들었지요. 그 목소리의 음조와 그 악기의 음악이 들리는 곳에 분명히 그녀가 있을 것입니다.

나는 용암 덩어리와 함께 외딴 채소밭과 대리석 신전들 사이를 달렸습니다. 노랫소리와 하프 연주 소리가 들려왔습니다. 두 목소리는 교대로 노래를 하고 있었지요. 나는 미지의 목소리를 뒤따르는 르딕스의 목소리를 — 그렇지만 그녀의 목소리는 얼마나 변했던지! — 알아들었답니다. 커다란 아치형 문 위에는 그리스어로 오르페우스라고 쓰여 있었습니다. 나는 문을 무너뜨리고, 그 안으로 뛰어 들어갔습니다. 단지 눈 깜박할 사이에, 나는 하프 곁에 있는 그녀를 보았습니다. 그곳은 밀폐되고 움푹한 장소였는데, 아마도 조개껍질처럼 음악이 한데 모이도록 일부러 그렇게 만든 곳 같았습니다. 묵직한 커튼이 — 그것은 가죽으로 만든, 아니 솜이불처럼 속을 채운 커튼 같았지요 — 창문을 가리고 있었습니다. 그들의 음악이 주위 세상과 차단되도록 말입니다. 내가 들어가자마자 르딕스는 그 커튼을 찢어 버리고는 창문을 활짝 열어젖혔습니다. 창밖에는 햇살이 반짝이는 눈부신 만과 도시와 길거리들이 펼쳐져 있답니다. 정오의 햇살이 방 안으로 침범해 들어왔고, 빛과 소리들이 몰려 들어왔습니다. 노련한 기타 연주 소리가 사방에서 들려왔고, 수백 개의 확성기들이 웅웅거리는 소리가 물결쳤습니다. 그 혼란스러운 소리에다 자동차들의 빵빵거리는 소리와 오토바이의 폭발음들이 뒤섞였습니다. 그리고 그 소음들의 두터운 갑옷은 지구의 표면을 완전히 뒤덮었습니다. 그 구역이 바로 당신들의 지구 외부 생활의 경계선을 이루고 있지요. 보이지도 않고 들리지도 않게 공간을 가로지르는 음파를 소리로 전환시키기 위해 지붕 위로 치솟은 안테나들, 그것이 없다면 당신들이 살아 있는지 죽었는지 모를 그러한 소리들로 당신들의 귀를 틀어막기 위해 언제나 귀에 바짝 대고 있는 트랜지스터라디오들,

소리를 저장했다가 한꺼번에 쏟아 내는 주크박스들, 당신들의 그 끝없는 대량 학살로 인한 부상자들을 실어 나르는 구급차의 사이렌 소리들과 함께 말입니다. 이러한 소리의 벽에 가로막혀 용암은 멈추었습니다. 귀를 찢는 진동들의 그물 가시에 온몸을 찔린 채, 나는 잠시 르딕스를 보았던 바로 그곳으로 조금 더 다가가 보았습니다. 그러나 르딕스는 사라졌으며, 그녀의 약탈자도 사라졌습니다. 그들이 의존하여 살아왔던 노랫소리는 물밀듯이 몰려온 소음들 속으로 잠겨 버렸으며, 나는 르딕스도, 그녀의 노랫소리도 찾을 수 없었지요.

나는 물러섰습니다. 나는 용암 덩어리 사이로 뒷걸음질 쳐서, 화산의 기슭을 다시 거슬러 올랐으며, 침묵 속으로 되돌아와 그 안에 묻혔답니다.

지금 당신들은 그곳 바깥에 살고 있으니, 나에게 말해 주시오. 혹시라도 당신들을 둘러싸고 있는 그 소리들의 치밀한 뒤범벅 속에서 르딕스의 노랫소리를, 그녀를 포로로 잡고 있으면서 동시에 모든 노랫소리들을 함께 포괄하는 노래 아닌 소리의 포로가 되어 있는 노랫소리를 듣는다면, 혹시 아직도 머나먼 침묵의 메아리가 깃든 르딕스의 목소리를 듣게 된다면, 나에게 말해 주시오. 지구 외부인들이자 잠정적인 지구의 승리자들이여, 제발 나에게 그녀의 소식을 전해 주시오. 르딕스를 다시 만나, 그녀와 함께 지구 생명력의 중심부로 내려가, 지구의 생명체를 중심부에서 바깥으로 내보내려는 나의 계획을 다시 시작할 수 있도록 말입니다. 이제 당신들의 승리는 하나의 패배라는 것이 명백해졌으니까요.

운석들

최근 제시된 이론에 따르면, 원래 지구는 아주 작고 차가운 덩어리였는데 나중에 운석과 운석 먼지들을 끌어당겨 커졌을 것이라고 한다.

처음에 우리는 깨끗함을 유지할 수 있으리라고 착각했습니다 — 늙은 크프우프크는 이야기했다. 지구는 아주 작았으며, 매일매일 청소를 하고 먼지를 털어 낼 수 있었으니까요. 물론 상당한 양의 물건들이 쏟아져 내렸지요. 지구는 회전하는 동안 공간 속에 떠다니는 온갖 먼지와 쓰레기들을 끌어당기는 일만 했다고 말할 수 있을 정도입니다. 지금은 완전히 달라졌습니다. 대기가 있으니까요. 여러분들은 하늘을 바라보면서, 오 정말로 청명하구나, 오 정말로 순순하구나, 하고 말하지요. 그러나 지구가 그 운석 구름들 사이에 갇혀 빠져나오지 못하고 있을 때, 우리의 머리 위로 떠다니던 것들을 여러분이 보았어야 합니다. 그것은 나프탈렌처럼 새하얀 먼지였는데, 조그마한 입자들로 쏟아져 쌓이거나, 때로는 마치 하늘에서 산산조각이 난 유리 전등 파편들이 쏟아져 내리듯이 수정체의 좀 더 커다란 조각들이 떨어졌습니다. 또한 그 가운데에는 좀 더 커다란 조약돌이나, 다른 행성들의 깨진 조각, 수도꼭지, 과일 부스러기, 이오니아식 기둥의 머리 장식, 날짜가 옛날에 지난 「헤럴드 트리뷴」과 「파에세 세라」 신문 등이 섞여 있기도 했습니다. 잘 아시다시피, 우주는 생성되었다 해체되었다 하지만, 언제나 떠다니는 동일한 질료로 이루어진 모양입니다. 지구는 조그마하고 또한 빠르기도 했으므로(지금보다 훨씬 빨리 회전했으니까요) 많은 물건들을 피할 수도 있었습니다. 어떤 물체는 우주의 심연에서, 새처럼 날아서 — 그런데 나중에 보면 양말 한 짝인 경우도 있었지요 — 또는 배처럼 흔들거리면서 — 한번은 그랜드 피아노였지요 — 바로 코앞에까지 다가왔지만, 아무 일도 없이 우리를 스치지도 않은 채, 자신의 궤도를 따라가는 것을 보기도 했지요. 그리고 그것들은 아마도 영원히, 우리 등 뒤의 공허한 어둠 속으로 사라져 버리곤 했습니다. 그렇지만 대부분의 경우 운석 구름은 두터운 먼지 층을 일으키고 빈 깡통들처럼 요란한 소음을 내면서 우리에게 쏟아져 내렸답니다. 바로 그러한 순간에 나의 첫 번째 아내 크사Xha는 재빠른 움직임을 보이곤 했지요.

크사는 모든 것을 말끔히 정돈하고 깨끗하게 유지하고자 했으며, 그런 일을 아주 잘해 냈습니다. 물론 무척이나 할 일이 많았지만, 매일매일 점검을 할 수 있을 정도로 지구는 아직 그 규모가 작았습니다. 그리고 단지 우리 두 사람만이 지구에 살고 있었다는 사실은 — 비록 우리를 도와줄 사람이 전혀 없다는 불리함은 있었을지라도 — 유리함이 되기도 했답니다. 우리처럼 침착하고 정리 정돈을 잘하는 두 사람이 물건을 언제나 제자리에 정돈하기만 하면 아무런 혼란도 생기지 않기 때문입니다. 일단 운석 조각에 파손된 부분들을 고치고, 모든 것을 깨끗하게 청소하고, 계속해서 더러워지는 빨랫감들을 세탁하여 정돈하고 나면, 더 이상 할 일이 없었습니다.

크사는 처음에는 쓰레기들을 여러 개의 조그마한 꾸러미로 만들었고, 나는 그것들을 힘닿는 데까지 멀리 허공 속으로 내던지곤 했답니다. 그 당시에는 아직 중력이 거의 없었고, 또한 나는 튼튼한 팔을 가진 데다 던지기를 잘했으므로, 우리는 상당히 크고 무거운 물건들까지 그것이 날아온 곳으로 다시 되돌려 보낼 수 있었습니다. 아주 작은 먼지들은 되돌려 보낼 수 없었지요. 먼지들을 헌 종이에 싸더라도 그것을 다시 되돌아오지 못하게 멀리 던질 수 없었습니다. 또한 그것들은 거의 언제나 허공에서 다시 흩어져 버렸고, 우리는 또다시 머리에서 발끝까지 먼지를 뒤집어쓰곤 했습니다.

가능한 범위 안에서 크사는 되도록 먼지들을 땅바닥의 틈새에 넣어 처리하는 것을 좋아했습니다. 그런데 나중에는 그 틈새가 가득 찼습니다. 아니 정확히 말하자면, 그 틈새가 점점 넓어져서 널따란 분화구가 되었지요. 사실은 엄청나게 많은 물건들이 쌓여 지구가 내부에서부터 점차 부풀어 올랐으며, 그 틈새들은 바로 용적이 증가하여 생겨났던 것입니다. 정돈을 중단했다거나 방치했다는 인상을 주지 않기 위해서는 차라리 지구의 표면 위에다 먼지들을 펼쳐서 평평한 껍질 모양으로 만드는 편이 더 나았습니다.

우리 세계의 깨끗한 조화를 흩뜨리는 모든 먼지 알갱이들을 없애려는 크사의 집요한 노력이 이제는, 운석 먼지들을 쌓아 그 조화로운 질서의 바닥으로 만들어서, 깨끗하게 광택을 낼 수 있는 표면 아래에다 감추는 작업으로 전환되었습니다. 그러나 매일같이 새로운 먼지가 지구의 땅바닥 위에 내려앉아 때로는 얇은 막이 되거나, 때로는 두텁게 쌓여 울퉁불퉁한 둔덕이나 언덕을 이루어 여기저기 흩어지기도 하였습니다. 그러면 우리는 곧바로 새로운 층을 펼치는 작업을 다시 시작하곤 했지요.

우리 행성의 용적은 점차 커졌지요. 그러나 내 아내와 나의 ― 그녀의 지휘 아래 ― 끊임없는 보살핌 덕택에, 불쑥 튀어나온 곳이나 찌꺼기들은 질서 정연하게 유지되었으며, 어떠한 흠이나 그림자도 나프탈렌처럼 새하얀 산뜻함을 깨뜨리지는 못했습니다. 그렇지만 지구의 외부 층 아래에는 먼지와 뒤섞여 우리에게 쏟아져 내린 물건들이 감추어져 있었습니다. 그것들을 우리는 우주의 흐름 속으로 되돌려 보낼 수 없었답니다. 지구의 덩어리가 커지면서 내 팔 힘으로는 능가할 수 없는 방대한 중력권을 그 주위에 확장시켰기 때문이지요. 쓰레기들이 너무 많이 떨어진 곳에는, 정방형의 피라미드 형태로 먼지 더미를 쌓아 그 안에 묻었습니다. 그 피라미드들은 너무 높지도 않고, 나란히 대칭을 이루도록 배치했기 때문에, 무질서하고 제멋대로이던 모습은 모두 우리의 시야에서 사라졌습니다.

내 첫 번째 아내의 민첩함을 설명하는 과정에서, 나는 그녀의 세심한 태도에 일종의 신경과민이나 경계심에 가까운 불안이 숨어 있었다는 인상을 주고 싶지는 않습니다. 아닙니다, 크사는 확신했습니다. 이러한 운석의 비는 아직 정돈 단계에 있는 우주의 잠정적이고 우발적인 현상에 불과하다고 말입니다. 우리의 행성이나 다른 천체들, 그리고 그 안팎에 있는 모든 것들은 분명히 직선과 곡선과 평면으로 이루어진 정확하고 규칙적인 기하학적 원칙을 따르고 있으리라는 사실을 그녀는 조금도 의심하지 않았습니다. 그녀의 생각에 따르면, 그런 원칙에 포함되지 않는 것은 모두 보잘것없는 찌꺼기였답니다. 그런 찌꺼기를 곧바로 빗자루로 쓸어 버리거나 파묻으려는 그녀의 노력은 바로 그것들을 최소화하고, 심지어는 그 존재까지 부정하려는 그녀 나름대로의 방식이었던 것입니다. 물론 이것은 나의 추정일 뿐이지요. 크사는 현실적인 여자였으며, 추상적인 말들 속에 빠지지 않고 단지 자기가 할 수 있다고 생각하는 일을 잘해 내려고 노력했으며, 또한 기꺼이 그런 일을 했습니다.

아주 세심하게 보살피는 이 지구의 경치를 배경으로, 매일 저녁 크사와 나는 잠자리에 들기 전에 산책을 하곤 했지요. 간간히 피라미드 형상들의 산뜻한 윤곽만이 규칙적으로 늘어서 있을 뿐, 매끄럽고 반들반들한 평면이 널따랗게 펼쳐진 정경이었습니다. 우리들의 머리 위 하늘에는 행성과 별들이 정확한 거리에서 정확한 속도로 회전하면서, 균일하게 반짝거리는 우리의 땅 위로 빛살을 뿌렸답니다. 아내는 언제나 먼지가 약간 섞여 있는 공기를 떨쳐 버리려고 손잡이가 달린 부채를 우리 얼굴 주위에서 흔들었습니다. 나는 혹시라도 운석들의 소낙비에 긁히지 않으려고 우산을 받쳐 들었지요. 주름이 잡힌 크사의 옷은 풀을 약간 먹여 항상 깨끗했으며, 그녀의 머리카락은 하얀 리본으로 단정히 묶여 있었습니다.

여러 생각들이 스쳐 지나가는 순간이었지요. 그러나 그런 순간은 오래 지속되지 않았습니다. 아침이면 우리는 일찍 일어났습니다. 우리가 잠든 잠시 동안에 이미 지구는 온통 쓰레기들로 뒤덮였답니다.

「빨리, 크프우프크, 머뭇거릴 시간이 없어요!」

크사는 손에 빗자루를 들면서 말했지요. 그러면 나는 자그마하고 헐벗은 평원 위로 희미한 여명이 비치는 동안, 여느 때처럼 한 바퀴 돌기 위해 떠났습니다. 가는 동안 나는 여기저기 흩어진 조각들과 쓰레기 더미를 발견했답니다. 햇살이 비치면 우리 행성의 반짝거리는 바닥을 뒤덮은 불투명한 먼지 층을 볼 수 있었지요. 나는 비질을 하면서 모든 것을 뒤에 끌고 다니던 쓰레기통이나 자루 안에 쓸어 넣었습니다. 그러기 전에 나는 걸음을 멈추고 밤사이에 쏟아져 내린 이상한 물건들, 가령 소머리 장식, 선인장, 마차 바퀴, 금 덩어리, 시네라마 영사기 등을 살펴보곤 했지요. 나는 그것들을 손으로 만지고 쓰다듬어 보았으며, 선인장 가시에 찔린 손가락을 빨기도 했습니다. 나는 그토록 동떨어진 그런 물건들 사이에 어떤 신비로운 관계가 있을 것이라고 상상하고, 그 관계를 추측해 보기를 즐겼답니다. 그것은 내가 혼자 있을 때 빠져드는 공상이었지요. 크사와 함께 있으면 청소하고 치우고 내버리는 작업을 얼마나 정신없이 하는지, 멈춰 서서 우리가 쓸어 내고 있는 물건을 바라볼 수 없었기 때문입니다. 이제 나는 더욱더 강렬한 호기심에 이끌려 순찰을 나갔으며, 매일 아침 경쾌한 마음으로 휘파람을 불면서 출발했지요.

　크사와 나는 할 일을 분담했고, 청소해야 할 곳을 반구(半球)로 나누었습니다. 간혹 나는 내가 담당하는 반구에서 물건들을 곧바로 치우지 못할 때도 있었답니다. 특히 무거운 물건은 나중에 손수레로 모으려고 한쪽 구석에 쌓아 두기도 했지요. 그래서 때로는 카펫, 모래 더미, 코라노 판(版) 책, 석유 구덩이, 조각난 쓰레기 같은 잡동사니들이 모여 커다란 무더기 또는 덩어리를 이루기도 했습니다. 물론 크사는 내가 말하는 방식에 찬성하지 않았을 것입니다. 그렇지만 나는, 사실대로 말하자면, 지평선 위에 그런 잡동사니의 탑들이 그림자를 늘어뜨린 모습을 바라보면서 일종의 즐거움을 느끼곤 했답니다. 때로는 물건들의 무더기를 며칠 동안이나 그대로 방치할 때도 있었지요(이제는 크사가 매일매일 전체를 돌아볼 수 없을 정도로 지구가 점점 더 커지기 시작했습니다). 그리고 아침마다 어떤 새로운 물건들이 다른 물건들 위에 쏟아져 내렸는지 살펴보는 일이 나의 즐거움이자 놀라움이 되었습니다.

어느 날 나는 부서진 상자와 녹슨 드럼통 무더기를 바라보고 있었습니다. 그 한가운데에는 기중기가 찌그러진 자동차 잔해를 높이 쳐들고 있었지요. 바로 그때 시선을 돌리던 나는 양철과 합판 조각들로 만들어진 오두막집 문지방에서 어떤 소녀가 감자 껍질을 벗기고 있는 것을 보았답니다. 그녀는 누더기를 입은 듯했고, 셀로판 조각과 올이 빠진 스카프를 걸치고 있었으며, 기다란 머리카락에는 마른 풀잎과 톱밥 조각들이 붙어 있었습니다. 그녀는 자루에서 감자를 꺼내 주머니칼로 얇게 깎았고, 깎아 낸 기다란 껍질들이 흘러내려 회색빛 더미를 이루고 있었지요.

나는 사과를 해야겠다고 생각했습니다.

「미안합니다, 정말로 어질러져 있군요. 이제 곧바로 청소를 하고, 모두 치우겠습니다.」

「천만에요.」 소녀는 껍질을 벗긴 감자를 통 안으로 던지면서 말했습니다.

「어쩌면 아가씨가 나를 도와줄 수도 있을 것 같군요.」

내가 말했지요. 아니 정확히 말하자면 언제나 생각하던 방식으로 계속 생각하는 나의 일부분이 그렇게 말했습니다(바로 그 전날 저녁 크사와 함께 우리는 이렇게 말했지요. 「만약 누군가 우리를 도와줄 사람이 있다면, 정말로 달라질 거야!」).

「오히려 당신이 감자 깎는 일을 도와주세요.」 하품을 하고

기지개를 켜면서 소녀가 말했습니다.

「이렇게 쏟아져 내리는 물건들을 어떻게 처치해야 할지 모르겠군요.」 내가 설명했지요.

「여기 좀 보세요.」

그러면서 나는 바로 그 순간 눈에 들어온 뚜껑 없는 커다란 깡통을 들었습니다.

「이 안에 무엇이 들어 있을지 모르겠군요.」

「절인 멸치군요. 그렇다면 〈생선과 감자튀김〉 요리를 먹을 수 있겠군요.」 소녀가 냄새를 맡더니 말했습니다.

그녀는 내가 함께 앉아서 감자를 얇은 조각으로 썰어 주기를 바랐습니다. 그 쓰레기 더미에서 그녀는 기름이 가득 든 거무스레한 깡통을 찾아냈답니다. 그녀는 포장 재료들을 모아 땅바닥에다 불을 피우더니, 멸치와 감자 조각을 녹슨 냄비 안에 넣고 튀기기 시작했습니다.

「여기서는 안 돼요, 더러워요.」 나는 거울처럼 반짝반짝 윤이 나는 크사의 주방 그릇들을 생각하며 말했습니다.

「괜찮아요, 자.」

그녀는 뜨거운 튀김을 헌 신문지에 담아 주면서 말했습니다.

그 이후로 나는 여러 번 자문해 보았지요. 그날 지구 위에 다른 사람이 하나 떨어졌다는 사실을 크사에게 말하지 않은 것이 잘못이었을까 하고 말입니다. 그렇지만 그러려면 나는 그 많은 물건들이 쌓이도록 내버려 둔 나의 태만함도 고백해야 했습니다. 〈그보다 먼저 깨끗하게 청소를 해야지.〉 나는 생각했지요. 모든 것이 더욱 어려워졌다는 것을 알면서도 말입니다.

매일매일 나는 그 소녀 후아를 찾아가곤 했습니다. 이제는 새로운 물건들이 산사태처럼 반구 전체에 넘쳐흐르는 한가운데로 말입니다. 나는 어떻게 후아가 그러한 혼란 속에서 살아가는지, 어떻게 그런 물건들이 무더기로 쌓이도록 방치하는지 이해할 수 없었답니다. 그래서 바오바브나무 위에 열대의 칡덩굴이 쌓이고, 지하 교회들 위에 로마식 성당이 쌓이고, 석탄층 위에 기중기들이 쌓이고, 또다시 그 위에 우리에게 쏟아져 내리는 다른 물건들이 쌓여서 칡덩굴 위에 침팬지들이 매달리고, 로마식 성당 앞 광장에는 대형 관광버스들이 주차하고, 광산의 갱도 안에는 메탄가스가 차오르게 하는지 이해할 수 없었습니다. 매번 나는 화가 치밀었지요. 정말 멋진 소녀로군, 정말로 그녀는 나와는 정반대의 사고방식을 갖고 있었습니다.

그렇지만 어떤 순간에는, 그녀가 마치 우연히 머릿속에 떠오르는 대로 모든 일을 하듯이 자유분방한 태도로 그런 물건들 사이를 돌아다니는 모습을, 나는 즐거운 마음으로 바라보았다는 사실을 인정해야겠군요. 그리고 놀라운 것은 그녀가 뜻밖에도 그런 일을 아주 잘해 내고 있다는 사실이었습니다. 후아는 콩이건 돼지의 넓적다리건 손에 잡히는 대로 냄비 안에 던져 넣고 끓였습니다. 그런데 누가 예상했겠습니까? 거기에서 아주 훌륭한 스프가 만들어지리라고 말입니다. 또 이집트의 유적 조각들 — 가령 여자의 머리 하나, 따오기의 날개 두 개, 사자의 몸통 — 을 마치 설거지할 그릇들처럼 차곡차곡 쌓아 올리면 거기에서 아주 아름다운 스핑크스가 튀어나오기도 했지요. 간단히 말해, 놀랍게도 나는 그녀와 함께 있으면 — 일단 내가 익숙해지기만 하면 — 결국 편안해질 것이라고 생각하게 되었답니다.

내가 용납할 수 없는 것은 바로 그녀가 산만하고 무질서하며 어디에다 물건을 두었는지 전혀 모른다는 점이었습니다. 그녀는 멕시코의 파리쿠틴 화산을 쟁기질한 밭이랑들 사이에 놔두거나, 루니의 로마식 극장을 포도밭 이랑 사이에 놔두고 깜박 잊어버리기도 했습니다. 나중에 언제나 꼭 필요한 순간에 우연하게도 그것들을 다시 찾아내곤 했지만, 그렇다고 나의 화를 가라앉히지는 못했습니다. 마치 아직도 부족하다는 듯이, 우발적인 새로운 상황들이 계속해서 발생했기 때문입니다.

물론 나는 이곳이 아니라, 다른 곳에서, 그러니까 맞은편 반구의 표면을 깨끗하고 평탄하게 유지하고 있는 크사 곁에서 생활했지요. 의심할 바 없이 그런 일에 대해서 나는 크사와 똑같이 생각했으며, 지구가 완벽한 상태를 유지하도록 일했습니다. 내가 후아와 시간을 보낼 수 있었던 것은, 바로 나중에 크사의 세계로, 즉 모든 것이 제대로 유지되는 곳, 이해할 것이 모두 이해되는 곳으로 돌아갈 수 있다고 확신하고 있었기 때문입니다. 덧붙여 말하자면, 크사와 함께 있으면 나는 끊임없는 외면적 활동 속에서 내면적인 평온함을 얻을 수 있었답니다. 반면에 후아와 함께 있으면 나는 단지 외면적인 평온함을 유지할 수 있었고, 또한 내가 그 순간 하고 싶은 일만 하면 되었지만, 그러한 외적인 평온의 대가로 나는 끊임없이 갈등을 겪어야 했습니다. 왜냐하면 나는 이런 상황이 오래 지속될 수는 없다고 확신하고 있었기 때문입니다.

그것은 나의 착각이었답니다. 오히려 반대로, 완전히 상이한 운석조각들이, 비록 대충 맞추어지기는 했지만, 서로서로 연결되고 조합되면서 어색하나마 하나의 모자이크를 이룬 것입니다. 예를 들어 코마키오의 뱀장어, 몽비소 산 위의 샘물, 공작(公爵)의 궁전, 몇 헥타르의 논, 농업 임금 노동자들의 노동조합 전통, 켈트어와 롬바르드어의 몇몇 접미사들,

산업 생산성의 증가 지표 등등은 서로 별개의 재료들이었는데, 갑자기 지구 위로 강(江)이 하나 떨어져 포 강이 되던 바로 그 순간, 그 재료들은 융합되어 하나의 치밀하게 짜인 상호 관계들의 총체를 이루었습니다.

그렇게 우리의 행성 위로 쏟아져 내린 모든 물건들은 마치 언제나 그 자리에 있었다는 듯이 자기 위치를 찾았으며, 다른 물건들과 상호의존 관계를 맺었고, 어느 한 물건의 비합리적인 존재는 다른 물건들의 비합리적인 존재 안에서 합리성을 발견하였지요. 그리하여 전반적인 무질서 상태가 점차 사물들의 자연스러운 질서로 간주되기에 이르렀습니다. 바로 이러한 상황에서, 나는 다른 사실들에 대해서도 역시 나의 사생활에 속하기 때문에 약간의 관심을 기울이고 또 고려하게 된 것입니다. 여러분은 벌써 이해했을 테지요. 그러니까 내가 지금 크사와 이혼하고 후아와 두 번째 결혼을 한 사실을 암시하고 있음을 말입니다.

후아와의 생활은, 잘 살펴보면, 나름대로 조화를 이루고 있었습니다. 그녀 주위에서는 모든 사물들이 흩어지고 모이고 자리를 잡는 과정에서 바로 그녀의 방식을 따르는 듯했습니다. 바로 그녀의 방만함, 재료들에 대한 무관심, 불확실한 행동 방식을 그대로 따르는 듯했습니다. 그런 방식은 더 이상 뭐라고 말할 수 없을 정도로 순간적이고 뚜렷한 선택에서 절정에 이르렀답니다. 하늘에는 우주의 난파선들에 의해 완전히 망가진 에렉테이온 신전이 조각들을 떨어뜨리면서 날아다니다가, 한순간 리카베투스 언덕 꼭대기에 내려앉았다가, 다시 활공을 시작하여 나중에 파르테논 신전이 내려오게 될 아크로폴리스 광장을 살짝 스쳐 지나가서, 저쪽에 가볍게 내려앉기도 했습니다.

때로는 분리된 조각들을 연결하고, 겹쳐진 부분들이 제대로 맞도록 우리가 개입해야 할 때도 있었답니다. 그럴 때 후아는, 단지 장난삼아 하는 듯하면서도, 언제나 멋진 손재주를 보여 주었습니다. 장난하듯이 그녀는 퇴적 암석층을 습곡이나 배사 형태로 구부리거나, 수정의 면(面)들의 방향을 바꾸어 장석이나 석영, 운모, 석반석을 만들기도 하고, 지층과 지층 사이에다 해양 화석들을 날짜 순서대로 감추기도 했습니다.

그렇게 하여 지구는 조금씩 조금씩 지금 여러분들이 알고 있는 형태를 갖추게 되었지요. 운석 조각들의 비는 아직도 쏟아지고 있으며, 그림에다 새로 구체적인 부분을 덧붙이고, 창문, 커튼, 전화선들의 그물을 보태고, 빈 공간에다 아주 잘 어울리는 조각들을 채우자 교통 신호등, 오벨리스크 기둥, 담배 가게, 부속 예배당, 치과 의사의 스튜디오, 사자를 물어뜯는 사냥꾼 모습이 그려진 『도메니카 델 코리에레』 잡지의 표지 그림이 나타났습니다. 그리고 예를 들면 나비 날개의 채색에서처럼, 언제나 쓸모없는 부분들이 약간 지나치게 많이 덧붙여지거나, 또는 카슈미르 분쟁과 같이 어딘가 어울리지 않는 요소들이 가미되기도 했답니다. 또한 나는 언제나, 가령 시의 끊어진 부분을 채워 줄 네비우스의 시구들이나, 또는 염색체들에서 디옥시리보핵산DNA의 변환 법칙이 담긴 공식과 같이, 앞으로 다가올 무엇인가가 아직도 결여되어 있다는 느낌이 들었습니다. 그것들이 채워졌을 때 그림은 완벽해질 것이고, 나는 치밀하고 정확한 세계를 마주하게 될 것이며, 또한 크사와 후아를 동시에 다시 갖게 될 것입니다.

나는 이미 오래전에 두 여자를 모두 잃었습니다 — 크사는 운석 먼지들의 비에 압도당하여 자신의 정확한 왕국과 함께 사라졌으며, 후아는 아직도 새롭게 발견한 물건들이 빼곡하게 들어찬 어느 비밀 창고 안에 쭈그리고 앉아서 놀고 있을 테지만 이제는 더 이상 찾을 수가 없지요. 그렇지만 아직도 나는 그녀들이 돌아오기를 기다리고 있답니다. 혹시라도 내 마음을 스쳐 지나가는 생각 속에서, 눈을 감고 있거나 뜨고 있거나 단 한 번의 시선 속에서, 그 두 여자가 함께 다시 나타나기를 기다리고 있는 거지요. 단 한순간만이라도 두 여자를 동시에 다시 갖는다면 비로소 나는 모든 것을 이해할 것입니다.

크리스털

만약 지구의 구성 물질들에게 뜨거운 상태에서 천천히 냉각될 수 있는 충분한 시간과 마음대로 움직일 수 있는 자유가 있었더라면, 각각의 물질은 다른 물질들과 분리되어 하나의 거대한 결정체를 이루었을 것이다.

그랬다면 모든 것이 달라졌을지도 모릅니다 — 크프우프크는 말했다. 말해 주시오, 나는 그것을 잘 알고 있습니다. 나는 거기에서 탄생했어야 할 세계를 확고하게 믿었습니다. 지금 우리가 살게 된 이 부스러지고, 형체도 없고, 고무 같은 세계에서 살아가기로 체념하지 않았을 것입니다. 우리 모두 그러하듯이 나 역시 달려가고 아침마다 기차를 타고(나는 뉴저지에 살고 있지요), 뾰족한 첨탑들과 함께 허드슨 강 너머에서 솟아오르는 프리즘들의 밀집 지대로 들어가지요. 그리고 그 안에서 하루해를 보내고, 그 치밀한 고체 덩어리를 가로지르는 수직의 축들과 수평의 축들을 따라 오르내리거나, 모서리의 측면을 스칠 듯이 좁은 길들을 따라 걷기도 합니다. 그렇지만 나는 함정에 빠지지 않습니다. 나는 잘 알고 있지요. 내가 투명하고 매끄러운 벽면들 사이와 대칭적인 각도들 사이를 달려감으로써, 마치 내가 어느 크리스털 결정체

안에 들어 있다고 믿도록, 또 거기에서 하나의 규칙적인 형식, 회전축, 일정한 각(角)들을 인정하도록 만들고 있다는 것을 말입니다. 실제로는 그런 것이 전혀 없습니다. 오히려 그 정반대의 것이 존재할 뿐입니다. 즉 유리, 거리를 향하고 있는 단단한 것들은 유리로 되어 있으며, 크리스털이 아닙니다. 그것은 세계를 점령하여 꼼짝 못하게 만든 분자들의 혼란스러운 뒤범벅이며, 갑자기 냉각되고, 외부에서 주어진 형태로 굳어 버린 용암의 두꺼운 이불일 뿐입니다. 반면에 그 안에는 지구가 뜨겁게 불타던 시절에 있었던 것과 같은 마그마가 들어 있지요.

물론 나는 그 시절을 그리워하지는 않습니다. 내가 현재 존재하는 사물들에 대해 불평하는 소리를 듣고, 여러분은 내가 향수에 빠져 과거를 회상한다고 생각하겠지만, 그건 잘못입니다. 정말 무시무시했지요. 껍질이 없는 지구, 뜨겁게 불타는 영원한 겨울, 광물들의 뒤범벅, 게다가 철과 니켈의 검은 소용돌이가 사방의 틈새에서 지구의 중심을 향하여 흘러내리고, 수은 줄기들이 높다란 분수처럼 솟아오르는 광경은 정말로 끔찍했습니다. 우리는, 부그와 나는, 뜨겁게 끓어오르는 증기 사이를 헤치고 나아갔지만 어디에도 도달할 수 없었답니다. 우리 앞을 가로막던 액체 바위들의 장벽은 갑자기 눈앞에서 증발하여 매캐한 구름이 되어 흩어졌습니다. 우리가 그것을 뛰어넘으려는 순간, 구름은 응축되더니 마치 금속비의 폭풍우처럼 우리를 덮치면서 알루미늄 바다의 거대한 파도를 일으켰지요. 사물들은 우리 주변에서 시시각각 변화했답니다. 말하자면 원자들이 한 무질서 상태에서 다른 무질서 상태로, 거기서 또 다른 무질서 상태로 바뀌었지요. 그러니까 실질적으로는 모든 것이 언제나 동일한 상태였습니다.

유일하게 진정한 변화란 어떠한 질서로든 원자들이 배치되는 것일 테지요. 부그와 내가, 아무런 기준점도 없고, 처음도 없고 끝도 없이 뒤범벅된 광물들 속을 돌아다니며 찾던 것이 바로 그것이었습니다.

지금은 상황이 다릅니다. 나는 그 점을 인정합니다. 나는 손목시계를 차고 있으며, 시곗바늘의 각도를 다른 모든 시곗바늘의 각도와 비교하지요. 나는 작업 일정이 모두 기록된 업무 수첩을 갖고 있으며, 숫자들을 더하고 빼는 장부책을 갖고 있습니다. 펜 역에서 나는 기차에서 내려 지하철을 탑니다. 나는 선 채로 몸을 가누려고 한 손으로는 받침대를 잡고, 또 한 손으로는 신문을 높이 접어 들고 주식 시장 상황을 보여 주는 숫자들을 훑어봅니다. 간단히 말해서 나는 지금 놀이를 하고 있습니다. 먼지 속에 질서가 있는 척하고, 체계 안에 하나의 규칙성, 또는 비록 어울리지는 않지만, 어쨌든 측정 가능한 다양한 체계들의 상호 교류가 있는 척하는 놀이랍니다. 마치 무질서한 모든 먼지에다 곧바로 산산이 부스러질 질서의 면면들을 대입시키려는 듯이 말입니다.

물론 전에는 상황이 더욱 나빴지요. 세상은 온통, 모든 것이 모든 것으로 용해되고 또 모든 것을 녹여 버리는, 물질들의 거대한 용액이었습니다. 그런 가운데 부그와 나는 계속해서 서로를 잃었으며, 언제나 그래 왔듯이 서로 잃어버린 상태에서 계속해서 서로를 잃었답니다. 더 이상 잃어버리지 않으려면 우리가 무엇을 찾아야 했는지(또는 앞으로 무엇을 찾을지)도 생각하지 못하고 말입니다.

그런데 우리는 갑자기 그것을 발견했습니다. 부그가 말했지요.

「저기!」

그녀는 어느 용암 덩어리 한가운데에서 형태를 띠기 시작하는 무엇인가를 가리켰습니다. 그것은 규칙적이고 매끄러운 면과 예리한 모서리들로 이루어진 고체였답니다. 그 면과 모서리들은 마치 주변의 물질들을 흡수하듯이 천천히 커졌으며, 고체이던 형태 역시 바뀌었지요. 그렇지만 여전히 대칭적인 비율은 그대로 유지하고 있었습니다. 그리고 나머지 주변 부분과 구별되는 것은 단지 그 형태만이 아니었습니다. 빛이 안으로 들어가 그것을 가로질러 분산되는 방식 역시 달랐습니다. 부그는 말했지요.

「반짝인다! 많다!」

사실 그것은 하나가 아니었습니다. 전에는 단지 지구의 내장에서 방출된 가스들의 덧없는 거품들만 솟아오르던 그 뜨겁고 방대한 평원 위로, 이제는 육면체, 팔면체, 프리즘들이 무수하게 떠올랐답니다. 그 투명한 물질들은 안이 텅 비어 보였는데, 곧바로 응축되면서 믿을 수 없을 정도로 치밀함과 단단함을 갖추었지요. 그 모서리들에서 피어나는 눈부신 광채가 지구를 뒤덮었습니다. 그러자 부그가 말했습니다.

「봄이 왔다!」

나는 그녀에게 키스했습니다.

이제 여러분은 이해했을 것입니다. 내가 질서를 사랑하는 것은, 다른 사람들처럼 내면적인 수양이나 본능에 굴복해서가 아닙니다. 완벽하게 규칙적이고 대칭적이고 체계적인 세계에 대한 나의 생각은, 그러한 자연의 꽃피움과 첫 번째 충동과 연결되어 있으며, 사랑의 긴장, 여러분이 에로스라 부르는 것과 연결되어 있답니다. 반면에 여러분의 다른 모든 이미지들, 여러분이 생각하기에 정열과 무질서, 사랑과 엄청난 범람 — 강과 불과 소용돌이와 화산의 범람 — 을 연결시키는 그런 이미지들은, 나에게는 단지 밥맛 떨어지는 지겨운 기억일 뿐입니다.

그것이 나의 실수였습니다. 나는 머지않아 그것을 깨달았지요. 우리는 지금 도착점에 이르러 있습니다. 나는 부그를 잃어버렸답니다. 다이아몬드의 에로스에서 이제는 먼지밖에 남아 있지 않지요. 지금 나를 가두고 있는 거짓 크리스털은 천박한 유리일 뿐입니다. 나는 지금 아스팔트 위의 화살표를 따라갑니다. 나는 신호등 앞에 멈추어 섰다가(오늘 나는 자동차를 타고 뉴욕에 와 있습니다), 녹색 불이 들어오자(매주 수요일마다 그러하듯이), 1단 기어를 넣고(도로시를 정신과 의사에게 데려다 주어야 하니까요) 다시 출발합니다. 나는 언제나 2번가에서 녹색 신호를 받고 지나갈 수 있도록 일정한 속도를 유지하려고 노력합니다. 여러분이 질서라고 일컫는 이것은 바로 올 빠진 퇴락의 누더기 옷입니다. 나는 주차할 장소를 발견했습니다. 그렇지만 두세 시간 뒤에 다시 내려와서 주차 미터기에 동전을 다시 넣어야 합니다. 만약 그걸 잊어버리면 견인차가 자동차를 끌어갈 것입니다.

당시 나는 크리스털 세계를 꿈꾸었습니다. 아니 그것은 꿈이 아닙니다. 나는 그것을, 부서뜨릴 수 없는 차가운 석영의 봄을 보았습니다. 산처럼 높다란 다면체들이 투명하게 자라나고 있었답니다. 맞은편에 있는 자의 그림자가 그 다면체에 투명하게 비쳤지요.

「부그, 너구나!」

그녀에게 가기 위해 나는 거울처럼 매끄러운 벽면을 기어올랐으나, 이내 뒤로 미끄러져 내렸습니다. 나는 모서리를 움켜잡았고 상처가 났습니다. 나는 그 현란한 외곽 둘레를 따라 달렸고, 모퉁이를 돌 때마다 그 석영의 산이 담고 있는 서로 다른 빛 — 반짝거리고, 눈부시고, 불투명한 — 이 반짝거렸습니다.

「어디 있어?」

「숲 속에!」

은(銀)의 결정체들은 기다란 나무들이었고, 나뭇가지들이 직각으로 뻗어 있었습니다. 주석과 납으로 된 앙상한 잎사귀들이 기하학적인 식물군으로 빽빽한 숲을 이루고 있었지요.

그 한가운데서 부그가 달리고 있었답니다. 그녀는 소리쳤지요.「크프우프크! 저쪽은 달라! 금, 녹색, 파랗다!」

베릴륨의 계곡이, 남옥(藍玉) 빛깔에서 에메랄드 빛깔에 이르기까지, 온갖 색깔의 등성이들에 둘러싸인 채 널따랗게 펼쳐져 있었습니다. 나는 행복감과 두려움을 모두 느끼며 부그의 뒤를 쫓았지요. 말하자면 세계를 구성하는 모든 물질이 어떻게 결정적이고 확고한 형태를 갖추는지 바라보는 행복함, 그리고 그토록 다양한 형태를 갖춘 질서의 이러한 승리가 혹시 방금 우리의 등 뒤로 사라진 무질서를 또 다른 차원으로 재생시키지 않을까 하는 모호한 불안함이었습니다. 나는 총체적인 크리스털, 밖으로 아무것도 남겨 두지 않는 자수정의 세계를 꿈꾸었지요. 나는 간절히 바라고 있었답니다. 모든 천체들이 뒤섞여 소용돌이치는 그 가스와 먼지의 세계에서 우리의 지구가 분리되어 나오기를, 또한 우리의 지구가 그 우주라는 쓸모없는 잡탕 덩어리에서 달아나는 최초의 행성이 되기를 말입니다.

물론 어떤 사람은 별이나 은하에서 질서를 발견하고, 아홉 시에서 자정까지 청소부들이 왁스칠을 하는 텅 빈 마천루의 빛나는 창문들에서 질서를 발견한다고 생각할 수도 있습니다. 정당화한다는 것, 위대한 작업은 바로 그것입니다. 모든 것이 와해되는 것을 원치 않는다면 여러분은 정당화하십시오. 오늘 저녁 우리는 시내에서 식사를 합니다. 24층의 테라스 위에 있는 레스토랑에서 말입니다. 사업상의 만찬이지요. 우리는 모두 여섯 명입니다. 도로시도 있고, 딕 뱀베르그의 아내도 함께 있습니다. 나는 굴 요리를 먹고, 베텔게우스라 부르는 별을(만약 저것이 그 별이라면) 바라봅니다. 우리는 대화를 합니다. 우리는 생산에 대해, 부인들은 소비에 대해 대화를 나누지요. 게다가 청명한 하늘을 보기가 어렵습니다. 맨해튼의 불빛들이 퍼져 후광을 이루면서 하늘의 별빛들과 뒤섞입니다.

크리스털의 경이로움은 바로 원자들의 그물이 계속 반복된다는 데 있습니다. 바로 그 점을 부그는 이해하려 하지 않았습니다. 그녀가 좋아하는 것은 — 나는 곧바로 그걸 깨달았지요 — 크리스털 안에서 아주 사소한 차이점, 불규칙, 불완전함을 발견하는 것이었답니다.

나는 말하곤 했지요. 「그렇지만 어긋난 분자 하나, 약간 비틀어진 박편(薄片) 하나가 뭐 그리 중요하지? 규칙적인 도식에 따라 무한하게 확대될 단일한 고체 덩어리 안에서 말이야. 우리가 지향하는 건 단일한 크리스털, 거대한 하나의 크리스털이야.」

「나는 조그마한 것들이 많이 있을 때가 좋아.」 그녀는 말했지요. 물론 나에게 반박하려고 말입니다. 그렇지만 정말로 크리스털들은 동시에 수천 개씩 솟아났으며, 서로가 서로를 뚫고 들어가다가 성장을 멈추었고, 자신의 형태를 탄생시킨 액체 바위들을 결코 완전하게 소유하지 못했습니다. 말하자면 세계는 아주 단순한 형상으로 조합되지 않고, 오히려 유리질 덩어리로 서로 엉겨 붙었으며, 거기에서는 프리즘과 팔면체와 입방체들이 마치 제각기 해방되어 모든 물질을 자신에게로 끌어당기기 위해 싸우고 있는 듯했습니다.

분화구 하나가 폭발했습니다. 다이아몬드들이 폭포처럼 쏟아져 내렸습니다.

「저것 봐! 정말로 크다!」 부그는 외쳤습니다.

사방에서 화산들이 폭발했습니다. 다이아몬드의 대륙 하나가 햇빛을 분산시켜 무지갯빛 비늘들의 모자이크를 이루었답니다.

「넌 작을수록 더 좋아한다고 말했잖아?」 내가 상기시켜 주었지요.

「아니야! 저것들은! 아주 크다! 난 저것들을 갖고 싶어!」 그리고 그녀는 달려갔습니다.

「저기 훨씬 더 큰 게 있어!」 내가 위쪽을 가리키며 말했습니다. 빛나는 광채에 눈이 부셨습니다. 나는 다이아몬드 산, 무지갯빛의 찬란한 산맥, 거대한 주옥(珠玉)의 고원, 히말라야 산맥을 바라보고 있었지요.

「저게 무슨 소용이 있어? 나는 가질 수 있는 것들을 좋아해! 나는 저것들을 갖고 싶어!」

부그는 벌써 강렬한 소유욕에 사로잡혀 있었습니다.

「오히려 다이아몬드가 우리를 소유할 거야. 다이아몬드가 제일 강하거든!」 내가 말했지요.

언제나 그랬듯이 내가 틀렸습니다. 다이아몬드는 소유되었지요. 그렇지만 우리가 소유한 것이 아닙니다. 나는 티파니 보석상 앞을 지나갈 때면 걸음을 멈추고 진열장을 들여다봅니다. 나는 포로가 된 다이아몬드들, 잃어버린 우리 왕국의 파편들을 찬찬히 응시합니다. 그것들은 백금과 은으로 된 쇠사슬에 묶인 채, 벨벳의 관(棺) 안에 누워 있습니다. 기억과 상상 속에서 나는 그것들을 확대시킵니다. 그들에게 바위처럼, 정원처럼, 호수처럼 커다란 크기를 부여하고, 거기에 부그의 파르스름한 그림자가 반사되는 모습을 상상합니다. 아니 그것은 상상이 아닙니다. 지금 다이아몬드들 사이로 걸어가고 있는 여자는 바로 부그랍니다. 나는 몸을 돌립니다. 그건 바로 내 등 뒤에서 진열장을 바라보는 긴 머리의 아가씨입니다.

「부그!」 내가 덧붙입니다.

「우리의 다이아몬드!」

아가씨는 웃습니다.

「정말로 너야?」 내가 연이어 묻습니다.

「너의 이름은?」

그녀는 나에게 자기 전화번호를 줍니다.

우리는 유리판들 사이에 있습니다. 그녀에게 말하고 싶군요. 나는 거짓 질서 안에 살고 있으며, 이스트사이드에 내 사무실이 있고, 뉴저지에 살고 있고, 도로시는 주말을 함께 보내려고 벰베르그 부부를 초대했다고, 거짓 질서에 대항하려면 거짓 무질서는 아무 소용이 없으며, 다이아몬드가 필요하다고, 또한 우리가 다이아몬드를 소유하는 것이 아니라, 바로 다이아몬드가, 부그와 내가 자유롭게 돌아다니던 그 자유로운 다이아몬드가 우리를 소유해야 한다고…….

「전화할게.」 나는 그녀에게 말합니다. 단지 그녀와 다시 논쟁을 하고 싶기 때문이지요.

알루미늄 결정체 안에 우연하게도 크롬 원자들이 흩어진 곳에서는 투명함이 짙은 빨강색으로 물들게 되지요. 그렇게 해서 우리의 발길 아래에는 루비들이 꽃을 피우고 있었습니다.

「봤어? 아름답지 않아?」 부그가 말했습니다.

우리는 루비들의 계곡을 지나가면서 다시 말다툼을 벌이지 않을 수 없었습니다.

「그래. 왜냐하면 육각형의 규칙성이……」 내가 말했지요.

「세상에! 이질적인 원자들이 개입하지 않았다면, 어떻게 루비가 만들어졌는지 말해 보라고!」 그녀는 말했습니다.

나는 화가 났습니다. 더 아름다운지 또는 덜 아름다운지를 둘러싸고 우리는 끝없는 논쟁을 벌일 수 있었답니다. 단 하나 분명한 것은, 바로 지구가 점차 부그가 선호하는 방향으로 나아가고 있다는 사실이었지요. 부그가 바라는 세계는 용암이 분출하여 바위를 녹이고 광물들을 뒤섞어 예측할 수 없는 창조물들을 만들어 내는 그러한 균열들, 갈라진 틈들의 세계였습니다. 용암이 화강암으로 이루어진 암벽을 쓰다듬는 것을 바라보면서, 나는 그 바위 안에서 얼마나 많은 석영, 장석, 운모의 정확함이 상실되었을까 하는 애석한 생각이 들었답니다. 부그는 지구의 모습이 얼마나 미세하고 다양하게 제시되는지 바라보면서 흡족해하는 모양이었습니다. 어떻게 우리가 서로 이해하겠습니까? 나에게는 오로지 동질적으로 성장하는 것, 나눌 수 없는 것, 완벽한 평온만이 가치가 있었으며, 부그에게는 분리와 혼합으로 이루어진 것, 그중의 하나, 또는 두 가지 모두가 중요했습니다. 우리 둘도 역시 형상을 가져야 했어요(아직 우리는 형태도 미래도 갖지 못하고 있었지요). 내가 상상한 것은, 크리스털의 예를 따라, 느리고 균일하게 팽창한 크리스털-나와 크리스털-그녀가 서로 침투하여 용해되고, 아마도 크리스털-세계와 함께 단 하나의 일체가 되는 것이었습니다. 반면에 그녀는 무한하게 분리되고 다시 합쳐지는 것이 바로 살아 있는 물질들의 법칙이라는 사실을 알고 있었던 것 같습니다. 그렇다면 부그가 옳았을까요?

 오늘은 월요일, 나는 그녀에게 전화를 합니다. 벌써 거의 여름입니다. 우리는 함께 스테이튼 섬의 바닷가에 길게 누워 하루를 보냅니다. 부그는 모래 알갱이들이 손가락 사이로 흘러내리는 것을 바라봅니다.

「아주 조그마한 결정체들······.」 그녀가 말합니다.

 우리를 둘러싸고 있는 부서진 세계는, 그녀에게는 언제나 그 당시의 세계, 뜨겁게 불타던 지구에서 탄생되기를 기다리던 그 세계입니다. 물론 결정체들은 아직도 세계에 형태를 부여하고 있습니다. 그러니까 서로 쪼개지고, 파도에 휩쓸려 거의 감지할 수도 없는 미세한 조각들로 환원되고, 다시 그것들은 바다 속에 용해된 모든 원소들과 합쳐지고, 바다는 그것들을 뒤섞어서, 수백 번이나 분해되었다가 다시 형성된 울퉁불퉁한 바위, 해조류의 암초를 만들고, 편암, 점판암, 매끄러운 흰색의 대리석들로, 존재할 수도 있고 또한 동시에 절대 존재할 수도 없는 것들의 형상을 만들면서 말입니다.

 말다툼에 졌다는 것이 명백해졌는데도 고집이 아직도 나를 사로잡고 있습니다. 지구의 껍질이 이미 산만한 형태들의 거대한 덩어리가 되고 있었는데도 나는 체념하지 않았답니다. 그리고 나는 부그가 내게 가리키는 반암(斑岩)의 모든 불연속성과 현무암에서 떠오르는 모든 유리질이 단지 겉모습의 불규칙성에 불과하며, 그 모두가 훨씬 더 방대한 규칙적인 구조의 일부분이라고 확신하고 싶었습니다. 그러한 구조 안에서는 우리가 눈으로 본다고 생각하는 모든 비대칭이 실제로는 헤아릴 수 없을 정도로 아주 복잡한 대칭들의 그물에 속한다고 말입니다. 또한 나는 그 미궁 같은 크리스털, 자체 안에 결정체와 비결정체를 모두 포함하는 그 초대형 크리스털은 도대체 얼마나 많은 단면과 이면각(二面角)을 갖게 될지 계산해 보기도 했습니다.

부그는 바닷가로 조그마한 트랜지스터라디오를 갖고 왔답니다.

「모든 것이 크리스털에서 나오지. 우리가 듣는 이 음악까지도 말이야.」 내가 말합니다. 그렇지만 나는 잘 알고 있습니다. 트랜지스터의 크리스털은 결함이 있고, 오염되고, 불순물이 들어 있고, 원자들의 그물이 찢어진 크리스털이라는 것을 말입니다.

그녀가 말합니다. 「당신은 고정관념에 사로잡혀 있어.」

또 우리의 케케묵은 말다툼이 계속됩니다. 그녀는 내부에 불순함, 파괴를 지니고 있는 것이 진짜 질서라고 나를 설득하려 합니다.

배가 배터리 부두에 정박합니다. 벌써 저녁입니다. 햇살이 비치던 마천루 프리즘들의 그물에서 이제 나는 단지 어둡게 올이 빠진 부분들, 구멍들만을 바라봅니다. 나는 부그를 집으로 바래다주고 함께 올라갑니다. 그녀는 다운타운에 살고 있으며, 사진작가로서 스튜디오를 갖고 있답니다. 주위를 둘러보아도 내 눈에는 조명 장치들, 비디오, 사진 감광판 위에 치밀하게 내려앉은 미세한 은(銀)의 크리스털들 등, 원자 질서의 혼란밖에 보이지 않습니다. 나는 냉장고를 열고 위스키에 넣을 얼음을 꺼냅니다. 트랜지스터에서는 색소폰 연주 소리가 들립니다. 마침내 세계를 이루고, 그 자체로서 투명한 세계를 만들고, 또한 동시에 세계를 무한한 스펙트럼의 이미지들로 분산시킬 수 있었던 그 크리스털은 나의 것이 아닙니다. 그것은 부패하고, 더러워지고, 혼합된 크리스털이지요. 크리스털들의 승리(그리고 부그의 승리)와 크리스털들의 패배(그리고 나의 패배)는 동일한 하나의 사물이었던 것입니다. 지금 나는 텔로니어스 몽크의 레코드판이 끝나기를 기다리고 있습니다. 그리고 그녀에게 그 말을 할 것입니다.

달에 대한 이야기들

말랑말랑한 달

게르스텐코른의 계산을 발전시킨 알벤의 계산에 의하면, 지구의 대륙들은 우리 행성 위에 떨어진 달의 조각들에 불과하다고 한다. 원래 달도 태양의 둘레를 도는 행성이었는데, 어느 순간 지구와 가까워지면서 궤도를 이탈하였다. 지구의 중력에 사로잡힌 달은 더욱더 가까워져서 그 궤도가 지구 주변으로 좁혀졌다. 그러다 어느 순간에 서로의 중력이 그 두 행성의 표면을 변형시키면서, 높다란 파도를 일으켰고 거기에서 떨어져 나온 조각들이 지구와 달 사이의 우주 공간을 가로질러 갔다. 특히 달을 구성하는 물질의 조각들이 지구 위에 떨어졌다. 뒤이어 조수(潮水)의 영향으로, 달은 다시 멀어져서 현재의 궤도에 이르게 되었다. 그러나 전체 달 덩어리의 일부분, 아마도 그 절반은 지구에 남아서 대륙을 형성하고 있다.

그것은 가까이 다가오고 있었지요 — 크프우프크는 회상했다. 집으로 돌아오는 동안 나는 그것을 깨달았습니다. 유리와 강철로 된 벽들 사이에서 눈을 들던 나는 그것을 보았습니다. 그것은 밤이 되면 반짝거리는 수많은 불빛 같은 그런 빛이 아니었습니다. 말하자면 정해진 시간에 중앙 통제소에서 스위치를 내리면 지상에 켜지는 불빛들, 그리고 좀 더 멀리 떨어져 있지만 거의 비슷하거나 다른 것들과 크게 어긋나지 않는 하늘의 불빛들 — 나는 지금 현재형으로 말하고 있지만, 언제나 아득히 먼 시절에 대해 언급하는 중입니다 — 과는 다른 빛, 길거리와 하늘의 다른 모든 불빛들과는 구별되는 그 빛을 보았습니다. 그것은 어두운 하늘의 둥근 지도 위에서 눈에 띄게 두드러졌으며, 화성이나 금성처럼 아무리 크더라도 빛을 방출하는 구멍과 같이 조그마한 점이 아니라, 진짜로 공간을 차지하고 있었습니다. 그리고 그것은 형태를 갖추기 시작했는데, 정확하게 정의할 수 없는 형태였답니다. 아직 우리의 눈은 그것을 정의할 정도로 익숙해지지 않았으며, 또한 아직은 그 윤곽이 뚜렷하지 않아서 어떤 규칙적인 형상으로 확정할 수 없었기 때문이지요. 간단히 말해서 그것은 하나의 사물로 변해 가고 있었습니다.

그리고 그것은 내게 불쾌한 느낌을 주었답니다. 왜냐하면 그것은 아무리 생각해도 무엇으로 만들어졌는지 이해할 수 없는 사물이었으니까요. 아니, 단순히 이해할 수 없는 것이었지요. 그것은 우리의 모든 사물들과는 다른 모습이었으며, 플라스틱, 나일론, 크롬강, 인조 섬유, 합성수지, 플렉시 유리, 알루미늄, 고강도 합성 접착제, 내열 플라스틱 판, 아연, 아스팔트, 석면, 시멘트 등으로 만들어진 우리의 멋진 사물들, 우리와 함께 태어나고 성장해 온 오랜 사물들과는 전혀 다른 모습이었습니다. 어딘가 어울리지 않는 것, 이질적인 것이었지요. 그것은 멀리 후광 어린 밤하늘의 회랑 안에서, 마치 매디슨 애비뉴(나는 지금, 현재의 매디슨 애비뉴와는 비교할 수 없는, 그 당시의 매디슨 애비뉴에 대해 말하고 있습니다)의 마천루들을 꿰뚫으려는 듯이 서서히 다가오고 있었지요. 또한 그것은 낯익은 지구의 정경에다 그 어색한 빛깔의 빛뿐만 아니라, 용적, 무게, 불합리한 물질을 강요하면서 확장되고 있었답니다. 그러자 지구의 모든 표면 — 금속판의 표면, 강철 갑옷, 고무 바닥, 둥근 크리스털 지붕 — 에, 우리의 외부를 향해 노출된 모든 부분에, 하나의 전율이 스치고 지나가는 것을 나는 느꼈습니다.

나는 교통 사정이 허락하는 한 빠른 속도로 터널을 지나 관측소를 향해 달렸습니다. 시빌은 그곳에 있었지요. 망원경에 눈을 바짝 갖다 댄 채 말입니다. 대개 그녀는 일하는 시간에 찾아가는 것을 좋아하지 않았으며, 나를 보자마자 언짢은 표정을 짓곤 했지요. 그렇지만 그날 저녁은 그렇지 않았답니다. 그녀는 얼굴조차 들지 않았으나, 틀림없이 나의 방문을 기다리고 있었던 모양입니다. 내가 〈봤어?〉 하고 물었다면 그건 어리석은 질문이었을 것입니다. 나는 그런 질문을 하지 않으려고 혀를 깨물어야 했지요. 사실 나는 그녀가 어떻게 생각하는지 알고 싶어 안달이었답니다.

「그래요, 행성 달이 더욱더 가까워졌어요. 예상한 현상이지요.」

시빌은 내가 묻기도 전에 말했습니다.

나는 약간 안심이 되었습니다.

「그렇다면 다시 멀어질 것이라고 예상해요?」 내가 물었지요.

시빌은 계속해서 눈꺼풀을 깜박이며 망원경을 주의 깊게 살펴보았습니다. 「아니, 다시 멀어지지 않을 거예요.」

나는 이해할 수 없었답니다.

「그렇다면 지구와 달이 쌍둥이 행성이 되었다는 말인가요?」

「말하자면 달은 이제 더 이상 행성이 아니라, 지구가 달을 갖게 된 거지요.」 시빌은 종종 중간에서 질문을 잘라 버려 나를 짜증나게 하곤 했지요.

「도대체 그게 무슨 추론이야? 모든 행성은 다른 행성들과 마찬가지로 행성일 뿐이야. 그렇지 않아?」 내가 항의했지요.

「그렇다면 당신은 이것을 행성이라고 부르겠어요? 내 말은, 이것이 지구라는 행성과 같은 행성이란 말이에요? 보세요!」

시빌은 망원경에서 눈을 떼면서 나에게 가까이 오라는 손짓을 했습니다.

「달은 절대로 우리 지구와 같은 행성이 될 수 없을 거예요.」

나는 그녀의 설명을 듣지 않고 있었답니다. 망원경 속에서 확대된 달은 나에게 자신의 모든 세밀한 부분을 보여 주었지요. 그러니까 달의 수많은 세부적인 부분이 동시에 내 눈에 들어왔으며, 그것들은 서로 뒤섞여 있어서, 나는 자세히 관찰할수록 도대체 달이 어떻게 만들어졌는지 더욱더 알 수가 없었습니다. 단지 나는 그러한 광경이 나에게 불러일으킨 효과, 일종의 매력이 섞인 역겨움만을 증언할 수 있었지요. 첫째로 나는, 마치 그물처럼, 어떤 구역에서는 더욱 치밀하게 달의 표면을 가로지르는 녹색의 맥(脈)에 대해 말할 수 있습니다. 그렇지만 사실대로 말하자면 이것은 별로 중요하지도 않고, 별로 눈에 띄지도 않는 부분이었답니다. 왜냐하면 이른바 달의 일반적인 속성이라 할 수 있는 것들은 제대로 시야에 잡히지 않았기 때문입니다. 무수하게 많은 일종의 땀구멍들, 혹은 아가미 뚜껑들에서, 또는 어떤 곳에서 마치 임파선종 멍울 또는 빨판처럼 생긴, 표면의 종양에서 약간 끈적거리듯이 반짝이는 빛살이 수없이 쏟아져 나왔기 때문이었는지도 모릅니다. 지금 내가 달의 세부적인 부분을 다시 관찰한다면, 이것은 겉보기에는 가장 암시적인 서술 방식 같지만, 실질적으로는 제한된 서술 방식입니다. 왜냐하면 모든 것을 전체로서 고찰하기 때문이지요 — 마치 달 표면 내부의 과육 같은 것이 부풀어 올라 창백한 껍질을 밀어내면서, 흉터처럼 쭈글쭈글한 모습으로 굴절시키는 듯했습니다(따라서 이러한 달은, 마치 조각들을 잘못 붙여 함께 짓눌러 놓은 것처럼 보일 수도 있습니다). 내 말은, 전체적으로 보자면 그것은 병든 내장과 같은 모습인데, 거기에서 각각의 세부적인 부분을 고찰하는 것과 마찬가지입니다. 가령 아주 빽빽한 숲을, 찢어진 옷 틈으로 비어져 나온 검은 털처럼 서술하는 방식이지요.

「당신 생각에는, 우리 지구와 마찬가지로 달이 계속해서 태양 주위를 돌아야 한다는 말인가요? 지구는 너무 강해요. 결국에는 달을 궤도에서 이탈시켜 지구 주위를 돌게 만들 겁니다. 우리는 위성을 하나 갖게 되겠지요.」시빌이 말했답니다.

나는 내가 느낀 고통을 표현하지 않으려고 조심했습니다. 시빌이 어떻게 반응할지 잘 알고 있었으니까요. 그녀는 비록 내놓고 비웃지는 않을지라도, 마치 아무것에도 놀라지 않은 사람처럼, 우월감이 섞인 태도를 과시하곤 했지요. 내 생각에는 나를 자극하기 위해 일부러 그러는 것 같았습니다(아니, 나는 그랬기를 바랍니다. 물론 그녀가 진짜 무관심 때문에 그랬다고 생각하면 나는 더욱 고통스러웠을 겁니다).

「그…… 그렇다면……」나는 말을 꺼냈지요. 단지 객관적인 호기심만을 드러내는 질문이면서 동시에 시빌이 어떠한 말로든 나의 불안감을 진정시켜 줄 질문을 짜내려고 노력하면서 말입니다(그러니까 아직도 나는 그녀에게서 그런 것을 원하고 있었으며, 그녀의 침착함이 나를 진정시켜 주기를 바랐습니다).

「그렇다면 우린 언제나 저런 달을 보게 되는 건가요?」

「이건 아무것도 아니에요. 더욱 가까워질 거예요.」

그녀는 처음으로 미소를 지으며 덧붙였습니다.

「마음에 들지 않아요? 그렇지만 저런 모습을 보면서, 저렇게 모든 알려진 형태와는 동떨어진 이상한 모습을 보면서, 저것이 우리 것이라고, 지구가 저것을 사로잡아서 갖고 있다고 생각하면, 나는 기분이 좋아요. 잘 모르겠지만, 나에게는 아름답게 보여요.」

이 지경에 이르자 나의 심리 상태를 더 이상 감출 필요가 없었습니다.

「그렇지만 위험하지 않을까? 우리에게 말이에요?」 나는 물었지요.

시빌은 입술을 내밀었습니다. 그건 내가 별로 좋아하지 않는 표정이었지요.

「우리는 지구 위에 있어요. 지구는 태양처럼 주위에 위성을 가질 힘이 있다고요. 나름대로 견고함과 궤도를 유지하고, 중력권을 가진 덩어리인데 달이 무슨 저항을 하겠어요? 비교를 하고 싶은가요? 달은 아주 말랑말랑하고, 지구는 아주 단단하지요. 지구는 확고해요.」

「그래서 달이 확고하지 않다면?」

「아, 지구의 중력이 그것을 제자리에 머물게 하지요.」

나는 시빌과 함께 집으로 돌아가기 위해 그녀의 관측소 근무가 끝나기를 기다렸지요. 도시 외곽으로 벗어나면 곧바로 고속도로들이 고가도로 위로 퍼져 나가기 시작하는 매듭 지점이 나온답니다. 고가도로는 서로 겹쳐져 있었는데, 높이가 서로 다른 높다란 시멘트 교각에 떠받쳐진 채 나선형을 그리며 뻗어 나갔습니다. 그래서 아스팔트 위에 하얀 페인트로 표시된 화살표들을 따라가다 보면 어느 방향으로 도는지 전혀 알 수가 없었지요. 방금 지나간 도시가 갑자기 눈앞에 다시 나타나 교각과 소용돌이 사이에서 다가오기도 했습니다. 달은 바로 머리 위에 걸려 있었지요. 그리고 딸랑거리는 유리들, 기다란 불빛의 장식들과 함께 거미줄처럼 허공에 매달린 도시는, 그 하늘에 가득 찬 과대 성장(過大成長)한 달 아래에서 금세 부스러질 것처럼 보였습니다.

방금 나는 달을 가리키기 위해 과대 성장이라는 단어를 사용했는데, 바로 그 순간 발견한 새로운 현상을 지적하려면 다시 동일한 단어에 의존해야겠군요. 즉, 그 과대 성장한 달에서 또 하나의 과대 성장이 솟아나고 있었는데, 그것은 마치 촛농처럼 지구를 향하여 뻗어 나오고 있었습니다.

「저게 뭐지? 무슨 일이 일어난 거야?」내가 물었지요.

새로운 커브 길이 우리의 자동차를 어둠 속으로 몰고 갔습니다.

「지구의 중력이 달 표면에 고체의 조수(潮水)를 야기하는 것이지요. 내가 말한 대로예요. 멋진 응집력이로군요!」

고속도로로 연결되는 지점에 이르자 또다시 우리는 달과 마주하게 되었습니다. 그 촛농은 지구를 향해 더욱 길게 늘어졌는데, 그 끝부분이 콧수염처럼 돌돌 말려 올라가고 줄기가 꽃자루처럼 가늘어지더니, 마치 버섯 같은 형상이 되었답니다.

아주 넓은 그린벨트 길을 따라 집들이 나란히 늘어서 있었는데, 우리는 그런 아담한 집에 살고 있었지요. 언제나처럼 우리는 뒤뜰로 향한 베란다의 흔들의자에 앉았습니다. 그렇지만 이번에는 녹색 공간에서 우리 몫이 되는 반 에이커의 유리 바닥 광장을 바라보지 않았답니다. 우리는 눈을 허공에 고정한 채, 우리에게 덮쳐 오는 그 과육 같은 것을 바라보았지요. 이제 달의 촛농들은 수없이 많아졌으며, 끈적거리는 촉수처럼 지구를 향하여 뻗쳐 오고 있었기 때문입니다. 그리고 각각의 촛농은 다시 젤라틴과 털과 곰팡이와 점액으로 이루어진 물질의 촛농을 떨어뜨릴 것 같았습니다.

「당신이 말해 봐요. 천체 하나가 저렇게 분해되어 버릴 수 있을까요? 이제 당신은 우리 행성의 우월성을 인정하게 될 거에요. 날이 아래로 내려올 테면 오라고 하지요. 어느 순간엔가 머무를 거예요. 지구의 중력은 그런 힘을 갖고 있어요. 행성 달을 거의 우리 머리 위에까지 끌어당겼다가, 갑자기

멈춰 세우고는 다시 정확한 거리로 되돌려 보내지요. 그러고는 그 자리에서 궤도를 돌도록 만들고, 그것을 단단한 공처럼 단단히 압축시키지요. 만약 달이 녹아 흩어지지 않는다면, 우리 지구에게 감사해야 할 거예요.」 시빌은 집요하게 말했습니다.

나는 시빌의 생각이 설득력 있다고 생각했지요. 달은 내게도 어딘가 열등하고 역겨운 것처럼 보였으니까요. 그렇다고 불안감이 가라앉지는 않았습니다. 나는 달의 돌기물들이 마치 무엇인가를 찾아 움켜잡으려는 듯이 하늘에서 느릿느릿 움직이는 것을 바라보았답니다. 그 아래에는 뾰족뾰족한 스카이라인의 그림자와 함께 불빛들의 후광에 잠긴 우리의 도시가 있었지요. 시빌이 말한 대로 그 촉수들이 어느 마천루의 뾰족한 꼭대기를 움켜잡기 전에 달이 멈출까요? 아니 그보다 먼저, 만약 계속해서 길게 뻗어 나는 그 종유석 중 하나가 떨어져서 우리를 덮친다면?

시빌은 나의 질문을 기다리지도 않고 수긍했습니다. 「무언가 아래로 떨어질 수도 있지요. 하지만 무슨 상관 있어요? 지구는 온통 깨지지 않고, 새지 않고, 깨끗하게 씻어 낼 수 있는 물질들로 뒤덮여 있다고요. 저 달의 반죽이 약간 떨어져 엉겨 붙더라도 곧바로 씻어 내면 돼요.」

마치 시빌의 장담이 조금 전부터 일어나고 있던 무엇인가를 나에게 확인시켜 준 것처럼, 나는 소리쳤습니다. 「저기 떨어진다!」

그러면서 손을 들어 허공에 매달린 빽빽한 생크림의 반죽덩어리를 가리켰지요. 바로 그 순간 지구에서 하나의 진동이, 떨리는 소리가 퍼져 나갔습니다. 그리고 행성의 분비물 덩어리들이 내려온 방향과 정반대 방향으로, 단단한 고체 조각들, 산산이 부서지는 지구 껍질의 무수한 파편들이 솟아올라 하늘을 가로질렀답니다. 바로 깨지지 않는 유리들, 강철판들, 절연 물질의 껍질들이 달의 중력에 이끌려 모래 알맹이들의 소용돌이처럼 솟아오른 것입니다.

시빌이 말했습니다. 「최소한의 파손이지요. 단지 표면에서만 그래요. 우린 단시간 내에 파손된 부분을 수리할 수 있어요. 위성 하나를 사로잡는 데 어느 정도 손실을 입는 건 당연한 일이지요. 그럴 만한 가치가 있다고요. 비교할 필요도 없어요!」

바로 그 순간 나는 달 운석이 지구로 떨어지며 내는 소리를 들었습니다. 그것은 아주 강하게 〈철퍼덕!〉 하는 소리였는데, 귀가 먹먹하면서도 동시에 역겨울 정도로 말랑말랑한 굉음이었습니다. 그것은 단 한 번으로 끝나지 않고, 뒤이어 일련의 폭발적인 마찰음들, 캐러멜 덩어리들이 부딪치는 듯한 파열음들이 사방에서 쏟아져 내렸답니다. 어느 정도 시간이 흐른 다음에야 나는 무엇이 떨어지는지 눈으로 확인할 수 있었지요. 사실대로 나만 미처 보지 못했습니다. 왜냐하면 나는 달의 조각들 역시 반짝반짝 빛날 것이라고 기대했기 때문입니다. 반면에 시빌은 벌써 그 조각들을 바라보았고, 으레 경멸적인 어조로, 동시에 이상하리만큼 너그러운 어조로 말했습니다.

「말랑말랑한 운석들이군요. 정말 달의 물질인데, 이런 것은 전혀 본 적이 없는 것 같아요. 그렇지만 나름대로, 흥미롭군요.」

그중 하나는 울나리의 철제 그물에 걸린 채, 무게에 못 이겨 땅 위로 흘러내리면서 흙과 뒤범벅이 되었습니다. 그제야 나는 그게 무엇인지 보기 시작했습니다. 말하자면 나의 감각들을 집중하여 눈앞에 있는 것의 시각적인 이미지를 형성해 보았으며, 그때서야 나는 다른 조그마한 얼룩들이 타일 바닥에 온통 흩어져 있음을 깨달았답니다. 그것은 마치 산성의 점액 덩어리가 지표층을 뚫고 들어가는 듯했고, 또는 탐욕스러운 미생물들이 엉겨 붙은 혈장 같기도 했고, 또는 조각조각 잘라진 췌장이 절단된 끝부분의 세포들을 넓게 펼치면서 조각들을 다시 붙이려는 것 같기도 했고, 또는…….

나는 눈을 감고 싶었지만 그럴 수 없었습니다. 그때 시빌의 목소리가 들렸습니다.

「물론 나도 역겨워요. 그렇지만 결국 지구는 다르고 우월하며 또한 우리는 이곳에 있다는 사실을 생각해 보면, 잠시 그 안으로 깊이 들어가 보는 것도 괜찮다고 생각해요. 왜냐하면 나중에는…….」

그제야 나는 갑자기 그녀를 향해 몸을 돌렸습니다. 그녀의 입은 내가 전혀 본 적이 없는 미소를 띠고 있었습니다. 축축하고, 약간은 동물적인 미소를…….

그러한 그녀의 모습을 보면서 내가 느낀 감정은, 거의 같은 순간에 아주 거대한 달 조각이 떨어지면서 불러일으킨 놀라움과 뒤섞였습니다. 그것은 우리의 아담한 집과, 모든 거리와 주거 지역과, 백작령(伯爵領)의 거의 대부분을 파괴시키고 뒤덮어, 끈적거리고, 뜨듯한 하나의 잡탕 덩어리가 되었답니다. 밤새도록 달의 물질들을 파헤친 결과 마침내 우리는 다시 빛을 볼 수 있었지요. 새벽녘이었답니다. 운석들의 폭풍우는 끝났습니다. 우리 주위의 지구는 알아볼 수 없었습니다. 미끈미끈한 유기체들과 녹색의 번식물들이 뒤섞인 높다란 곰팡이 층으로 뒤덮여 있었지요. 우리 지구의 옛날 물질들은 전혀 흔적도 찾아볼 수 없었습니다. 달은 희미하게 하늘에서 멀어지고 있어서 알아볼 수 없었답니다. 눈을 가늘게 뜨고서야 달 표면에 반짝거리고 예리하고 깨끗한 조각들, 파편들, 단편들의 두터운 층이 깔려 있는 것을 볼 수 있었습니다.

그 이후에 일어난 일은 잘 알려져 있지요. 수십억 세기가 지난 오늘날 우리는 지구에게 옛 모습을 되돌려 주려고 노력하고 있습니다. 지금 우리는 플라스틱, 시멘트, 철판, 유리, 에나멜, 인조 피혁으로 된 원래의 지구 껍질을 재건하는 중입니다. 그렇지만 얼마나 오래 걸릴지, 우리가 엽록소, 위액, 이슬, 질소 지방질, 생크림, 눈물 등 더러운 달의 배설물 속에서 얼마 동안이나 허우적거려야 할지 누가 알겠습니까. 원초적인 지구 껍질의 매끄럽고 정확한 판(板)들을 확고하게 연결하여, 그 이질적이고 역겨운 찌꺼기들을 없애려면 — 최소한 감추려면 — 얼마나 기다려야 할지 누가 알겠습니까. 그리고 아무리 잘 짜 맞추더라도, 현재의 재료들, 즉 부패한 지구에서 나온 재료들로, 비교할 수도 없는 그 최초의 물질들을 모방하려고 노력해 보아야 헛일입니다.

진짜 재료들, 그 당시의 재료들은 지금 오로지 달 표면에만 쓸모없이 뒤죽박죽 흩어져 있다고 합니다. 단지 그런 이유 때문에라도 달에 갈 필요가 있을 것입니다. 그것들을 회수하기 위해서 말이지요. 나는 언제나 불평만 늘어놓는 사람이 되고 싶지는 않습니다. 그렇지만 지금 달이 어떤 상태인지 우리 모두 잘 알고 있답니다. 우주의 폭풍우에 노출되어 구멍이 뚫리고, 침식당하고, 닳아 있지요. 달에 가보아도, 당시의 재료들 — 지구의 우월성에 대한 위대한 이유이자 증거 — 역시 얼마 지속되지 못하고, 쓸모없는 조각으로 퇴락한 물건이라는 사실을 깨닫고 단지 실망만 하게 될 것입니다. 예전

같으면 나는 이러한 의혹을 시빌에게 들키지 않으려고 조심했을 테지요. 그렇지만 지금은 — 살이 찌고, 머리가 헝클어지고, 게으르고, 크림이 든 생과자를 게걸스럽게 먹는 — 시빌이 내게 무슨 말을 하겠습니까?

달의 딸들

현재도 그렇듯이 달은 애초부터 방패 역할을 해줄 대기층이 없는 상태에서 운석들의 끊임없는 폭격과 파괴적인 태양 광선에 노출되어 있었다. 코넬 대학의 톰 골드에 따르면, 장기간에 걸친 운석 조각들의 충돌로 달 표면의 바위들은 가루가 되었다고 한다. 시카고 대학의 제러드 카이퍼에 따르면, 내부의 마그마 가스의 유출로 달은 경석(輕石)처럼 구멍이 뚫리고 가벼워졌을 것이라고 한다.

달은 지금 낡고 — 크프우프크는 인정했다 — 구멍이 뚫리고, 마모되었습니다. 헐벗은 상태로 하늘을 돌면서 갉아먹은 뼈다귀처럼 마모되고 훼손된 것이지요. 이런 일이 처음 일어난 것은 아닙니다. 지금보다 더욱 낡고 망가진 달을 나는 기억합니다. 나는 수많은 달이 탄생하여 하늘 위를 돌다가 소멸하는 것을 자주 보았지요. 어떤 달은 스러지는 별들의 우박에 의해 부서졌고, 어떤 달은 자체의 모든 분화구들에 의해 폭발했고, 또 어떤 달은 황옥 빛깔의 땀방울들에 뒤덮였다가 곧바로 증발하여, 다시 파르스름한 구름에 뒤덮였다가, 나중에는 메마르고 구멍 뚫린 껍질로 변해 버리기도 했습니다.

달 하나가 소멸할 때 지구상에 일어나는 일을 묘사하기는 결코 쉽지 않습니다. 그렇지만 내가 기억하는 마지막 사례를 기준으로 한번 묘사해 보기로 하지요. 오랜 진화를 거쳐 지구는, 지금 우리가 살고 있는 것과 거의 비슷한 상태에 이르러 있었다고 말할 수 있습니다. 말하자면 신발의 밑창보다는 자동차 타이어가 더욱 빨리 닳는 단계에 들어가 있었습니다. 인간과 거의 비슷한 존재들이 물건을 제작하고 판매하고 구매했습니다. 도시들이 밝은 빛깔의 대륙을 뒤덮고 있었지요. 비록 대륙의 형태는 지금과 달랐지만, 그 도시들은 지금과 거의 동일한 장소에서 번창했습니다. 뉴욕이라는 도시도 있었는데, 그것은 현재 여러분 모두에게 친숙한 뉴욕과 어느 정도 비슷하면서도, 훨씬 더 새로운 모습이었지요. 말하자면 더욱 새로운 상품들, 새로운 칫솔들이 넘쳐흐르는 곳이었습니다. 그 뉴욕의 맨해튼에는, 마치 새 칫솔의 나일론 솔처럼 반짝거리는 마천루들이 빽빽하게 치솟아 있었답니다.

그러한 세상에서는 어떤 물건이든지, 조금이라도 망가지거나 낡은 기미가 보이면, 또는 조금이라도 상하거나 흠이 생기면, 곧바로 내버리고 새것으로 바꾸곤 했지요. 그런 세상에서 유일하게 하나 어울리지 않는 것, 하나의 어두운 그림자가 있었는데, 그것은 바로 달이었지요. 달은 헐벗은 모습으로 낡고 흐릿하게 하늘 위를 방황했으며, 이곳 아래의 세계에는 전혀 어울리지 않는 존재 양식의 찌꺼기로 남아 있었답니다.

보름달이라든지 반달, 그믐달과 같은 오래된 표현들이 당시에도 쓰였지만, 단지 말하는 방식에 지나지 않았습니다. 금세 부스러져서 석회 조각들의 비가 머리 위로 쏟아져 내릴 것처럼, 온통 갈라진 틈과 균열투성이의 그 모습을 가리켜 어떻게 〈보름달〉이라 부를 수 있겠습니까? 달이 기울 무렵에 대해서는 이야기도 하지 맙시다! 그것은 마치 갉아먹은 치즈 껍질 모양이 되었으며, 언제나 예상보다 먼저 사라지곤 했습니다. 새 달이 차오를 무렵이면, 우리는 이제 더 이상 달이 나타나지 않을까 서로에게 묻곤 했습니다(그렇게 사라져 버리기를 바란 것일까요?). 그러다가 이 빠진 머리빗을 닮은 달이 다시 나타날 때면, 우리는 전율하며 시선을 돌리곤 했답니다.

그건 참담한 광경이었지요. 우리는 모두 두 팔 가득히 꾸러미를 들고 밤낮으로 열려 있는 백화점을 들락거리는 군중 사이를 돌아다니면서, 매순간 시장에 쏟아져 나오는 새로운 상품들을 선전하는 고층 빌딩 위의 광고판을 바라보기도 했지요. 그런데 갑자기 달이 그 눈부신 불빛들 사이에서, 창백하고 병든 모습으로 천천히 앞으로 다가오곤 했습니다. 그러면 우리는 모든 새로운 물건, 방금 구입한 새로운 상품이 금방이라도 망가지고 퇴색하여 못쓰게 될 것 같은 생각을 떨쳐 버릴 수 없었습니다. 그 결과 쇼핑하러 돌아다니거나 열심히 일하고 싶은 열정도 줄었답니다. 그것은 산업과 상업에도 영향을 미쳤지요.

그래서 이 비생산적인 위성을 어떻게 처리할까 하는 문제가 제기되었습니다. 그것은 아무 쓸모도 없었으며, 더 이상 아무것도 회수할 수 없는 폐품에 불과했습니다. 무게가 가벼워지면서 달의 궤도는 점차 지구를 향해 기울어졌고, 무엇보다도 그것은 큰 위험이었습니다. 지구와 가까워질수록 회전하는 속도가 줄어들었으며, 상현달과 하현달을 구별할 수 없었습니다. 달력이라든지, 달의 리듬 역시 단순한 하나의 관례가 되었습니다. 달은 마치 금방이라도 무너질 듯이 돌발적으로 나타나곤 했지요.

이렇게 나지막한 달이 뜨는 밤이면 성격이 불안정한 사람들은 이상한 짓을 했지요. 몽유병자는 달을 향해 팔을 벌린 채 고층 건물의 난간 위를 걷기도 했고, 늑대인간은 타임스 스퀘어 한가운데에서 울부짖기 시작하였고, 방화광은 부두 창고에 불을 지르기도 했습니다. 그것들은 이미 일상적인 일이 되어 버렸으며 이제는 호기심 많은 구경꾼들조차 모이지 않았답니다. 그러나 어떤 아가씨가 완전히 벌거벗은 채 센트럴 파크의 벤치에 앉아 있는 것을 보고, 나는 멈추지 않을 수 없었습니다.

그녀를 보기 전에 이미 나는 무엇인가 이상한 일이 일어날 것만 같은 예감이 들었지요. 나는 무개(無蓋) 자동차를 타고 센트럴 파크를 지나가고 있었는데, 마치 형광등이 완전히 켜지기 직전에 파르스름하고 깜박거리는 흐린 빛을 낼 때처럼, 떨리는 불빛이 주변에 넘쳐흐르는 것 같은 느낌이 들었답니다. 주변 광경은 마치 달의 분화구 안에 가라앉은 정원 같았습니다. 조각난 달그림자가 비치는 연못가에 그 벌거벗은 아가씨가 앉아 있었지요. 나는 브레이크를 밟았습니다. 당시에는 마치 내가 아는 여자처럼 보였지요. 나는 자동차에서 달려 나가 그녀에게로 갔습니다. 누군지 전혀 모르는 여자였답니다. 나는 그녀를 위해 무슨 일이든 급박하게 해야 한다는 느낌이 들었습니다.

벤치 주변의 잔디밭에는 그녀의 옷, 양말, 신발 등이 여기저기 흩어져 있었으며, 귀걸이, 목걸이, 팔찌, 핸드백, 쇼핑가방과 그 안에서 쏟아져 나온 내용물들, 수많은 꾸러미와 상품들이 사방에 흩어져 있었습니다. 마치 도시의 상점들을 돌면서 쇼핑을 하고 돌아오다가 어떤 부름을 받고 순간적으로 모든 것을 땅바닥에 떨어뜨린 것 같았습니다. 모든 물건 또는 자신을 지구와 연결하는 모든 흔적에서 벗어나야 한다고 느꼈던 모양입니다. 그리고 이제는 그곳에서 달에 흡수되기를 기다리고 있는 듯했습니다.

「무슨 일입니까?」 나는 더듬거리며 말했지요.

「도와드릴까요?」

「*Help?*」

그녀는 여전히 하늘을 향해 커다랗게 치켜뜬 눈으로 물었습니다.

「*Nobody can help*(아무도 도와줄 수 없어요).」

분명 그녀는 혼잣말을 하는 것이 아니라 달에게 말하고 있었습니다.

볼록한 달은 바로 우리 머리 위에 있었답니다. 강판처럼 구멍이 뚫린 채 무너져 내리는 지붕처럼 그것은 우리를 짓누르고 있었지요. 바로 그 순간 동물원의 동물들이 울부짖기 시작했어요.

「이제 종말인가요?」 나는 기계적으로 물었습니다. 무슨 의미로 물었는지 나도 알 수 없었지요.

그녀가 대답했습니다. 「이제 시작이에요.」

또는 그와 비슷한 대답이었습니다(그녀는 입술을 거의 열지 않고 말했지요).

「무슨 뜻이지요? 종말이 시작된다는 말인가요, 아니면 다른 무엇이 시작된다는 말인가요?」

그녀는 일어서서 잔디밭으로 걸어갔습니다. 기다란 구릿빛 머리카락이 어깨 위로 흘러내리고 있었지요. 그녀는 완전히 무방비 상태여서 나는 어떤 식으로든 그녀를 보호하고 방어해 주어야 할 필요성을 느꼈습니다. 그래서 그녀가 넘어지는 것을 미리 막으려는 듯이, 또는 상처를 입힐 물건들에서 보호하려는 듯이 나는 그녀를 향해 팔을 내밀었습니다. 그렇지만 나의 손은 감히 그녀를 스치지도 못했습니다. 언제나 그녀의 몸에서 몇 센티미터 거리를 유지했지요. 그렇게 꽃밭으로 그녀를 따라가는 동안 나는 그녀의 몸짓이 어딘가 나의 몸짓과 유사하다는 것을 깨달았습니다. 말하자면 그녀 역시 무엇인가 깨지기 쉬운 것을 보호하려고 노력하고 있었지요. 그것은 떨어져 산산조각 깨질 수도 있어서 조심스럽게 내려놓을 장소로 인도해야 하는 것, 그러면서도 그녀가 손댈 수 없고 단지 몸짓으로만 보살펴야 하는 것, 바로 달이었습니다.

달은 길을 잃은 것처럼 보였습니다. 궤도를 이탈한 달은 어디로 가야 할지도 모르고, 마른 낙엽처럼 방황하고 있었지요. 마치 지구를 향하여 수직으로 떨어질 듯하다가, 소용돌이를 그리며 뱅글뱅글 도는 듯하더니, 또다시 이리저리 표류하였습니다. 분명한 것은 점차 지구와 가까워지고 있다는 점이었습니다. 한순간 플라자 호텔과 충돌할 것 같았는데, 두 개의 높다란 고층 빌딩 사이로 빠져나가더니, 허드슨 강 너머로 우리 시야에서 사라졌습니다. 그러더니 잠시 후 반대편 방향의 구름 사이에서 다시 나타나 할렘 가와 이스트 리버에 희미한 빛살을 뿌리더군요. 그러고는 바람결에 휩싸인 듯 브롱스 구역을 향해 굴러갔습니다.

「저기 있다! 저기, 멈춘다!」 내가 외쳤습니다.

「멈출 수 없어요!」 아가씨는 소리치더니 맨발에다 벌거벗은 채 잔디밭을 가로질러 달렸습니다.

「어디 가요? 그렇게 갈 수는 없어요! 멈춰요! 당신 말이에요! 당신 이름이 뭐지요?」

그녀는 다이애나 또는 데안나라고 소리쳤는데, 그것은 마치 호소하는 소리 같기도 했습니다. 그러고 나서 그녀는 사라졌지요. 그녀를 뒤쫓으려고 나는 자동차에 올라타서 센트럴 파크의 거리를 뒤지기 시작했답니다.

헤드라이트 불빛이 울타리와 작은 언덕과 오벨리스크 기둥들을 비추었지만, 다이애나는 보이지 않았습니다. 나는 너무 멀리까지 와 있었지요. 그녀는 뒤에 남아 있는 것이 분명했습니다. 나는 반대 방향으로 찾아보려고 차를 돌렸지요. 그때 등 뒤에서 목소리가 들려왔습니다.

「아니, 저쪽이에요! 앞으로 가요!」

그 벌거벗은 아가씨는 바로 내 등 뒤에, 자동차의 젖힌 덮개 위에 앉아 있었습니다. 그리고 달의 방향을 가리키고 있었습니다.

나는 그녀에게 내려오라고, 그렇게 벌거벗은 채 도시를 가로질러 갈 수는 없다고 말하려 했지요. 그렇지만 나는 감히 그녀의 주의를 흩트릴 수 없었습니다. 그녀는 거리 저편에서 사라졌다가 다시 나타나는 그 빛나는 얼룩을 시야에서 놓치지 않으려고 온 신경을 집중하고 있었지요. 그런데 정말 이상하게도, 이런 상태로 여자가 무개 자동차 위에 꼿꼿이 앉아 있는 모습을 그 누구도 눈여겨보지 않는 것 같았습니다.

우리는 맨해튼과 육지를 연결하는 다리들 가운데 하나를 지나갔습니다. 이제 우리는 여러 차선의 넓은 길을 다른 자동차들과 나란히 달렸답니다. 자동차에 탄 사람들이 우리의 이런 모습을 보고 분명히 폭소를 터뜨릴 것만 같아서, 나는 뚫어지게 앞만 바라보았습니다. 어떤 자동차 하나가 우리를 추월했을 때, 나는 깜짝 놀라서 하마터면 길을 벗어날 뻔했습니다. 벌거벗은 아가씨가 그 차의 지붕 위에 앉아서 바람결에 머리카락을 흩날리고 있었습니다. 순간적으로 나는 내 차에 탄 아가씨가 달리는 자동차에서 다른 차로 훌쩍 뛰어간 것이라고 생각했지요. 그렇지만 고개를 조금만 돌려도 나는 다이애나의 무릎이 여전히 내 코 높이에 그대로 있는 것을 볼 수 있었습니다. 그리고 내 시선에 들어오는 것은 단지 그녀의 모습만이 아니었습니다. 달리는 자동차들의 라디에이터, 차문, 흙받이 등에 매달린 채 아주 기괴한 자세로 몸을 내밀고 있는 아가씨들이 사방에서 보였습니다. 금발 또는 검은 머리카락이 갈색 또는 발그스레한 빛깔의 피부와 대조를 이루었습니다. 자동차마다 그런 신비스러운 여자가 한 명씩 앉아 있었는데, 모두들 몸을 앞으로 내밀고 운전자들에게 달을 뒤쫓도록 부추기고 있었답니다.

그녀들은 위험에 처한 달의 부름을 받은 게 분명했습니다. 그 숫자는 얼마나 많았을까요? 모든 교차로와 네거리마다 달의 아가씨들에게 점령된 새로운 자동차들이 합류했으며, 도시의 모든 구역에서 달이 머무른 장소를 향해 몰려들었답니다. 도시가 끝나는 지점에서 우리는 자동차들의 공동묘지와 마주하였습니다.

길은 계곡과 산맥과 언덕과 산봉우리들이 있는 산악 지역으로 나 있었지요. 그렇지만 이렇게 울퉁불퉁한 형상을 이룬 것은 흙이 아니라, 내버린 물건들이었습니다. 소비적인 도시가 한 번 재빨리 사용했다가, 곧바로 새로운 것을 사용하는 즐거움을 누리기 위하여, 금세 내팽개치는 것들이 모두 그 암울한 구역에 버려진 것입니다.

오랜 세월이 흐르면서 그 끝없는 자동차들의 공동 묘지 주위에는 망가진 냉장고들, 노랗게 색 바랜 『라이프』 잡지들, 촉 떨어진 전등 등이 쌓여 거대한 더미를 이루었습니다. 이 부서지고 녹슨 영역 위로 이제 달이 고개를 숙였고, 그러자 마치 밀물에 떠밀리듯이 비틀린 철판들로 뒤덮인 넓은 평원이 부풀어 올랐습니다. 그들은 서로 닮아 보였답니다. 부서진 조각들의 덩어리가 엉겨 붙은 지구의 껍질과 쇠락한 달은 서로 비슷했지요. 쇳조각의 산더미들은 하나의 산맥을 이루어, 마치 원형극장처럼 둥그렇게 둘러싸고 있었으며, 그러한 모습은 거대한 화산의 분화구 또는 달의 바다 같았습니다. 바로 그 위에 달이 매달려 있었으며, 마치 지구와 그 위성이 서로 비추고 있는 듯했습니다.

자동차들이 일제히 정지했습니다. 자동차의 공동묘지처럼 자동차들을 위협하는 것은 없지요. 다이애나는 자동차에서 내렸고 다른 모든 다이애나들도 그대로 따랐습니다. 그렇지만 그녀들의 충동이 이제는 줄어든 것처럼 보였습니다. 그 날카롭고 뒤엉킨 잔해들 사이에서 자신들이 벌거벗었다는 사실을 갑자기 의식한 듯이, 그녀들은 불안정한 걸음걸이로 움직였지요. 차가운 전율이 스친 많은 여자들이 팔을 들어 가슴을 가렸습니다. 그녀들은 여기저기 흩어진 채 죽은 물건들의 산을 오르기 시작했습니다. 등성이를 넘어서자 원형극장 안으로 내려갔으며 그 한가운데에서 거대한 원을 그리며 모여들었지요. 그러고는 모두들 동시에 팔을 들어 올렸습니다.

달은 마치 그러한 몸짓이 자신에게 작용하듯이 흠칫 전율하더니, 일순간 다시 힘을 얻어 솟아오르는 듯했습니다. 원을 그리고 있는 아가씨들은 모두 얼굴과 가슴을 달을 향한 채, 팔을 높이 쳐들고 있었답니다. 달이 그녀들에게 요구한 것이 바로 이것이었을까요? 나는 스스로에게 미처 그런 질문을 할 여유도 없었습니다. 바로 그 순간 기중기가 나타난 것입니다.

그 기중기는 당국이 설계하여 제작한 것이었지요. 거추장스럽고 보기 흉한 달을 하늘에서 제거하기 위해서 말입니다. 게의 집게발 같은 것이 뻗어 나오는 불도저였습니다. 진짜 게처럼 그것은 나지막하고 탄탄한 모습으로 자신의 무한궤도 위로 나오고 있었습니다. 그리고 작업하기에 적합한 장소에 이르자, 땅바닥에 달라붙으려는 듯이 더욱더 납작해지는 것 같았습니다. 권양기(捲揚機)가 빠르게 회전하면서 하늘을 향해 팔을 뻗었습니다. 그렇게 긴 팔을 단 기중기를 만들 수 있으리라고는 전혀 상상도 못했지요. 이빨 달린 집게발이 열렸는데, 게의 발보다는 오히려 상어의 아가리를 닮은 것처럼 보였습니다. 달은 바로 그곳에 있었지요. 달은 도망치려는 듯이 흔들거렸지만, 기중기가 자석처럼 달라붙었습니다. 마침내 달이 아가리 안으로 빨려 들어가는 것이 보였답니다. 아가리의 턱이 〈철컥!〉 하는 메마른 소리와 함께 닫혔습니다. 순간 달은 과자처럼 산산이 부서질 것 같았는데, 그대로 아가리의 턱 사이에 물린 채, 반은 안에 반은 바깥에 있었답니다. 달은 길쭉해졌고, 마치 이빨 사이에 문 굵은 담배처럼 보였습니다. 잿빛 가루들이 비처럼 쏟아졌습니다.

이제 기중기는 달을 궤도에서 이탈시켜 아래로 끌어내리려고 힘을 썼습니다. 권양기가 반대 방향으로 회전하기 시작했지요. 그렇지만 이번에는 무척이나 힘이 들었습니다. 다이애나와 다른 동료들은 팔을 들어 올린 채 꼼짝하지 않고 그대로 서 있었답니다. 마치 그들이 만든 원의 힘으로 달이 적의 침입을 물리치기를 바라는 것 같았지요. 부서진 달의 재들이 그녀들의 얼굴과 가슴 위로 쏟아져 내리고 나서야 그녀들이 흩어졌습니다. 다이애나는 날카로운 고통의 비명을 질렀습니다.

바로 그 순간 사로잡힌 달은 남아 있던 약간의 빛마저 잃었으며, 시커멓고 볼품없는 바위 덩어리가 되어 버렸답니다. 만약 아가리의 이빨들이 물고 있지 않았다면, 순식간에 지구 위로 떨어졌을 것입니다. 아래에서 작업하는 사람들은 미리 강철 그물을 준비했는데, 기중기가 천천히 달을 끌어내리는 주위의 땅바닥에다 커다란 못을 깊이 박아 그물을 고정시켰 습니다.

일단 지구 위로 끌어내린 달은 구멍이 숭숭 뚫린 모래 덩 어리에 불과했습니다. 한때 그 눈부신 반사광으로 하늘을 비 췄으리라고 상상할 수 없을 정도로 탁한 색깔이었지요. 기중 기는 아가리의 턱을 열더니, 갑자기 가벼워져서 거의 튀어오 를 듯이 무한궤도 위에서 뒤로 물러났습니다. 강철 그물을 준비하던 작업 인부들이 달을 그물에 싸서 땅에다 고정시켰 답니다. 달은 강력한 그물에서 벗어나려고 몸부림쳤지요. 지 진처럼 강력한 진동과 함께 쓰레기들의 산에서 빈 깡통들의 사태가 일어났습니다. 그러고는 정적이 감돌았지요. 이제 깨 끗해진 하늘에는 반사된 빛살들이 무수히 뿌려졌습니다. 그 렇지만 어둠은 벌써 창백하게 물러나고 있었답니다.

새벽녘 자동차들의 묘지에는 다른 쓰레기 하나가 더 보태 졌습니다. 그 한가운데서 난파된 달은 다른 버려진 물건들과 거의 구별되지 않았지요. 새것이었을 때는 어떤 모습이었을 까 상상할 수조차 없는 물건과 동일한 형상, 동일한 색깔이 었으며 동일하게 버림받은 몰골이었습니다. 주변을 둘러싼 지구 쓰레기들의 분화구 안에서 나지막한 웅얼거림이 메아 리쳤습니다. 여명 속에, 잠에서 깨어나는 쓰레기들의 스멀거 림이었지요. 내장을 드러낸 트럭의 시체들 사이에서, 망가진 바퀴들, 구겨진 철판들 사이에서 수염을 덥수룩하게 기른 사 람들이 나타났습니다.

도시가 버린 물건들과 함께 버려진 사람들이 살고 있었던 것입니다. 그들은 버림받은 사람들, 또는 자신의 의지에 따 라서 스스로 버려진 사람들, 또는 도시를 뛰어다니면서 곧바로 망가질 물건을 사고파는 데 지쳐 버린 사람들이었지요. 그들은 오로지 버려진 물건들만이 세상의 진정한 풍요로움이라고 확신하는 사람들이었습니다. 원형극장의 방대한 구역 안에 자리 잡은 달 주위에, 그 비쩍 마른 사람들은 헝클어진 머리카락 또는 수염투성이의 얼굴을 한 채 서거나 앉아 있었습니다. 누더기나 기괴한 옷을 입은 그들의 무리 한가운데에, 벌거벗은 다이애나와 전날 밤 벌거벗고 있던 아가씨들이 있었답니다. 그녀들은 앞으로 나아가더니, 못으로 땅속에 고정시킨 그물의 강철 철사들을 풀기 시작했습니다.

마치 계류 밧줄에서 풀려난 비행선처럼, 달은 금세 아가씨들의 머리 위로, 쓰레기들의 원형극장 위로 둥실 떠오르더니, 강철 그물에 묶인 채 허공에 떠다녔습니다. 다이애나와 아가씨들은 그물의 철사줄을 잡아당겼다 풀었다 하면서 조종했지요. 그러다가 모두들 철사줄의 끄트머리를 잡은 채 한꺼번에 달리기 시작했고, 달은 그 뒤를 따랐답니다.

일단 달이 움직이자 쓰레기 더미들의 계곡에는 마치 거대한 파도가 일어나는 듯했습니다. 아코디언처럼 짓눌린 낡은 자동차들이 삐걱거리면서 행렬을 이루더니 행진하기 시작했고, 밑빠진 깡통들이 천둥소리를 내면서 우르르 굴러갔답니다. 나머지 쓰레기들은 끌려갔는지 또는 끌고 갔는지 알 수 없었습니다. 버림받은 상태에서 구원받은 달을 따라서, 모든 물건들과 사람들이 이제 한쪽 구석에 버림받기를 거부하고 행진하기 시작했답니다. 그리고 도시의 가장 풍요로운 구역을 향하여 몰려갔습니다.

바로 그날 아침 도시에서는 〈소비자의 감사 축제〉를 거행하고 있었지요. 매년 11월의 정해진 날에 그 축제를 벌이곤 하였는데, 그것은 지칠 줄 모르고 고객들의 욕구를 충족시켜 주는 생산의 신에게 감사의 마음을 표현하기 위한 축제였습니다. 해마다 도시의 가장 큰 백화점에서는 시가행진을 조직했지요. 눈부신 색깔의 인형 모양으로 만들어진 거대한 풍선이 중심가를 행진했는데, 화려한 옷을 입은 아가씨들이 풍선을 맨 줄을 잡고 악대의 뒤를 따랐답니다. 따라서 그날 아침에도 행렬이 5번가를 따라 내려오고 있었지요. 악대를 지휘하는 아가씨는 지휘봉을 돌렸고, 큰북을 둥둥거렸으며, 〈만족한 고객〉을 상징하는 거인 풍선이 고층 건물들 사이로 지나갔습니다. 케피 모자와 장식물과 술이 달린 견장으로 치장한 아가씨들이 반짝거리는 오토바이 위에 올라탄 채 그 거인 풍선을 맨 줄을 부드럽게 이끌고 있었지요.

같은 시각에 또 다른 행렬이 맨해튼을 가로지르고 있었습니다. 망가지고 쇠락한 달이 벌거벗은 아가씨들에게 이끌려 고층 빌딩들 사이로 행진하고 있었던 것입니다. 뒤에는 트럭의 잔해들, 망가진 자동차들의 행렬이 따르고 있었지요. 차츰차츰 그 주위로 사람들이 모여들었습니다. 이른 아침부터 달을 뒤따르던 행렬의 뒤에는 모든 색깔의 사람들, 어린아이들까지 포함한 온 가족들이 합류했습니다. 특히 행렬이 할렘가 근처의 흑인과 푸에르토리코 사람들이 밀집한 구역을 지나가면서 더욱더 많이 몰려들었답니다.

달의 행렬은 업타운 지역을 지그재그로 돌아, 브로드웨이로 들어갔습니다. 그러고는 풍선 거인을 이끌고 5번가를 지나오던 다른 행렬에 조용히 그리고 재빨리 합류하였답니다.

매디슨 스퀘어에서 두 행렬이 서로 교차하였습니다. 말하자면 하나의 행렬이 되어 버린 것이지요. 〈만족한 고객〉 풍선은 아마도 달의 뾰족한 표면과 충돌했는지, 형체도 없는 고무 누더기로 변해 버렸습니다. 오토바이 위에는 이제 울긋불긋

한 리본을 흔들며 달을 이끄는 다이애나 아가씨들이 올라타 있었습니다. 행진하는 사람들의 숫자가 최소한 두 배로 늘어났기 때문인지, 마치 오토바이에 타고 있던 아가씨들이 제복과 케피 모자를 내동댕이친 것처럼 보였습니다. 그와 같은 변화는 곧바로 뒤따르던 오토바이와 자동차들에도 일어났답니다. 이제는 무엇이 새것이고 무엇이 낡은 것인지 더 이상 알 수 없었지요. 뒤틀어진 바퀴, 녹슨 흙받이들이 거울처럼 눈부신 도금(鍍金), 반짝거리는 에나멜 칠과 뒤섞였습니다.

그리고 행렬 뒤에서는 갑자기 진열장들이 온통 거미줄과 곰팡이로 뒤덮였으며, 고층 건물의 엘리베이터는 삐걱이고 덜컹거리기 시작했으며, 광고판은 노랗게 색이 바랬으며, 냉장고의 달걀 받침대에는 인큐베이터처럼 병아리들이 들어 있었으며, 텔레비전 화면에는 대기 폭풍의 소용돌이가 비쳤습니다. 도시가 자체적으로 소모되고 있었던 것입니다. 마지막 길을 가는 달의 뒤에 남겨진 도시는 바로 버려야 할 도시였답니다.

빈 휘발유 통들을 북처럼 두드리는 악대의 음악에 맞추어 행렬은 브루클린 다리에 이르렀습니다. 다이애나는 악대 지휘봉을 높이 들었고, 동료 아가씨들은 리본을 허공에 흔들었답니다. 달은 마지막으로 몸부림치더니, 다리의 둥그런 쇠창살 난간을 넘어 바다를 향해 기우뚱거렸습니다. 그러고는 벽돌처럼 바닷물에 첨벙 부딪치더니, 수면 위로 무수한 물방울들을 내뿜으면서 바다 속으로 깊이 잠겼습니다.

그런데도 아가씨들은 철사줄을 놓지 않고 계속해서 움켜잡고 있었지요. 그녀들은 달에 이끌려 허공으로 솟아오르더니 다리의 난간 너머로 날아갔습니다. 그러고는 다이빙 선수들처럼 허공에 궤도를 그리면서 파도 속으로 사라졌답니다.

우리는 브루클린 다리와 해변의 방파제 위에서 멍청하게 바라보았습니다. 그녀들의 뒤를 따라 바다에 뛰어들고 싶은 충동과, 다른 때처럼 그녀들이 다시 나타날 것이라는 믿음 사이에서 오락가락하면서 말입니다.

오래 기다릴 필요가 없었지요. 바다가 떨리기 시작하면서 파도가 일어나 커다란 원을 그리며 넓어졌습니다. 그 원 한가운데에서 섬이 하나 나타나더니 산처럼 커지고, 반구(半球)처럼, 바닷물 위에 내려앉은 큰 공처럼 커졌답니다. 아니, 바다에서 솟아오른 것이 아니라, 새로운 달이 하늘에서 내려앉은 것 같았습니다. 방금 전에 우리가 본, 바다 속으로 잠긴 달이 전혀 달을 닮지 않았을지라도, 그것을 나는 달이라고 말하는 것입니다. 어쨌든 그 새로운 달은 완전히 다른 모습이었답니다. 달은 녹색의 반짝거리는 해초들을 끌면서 바다에서 솟아올랐지요. 잔디밭의 분수처럼 물줄기들이 뿜어져 나오면서 에메랄드처럼 반짝거렸습니다. 달 표면에는 아주 부드러운 식물이 뒤덮여 있었는데, 초목이 아니라 형형색색의 눈부신 공작새 깃털이 뒤덮고 있는 듯했답니다.

이러한 풍경을 우리는 얼핏 볼 수 있었을 뿐입니다. 그러한 풍경이 담긴 원반은 빠르게 하늘 높이 멀어졌으며, 세부적인 부분들이 사라지면서 화려하고 신선한 일반적인 인상만이 남았기 때문입니다. 바야흐로 황혼 무렵이었습니다. 색깔들의 대비가 떨리는 명암 속에서 흐릿하게 사라지고 있었지요. 달의 초원과 숲은 이제 눈부시게 비치는 달의 깨끗한 표면에서 가까스로 드러나는 윤곽에 지나지 않았습니다. 그렇지만 우리는 볼 수 있었답니다. 나뭇가지에 매달린 그물 침대들이 바람에 흔들거렸는데, 거기에는 달을 그곳까지 안내한 아가씨들이 편안하게 누워 있었습니다. 나는 다이애나를 알아보았지요. 평온한 모습의 그녀는 깃털 부채를 흔들고 있었는데, 마치 나에게 인사를 하는 듯했답니다.

「저기 있다! 저기 있다!」 내가 외쳤지요. 우리 모두가 외쳤습니다. 그러나 그녀들을 다시 찾았다는 행복감은, 곧바로 그녀들을 완전히 잃어버렸다는 고통으로 바뀌었답니다. 어두운 하늘 위로 올라가는 달은 그 풀밭과 호수에 반사된 태양의 반사광만을 우리에게 되돌려 보냈으니까요.

무서운 분노가 우리를 사로잡았지요. 우리는 온 대륙을 뛰어다니기 시작했습니다. 이미 완전히 지구를 뒤덮고, 도시와 거리를 파묻어 버리고, 이전에 있었던 것들의 모든 흔적을 지워 버린 사바나 밀림과 숲 속을 우리는 뛰어다녔지요. 그리고 울부짖었답니다. 이제야 진짜 생명이 시작되고 있다는 사실을 깨달을 때면, 우리 젊은 매머드들은 모두 격렬한 분노에 사로잡혀, 하늘을 향해 상아와 길고 날카로운 송곳니를 쳐들고, 목 갈기의 긴 털을 곤추세우고 울부짖었답니다. 그러나 우리가 바라는 것을 다시는 얻을 수 없으리라는 것은 이미 분명해졌습니다.

달의 거리

조지 다윈 경에 따르면, 한때 달은 지구에 아주 가까이 있었다고 한다. 그러다가 조수들이 조금씩 조금씩 멀리 밀어냈다. 달은 지구의 바닷물에 조수를 일으키고 있으며, 그 과정에서 지구는 서서히 에너지를 잃고 있다.

나도 알고 있다고요! — 늙은 크프우프크는 소리쳤다. 여러분은 기억할 수 없겠지만 나는 기억하고 있습니다. 그 거대한 달은 언제나 바로 우리 머리 위에 있었답니다. 보름달이 되었을 때는 — 밤이 낮처럼 환했지만, 버터 색깔의 빛이었지요 — 마치 우리를 짓누를 것 같았지요. 초승달 무렵에는 바람결에 휩쓸린 검은 우산처럼 하늘 위를 굴러다녔지요. 그리고 서서히 달이 차오르면서 뾰족한 뿔이 솟아났고, 금세라도 어느 산봉우리를 꿰뚫어 닻처럼 걸릴 듯이 낮게 드리웠답니다. 달 모양이 변하는 과정은 현재와는 완전히 달랐습니다. 태양에서 떨어진 거리가 서로 달랐기 때문이지요. 그 궤도와 기울기가 어떠했는지 나는 기억할 수 없습니다. 그리고 지구와 달이 그토록 가까이 달라붙어 있었으므로 거의 매순간마다 일식(日蝕)이 일어나곤 했지요. 생각해 보십시오. 그 두 괴물이 끊임없이 서로에게 그림자를 비치지 않을 수 있었겠습니까?

 궤도라고요? 물론 그것은 타원형 궤도였지요. 달은 잠시 납작하게 우리를 짓누르다가 멀리 달아나곤 했습니다. 달이 가장 가까이 다가올 때 밀물은 억제할 수 없을 정도로 높이 올라갔답니다. 아주 낮은 보름달이 뜨는 밤이면 아주 높다란 밀물이 치솟았습니다. 달이 바닷물에 거의 닿을 정도로, 몇 미터 떨어진 곳까지 치솟았답니다. 혹시 우리가 달 위에 올라가 보았느냐고요? 물론입니다. 배를 타고 바로 아래까지 가서, 사다리를 걸쳐 놓고 올라가면 되었지요.

 달이 가장 낮게 지나가는 지점은 바로 〈아연(亞鉛)의 암초〉가 있는 먼 바다였습니다. 우리는 그 당시 사용하던 배, 그러니까 노가 있는, 코르크나무로 된 둥글고 납작한 보트를 타고 갔지요. 여러 명이 함께 갔습니다. 그러니까 나와 브흐드 브흐드 선장, 선장의 아내, 나의 귀머거리 사촌, 그리고 때로는 당시 열두 살이던 어린 소녀 크슬쓰슬크도 함께 갔지요. 그런 밤이면 바다는 아주 잔잔했고, 수은처럼 은빛으로 빛났답니다. 바다 속의 보랏빛 물고기들은 달의 중력을 이기지 못해 모두 수면으로 떠올랐으며, 샛노란 색깔의 해파리와 낙지들도 마찬가지였지요. 그리고 언제나 작은 생물들 — 조그마한 게, 오징어, 가볍고 투명한 해초와 산호초 — 이 날아올랐는데, 그것들은 바다에서 달을 향해 날아가 석회질 천장에 대롱대롱 매달리기도 했습니다. 아니면 중간의 허공에 떼를 지어 머무르면서 인광(燐光)을 내기도 했답니다. 우리는 바나나 잎사귀를 흔들어 그것들을 쫓기도 했지요.

 우리들이 한 일은 이런 것이었습니다. 그러니까 배 위에 사다리를 싣고 가서 한 사람은 사다리를 떠받치고, 한 사람은 꼭대기로 올라갔습니다. 그동안 또 한 사람은 노를 저어 달의 바로 아래까지 갔습니다. 그렇기 때문에 여러 명이 필요했지요(나는 단지 중요한 사람들만 지적했을 뿐입니다). 사다리 꼭대기에 있는 자는 배가 달에 가까이 다가가면 깜짝 놀라서 소리치기도 했습니다.

「멈춰! 멈춰! 머리가 부딪치겠어!」

그토록 거대한 달, 뾰족한 돌출부가 있고 가장자리가 톱니처럼 날카로운 달을 보면서 그런 인상을 받은 거지요. 아마 지금은 달라졌겠지만 그 당시의 달, 아니 정확히 말하자면 달의 밑바닥, 아랫배 부분, 그러니까 거의 스칠 듯이 지구에 근접하여 지나가는 부분은 날카로운 비늘 껍질에 싸여 있었답니다. 물고기의 배 부분과 비슷했지요. 또 냄새 역시, 내 기억에 따르면, 정확히 물고기 냄새는 아닐지라도, 훈제 연어처럼 약간 부드러운 냄새였습니다.

실제로 사다리 꼭대기에서는 균형을 잡고 일어서서 팔을 펼치면 손으로 달을 만질 수도 있었답니다. 우리는 정확하게 측정했지요(우리는 아직 달이 멀어지리라고 생각하지 않았습니다). 우리가 주의해야 했던 유일한 일은 손을 어떻게 대느냐 하는 것이었습니다. 나는 단단해 보이는 비늘 하나를 선택하여(우리는 대여섯 명씩 무리를 이루어 차례대로 모두 올라가야 했습니다), 한 손으로 움켜잡고 그다음에 다른 한 손으로 잡으면, 곧바로 발아래에서 사다리와 배가 멀어지는 것을 느꼈고, 달의 움직임이 나를 지구의 중력으로부터 이탈시키는 것을 느꼈지요. 그렇습니다, 달은 당신을 끌어갈 힘이 있었습니다. 이곳에서 저곳으로 옮겨 가는 바로 그 순간에 그걸 느낄 수 있었지요. 마치 물구나무서기를 하듯이 비늘을 움켜잡고, 그 위에 다리를 들어 올려 갑자기 몸을 일으켜 세우면, 달의 밑바닥 위에 설 수 있었어요. 지구에서 보면 머리를 아래로 하고 거꾸로 매달린 것처럼 보이지만, 그것이 평범하고 일상적인 자세였습니다. 정말로 신기하게도, 거기에서 눈을 들어 보면 빛나는 바다와 배와 동료들이 덩굴에 매달린 포도송이처럼 머리 위에 매달린 모습이 보였답니다.

나의 귀머거리 사촌이 그런 도약에서 아주 특별한 재능을 보였습니다. 그의 거친 손은 달의 표면에 닿자마자(그는 언제나 첫 번째로 사다리에서 뛰어올랐지요) 부드러우면서도 튼튼해졌습니다. 그의 손은 곧바로 몸을 세울 지점을 발견했지요. 아니 손바닥의 압력만으로 위성의 껍질 위에 달라붙는 것처럼 보였답니다. 언젠가 한번은 그가 손을 내밀자 마치 달이 그에게 마중 나오는 것처럼 보이기도 했지요.

그가 지구 위로 내려오는 동작 역시 그만큼 능숙했답니다. 그것은 훨씬 더 어려운 일이었는데도 말입니다. 우리에게 그것은 두 팔을 쳐들고, 가능한 한 높이 도약하는 일이었지요(달에서 보았을 때 그렇습니다. 지구에서 바라본다면 그것은 다이빙을 하거나 팔을 늘어뜨리고 깊숙이 잠수를 하는 것과 비슷했으니까요). 간단히 말해 지구에서 달로 뛰어오르는 것과 동일한 동작이었지요. 다만 이번에는 사다리가 없었습니다. 달 위에는 사다리를 기댈 만한 것이 전혀 없었기 때문이지요. 그러나 나의 사촌은 팔을 앞으로 내밀고 몸을 던지는 대신에, 달 표면에서 물구나무를 서듯이 머리를 아래로 하고 몸을 숙여서, 손의 힘을 이용하여 도약하곤 했습니다. 우리가 배에서 바라보면 그는 마치 허공에 똑바로 서서 달을 거대한 공처럼 받쳐들고 있는 것 같았으며, 또 손바닥으로 달을 밀어 올리는 것 같았습니다. 그러면 그의 다리는 정확하게 우리에게 이르렀고, 우리는 발목을 잡아 배 위로 끌어올렸지요.

여러분은 도대체 무슨 일을 하려고 달에 갔느냐고 물으시겠지요. 이제 설명해 드리겠습니다. 우리는 커다란 숟가락과 양동이를 들고 우유를 채취하러 갔습니다. 달의 우유는 마치 굳은 버터 우유처럼 아주 진했습니다. 그 우유는 비늘과 비늘 사이의 틈새에서 형성되었는데, 달이 가까이 지나갈 때 지구의 초원, 숲, 호숫가에서 날아 올라간 다양한 물질과 유기체들이 발효하여 만들어진 것입니다. 그것은 주로 식물성 즙액(汁液), 올챙이, 역청(瀝靑) 찌꺼기, 제비콩, 벌꿀, 전분 결정체, 철갑상어의 알, 곰팡이, 꽃가루, 젤라틴 물질, 벌레, 나무의 진, 후춧가루, 바위 소금, 산화물 등이 혼합되어 만들어졌지요. 달 표면을 뒤덮은 비늘들 사이에 숟가락을 집어넣기만 하면 그 귀중한 퇴적물이 가득 차곤 했습니다. 물론 순수한 상태는 아니었고, 찌꺼기들이 많았습니다. 발효 과정에서(달에는 몹시 무더운 공기층이 황량한 사막 위를 가로지르고 있었기 때문에) 모든 물질들이 완전히 용해되지 않은 것입니다. 어떤 것들은 그대로 남아 있었는데, 손톱, 연골 조각, 못, 해마(海馬), 과일 씨앗, 꽃가루, 깨진 접시 조각, 낚시 바늘, 또 어떤 때는 머리빗까지 들어 있었습니다. 따라서 이런 걸쭉한 우유 반죽을 채취한 다음 체로 불순물을 걸러 내야 했지요. 그렇지만 정말 어려운 일은 그것이 아니었습니다. 바로 어떻게 우유를 지구로 보내느냐였습니다. 우리는 이렇게 해냈습니다. 두 손으로 숟가락을 마치 투석기처럼 조작하여, 그 안에 담긴 우유 반죽을 지구로 날려 보내는 것이지요. 힘껏 쏘아 올리면, 반죽 덩어리는 허공으로 날아올라 천장에, 그러니까 지구의 바닷물 위에 달라붙었습니다. 일단 바다에 떨어지면 물 위에 둥둥 떠 있었고, 그다음에 배에서 건져 올리기는 쉬웠습니다. 이러한 쏘아 올리기를 할 때도 귀머거리 사촌은 아주 멋진 솜씨를 보였습니다. 손목이 튼튼했고 정확히 조준했지요. 그는 단 한 번에 배 위에 있는 양동이 안에 정확히 들어가도록 쏘아 올릴 수 있었답니다. 내가 쏘아 올린 것은 때때로 불발로 끝나기도 했습니다. 내가 쏘아 올린 반죽은 달의 중력을 이기지 못하고 내 눈 위로 다시 떨어지기도 했지요.

사촌이 탁월한 솜씨를 보인 일들은 그것뿐만이 아닙니다. 비늘들 사이에서 달의 우유를 짜내는 작업 역시 그에게는 하나의 놀이 같았습니다. 어떤 때는 비늘 밑으로 숟가락 대신 맨손, 또는 단지 손가락 하나를 밀어 넣기만 했답니다. 그는 체계적으로 일하지 않고, 마치 달과 장난하고 숨바꼭질을 하듯이, 또는 달을 간질이려는 듯이, 이리저리 뛰어다니면서 마음 내키는 곳에서 일했습니다. 그리고 그가 손을 밀어 넣는 곳마다, 우유가 마치 암염소의 젖통에서 솟아오르듯이 밖으로 솟아나왔답니다. 우리들은 그의 뒤를 따라다니면서 그가 여기저기에서 짜내는 우유를 숟가락으로 담아 모으기만 했습니다. 사촌은 어떤 명백하고 실질적인 의도를 가지고 일하는 것처럼 보이지 않았으며, 언제나 기분 내키는 대로 하는 것 같았지요. 예를 들면 단지 감촉을 느끼기 위해 만지는 지점들도 있었습니다. 비늘과 비늘 사이의 틈새들, 달 육질이 부드럽게 드러난 곳들이 그랬답니다. 때로는 그런 곳을 손가락으로 누르지 않고 — 잘 계산된 도약 동작과 함께 — 엄지발가락을 밀어 넣기도 했는데(그는 맨발로 달 위로 올라갔지요), 그것이 그에게는 가장 즐거운 일처럼 보였습니다. 그의 목젖에서 나오는 괴상한 소리와 뛰어오르는 몸짓으로 판단하건대 그렇답니다.

달의 표면이 균일하게 비늘로 뒤덮여 있지는 않았습니다.

간혹 헐벗은 곳에서는 미끄럽고 새하얀 진흙이 드러나기도 했지요. 그런 부드러운 지점들이 귀머거리 사촌에게는 거의 새처럼 날아오르고 공중제비를 돌고 싶은 욕구를 불러일으키는 모양이었습니다. 그는 마치 달의 반죽 덩어리 안에 온몸으로 자신의 흔적을 새기려는 것 같았답니다. 우리는 그렇게 돌아다니는 동안 어느 곳에선가 그를 시야에서 놓쳐 버리기도 했습니다. 달에는 우리가 탐험하고 싶은 호기심이나 동기를 전혀 느끼지 못한 지역들이 사방에 있었지요. 바로 그런 지역으로 나의 사촌은 사라지곤 했습니다. 나는 이런 생각이 들기도 했습니다. 즉 그가 우리의 눈앞에서 행한 그 모든 장난과 공중제비 몸짓들은, 틀림없이 은밀한 지역에서 벌이는 어떤 비밀스러운 일을 위한 준비이자 서곡이었으리라고 말입니다.

그렇게 〈아연의 암초〉가 있는 먼 바다로 가는 밤이면, 이상한 기분이 우리를 사로잡곤 했답니다. 그건 유쾌한 기분이면서, 마치 우리의 머릿속에 두뇌 대신 달의 중력에 이끌려 수면에 둥둥 떠오른 물고기 한 마리가 들어 있는 것처럼, 약간 허공에 매달린 듯한 기분이었지요. 그래서 우리는 악기를 연주하고 노래를 부르면서 노를 저었습니다. 선장의 아내는 하프를 연주했지요. 하프 소리는 우리들이 자제하기 힘들 정도로 부드러우면서도 예리했습니다. 그러면 우리는 기다란 비명을 지를 수밖에 없었지요. 음악에 맞추어 노래하기 위해서가 아니라 귀를 막기 위해서 말입니다.

투명한 해파리들은 바다 수면 위로 떠올라, 잠시 부르르 떨다가 달을 향해 물결치듯 날아오르곤 했습니다. 어린 크슬쓰슬크는 즐거운 표정으로 허공의 해파리들을 잡으려 했지만 쉽지 않았습니다. 한번은 자그마한 두 팔을 뻗어 해파리한 마리를 잡으려고 펄쩍 뛰어올랐다가 허공에서 균형을 잡고 떠 있기도 했습니다. 그녀는 몸집이 작았기 때문에, 달의 중력을 이기고 지구로 다시 내려오기에는 무게가 약간 부족했던 것입니다. 그래서 그녀는 바다 위로 떠올라 해파리들 사이를 날아다녔지요. 처음에는 깜짝 놀라 울음을 터뜨렸으나 곧바로 웃었습니다. 그러고는 날아다니는 작은 물고기와 갑각류를 잡으면서 즐겁게 놀기 시작했고, 어떤 것들은 잡아서 입 안에다 몰아넣고 우물거리기도 했답니다. 우리는 그녀의 뒤를 따라 노를 저었지요. 달은 타원 궤도를 따라 달려갔고, 그 뒤에는 하늘에 떠 있는 바다 생물 무리와 긴 해초들, 그리고 그 가운데에 매달린 소녀가 이끌려 날아갔습니다. 크슬쓰슬크는 가느다랗게 두 갈래로 머리를 땋았는데, 달을 향해 뻗은 그 머리타래 덕분에 날아가는 듯이 보였습니다. 그러는 동안 그녀는 마치 달의 중력에 저항하듯이 허공에서 발버둥 쳤고, 양말이 — 신발은 날아다니는 동안에 잃어버렸지요 — 발에서 벗겨져 지구의 중력에 끌려 허공에 대롱거렸답니다.

공중에 떠 있는 생물을 먹은 것은 정말로 멋진 생각이었습니다. 크슬쓰슬크는 점차 무게가 늘어남에 따라 지구로 내려왔지요. 아니, 허공에 떠 있는 물체들 중에서는 그녀의 몸이 가장 큰 덩어리였으므로, 해초와 연체동물과 플랑크톤들이 그녀에게 이끌렸으며, 곧바로 어린 소녀는 자그마한 조개껍질, 키틴질 갑각류, 거북 껍질, 해초 줄기들에 완전히 둘러싸였습니다. 그리고 그렇게 뒤범벅이 될수록 점차 달의 영향권에서 벗어났으며, 마침내 수면 가까이에 스치더니 바다에 빠졌답니다.

우리는 곧바로 그녀를 건져 올리려고 노를 저었지요. 그녀의 몸은 자석처럼 온갖 잡동사니들을 끌어당기고 있었으며, 우리는 그것들을 모두 뜯어내느라고 무척이나 힘이 들었습니다. 부드러운 산호가 그녀의 머리를 휘감고 있었으며, 빗질을 할 때마다 머리카락 사이에서 멸치와 새우가 쏟아졌습니다. 조개들이 눈꺼풀에 빨판을 대고 달라붙어 있어서 눈은 완전히 감겨 있었습니다. 오징어 다리가 목과 팔을 휘감고 있었으며, 옷은 해초와 해면으로 만들어진 듯했지요. 우리는 우선 큰 것들만 떼어 냈고, 소녀는 몇 주일 동안 계속 작은 조개와 지느러미들을 떼어 내야 했습니다. 그렇지만 아주 조그마한 규조류들이 달라붙었던 피부에는 흔적이 남았는데, 겉보기에는 — 자세히 관찰하지 않으면 — 작은 사마귀들이 흩어진 듯이 보였답니다.

그렇게 지구와 달 사이의 공간에는 두 개의 힘이 균형을 이루고 있었습니다. 또 이야기할 것이 있답니다. 위성에서 달로 내려온 물체는 일정 시간 동안 계속 달의 중력을 간직했으며, 따라서 지구의 중력을 거부하곤 했지요. 크고 뚱뚱한 나 역시 달 위에 갔다 올 때마다 지구의 중력에 다시 적응하는 데 시간이 걸렸습니다. 그래서 내가 계속해서 머리를 아래로 하고 다리를 하늘로 뻗고 있는 동안, 동료들은 흔들거리는 배 위에서 나의 팔다리를 붙잡고 억지로 나를 제지하곤 했지요.

「꽉 잡아! 우리를 꽉 잡으라고!」

그들은 나에게 소리쳤지요. 나는 그렇게 버둥거리는 와중에 때로는 브호드 브호드 부인의 동그랗고 탄탄한 젖가슴을 움켜잡기도 했습니다. 그 촉감은 아주 좋고 선명했으며, 달의 이끌림과 동일한, 아니 더 강렬한 매력이 있었습니다. 특히 내가 머리를 아래로 하고 거꾸로 내려오면서 다른 한 팔로 그녀의 허리를 감싸 안을 때는 더욱더 그랬습니다. 그런 식으로 나는 다시 이 세계로 넘어와 배 바닥에 털썩 떨어졌고, 그러면 브흐드 브흐드 선장은 정신을 차리게 하려고 나에게 물을 퍼부었답니다.

그렇게 해서 선장 부인을 향한 나의 사랑 이야기가 시작되었습니다. 그리고 그것은 내게 고통이었답니다. 왜냐하면 얼마 지나지 않아, 나는 부인의 집요한 시선이 누구를 향하고 있는지 깨달았기 때문이지요. 귀머거리 사촌의 손바닥이 달 위에 내려앉을 때 나는 그녀를 뚫어지게 응시했고, 그녀의 눈빛으로 달과 귀머거리 사이의 친밀한 교감이 그녀에게 불러일으키는 생각을 읽을 수 있었습니다. 귀머거리가 달의 신비한 탐험 지역으로 사라질 때는, 그녀는 마치 가시 방석 위에 앉은 듯이 불안해했습니다. 이제 모든 것이 분명해졌답니다. 말하자면 브흐드 브흐드 부인은 달에게 질투를 느끼고 있었으며, 나는 내 사촌에게 질투를 느낀 것입니다. 브흐드 브흐드 부인은 다이아몬드 같은 눈을 갖고 있었지요. 달을 바라볼 때면 그 눈이 이글이글 불타올랐습니다. 마치 도전하듯이, 마치 〈너는 절대 그를 가질 수 없어!〉 하고 말하듯이 말입니다. 그리고 나는 소외당한 느낌이 들었습니다.

이러한 모든 일에 가장 무관심한 사람은 바로 귀머거리였습니다. 그가 달에서 내려오는 것을 도와주려고 — 앞에서 설명했듯이 — 다리를 잡고 끌어내릴 때면, 브흐드 브흐드 부인은 완전히 자제력을 잃고 온몸으로 그에게 달려들었으며, 눈부시고 기다란 두 팔로 감쌌습니다. 그러면 나는 가슴속에 예리한 고통을 느꼈지요(내가 그녀를 붙잡았을 때도 그녀의 몸은 부드럽고 아늑했지만, 나의 사촌에게 그러듯이 온몸을 던지지는 않았지요). 그러는 동안에도 귀머거리는 여전히 달의 황홀경에 빠져 무관심한 표정을 지었답니다.

나는 선장을 바라보았지요. 혹시 선장 역시 자기 아내의 행동을 눈여겨보지 않았을까 자문하면서 말입니다. 그러나 검은 주름살이 패고 소금기에 전 그의 얼굴에는 아무런 표정도 스치지 않았습니다. 달에서 맨 나중에 내려오는 사람은 언제나 귀머거리였으므로 그의 하강은 바로 배들의 출발 신호였지요. 그러면 브흐드 브흐드 선장은 이상하리만큼 부드러운 몸짓으로 배의 구석에서 하프를 들어 아내에게 내밀었답니다. 그녀는 하프를 받아 몇 곡조 켜지 않을 수 없었지요. 하프 소리만큼 귀머거리를 세상과 단절시키는 것은 없었답니다. 나는 하프 반주에 맞추어 우울한 노래를 부르곤 했지요. 그것은 〈빛나는 물고기는 모두 위로 떠오르고 떠오르고, 어두운 물고기는 모두 아래로 가라앉고 가라앉고……〉 하는 노래였습니다. 그러면 귀머거리를 제외한 모든 이들이 나를 따라 합창을 했답니다.

매달 달이 그곳을 지나가고 나면, 귀머거리는 다시 세상의 사물들과 분리된 자신만의 고립된 세계로 되돌아갔습니다. 오로지 보름달이 다가올 무렵에야 그는 잠에서 깨어났답니다. 다시 보름달이 되었을 때, 나는 배 안에서 선장의 아내 곁에 머무르기 위해 달에 오르는 차례를 바꾸었지요. 그런데 나의 사촌이 사다리를 올라가자마자 브흐드 브흐드 부인이 말했습니다.

「오늘은 나도 저 위에 올라가겠어요!」

지금까지 선장의 아내가 달 위에 올라간 적은 한 번도 없었습니다. 그런데 브흐드 브흐드 선장은 반대하지 않았습니다. 오히려 그녀를 사다리 위로 밀어 올리면서 소리치더군요.

「그럼 올라가!」

그러자 모두들 달려들어 그녀를 도왔고, 나는 그녀를 뒤에서 받쳐 주었지요. 나는 동그랗고 부드러운 감촉을 두 팔로 느꼈으며, 그녀를 떠받치기 위해 손바닥과 얼굴로 밀었습니다. 그러다가 그녀가 달 표면 위로 올라가자 나는 그 잃어버린 촉감이 아쉬워서, 〈나도 함께 올라가서 도와드리겠어요!〉 하고 말하면서 그녀의 뒤를 따라 허공에 몸을 던지려고 했지요.

그렇지만 나는 꽉 잡혀 제지당했습니다.

「너는 할 일이 있으니까 여기 있어.」 브흐드 브흐드 선장은 목소리를 높이지도 않고 나에게 명령했습니다.

그 순간 각자의 의도는 이미 명백해진 것입니다. 그런데도 나는 미처 깨닫지 못했습니다. 아니 지금도 모든 것을 정확하게 이해했다고 자신할 수는 없습니다. 물론 선장의 아내는 달 위에서 나의 사촌과 단 둘이 있고 싶은 욕망(또는 최소한, 그가 달과 함께 홀로 떨어져 있도록 놔두고 싶지 않은 욕망)을 오랫동안 품어 왔을 것입니다. 그리고 아마도 그녀의 계획은 틀림없이 귀머거리와 은밀하게 계획했다고 할 정도로 좀 더 야심 찬 목표, 즉 함께 달 위에 몸을 숨기고 한 달 동안 같이 지내는 것을 목표로 했을지도 모릅니다. 그러나 사촌은 귀머거리였으므로 그녀가 설명하려 한 것을 전혀 이해하지 못했거나, 심지어 자기가 선장 부인의 욕망의 대상이라는 사실조차 몰랐을 수도 있습니다. 그러면 선장은? 선장은 단지 자기 아내에게서 벗어나기만을 기다렸던 모양입니다. 실제로 그녀가 달 위로 올라가자마자 선장은 기분 내키는 대로 나쁜 버릇에 빠져 들었으니까요. 그리고 그때서야 우리는 왜 그가 아내를 말리지 않았는지 이해할 수 있었습니다. 그렇지만 선장은 처음부터 알고 있었던 것일까요? 그러니까 달의 궤도가 점차 멀어지고 있다는 사실을 알고 있었을까요?

누구도 그런 의심을 품지 않았습니다. 다만 귀머거리는, 아마 유일하게 귀머거리만이, 그가 사물들을 인식하는 신비한 방식으로 미루어 짐작할 때, 바로 그날 밤 달에게 작별을 고해야 한다는 것을 미리 감지한 모양입니다. 그렇기 때문인지 그는 곧바로 자신의 비밀 장소 안으로 몸을 숨겼다가, 배로 돌아올 무렵에서야 다시 나타났습니다. 그리고 선장의 아내는 오랫동안 그를 찾아 헤맸답니다. 우리는 그녀가 이리저리 광활한 비늘 벌판을 가로지르는 것을 여러 번 보았습니다. 그러다가 갑자기 걸음을 멈추고, 마치 귀머거리를 보았느냐고 물어보듯이, 배에 남아 있는 우리를 바라보기도 했습니다.

분명 그날 밤에는 무엇인가 이상한 것이 있었습니다. 바다의 수면은 보름달일 때 언제나 그러하듯이 팽팽하게 솟아오르지 않고, 오히려 하늘 쪽으로 구부러진 모습이었습니다. 마치 달의 중력이 모든 힘을 다하지 않는 듯이 느슨해진 모습이었지요. 그리고 달빛마저, 밤의 어둠이 두텁게 퍼지듯이 여느 때의 보름달 달빛과는 달라 보였습니다. 달 위에 올라가 있는 동료들 역시 그런 이상한 현상을 느꼈는지 우리를 향해 겁에 질린 눈을 들기도 했답니다. 그리고 그들의 입과 우리의 입에서 동시에 고함소리가 터져 나왔습니다.

「달이 멀어진다!」

고함소리가 채 사라지기도 전에, 달 위에 나의 사촌이 나타나 달려오는 모습이 보였습니다. 그는 놀란 것 같지도 않고, 또 멍청해 보이지도 않았답니다. 그는 손을 달 표면에 대더니 여느 때처럼 물구나무서기를 했습니다. 그렇지만 이번에는 공중으로 몸을 던진 후, 마치 예전에 어린 크슬쓰슬크가 그랬던 것처럼, 허공에 그대로 떠 있었습니다. 그는 잠시 동안 달과 지구 사이에서 날아다니다가 몸을 거꾸로 세우더니, 마치 물살의 흐름을 이기려고 헤엄치는 사람처럼 팔의 힘을 이용하여 이상할 정도로 느리게 우리 행성을 향하여 나아왔답니다.

달에 있던 다른 동료들도 황급히 그를 따라했습니다. 달에서 채취한 우유를 배로 보낼 생각은 아무도 하지 않았으며, 선장도 그들을 나무라지 않았습니다. 그들은 이미 너무 오래 지체했습니다. 벌써 가로질러 가기 힘들 정도로 거리가 멀어졌습니다. 그래서 그들은 내 사촌의 헤엄치기 또는 날아가기를 모방하려고 노력했지만, 허공에 매달린 채 허우적거릴 뿐이었답니다.

「뭉쳐! 멍청이들아! 뭉치라고!」 선장이 소리쳤지요. 선장의 명령에 따라 선원들은 함께 모여들었고 가까스로 지구의 중력권에 다다를 수 있었습니다. 마침내 여러 몸들이 뒤엉킨 덩어리가 갑자기 텀벙 소리를 내며 바다 속으로 곤두박질쳤습니다.

우리는 그들을 건져 올리기 위하여 배를 저었습니다.

「잠깐 기다려! 선장 부인이 없다!」 내가 소리쳤습니다. 선장의 아내 역시 뛰어오르려고 시도했지요. 그렇지만 그녀는 달에서 불과 몇 미터 떨어진 허공에 뜬 채 눈부시게 희고 기다란 두 팔을 부드럽게 내저을 뿐이었습니다. 나는 사다리를 기어 올라갔고, 받침대로 삼도록 그녀를 향해 하프를 내밀었으나 헛일이었답니다.

「닿지 않아요! 올라가서 데리고 와야겠어요!」 내가 소리쳤습니다. 그러고는 하프를 휘두르며 몸을 던지려 했지요. 그런데 내 머리 위로 그 커다랗던 달이 전과는 달리 아주 조그

많게 보였답니다. 아니, 마치 나의 시선이 멀리 밀쳐 내듯이 점점 더 작아졌고, 텅 빈 하늘에는 심연이 활짝 열리는 듯했습니다. 그 하늘의 심연 저쪽에서 별들이 수없이 많이 나타났고, 밤은 나에게 공허감의 강물을 쏟아 부었으며, 나는 현기증과 당혹감에 사로잡혔습니다.

나는 생각했지요. 〈무서워! 무서워서 몸을 던질 수가 없어! 난 겁쟁이야!〉 바로 그 순간 나는 몸을 던졌습니다. 나는 미친 듯이 하늘에서 헤엄을 쳤고 그녀를 향해 하프를 내밀었답니다. 그런데 그녀는 나를 향해 다가오지 않고 빙글빙글 몸을 돌리면서, 무표정한 얼굴을 보였다가 엉덩이를 보였다가 했습니다.

「우리 결합해요!」 내가 소리쳤지요. 나는 그녀 옆까지 가서 허리를 움켜잡고 팔다리로 그녀를 껴안았습니다.

「우리 결합해서 함께 내려가요!」

나는 온 힘을 다해 그녀를 꼭 껴안았으며, 모든 감각을 집중하여 그 완벽한 포옹을 음미했답니다. 그럼으로써 그녀를 오히려 유영 상태에서 달 위로 다시 떨어지게 만들고 있다는 것을 깨달았을 때는 이미 늦었습니다. 내가 정말로 그것을 깨닫지 못했을까요? 아니면 그것이 원래 나의 의도였을까요? 내가 미처 구체적인 생각을 갖추기도 전에, 나의 입에서는 이런 외침이 튀어나왔답니다.

「내가 한 달 동안 당신과 함께 있겠어요! 아니 당신 위에서! 당신 위에서 내가 한 달 동안 있겠어요!」

나는 흥분하여 소리쳤지요. 바로 그 순간 우리는 달 표면으로 떨어졌고 우리의 포옹은 풀려 버렸습니다. 차가운 비늘들 사이에서 나는 이쪽으로, 그녀는 저쪽으로 굴렀습니다.

나는 달 껍질에 닿을 때마다 그러했듯이 눈을 들어 위를 바라보았습니다. 머리 위에 고향 바다가 무한하게 넓은 천장처럼 펼쳐진 것을 볼 수 있으리라는 확신에서 말입니다. 그리고 보았습니다. 그렇습니다, 이번에도 역시 바다가 보였지요. 그렇지만 얼마나 높이 있었는지, 그리고 주변의 해변과 암초와 돌출부에 의해 얼마나 협소하게 보였는지! 또한 동료들의 얼굴을 알아볼 수 없을 정도로 배들이 얼마나 조그맣게 보였는지, 그들의 목소리는 얼마나 희미하게 들려왔는지! 가까운 곳에서 어떤 소리가 들렸습니다. 브흐드 브흐드 부인이 자신의 하프를 발견하여, 부드럽게 쓰다듬으면서 탄식처럼 슬픈 곡조를 연주하고 있었습니다.

지루한 한 달이 시작되었지요. 달은 천천히 지구 주위를 돌았습니다. 허공에 떠 있는 지구에서는 눈에 익은 우리의 바닷가를 더 이상 볼 수 없었고, 다만 심연처럼 깊은 대양의 흐름, 뜨거운 화산재의 사막, 얼음의 대륙, 파충류들이 번득이는 숲, 강물이 칼날 같은 폭포가 되어 떨어지는 산맥의 바위 절벽, 늪지대의 도시, 응회암의 공동묘지들, 점토와 진흙의 제국들이 보였습니다. 거리가 멀어 모든 사물이 같은 색깔로 보였으며, 다른 곳에서 바라보니까 모든 이미지가 색다르게 보였답니다. 코끼리 무리와 메뚜기 떼들이 전혀 구별할 수 없을 만큼 한데 뭉쳐 방대하고 빽빽한 모습으로 평원을 가로질러 갔습니다.

틀림없이 나는 행복했어야 했지요. 꿈속에서 원했듯이 나는 그녀와 단 둘이 있었고, 수없이 사촌을 질투하게 했던 달과의 내밀한 관계, 브흐드 브흐드 부인과의 내밀한 관계가 이제는 오로지 나만의 전유물이 되었습니다. 한 달 동안의 낮과 밤이 무한하게 우리 앞에 펼쳐져 있었으며, 달 껍질은 시큼하고 친숙한 맛의 우유로 우리를 부양했답니다. 우리는 우리가 태어난 저 위의 세계, 마침내 자신의 다양한 모습을 드러낸, 그 누구도 본 적 없는 풍경에 잠긴 세계를 바라보거나, 달 너머의 별들, 마치 하늘의 구부정한 나뭇가지에 걸린 잘 익은 과일 같은 커다란 별들을 바라보곤 했습니다. 그리고 그 모든 것이 눈부신 희망들 너머에 있었지요. 그런데도, 그런데도 그것은 고립에 지나지 않았답니다.

나는 오로지 지구만 생각했습니다. 오로지 지구에서만 각자는 다른 사람이 아닌 자기 자신이 될 수 있었던 것입니다. 그러나 일단 지구를 벗어난 이곳 달 위에서는, 나는 마치 더 이상 내가 아닌 것 같았으며, 그녀 역시 나에게는 더 이상 그녀가 아닌 것 같았습니다. 나는 지구로 돌아가고 싶어 안달이었으며 지구를 영원히 잃어버리지 않을까 두려웠지요. 내 사랑의 꿈이 실현된 것은, 우리가 지구와 달 사이에서 함께 껴안고 뒹굴던 바로 그 순간뿐이었습니다. 지구의 기반을 잃어버린 상태에서 나의 사랑은 이제 결핍된 것, 말하자면 어느 장소, 주변, 그 이전과 그 이후에 대한 고통스러운 향수에 젖어 있을 뿐이었답니다.

내가 느낀 바는 그랬습니다. 그렇다면 그녀는? 스스로 그런 질문을 해보면서 나는 두려움을 느꼈습니다. 만약에 그녀 역시 오로지 지구만 생각했다면, 그것은 나와 마음이 통했다는 좋은 증거가 될 수 있었지요. 그렇지만 다른 한편으로 그것은, 모든 것이 헛일이었으며 아직도 그녀의 욕망은 단지 귀머거리를 향해 있다는 증거가 될 수도 있었습니다. 그런데 전혀 그렇지 않았답니다. 그녀는 지구에 눈길조차 주지 않았으며, 마치 달에서 자신이 처한 일시적인(나는 그렇게 믿었지요) 상황에 완전히 동화된 것처럼, 하프를 쓰다듬고 노랫가락을 흥얼거리면서 창백한 표정으로 황량한 벌판을 배회

했습니다. 그건 내가 경쟁자를 이겼다는 증거였을까요? 아닙니다, 나는 졌습니다. 그건 절망적인 패배였답니다. 왜냐하면 그녀는 내 사촌의 사랑이 오로지 달을 향한 사랑이었다는 사실을 분명히 깨달았으며, 이제 그녀가 바라는 유일한 것은 스스로 달이 되는 것, 그 초인간적인 사랑의 대상과 동화되는 것이었기 때문입니다.

마침내 달은 지구 주위를 한 바퀴 돌았고, 우리는 또다시 〈아연의 암초〉 위에 놓이게 되었습니다. 나는 암초를 바라보고 당혹감을 감출 수 없었습니다. 아무리 불행한 사태를 예견했더라도, 나는 멀어진 거리 때문에 그토록 작아 보이리라고 예상하지 못했답니다. 그 웅덩이처럼 작아진 바다로 나의 동료들은 다시 배를 저어 나왔습니다. 이제 쓸모없어진 사다리는 볼 수 없었지요. 그렇지만 배에서 기다란 창들이 숲처럼 솟아올랐습니다. 그들이 작살과 끄트머리에 갈고리가 달린 기다란 막대기를 던진 것입니다. 아마도 달의 우유를 조금이라도 더 훑어 낼 수 있을까 하는 희망에서, 또는 달 위에 있는 우리에게 어떤 도움을 줄 수 있을까 하는 희망에서 말입니다. 그러나 장대를 달에 닿을 만큼 멀리 던질 수 없다는 사실이 곧바로 분명해졌습니다. 장대들은 볼품없이 떨어져 바다 위에 떠올랐습니다. 그런 혼란 속에서 어떤 배는 기우뚱 균형을 잃고 뒤집히기도 했습니다. 그런데 바로 그 순간 어느 배에서 아주 기다란 장대가 솟아오르더니 아주 높이 올라왔습니다. 그것은 분명히 여러 개의 대나무들을 연결한 것 같았는데, 흔들거리다가 부러지지 않도록 — 너무나 가늘었으므로 — 아주 천천히 밀어 올려야 했지요. 또 장대의 중량 때문에 배가 뒤집히지 않도록 아주 힘들여서 그리고 아주 노련하게 다루어야 했답니다.

마침내 장대 끝이 달에 닿을 듯했습니다. 우리는 보았지요. 장대의 끄트머리는 달의 비늘 표면을 스치다가 완전히 닿아 잠시 기대더니 그것을 살짝 밀쳤습니다. 그러다가 세게 밀쳤고 그 반동으로 장대는 멀어졌다가, 또다시 돌아와 튀어오르듯이 그 지점을 두드렸고 다시 멀어졌습니다. 그제야 나는 알아보았지요. 아니, 두 사람 — 나와 브흐드 브흐드 부인 — 모두 알아보았습니다. 그것은 나의 사촌, 틀림없이 그였습니다. 바로 그가 달과 마지막 장난을 치고 있으며, 마치 장대 끝에 균형 있게 올려놓은 듯한 달과 희롱을 하는 것이었습니다. 그리고 그의 멋진 솜씨는 아무런 목표가 없으며, 어떤 실제적인 결과를 전혀 기대하지 않는다는 것을 우리는 깨달았습니다. 아니, 오히려 그는 달을 멀리 밀어내 달이 멀어지는 것을 도와주는 것 같았고, 달을 머나먼 궤도에까지 바래다주려는 듯이 보였습니다. 바로 이러한 일이 그에 의해서 이루어지고 있었답니다. 말하자면 달의 속성과 대비되는 욕망들을 감지할 수도 없고, 달의 흐름과 달의 운명을 감지할 수도 없는 그에 의해서 말입니다. 이제는 달이 그에게서 멀어지고 있는데, 그런데도 그는 그때까지 가까운 달을 즐겼듯이 이제는 멀어진 달을 즐기고 있었습니다.

  그런 모습 앞에서 브흐드 브흐드 부인이 무엇을 할 수 있었겠습니까? 그 순간 그녀는 귀머거리를 향한 자신의 사랑이 사소한 변덕이 아니라, 끝없는 헌신이었다는 것을 실제로 보여 주었답니다. 지금 사촌이 사랑하는 것이 멀어진 달이라면, 그녀는 기꺼이 달 위에서 멀리 남아 있으려 했습니다. 나는 그녀가 내나무 장대를 향해 한 걸음도 옮기지 않고, 단지 하늘 위의 높다란 지구를 향해 하프를 들고 현을 뜯는 모습을 보면서 그것을 눈치 챘습니다. 나는 지금 그녀를 보았다고 말했는데, 실제로는 단지 곁눈으로 얼핏 그녀의 이미지를 포착했을 뿐입니다. 왜냐하면 나는 장대가 달 표면을 건드리는 것을 보자마자 달려가서 장대를 움켜잡았으니까요. 그러고는 뱀처럼 신속하게 대나무의 마디를 타고 기어올랐으며, 나에게 지구로 돌아가라고 명령하는 자연의 힘에 떠밀리듯이, 희박해진 공간에서 가볍고 재빠르게 팔과 다리의 힘으로 올라갔습니다. 내가 달 위에 올라간 이유를 잊었는지, 아니면 그 이유와 불행한 결과를 어느 때보다 명확히 의식했는지는 알 수 없었답니다. 흔들거리는 장대 위로 기어올라 어느 지점에 이르자, 힘을 쓸 필요도 없었습니다. 그저 머리를 아래로 하여 지구의 중력에 이끌려 미끄러져 내려가도록 가만히 있어도 됐습니다. 그렇게 미끄러져 내려가는 도중에 장대는 산산조각이 났고, 나는 배들 사이의 바다로 떨어졌답니다.

그건 부드러운 귀환이었고, 나는 마침내 고향을 되찾았습니다. 그렇지만 나는 잃어버린 그녀를 생각하며 고통에 젖었고, 나의 두 눈은 이제 영원히 도달할 수 없는 달을 바라보며 그녀를 찾았습니다. 그리고 나는 그녀를 보았지요. 그녀는 내가 남겨 두고 온 지점에, 바로 우리 머리 위의 기슭에 앉아 있었고, 아무런 말도 하지 않았습니다. 그녀는 달과 같은 색깔이었으며, 하프를 껴안고 손을 움직여 아주 느리고 부드러운 아르페지오를 연주하고 있었답니다. 가슴과, 팔과, 허리의 윤곽이 뚜렷이 구별되었습니다. 나는 아직도 그때의 광경을 그대로 기억하고 있습니다. 달이 납작하고 머나먼 원반이 되어 버린 지금도, 하늘에 초승달이 나타나기만 하면 나는 언제나 눈을 들어 그녀를 찾지요. 그리고 달이 점차 커지면 나는 그녀를, 또는 그녀의 무엇인가를 본다고 상상합니다. 수백 번, 수천 번 다른 모습으로 보이는 그녀의 모습을 말입니다. 그녀는 지금 달을 달이게끔 만들고 있으며, 보름달이 될 때마다 밤새 개들이 울부짖도록 부추기고 있습니다. 그리고 나도 개들과 함께 울부짖지요.

버섯 같은 달

조지 다윈 경에 의하면, 달은 태양 조수의 영향으로 지구에서 분리되었을 것이라고 한다. 태양의 중력이 액체에 작용하듯이, 가장 가벼운 암석(화강암)의 표면에 작용하여 그중 일부분을 들어 올려 우리의 행성에서 떼어 냈다. 그 당시 지구를 완전히 뒤덮고 있던 물은 대부분 달이 떨어져 나가면서 생긴 심연(말하자면 태평양) 속으로 흘러 들어가면서 나머지 화강암을 밖으로 노출시켰는데, 그것이 부서지고 구부러져서 대륙이 형성되었다. 만약 달이 없었다면 지구상의 생명의 진화는, 비록 있었다 할지라도, 지금과는 완전히 달라졌을 것이다.

맞아요, 맞아요, 여러분이 말하니까 이제 생각나는군요! ─ 늙은 크프우프크는 소리쳤다. 왜 내가 모르겠습니까? 달이 물속 아래에서 마치 버섯처럼 솟아나기 시작했지요. 나는 배를 타고 바로 그 지점을 지나가고 있었는데, 갑자기 밑에서부터 나를 밀어 올리는 느낌이 들었습니다.

「세상에! 마른 곳이다!」 나는 소리쳤지요. 그렇지만 이미 나는 어떤 하얀 혹 같은 것의 꼭대기에 올라가 있었습니다. 나와 배, 메마른 곳에서 대롱거리는 낚싯대, 허공에 걸린 낚싯바늘, 모든 것이 말입니다.

지금 그것을 이야기하기는 쉽지요. 그렇지만 여러분이라면 그 당시 정말로 그런 현상들을 예측할 수 있었을까 직접 내 눈으로 보고 싶군요! 물론 그 당시에도 미래에 나타날 위험을 경계하는 사람이 있었습니다. 그는 많은 것들을 깨달았다고 말할 수 있지요. 그렇지만 달에 관해서는 그렇지 않았습니다. 달은 정말로 모두에게 놀라운 사건이었습니다. 단지 땅이 솟아오를 것이라는 예측뿐이었지요. 〈밀물과 썰물 관측소〉의 감독관 오오는 그런 주제로 여러 차례 학술회의를 열었지만, 아무도 그의 말에 귀를 기울이지 않았습니다. 다행히도 그는 나중에 엄청난 계산 착오를 범했고 자신이 직접 그 대가를 치렀답니다.

그 당시 지구 표면은 완전히 물에 뒤덮여 있었고, 솟아오른 땅은 전혀 없었습니다. 세상의 모든 것이 다 평평하고 돌출부가 없었으며, 온통 얕고 부드러운 물에 뒤덮인 바다였습니다. 그리고 우리는 카누를 타고 넙치를 낚았지요.

관측소의 관측 결과 오오 감독관은 장차 지구에 엄청난 변화가 일어날 것이라고 확신하였습니다. 그의 이론대로라면 지구는 조만간 두 지역, 즉 대륙과 대양 지역으로 분리될 것이며, 대륙 지역에는 산과 물줄기들이 형성될 것이고 울창한 식물군이 성장할 것이라고 했답니다. 우리들 중에서 대륙에 살게 될 자들에게는 무한한 풍요의 가능성이 펼쳐질 것이라고 했습니다. 반면에 대양 지역은, 특수한 동물군을 제외하고는, 모두가 살아갈 수 없는 곳이 되고, 우리의 빈약한 배들은 엄청난 폭풍우에 뒤집어질 것이라고 했습니다.

그렇지만 누가 그런 묵시록 같은 예언을 진지하게 받아들였겠습니까? 우리의 모든 생활은 얕은 수면 위에서 이루어졌고, 우리는 다른 생활을 상상할 수 없었습니다. 각자 자신의 작은 배를 저으며 살아갔지요. 나는 끈기가 필요한 고기 잡는 일을 했고, 해적 붐 븐은 갈대숲 뒤에 숨어 물오리 목동들에게 덫을 놓았고, 플우 아가씨는 조각배를 날렵하게 저었습니다. 거울처럼 매끄러운 광활한 곳에서 파도가, 물의 파도가 아닌 화강암의 단단한 파도가 일어나 우리를 데려갈 것이라고 그 누가 상상할 수 있었겠습니까?

그렇지만 체계적으로 말해 봅시다. 그 꼭대기에 가장 먼저 올라간 사람은 바로 나였습니다. 순식간에 배와 함께 마른 곳으로 올라간 것이지요. 나는 저 아래 바다에서 들려오는 동료들의 외침 소리를 들었습니다. 그들은 나를 가리키며 서로 말을 주고받았고 나를 조롱했는데, 그들의 말은 마치 다른 세계에서 들려오는 듯했습니다.

「저기, 크프우프크 봐라! 하하하!」

나를 들어 올린 등성이는 가만히 있지 않았습니다. 마치 구슬처럼 바다 위를 굴러갔지요. 아니, 내가 설명을 잘못했습니다. 지하의 파도가 지나가는 곳마다 바위층이 솟아올랐으며, 그 이전의 장소는 다시 아래로 내려간 것입니다. 정말로 멋진 것은 내가 이러한 고체의 밀물에 밀려 떠받쳐진 채, 그것이 이동하자마자 다시 물속으로 떨어지지 않고 그 꼭대기에서 균형을 잡고 그대로 머물러 있었다는 사실입니다. 그리고 그것이 앞으로 나아감에 따라 나도 앞으로 나아갔고, 내 주위에는 언제나 새로운 물고기들이 마른 곳에 남아, 차츰차츰 솟아오르는 하얗고 딱딱한 바닥에서 입을 벌리며 몸부림치고 있었습니다.

내가 무엇을 생각했을까요? 물론 나는 오오 감독관의 이론을 생각하지는 않았습니다(나는 그의 이름을 듣지도 못했습니다). 나는 단지 예기치 않게 내 앞에 펼쳐진 새로운 고기잡이의 가능성에 대해서만 생각했지요. 손만 내밀면 배 안에는 넙치들이 가득 찼습니다. 다른 배에서 들려오던 놀라움과 조롱의 함성들은 이내 협박과 악담으로 바뀌었습니다. 어부들은 나를 도둑놈, 해적이라고 했습니다. 우리들 사이에는 각자 자기에게 할당된 구역에서 고기잡이를 해야 한다는 규칙이 있었으며, 따라서 다른 사람의 구역을 침범하는 것은 바로 범죄 행위로 간주되었습니다. 그렇지만 지금 이 마른 땅 덩어리를 누가 멈출 수 있겠습니까? 따라서 나의 배는 가득 차고 반면에 다른 배들은 텅 비어 있더라도, 그건 결코 나의 잘못이 아니었지요.

그 광경을 설명하면 이렇습니다. 화강암 덩어리가 방대한 물의 평원을 가로질러 가는데 그 위에는 비늘을 번득이는 넙치들이 가득했고, 나는 그 물고기들을 잡고 있었습니다. 그 뒤로 질투하는 동료들의 배가 뒤따르고 있었으며 그들은 나의 작은 요새를 공격하려고 시도했습니다. 그리고 그 거리는 어떤 추격자도 따라올 수 없을 정도로 더욱더 벌어지고 있었지요. 그들의 머리 위로 황혼이 내려앉으면서 밤의 어둠이 점차 그들을 삼키고 있는 반면, 내가 있는 곳에는 계속해서 태양이 떠서 영원한 한낮의 햇살을 비추고 있었습니다.

바위 파도에 걸려 좌초당한 것은 물고기들만이 아니었답니다. 주위의 물 위에 떠다니는 모든 것들, 즉 궁수(弓手)들을 가득 실은 카누들의 작은 함대, 군량을 실은 수송선들, 왕과 왕비들과 신하들이 탄 호화로운 배들…… 모두 난파당했습니다. 또한 앞으로 나아감에 따라, 물 위로 높게 치솟은 수상 가옥들의 도시가 수평선 위로 나타나기도 했는데, 그것 역시 곧바로 와르르 무너져서 짚과 나뭇조각들이 사방에 흩어졌고 닭들은 날개를 퍼덕였습니다. 이런 것들은 새로운 현상의 성격을 보여 주는 증거들이었지요. 말하자면 세상을 뒤덮고 있던 사물들의 얇은 층이 다른 유동적인 사막으로 대체되며, 그것이 지나가면서 모든 살아 있는 존재가 무너지고 소외된다는 것이었습니다. 이것은 이미 우리 모두에게, 특히 감독관에게 경고를 한 셈이지요. 그렇지만 나는, 반복해서 말하지만, 미래에 대해 가정을 하지 않았습니다. 나는 몸의 균형을 잡는 데에만 온 신경을 쏟고 있었으며, 바닥부터 흔들리고 있었기 때문에 좀 더 방대하고 일반적인 균형을 찾으려고 노력했습니다.

바위 파도가 산산이 무너뜨리는 온갖 장애물에서 이제는 잡동사니, 그릇, 장식물 조각들이 비처럼 쏟아져 내렸습니다. 만약 양심 없는 사람이 그 같은 상황에 처했다면(나중에 명백히 드러난 바와 같이), 아마 자기 욕심만 차렸을 것입니다. 그렇지만 나는 여러분이 잘 아시다시피, 그렇지 않았습니다. 오히려 정반대 욕구가 나를 사로잡았지요. 그래서 나는 그렇게 손쉽게 잡은 넙치들을 가난한 어부들을 향해 던져 주기 시작했습니다. 나 자신을 미화하기 위해 이런 말을 하는 것은 아닙니다. 당시 상황에서 내가 할 수 있었던 유일한 일은 조금이라도 손해를 복구하고 희생자들을 도와주는 것이었습니다. 나는 앞으로 나아가는 산의 꼭대기에서 외쳤습니다.

「구원받을 수 있는 사람은 구원을 받으시오! 비키세요! 멀리 물러나요!」

나는 가능한 한 팔을 뻗쳐서 흔들거리는 수상 가옥들을 떠받쳤고, 바위 파도가 지나간 후에도 그대로 서 있게 하려고 노력했지요. 또 충돌하고 붕괴하는 과정에서 내 손에 들어온 물건들을 저 아래 물속에서 허우적거리는 난파당한 사람들에게 모두 나눠 주었습니다. 그러니까 나는 내가 그 꼭대기에 올라가 있음으로써 새로운 균형이 탄생하기를 바랐습니다. 바위 파도가 그 황량한 솟아오름의 사악함과 동시에 내가 아낌없이 주는 착한 행위를 함께 가져가 버리기를 나는 기대했습니다. 그것은 바로 동일한 자연 현상의 두 가지 측면으로서 나의 의지와 타인의 의지를 짓누른 것입니다.

그렇지만 나는 아무것도 이룰 수 없었습니다. 사람들은 나의 외침을 이해하지 못했으며 피하지도 않았습니다. 수상 가옥들은 내가 손을 대자마자 무너졌고, 내가 던져 준 물건들은 물 위에서 사나운 싸움을 유발했고 더욱더 무질서하게 만들었을 뿐입니다.

내가 유일하게 성공한 착한 행위는, 한 무리의 물오리들이 해적 붐 븐의 희생물이 되려는 순간에 그들을 구해 준 것이었습니다. 순진한 목동 한 사람이 통나무배를 타고 갈대숲 사이로 나오면서, 자신을 찌르려고 겨누는 창을 미처 보지 못했던 것입니다. 바위 파도 위에서 나는 때마침 그곳에 이르렀고 해적의 팔을 잡아 제지할 수 있었답니다. 나는 〈훠이, 훠이〉 하고 소리쳐 물오리들을 날아오르게 했습니다. 그렇지만 붐 븐은 내가 덮치는 순간 나를 움켜잡았습니다. 그렇게 해서 바위 파도 위에는 우리 두 사람이 남게 되었습니다. 그리하여 내가 아직도 구하고 싶었던 선과 악 사이의 균형은 결정적으로 위협을 받게 되었지요.

붐 븐에게는, 그 위에 올라서게 된 것이 단지 새로운 해적질과 강탈과 파괴를 위한 절호의 기회였을 뿐입니다. 화강암의 파도는 계속해서 순진하고 수동적인 세상을 파괴했으며, 이제 그 위는 그러한 파괴 작업을 자신의 이익을 위해 이용하는 자가 지배하게 되었습니다. 나는 이제 맹목적인 지각 변동의 포로가 아니라, 해적의 포로였습니다. 내가 어떻게 그 두 가지의 단일한 충동을 억제할 수 있었겠습니까? 암석과 해적 사이에서 희미하게나마 나는 암석의 편에 서 있다고 느꼈으며, 신비스럽게도 그 바위를 나의 동맹자로 느꼈답니다. 그렇지만 나는 어떻게 바위에 나의 빈약한 힘을 보태어,

붐 븐의 약탈과 폭력을 저지해야 할지 몰랐습니다.

바위 파도 위에 플우 아가씨가 올라왔을 때도 상황은 바뀌지 않았습니다. 그녀가 납치당하는 동안에도 나는 손가락 하나 움직이지 못하고 그대로 지켜볼 수밖에 없었습니다. 붐 븐이 나를 마치 소시지처럼 꽁꽁 묶어 놓았기 때문이지요. 플우 아가씨는 자신의 자그마한 배를 타고 수련과 노랑수선화를 헤치며 다가오고 있었지요. 붐 븐은 밧줄로 된 기다란 올가미를 허공에 돌리더니 그녀를 납치해 버렸습니다. 그렇지만 그녀는 공손하고 순종적인 아가씨였으므로, 곧바로 그 악한의 포로 생활에 적응하더군요.

그렇지만 나는 적응하지 못했고 그런 사실을 말했습니다.

「나는 횃불을 들고 있으려고 여기 있는 것이 아니오, 붐 븐. 나를 풀어 주시오. 나는 떠나겠소.」

붐 븐은 고개를 돌리지도 않고 말했습니다. 「너 아직도 거기에 있나? 네가 거기에 있든 없든, 나한테는 빈대 한 마리의 가치도 없다고. 꺼져. 가서 바다에 빠져 죽으라고.」

그러고는 나를 풀어 주었습니다.

「나는 가겠소, 하지만 사람들은 여전히 나에 대해 말할 것이오.」 그리고 낮은 목소리로 플우에게 덧붙였지요. 「기다려, 내가 구해 주러 올게!」

나는 바다에 몸을 던지려고 했는데, 바로 그 순간 멀리 수평선에서 죽마(竹馬)를 타고 바다 위를 걸어오는 한 사람을 발견했습니다. 바위 파도가 다가가는데도 그는 피하지 않고 오히려 마주 다가왔습니다. 죽마는 산산조각이 났고 그는 화강암 위로 떨어졌습니다.

「내가 계산을 정확히 했군.」 그가 말했습니다. 「여러분, 용서해 주십시오. 저를 소개하겠습니다. 〈밀물과 썰물 관측소〉

의 오오 감독관입니다.」

나는 그에게 말했습니다. 「감독관, 정말로 때맞춰 오셨군요. 어떻게 해야 할지 충고해 주십시오.」

「나는 지금 막 떠나려고 했습니다.」

「커다란 실수를 할 뻔했군요. 내가 그 이유를 설명해 드리지요.」

감독관이 반박했습니다.

그는 벌써 실제로 일어난 사실들로 확인된 자신의 이론을 설명하기 시작했습니다. 즉 그가 예상한 대륙들의 출현이 바로 우리가 서 있는 이 바위의 상승과 함께 시작되고 있으며, 무한한 가능성을 간직한 새로운 시대가 우리 앞에 펼쳐진다는 이론이었지요. 나는 입을 벌린 채 듣고 있었습니다. 그러니까 상황이 뒤바뀌고 있었던 겁니다. 나는 파괴와 황폐함의 정점이 아니라, 수천 배나 더 풍요로운 새로운 삶의 가능성 위에 올라선 셈입니다.

「바로 그렇기 때문에 나는 여러분과 함께하고 싶었습니다.」 감독관이 의기양양하게 결론을 내리더군요.

「내가 당신을 남아 있게 한다면 그렇지!」 봅 븐이 냉소적으로 말했습니다.

「분명히 우리는 친구가 될 것입니다.」 오오 감독관이 선언했습니다. 「우리는 대규모 지각 변동을 맞이하게 될 것이며, 나의 연구와 예측으로 우리는 그것들을 통제할 수 있을 것입니다. 아니, 우리의 이익을 위하여 그것들을 이용할 수 있을 것입니다.」

「단지 우리들만의 것은 아닙니다! 감독관, 만약 당신이 말하는 것이 사실이라면, 만약 이 위대한 행운이 바로 우리에게 주어진다면, 어떻게 우리와 비슷한 사람들을 배제할 수 있단 말입니까? 우리는 만나는 모든 사람들에게 알려 주어야 합니다! 우리와 함께 이곳으로 올라오도록 해야 합니다!」 내가 소리쳤지요.

「입 다물어, 수다쟁이야!」 그러면서 붐 븐은 나의 멱살을 움켜잡았습니다.

「네가 나온 진창 속으로 거꾸로 처박히지 않으려면, 입 다물어! 여기는 나와 내 마음에 드는 사람만 있으면 돼! 내 말이 맞지, 감독관?」

나는 오오 감독관을 향해 몸을 돌렸습니다. 해적의 횡포에 대항할 동지를 발견했다는 확신에서 말입니다.

「감독관, 당신은 분명 이기심 때문에 연구를 하지는 않았을 것입니다! 붐 븐이 개인적인 목적으로 그걸 이용하기를 바라지는 않겠지요.」

감독관은 어깨를 움찔했습니다.

「사실 나는, 당신들의 싸움에 대해 이래라 저래라 말하고 싶지 않습니다. 나는 앞에 나서는 편이 아니지요. 나는 전문가일 뿐입니다. 내가 이해한 바대로, 만약 귀하께서 이곳의 지휘권을 갖고 계신다면……」

그는 붐 븐을 향해 고개를 숙이면서 말했습니다.

「당신이 원한다면 나의 계산 결과를 바치고 싶습니다.」

나는 전혀 예기치 못한 배신에 실망했지요. 그것은 감독관 개인에 대한 실망이 아니라 미래에 관한 그의 예언에 대한 실망이었습니다. 그는 계속해서 솟아오른 땅 위에서 어떤 생활이 전개될 것인지 설명했습니다. 솟아오른 바위의 기반 위에 세워질 도시들, 낙타와 말과 마차와 고양이와 포장마차들이 지나가는 길거리들, 금과 은의 광산들, 백단향 나무와 등나무들의 숲, 코끼리, 피라미드, 탑, 시계, 피뢰침, 전차 선로, 기중기, 엘리베이터, 고층 빌딩, 축제일에 내걸릴 깃발과 꽃 장식물들, 호사스러운 축제의 밤이면 목걸이에 달린 진주들을 빛나게 하는, 극장 및 영화관의 벽면에 내걸릴 온갖 색깔의 전광판들을 묘사했습니다. 모두들 그의 말에 귀를 기울였지요. 플우는 홀린 듯한 미소를 지었으며, 붐 븐은 소유욕에 사로잡혀 콧구멍을 벌름거렸습니다. 그렇지만 이러한 환상적인 예언들이 나에게는 아무런 희망도 불러일으키지 않았습니다. 그것들은 단지 내 적의 왕국이 영원히 지속될 것이라는 의미였으며, 그것만으로도 모든 놀라움은 눈부시고 거짓되고 천박한 녹이 슬었기 때문이지요.

다른 두 사람이 자신들의 계획에 몰두해 있는 동안 나는 그런 생각을 플우에게 말했지요. 「넙치 어부로서 살아가는 우리의 평범한 수상 생활이 훨씬 더 나아요. 저것은 붐 븐에 대한 굴복의 대가에서 나오는 화려함에 불과하다고요!」

나는 해적과 감독관을 그 미래의 대륙에 남겨 둔 채 함께 달아나자고 그녀에게 제의하면서 이렇게 말했습니다. 「저 두 사람이 어떻게 살지 두고 보자고요.」

내가 그녀를 설득했냐고요? 앞에서 말했듯이 플우는 나비의 날개처럼 연약하고 부드러운 여자였습니다. 감독관의 예언이 그녀를 매료시켰지만, 그녀는 붐 븐의 횡포에 거부감을 느끼고 있었지요. 나는 어렵지 않게 해적에 대한 그녀의 반감을 자극했습니다. 결국 그녀는 나를 따르기로 동의했지요.

화강암의 돌기물은 지구의 내장에서 밖으로 더 밀려난 것 같았으며, 태양을 향해 더 뻗어 나갔습니다. 게다가 태양의 중력에 노출된 부분은 계속해서 확장된 반면, 그 이뱃부분은 좁아져서 일종의 좁은 통로, 또는 그늘 속에 감추어진 꽃자루처럼 되었습니다. 우리는 오후의 햇살에 가린 바로 그 부분을 탈출 통로로 이용해야 했습니다.

「바로 지금이야!」

나는 플우에게 말했습니다. 그러고는 그녀의 손을 잡고 꽃자루를 타고 미끄러져 내려왔습니다.

「이제 영원히 안녕이야!」

나는 단지 강조하기 위해 그런 말을 했을 뿐입니다. 그 말이 얼마나 진실과 부합하는지 의심하지 않았지요. 그런데 멀리에서 바라보니 우리 행성의 기괴한 번식물처럼 보이는 그곳으로부터 우리가 헤엄을 쳐서 멀어지는 순간, 지진이 일어날 듯 땅과 물이 심하게 뒤흔들리기 시작했습니다. 태양을 향해 뻗어 나가던 그 화강암 덩어리가 지금까지 뿌리박고 있던 현무암 바닥에서 뽑혀 나간 것입니다. 그리고 엄청나게 거대한 바위 덩어리가 — 윗부분은 침식되고 구멍이 뚫려 있고, 아랫부분은 아직도 지구 내장의 점액에 젖은 듯이 용암과 액체 광물들이 뚝뚝 떨어지고, 지렁이 무더기가 수염처럼 달려 있는 그 덩어리가 — 나뭇잎처럼 허공으로 둥실 떠올랐습니다. 그 뒤에 남겨진 거대한 구멍 속으로 지구의 물들이 폭포수처럼 쏟아져 내리면서, 여기저기에서 섬과 반도와 고원들이 나타났습니다.

이렇게 솟아오른 땅을 붙잡고 나는 플우와 나 자신을 구할 수 있었지요. 그렇지만 나는 하늘 위로 날아올라 점점 멀어지면서, 굴러가고 있는 그 지구의 조각에서 여전히 눈을 뗄 수 없었습니다. 나는 뷤 븐이 감독관에게 퍼붓는 욕설을 들을 수 있었습니다.

「이게 무슨 빌어먹을 예측이야, 멍청이.」

그러는 동안에 그것은 벌써 회전 운동을 하면서 울퉁불퉁하고 뾰족한 부분들이 매끄러워졌고, 마침내 겉부분이 균일한 석회질의 커다란 공처럼 되었습니다. 그리고 태양은 이미 까마득히 멀어졌고, 그 커다란 공, 그때 이후로 달이라 일컬어진 그 공은, 밤이 되면 사막에서처럼 창백한 빛을 내는 반사광을 간직하게 되었답니다.

「저 두 사람은 당연한 벌을 받은 거야!」 내가 외쳤습니다.

그런데도 플우는 상황이 뒤바뀐 것을 아직 깨닫지 못한 것 같아서 내가 설명했습니다. 「저건 감독관이 예상한 대륙이 아니랍니다. 내 느낌이 틀리지 않다면, 우리 발아래에서 형성되고 있는 이것이 바로 대륙이에요.」

산과 강과 계곡과 계절과 무역풍들이, 솟아오른 지역에서 윤곽을 드러내고 있었습니다. 벌써 최초의 이구아노돈, 미래의 예고자들이 세쿼이아 나무들의 숲에서 조심스럽게 나타났습니다. 플우는 모든 것을 자연스럽게 받아들이는 것 같았습니다. 그녀는 나뭇가지에서 파인애플을 하나 따더니 나뭇등걸에 대고 내리쳐 껍질을 벗기고 즙액이 많은 과육을 깨물었고, 웃음을 터뜨렸습니다.

그렇게 해서, 현재 여러분이 알고 있는 바와 같이, 모든 것이 오늘날에까지 이른 것입니다. 의심할 바 없이 플우는 지금 만족하고 있습니다. 네온 간판들이 반짝이는 밤이면 그녀는 산책을 하고, 친칠라 모피 옷을 부드럽게 걸쳐 입고, 사진사들이 플래시를 터뜨릴 때 미소짓 습니다. 그렇지만 나는 홀로 자문합니다. 〈진정으로 이 세계가 나의 세계일까〉 하고 말입니다.

때때로 나는 눈을 들어 달을 바라보면서, 천칭 저울의 맞은편 접시 위에서 우리의 이 가난한 화려함을 띠받치고 있는 그 모든 황량함, 차가움, 공허함을 생각합니다. 내가 때맞춰 이쪽 편으로 뛰어 넘어온 것은 단지 우연이었을 뿐입니다.

나는 잘 알고 있습니다. 즉 지구 위에서 내가 가지고 있는 것에 대해 나는 달에게 빚을 지고 있으며, 있는 것이 없는 것에 대해 빚을 지고 있다는 사실을 말입니다.

태양에 대한 이야기들

날이 샐 무렵

카이퍼의 설명에 따르면, 무형의 유동적인 성운(星雲)이 응축되면서 태양계의 행성들이 어둠 속에서 단단하게 굳어지기 시작했다고 한다. 모든 것이 차갑고 어두운 상태였다. 나중에 태양이 농축되기 시작하면서 현재와 거의 비슷한 크기로 줄어들었으며, 이러한 힘겨운 과정에서 온도가 자꾸 상승하여 수천 도에 이르렀고 우주 공간에 빛을 방출하기 시작했다.

정말 칠흑 같은 어둠이었지요 — 늙은 크프우프크는 주장했다. 당시 나는 아직 어린아이였고, 따라서 지금은 희미한 기억만 남아 있습니다. 여느 때처럼 우리는 그곳에 있었습니다. 아버지와 어머니, 할머니 븝브, 우리를 방문하러 온 몇몇 아저씨들, 나중에 말[馬]이 된 흐누 씨, 그리고 우리 어린아이들이 함께 있었지요. 내가 이미 여러 차례 이야기한 것 같은데, 우리는 성운 위에, 마치 잠자리에 든 것처럼, 말하자면 꼼짝하지 않고 납작하게 누워서 성운이 회전하는 대로 몸을 내맡기고 있었습니다. 바깥을 향해, 그러니까 성운의 표면 위에 누워 있었던 것이 아닙니다. 내 말을 이해하겠습니까? 바깥은 너무나도 추웠지요. 우리는 마치 유동적인 미립자 물질의 층 안에 틀어박혀 있듯이 그 속에 들어가 있었습니다. 시간을 계산할 방법은 없었습니다. 우리가 성운의 회전수를 세어 보려고 할 때마다 문제가 발생했습니다. 어둠 속에서는 아무런 기준점도 찾을 수 없었고, 결국 우리는 논쟁만 하다가 끝나곤 했지요. 따라서 우리는 몇 세기가 단지 몇 분처럼 흘러가도록 내버려 두었습니다. 우리는 그저 기다리고, 가능한 한 완전히 몸을 감싼 채 꾸벅꾸벅 졸고, 모두들 제자리에 그대로 있는지 확인하기 위해 이따금 불러 볼 뿐이었습니다. 그리고 물론, 몸을 긁적거렸지요. 그 미립자들의 소용돌이가 귀찮은 가려움증을 일으켰기 때문입니다.

우리가 무엇을 기다리고 있었는지 아무도 말할 수 없었을 것입니다. 물론 븝브 할머니는 우주 공간에 물질과 열과 빛이 균일하게 퍼져 있었을 때를 아직 기억하였지요. 노인들의 그런 이야기에는 비록 과장이 섞여 있다 하더라도, 어쨌든 상황은 어느 정도 호전되었지요. 아니 최소한 달라졌습니다. 우리로서는 그 엄청난 밤이 지나가도록 내버려 두는 수밖에 없었습니다.

나의 누이 그'드(우)-"G'd(w)"는 내성적인 성격 덕분에 누구보다도 편안하게 지내고 있었습니다. 그녀는 수줍은 소녀였고 어둠을 좋아했습니다. 그녀는 성운 가장자리에서 약간 떨어진 장소에 머무르기로 했지요. 그러고는 검은 어둠을 관조하고, 먼지 알갱이들을 자그마한 폭포처럼 흩날리고, 먼지들의 작은 폭포수 같은 나지막한 웃음을 흩날리면서 혼자 이야기를 하고, 노래를 흥얼거리고, 그리고 — 잠들었건 또는 깨어 있건 — 꿈속에 빠져 들곤 했습니다. 그것은 우리의 꿈들과는 다른 꿈이었습니다. 어둠의 한가운데에서 우리는 다른 어둠을 꿈꾸었지요. 왜냐하면 어둠 이외에 다른 것이 머릿속에 떠오르지 않았기 때문입니다. 그런데 그녀는 — 그녀의 잠꼬대로 우리가 파악한 바에 따르면 — 그보다 수백 배나 더 심오하고 다양하고 부드러운 어둠을 꿈꾸고 있었습니다.

무엇인가 변화하고 있다는 사실을 최초로 발견한 사람은 우리 아버지였습니다. 나는 꾸벅꾸벅 졸고 있었는데 아버지의 외침 소리가 나를 깨웠습니다.

「조심해! 여기 닿는다!」

우리의 몸 아래에서 언제나 유동적으로 움직이던 성운의 물질이 응축되기 시작한 것입니다.

사실 어머니는 이미 얼마 전부터 몸을 뒤척이면서 이렇게 말했습니다.

「아이고, 어느 쪽으로 몸을 돌려야 할지 모르겠군!」

간단히 말해 어머니는 자신이 누워 있던 장소에서 어떤 변화를 느낀 것입니다. 성운의 미립자들이 예전처럼 아무런 흔적도 남기지 않고 마음대로 편안하게 누워 있을 수 있는, 부드럽고 균일하고 탄력적인 상태가 아니었습니다. 거기에 둔덕 또는 웅덩이 같은 것이 형성된 것입니다. 특히 뚱뚱한 어머니가 예전부터 누워 있던 장소가 그랬습니다. 마치 아래에 수많은 알갱이나 덩어리 또는 두터운 층이 있는 것처럼 느껴진 것입니다. 또한 그런 것들이 수천 킬로미터 아래에 묻혀 있어서 부드러운 먼지 층들을 통해 사방에서 짓누르는 것처럼 느껴진 모양입니다. 그렇다고 어머니의 이러한 경고에 우리가 관심을 기울였다는 말은 아닙니다. 불쌍하게도 이미 나이도 많이 들고 신경이 과민한 어머니에게는, 당시의 상황이 신경에 그리 적합한 것은 아니었습니다.

그리고 당시 아직 어린아이였던 내 동생 루즈프스가 있었지요. 어떻게 된 일인지는 모르지만 어느 순간엔가 나는 그가 뒤척이고 요동하는 것을, 간단히 말해 몸부림치는 것을 느끼고, 이렇게 물었습니다. 「아니, 뭘 하는 거니?」

그러자 동생이 대답했습니다. 「놀고 있어.」
「놀고 있다고? 무엇을 가지고?」
「어떤 물건을 가지고.」 그가 대답했습니다.

여러분 아시겠습니까? 그런 일은 처음이었습니다. 지금까지는 가지고 놀 만한 것이 전혀 없었습니다. 그렇다면 우리는 어떻게 놀았을까요? 그 가스 같은 물질의 반죽 덩어리를 갖고 놀았을까요? 정말 멋진 놀이였지요. 그것은 그'드(우)" 누이에게나 잘 어울리는 물건이었습니다. 만약 루즈프스가 놀고 있다면 무엇인가 새로운 것을 발견했다는 증거입니다. 언제나 그러하듯이, 나중에 과장 섞인 말로 말하는 바에 따르면 장난감을 발견했다는 말이지요. 물론 장난감은 아니었습니다. 그것은 틀림없이 좀 더 단단한, 그러니까 덜 기체 같은 물질의 덩어리였습니다. 동생은 이 점에 대해서는 분명히 말하지 않았으며, 오히려 생각나는 대로 이야기를 꾸며 댔습니다. 훨씬 나중에 니켈이 형성되었을 때, 동생은 오로지 니켈에 대해서만 말했지요.

「그래 맞아, 니켈이었어. 그때 나는 니켈을 가지고 놀았어!」

그래서 그에게는 〈니켈의 루즈프스〉라는 별명이 붙었지요(요즈음 누군가 말하듯이, 그가 둔감하여 훨씬 나중에 금속의 단계로 넘어가지 못하고 니켈로 변해 버렸기 때문에, 그렇게 부른 것은 아니었습니다. 전혀 그렇지 않습니다. 그가 내 동생이기 때문에 이런 말을 하는 것이 아니라, 그게 사실이었습니다. 그가 언제나 약간 둔감했던 것은 사실이지만, 금속성의 둔감함이 아니라 어느 정도 유동적인 둔감함이었지요. 그래서 아직 젊었을 때는 초기 바닷말들 중 하나와 결혼했을 정도입니다. 그 이후에는 어떻게 되었는지 전혀 알 수 없습니다).

간단히 말해서 모두들 무엇인가를 느낀 모양입니다. 나만 제외하고 말입니다. 아마도 나는 정신이 산만했던 모양이지요. 나는 — 꿈인지 생시인지 생각나지 않지만 — 아버지가 〈여기 닿는다!〉고 외치는 소리를 들었습니다. 그것은 아무런 의미가 없는 표현이었는데(왜냐하면 그 이전에는 닿는 것이 전혀 없었기 때문이지요. 그것은 분명합니다), 그 말을 하는 순간에 의미를 갖게 되었지요. 말하자면 늪의 진흙 같은 것이 납작하게 발밑으로 지나가면서 우리를 들어 올리는 듯한, 약간 역겨운 느낌을 의미하게 되었습니다. 그리고 나는 힐난조로 말했습니다.

「아니, 할머니!」

이후 오랫동안 나는 스스로에게 물었습니다. 나의 맨 처음 반응이 왜 할머니에게 짜증을 내는 것이었을까 하고 말입니다. 븝브 할머니는 옛날의 습관을 그대로 유지하려고 종종 이상한 일을 하곤 했지요. 할머니는 아직도 물질이 균일하게 팽창하고 있다고 믿었습니다. 그래서 예를 들어, 쓰레기는 눈에 보이는 대로 내버리면 멀리 흩어져 사라진다고 생각했지요. 얼마 전부터 응축 과정이 시작되었다는 생각, 말하자면 분자 덩어리 위로 쓰레기들이 들러붙어 더 이상 떨어낼 수 없다는 생각을 할머니는 하지 못했습니다. 그래서 나는 그 〈닿는다〉는 새로운 사실을 할머니의 그런 실수와 연결시켰고, 그렇게 비명을 지른 것입니다.

그러자 븝브 할머니는 말했습니다.

「뭐라고? 네가 고리 방석을 다시 찾았다고?」

고리 방석이란 은하게 물질로 된 조그미힌 둥근 고리였는데, 할머니는 그것을 우주의 최초 대변혁 시절에 어디선가 발견하여 항상 가지고 다니면서 방석으로 사용했습니다. 그러다가 칠흑의 어둠 속에서 그것을 잃어버렸고, 할머니는 내가 감추었다고 죄를 뒤집어씌웠습니다. 우리 성운에서는 그 방석이 아주 기괴하고 이상하게 보여서 내가 싫어했던 것은 사실이지만, 나는 결백했습니다. 다만 비난받아야 한다면, 그것을 잘 지키지 못했다는 점 때문일 것입니다.

「그렇지만 어머니, 지금 뭔가 알 수 없는 일이 일어나고 있다고요. 그런데 지금 방석을 찾다니!」 언제나 할머니를 존중하시던 아버지도 참지 못하고 말했지요.

「아, 내가 말했잖아요! 잠을 잘 수가 없다고요!」 어머니가 말했습니다. 어머니의 말 역시 그런 상황에는 별로 어울리지 않았습니다.

바로 그 순간 〈푸아크! 우아크! 스그르르!〉 하는 거친 소리가 들려왔습니다. 그제야 우리는 흐누 씨에게 무슨 일이 일어났다는 것을 깨달았지요. 그는 힘겹게 가래침을 뱉고 있었습니다.

「흐누 씨! 흐누 씨! 위로 올라오세요! 어디로 갔어요?」 아버지가 말했습니다. 아무런 빛도 없는 어둠 속에서 우리는 더듬더듬 흐누 씨를 움켜잡아, 숨을 쉴 수 있도록 성운의 표면 위로 끌어 올렸습니다. 그 당시 이미 미끄러운 우유처럼 응축되고 있던 외부 표면 위에 흐누 씨를 길게 눕혔지요.

「에취! 위에서 누른다, 이것이!」 표현력이 부족한 흐누 씨는 힘겹게 말하려고 노력했습니다.

「밑으로 내려가면, 밑으로 내려가면, 삼킨다! 카아악!」 그러고는 가래침을 뱉었습니다.

새로운 사실은 이제 성운에서 조심하지 않으면 밑으로 빠진다는 것이었습니다. 우리 어머니는 어머니들 특유의 본능으로 맨 처음 그걸 깨달았지요. 그리고 소리쳤습니다.

「아이들아, 모두들 있니? 너희들 어디 있어?」

사실 우리는 약간 정신이 없었습니다. 예전에 오랜 세월 동안 모든 것이 규칙적으로 돌고 있었을 때는, 우리는 언제나 서로 잃어버리지 않도록 주의하곤 했습니다. 그런데 지금 그것을 깜박 잊은 것입니다.

「침착해요, 침착해. 모두들 멀리 떨어지지 마.」 아버지가 말했지요.

「그'드(우)"! 어디에 있니? 그리고 쌍둥이들은? 누구 쌍둥이들 봤는지 말해 봐!」

아무도 대답이 없었습니다.

「아이고, 잃어버렸구나!」 어머니가 소리쳤습니다. 쌍둥이 동생들은 아직 어떤 식으로든 의사소통을 할 수 있는 나이가 아니었습니다. 계속해서 감시를 해야 하는데, 소홀히 한 바람에 잃어버린 거지요.

「내가 가서 찾아보겠어요!」 내가 말했습니다.

「그래, 가봐, 착한 크프우프크야!」 아버지와 어머니가 동시에 말했습니다. 그러고는 곧바로 후회했습니다.

「그렇지만, 멀리 가지 마라, 너도 잃어버린다! 여기에 있어! 아니 그래, 가봐. 하지만 네가 어디 있는지 알리라고! 휘파람을 불어!」

나는 계속 휘파람을 불면서 어둠 속을, 응축되는 성운의 늪 속을 걷기 시작했습니다. 내가 방금 걷는다고 말했는데, 그러니까 표면 위에서 움직이는 한 가지 방식이지요. 그것은 방금 전까지만 해도 전혀 상상할 수 없는 것이었는데, 이제 그렇게 말할 수 있었습니다. 왜냐하면 물질이 거의 반빌력이 없어서, 주이히지 않으면 표면 위로 가지 못하고 비스듬하게 또는 거꾸로 처박혀 안에 묻혀 버렸기 때문입니다. 그러나 어느 방향으로 가든지, 또 어느 높이로 가든지 동생들을 찾을 가능성은 똑같았습니다. 그 두 녀석이 어디에 처박혀 있는지 누가 알겠습니까.

갑자기 나는 떼굴떼굴 굴렀습니다. 마치, 요즈음 말로 하면 누군가 나에게 딴죽을 건 듯이 말입니다. 내가 넘어진 것은 그때가 처음이었습니다. 나는 〈넘어진다〉는 것이 무엇인지도 몰랐습니다. 그렇지만 우리는 아직 부드러운 성운에 있었고 나는 조금도 다치지 않았습니다.

「여기 밟지 마.」

목소리 하나가 들려왔습니다.

「크프우프크, 밟지 마.」

그건 내 누이 그'드(우)"의 목소리였습니다.

「왜 그래? 거기 뭐가 있어?」

「내가 무엇인가로 무엇인가 만들었어.」 누이가 말했습니다. 하지만 손으로 더듬거리면서 어느 정도 시간이 흐른 다음에야 나는 알 수 있었지요. 누이는 그 진흙 같은 것을 버무려 작은 동산을 만들었는데 피라미드, 첨탑, 성벽으로 뒤덮인 동산이었습니다.

「아니 뭘 하고 있는 거야?」

그'드(우)"는 여전히 밑도 끝도 없는 대답을 했습니다.

「내부에 내부가 있는 바깥이야. 트즐르르, 트즐르르, 트즐르르…….」

나는 이리저리 구르면서 계속 걸었습니다. 발에 흐누 씨가 걸리기도 했습니다. 그는 또다시 응축되는 물질 속에 거꾸로 처박혀 있었습니다.

「일어나요, 흐누 씨, 흐누 씨! 도대체 반듯이 있을 수 없나요!」

나는 다시 흐누 씨가 일어나도록 도왔습니다. 이번에는 밑에서 위로 밀어 올렸지요. 왜냐하면 나 역시 완전히 잠겨 있었기 때문입니다.

흐누 씨는 기침을 하고 숨을 내쉬고 재채기를 하면서(정말로 엄청나게 추웠지요), 바로 븝브 할머니가 앉아 있던 표면으로 쑥 올라갔습니다. 할머니는 허공으로 날아올랐지만 곧 감동적으로 말했습니다.

「손자들이다! 손자들이 돌아왔다!」

「아니에요, 어머니. 보세요, 흐누 씨라고요!」

뭐가 뭔지 도대체 알 수가 없었습니다.

「그러면 손자들은?」

「여기 있어요! 여기 고리 방석도 있어요!」 내가 소리쳤지요.

쌍둥이들은 얼마 전부터 그 성운 사이에다 자기들의 비밀 은신처를 만들어 놓았습니다. 그리고 그 안에다 고리 방석을 감추어 두고 놀았습니다. 물질이 아직 균형을 유지하고 유동적이었을 때는, 고리 방석 사이로 공중제비를 돌기도 했지요. 그러다가 해면 같은 일종의 우유 속에 갇혀 버린 것입니다. 고리 방석의 구멍도 막혔고, 쌍둥이들은 사방에서 짓누르는 것을 느꼈습니다.

「고리 방석을 움켜잡아!」

나는 그들에게 상황을 이해시키려고 노력했습니다.

「내가 끌어 올려줄게, 멍청이들아!」

나는 계속해서 끌어 올렸습니다. 그런데 어느 순간엔가 미처 깨닫기도 전에 녀석들은, 이제 달걀 흰자위 같은 얇은 막에 둘러싸인 표면 위에서 공중제비를 돌고 있었습니다. 그런데 고리 방석은 표면 위로 솟아오르자마자 녹아 버렸습니다. 그 당시 얼마나 어처구니없는 일들이 일어났는지, 븝브 할머니에게는 절대 설명할 수 없었을 것입니다.

바로 그 순간, 마치 더 좋은 기회를 포착할 수 없었다는 듯이, 아저씨들이 천천히 일어나더니 말했습니다.

「아, 이제 늦었군요. 우리 아이들이 지금 무엇을 하고 있는지 약간 생각해 보아야겠군요. 여러분을 다시 만나게 되어 즐거웠어요. 그렇지만 이제 가봐야겠군요.」

그들이 잘못했다고 말할 수는 없습니다. 오히려 훨씬 전에 걱정을 하고 달려갔어야 할 것입니다. 그런데 아저씨들은 아마도 상당히 먼 곳에서 살고 있었기 때문인지 약간 망설였습니다. 아마도 그때까지 불편함을 느끼고 있으면서도 차마 말을 하지 못한 모양입니다.

우리 아버지가 말했습니다. 「가시겠다면 말리지는 않겠습니다. 다만 어찌된 일인지 밝혀질 때까지 기다리는 게 좋지 않을까요? 지금으로서는 어떤 위험에 부딪칠지 알 수 없으니까요.」

간단히 말해서 좋은 의도로 말했지요.

그런데도 아저씨들은 이렇게 말했습니다.

「아닙니다, 생각해 주셔서 고맙습니다. 정말로 많이 떠들었습니다. 그렇지만 이제는 더 이상 방해하고 싶지 않군요.」

그리고 몇 마디 어리석은 말을 덧붙였습니다. 우리가 잘못 이해하지 않았다면, 그들은 아무렇지도 않게 생각한 것입니다.

정확히 그들은 아주머니 한 분, 아저씨 두 분, 이렇게 셋이었습니다. 세 분 모두 아주 키가 컸고, 또 완전히 똑같은 모습을 하고 있어서 그들 중에 누가 누구의 형인지 남편인지 알 수 없었습니다. 그리고 우리와 어떤 친척 관계인지조차 정확히 알 수 없었습니다. 당시에는 수많은 일들이 애매모호했지요.

아저씨들은 한 사람씩 차례차례 떠나기 시작하였는데, 각자 다른 방향으로 어두운 하늘을 향해 출발했습니다. 그러고는 이따금씩 마치 서로 연락이라도 하듯이, 〈오! 오!〉 하고 소리를 질렀습니다. 그들은 매사 그런 식이었습니다. 조금도 체계적으로 행동할 줄 몰랐습니다.

세 분 모두 금방 떠났는데도 그들의 〈오! 오!〉 하는 소리가 아주 멀리서 들려오는 듯했습니다. 아직 몇 걸음도 채 가지 않았을 텐데도 말입니다. 그리고 우리가 무슨 뜻인지 전혀 이해할 수 없는 그들의 외침 소리들도 들려왔지요.

「아니 여기는 허공이야!」

「아니, 여기는 지나갈 수 없어!」

「왜 이쪽으로 오지 않는 거야?」

「지금 어디 있어?」

「건너뛰어!」

「무엇을 건너뛰어, 잘한다!」

「아니 이쪽으로는 뒤로 되돌아간다!」

우리는 아무것도 이해할 수 없었답니다. 단지 아저씨들이 우리에게서 엄청나게 멀어지고 있다는 사실만은 분명했습니다.

그래도 가장 늦게 떠난 아주머니가 비교적 체계적인 말을 했습니다.

「이제 나는 여기 떨어져 나온 이 조각의 꼭대기에 혼자 남게 되었어.」

그러자 이제 거리 때문에 희미해진 두 아저씨의 목소리가 반복적으로 들려왔습니다.

「멍청이…… 멍청이…… 멍청이…….」

우리가 목소리가 들려오는 어둠을 응시하고 있을 때 바로 변화가 일어났습니다. 그것은 내가 목격한 변화들 중에서 어느 것과도 비교할 수 없는 유일한 진짜 대변화였습니다. 간단히 말하면 이랬습니다. 변화는 머나먼 지평선에서 시작되었는데, 그것은 당시 우리가 소리라고 일컫던 것들이나 방금 말했던 〈닿는다!〉 하는 것들, 또는 그 어느 것들과도 전혀 닮지 않은 하나의 진동이었습니다. 분명 아득하게 멀리 떨어져 있으면서도 동시에 가까이 있는 것을 끌어당기는 일종의 비등(沸騰)과 같았습니다. 갑자기 모든 어둠이, 어둠이 아닌 그 무엇, 그러니까 빛과 대비되어 더욱 어두워졌습니다. 무슨 일이 일어나고 있는지 주의 깊게 분석을 하기도 전에 모든 일이 벌어졌습니다. 첫째, 언제나 어둡던 하늘이 이제는 밝아지기 시작했으며 둘째, 우리가 서 있던, 역겨울 정도로 더럽고 얼음처럼 딱딱하고 울퉁불퉁한 표면이 갑자기 온도가 올라가면서 급속하게 녹아내리기 시작했으며 셋째, 우리가 나중에 광원(光源)이라 부르게 되는 그것, 즉 엄청난 허공을 사이에 두고 우리와 분리된 그 덩어리가 뜨겁게 타오르면서 눈부신 섬광과 함께 모든 색깔을 하나하나 시험하는 것 같았습니다. 그리고 또 한 가지, 그 불타오르는 덩어리와 우리 사이의 하늘에는 희미하게 빛나는 두서너 개의 섬들이 허공에서 소용돌이치고 있었는데, 그 위에는 울부짖는 소리를 내면서 아득한 그림자로 변해 버린 우리 아저씨들과 다른 사람들이 올라앉아 있었습니다.

그렇게 가장 큰 사건이 일어났답니다. 성운의 핵심이 응축되면서 빛과 열을 발산했고, 그리하여 태양이 존재하게 되었습니다. 나머지 모든 것들은 분리되어 여러 조각들, 즉 수성, 금성, 지구, 그 너머의 다른 것들이 되어 주위를 회전하였으며, 남아 있던 자들은 그대로 남아 있게 되었습니다. 그리고 무엇보다도 터져 버릴 듯이 뜨거웠습니다.

우리는 멍하니 입을 벌린 채 꼿꼿이 일어섰습니다. 단지 흐누 씨만 조심스럽게 아직 엉금엉금 기고 있었지요. 그리고 할머니는 저쪽에서 웃고 있었습니다. 앞서 말했듯이, 븁브 할머니는 환한 빛의 시대에 살았지요. 그래서 어둠의 시대 동안 내내 금방이라도 옛날과 동일한 시대로 돌아갈 것처럼 말하곤 했습니다. 이제 할머니에게는 바로 그 순간이 온 것처럼 보였습니다. 일어나는 모든 일을 당연하게 생각하는 사람처럼, 할머니는 잠시 동안 무관심한 표정이었습니다. 그런데도 우리가 관심을 기울이지 않자, 할머니는 웃음을 터뜨렸고 우리를 놀렸습니다.

「멍청이들…… 무식한 녀석들…….」

그렇지만 진심으로 그런 것은 아니었습니다. 이제 할머니의 기억력이 별로 도움이 되지 않았으니까요. 아버지는 잘 이해하지 못했다는 듯이 여전히 조심스럽게 할머니에게 말했습니다.

「어머니, 무슨 의도인지 알겠습니다만, 이건 정말로 완전히 다른 현상 같습니다.」 그러고는 땅바닥을 가리키면서 소리쳤습니다.

「아래를 봐요!」

우리는 내려다보았습니다. 우리를 떠받치고 있던 지구는 아직 젤라틴 같은 투명한 덩어리였는데 점차 단단하고 불투명해지면서, 중심부에서부터 일종의 달걀 노른자위 같은 것이 응축되고 있었습니다. 그렇지만 우리는 아직 최초의 태양이 환하게 비추는 맞은편을 볼 수 있었습니다. 그리고 그 투명한 일종의 거품 한가운데에 어떤 그림자 하나가, 마치 헤엄을 치며 날아오르듯이 움직이고 있는 것이 보였습니다. 어머니가 말했습니다.

「오, 내 딸아!」

우리 모두 그'드(우)"를 알아보았습니다. 누이는 아마도 태양 빛에 놀랐는지, 또는 소심한 성격에 돌발적으로 그랬는지, 응축되고 있는 지구의 물질 속으로 뛰어들었으며, 이제는 지구의 심연에서 탈출구를 찾으려고 노력하고 있었습니다. 그녀는 금빛 은빛의 나비처럼 이따금 아직 환하고 투명한 구역을 지나갔다가, 다시 더욱 확장되고 있는 어두운 구역으로 사라지곤 했습니다.

「그'드(우)"! 그'드(우)"!」

우리는 소리쳤습니다. 그리고 우리 역시 땅속으로 뛰어들었으며, 탈출구를 열고 그녀에게 다가가려고 노력했습니다. 그렇지만 지구 표면은 이미 구멍 뚫린 껍질처럼 더욱 단단해졌으며, 내 동생 루즈프스는 하마터면 질식할 뻔한 찰나 간신히 틈 사이로 고개를 내밀 수 있었습니다.

누이의 모습은 더 이상 보이지 않았습니다. 이제 단단한 구역이 지구의 중심부를 완전히 차지했습니다. 누이는 그 안에 남아 있었으며, 심연 속에 갇혀 있는지 또는 반대편으로 나왔는지 전혀 알 수 없었습니다. 오랜 세월이 지난 다음에야, 그러니까 1912년에야 캔버라에서 나는 누이를 다시 만났지요. 그녀는 철도청에서 은퇴해 연금으로 생활하는 설리번이라는 사람과 결혼한 상태였는데 거의 알아볼 수 없을 정도로 변해 있었습니다.

우리는 일어섰습니다. 흐누 씨와 할머니는 울면서 우리 앞에 서 있었는데, 황금빛의 파란 불꽃에 휩싸여 있었습니다.

「루즈프스! 왜 할머니에게 불을 질렀어?」

아버지가 꾸짖었는데, 동생을 향해 몸을 돌리는 순간 동생 역시 불꽃에 휩싸여 있었습니다. 아버지와 어머니, 그리고 나, 모두들 불꽃 속에서 불타고 있었습니다. 물론 우리가 불타고 있었던 것은 아닙니다. 우리는 마치 눈부신 숲 속 같은 곳에 잠겨 있었으며, 지구의 모든 표면 위로 불꽃들이 높게 치솟아 올랐습니다. 그러한 불의 공기 속에서 우리는 달리고 둥둥 떠오르고 날아갈 수 있었으며, 어떤 새로운 즐거움이 우릴 사로잡았습니다.

태양 광선들이 수소와 헬륨으로 이루어진 모든 행성들의 껍질을 불태우고 있었습니다. 우리 아저씨들이 있던 하늘에는, 불붙은 행성들이 뒤에 파르스름한 황금빛의 기다란 수염을 늘어뜨린 채 소용돌이치고 있었습니다. 마치 꼬리 달린 혜성들처럼 말입니다.

다시 어둠이 찾아왔습니다. 우리는 이제 일어날 수 있는 일은 모두 일어났다고 생각했습니다.

「이제 모두 끝났어. 노인들의 말에 귀를 기울이라고.」할머니가 말했습니다. 그렇지만 지구는 이제 막 최초의 회전을 시작했을 뿐이었습니다. 그리고 밤이 찾아왔습니다. 모든 것이 이제야 시작된 것입니다.

태양이 지속될 때까지

별들은 그 크기, 색깔, 빛나는 정도에 따라 서로 다른 진화를 하는데, 헤르츠스프룽-러셀 도표에 따라 분류할 수 있다. 별들의 생애는 아주 짧을 수도 있고[청색 거성(토星)들의 경우 단지 몇 백만 년], 아주 길 수도 있는데(황색 별들의 경우 수백억 년), 쇠퇴기에 이를 때까지[적색 왜성(矮星)들의 경우처럼] 수천억 년까지 길어지는 경우도 있다. 모든 별들은 자체의 수소를 완전히 연소한 다음에는, 확장되고 냉각되어(〈적색 거성〉으로 변하면서) 그때부터 일련의 열핵 반응을 시작하여 급속하게 소멸한다. 그런 순간에 이르기 전인 태양은, 그러니까 벌써 40~50억 년 전부터 빛나고 있는 중간 크기의 황색 별인 태양은 앞으로도 최소한 그만큼의 긴 세월 동안 빛날 것이다.

할아버지가 이곳에 와서 정착한 것은 약간 평온하게 지내기 위해서였습니다 — 크프우프크는 이야기했다. 그것은 지난번 〈초신성〉의 폭발로 할아버지와 할머니, 자식들, 손자들, 증손자들이 또다시 우주 공간으로 날아가게 된 이후의 일이지요. 당시 태양은 은하계의 한쪽 가장자리에서, 조금씩 조금씩 응축되며 둥그스름하고 노랗게 변하고 있었습니다. 회전하는 다른 모든 별들 가운데에서 그 태양이 할아버지에게 좋은 인상을 심어 준 것입니다.

「이번에는 노란 별에서 한번 살아 보기로 합시다.」 할아버지는 할머니에게 말했지요.

「내 생각이 맞다면, 노란 별들은 아무런 변화 없이 오래 지속되는 별들이지. 그리고 조금 있으면 아마 주변에 행성들이 형성될 것이오.」

대기도 있고 짐승과 초목도 있는 그런 행성들 중의 하나에

온 가족과 함께 정착하려는 생각은, 아마도 할아버지 에그그 그 대령이 오랫동안 간직해 온 생각이었던 모양입니다. 뜨거운 물질들 가운데를 오가던 당신의 모든 임무가 끝나고 은퇴할 무렵을 대비해서 말입니다. 우리 할아버지가 뜨거움을 싫어했던 것은 아닙니다. 오랜 세월 동안 임무를 수행하여 뜨거운 온도에는 분명 적응이 되었을 것입니다. 그렇지만 누구든지 어느 정도 나이가 들면 자신에게 맞는 적당한 온도를 좋아하게 되지요.

그러나 할머니는 곧바로 대꾸했습니다. 「왜 저기 저 다른 별로 가지 않아요? 저게 더 크고, 더 안정감 있잖아요!」 그러면서 〈청색 거성〉 하나를 가리켰습니다.

「당신 미쳤소, 저게 무슨 별인지 알기나 해요? 청색 별들을 모른단 말이오? 눈 깜박할 사이에 다 타버리고, 몇 백만 년이 지나기도 전에 또 이삿짐을 꾸려야 한단 말이오!」

여러분도 아시다시피, 그그제 할머니처럼 아직 겉모습뿐만 아니라 사고방식까지 젊은 여자들은 절대로 현재에 만족하지 못하는 법입니다. 더 나아지건 또는 더 나빠지건 상관하지 않고, 무언가 색다른 것에 매료되고 언제나 변화를 갈망하지요. 더구나 이 천체에서 다른 천체로 그렇게 성급하고 정신없이 이사하는 과정에서 생기는 엄청난 일거리는 언제나 할머니 차지인데도 말입니다. 특히 어린아이들이 있을 때는 더욱 그랬습니다.

「언제나 그런 사실을 잊어버리는 모양이구나.」 할아버지는 손자들에게 불평을 털어놓았습니다.

「전혀 평온하게 머무를 줄 모른단 말이야. 내 말은, 이 태양계에서 불평할 게 뭐가 있느냐는 말이야. 나는 오래전부터 은하계들을 사방팔방으로 돌아다녔다고. 내가 더 경험이 많지 않겠니, 응? 그런데도 너희 할머니는 전혀 모른다니까.」

그것이 바로 할아버지의 응어리였습니다. 할아버지는 오랜 사회생활에서 여러 가지 만족감을 얻었지만, 지금 가장 중요한 만족감을 얻지 못하고 있었습니다. 그러니까 할머니한테 이런 말을 듣고 싶었던 것입니다.

〈그래요 에그그그, 당신은 정말로 보는 눈이 있어요. 저라면 이 태양이 한 푼어치의 가치도 없다고 생각할 텐데, 당신은 가장 믿음직하고 안정적인 별이라는 것을 곧바로 아는군요. 장난삼아 살다가 금세 내버릴 별이 아니라는 것을 아시는군요. 당신은 언제나 정확한 판단을 했지요. 나중에 형성될 지구 위에 정착할 것을 미리 알고 있었어요. 이 지구는 비록 여러 가지 한계와 결점이 있지만, 아직은 살아가기에 적합한 장소지요. 아이들이 놀 만한 공간도 있고, 학교도 그리 멀지 않으니까요.〉

할아버지는 아내가 바로 이런 말을 해주기를 바랐습니다. 단 한 번만이라도 그런 만족감을 얻고 싶었습니다. 그렇지만 천만에요. 할머니는 다른 어떤 별이 다른 방식으로, 예를 들어, 〈RR변광성〉의 광도(光度) 진동으로 움직이고 있다는 말을 어디서 듣기라도 하면 곧바로 안달이었습니다. 우리가 이 구석에, 아무 일도 일어나지 않는 이 외진 곳에 처박혀 있는 동안에, 그곳에서는 더욱 다양한 생활을 할 수 있고, 더 많이 돌아다닐 수 있다는 생각이었지요.

「도대체 무슨 일이 일어나기를 바란단 말이오?」 할아버지는 우리 모두를 증인으로 하여 할머니에게 묻습니다.

「어디나 마찬가지라는 것을 아직도 모르는 것 같구려. 수소는 헬륨으로 변하고, 다음에는 베릴륨과 리튬과의 똑같은 장난들, 뜨거운 층들은 차곡차곡 무너지고, 다시 창백한 공처럼 부풀어 올랐다가 또다시 무너져 내리고, 차라리 한가운데에 서서 그 멋진 장관을 구경할 수나 있다면 좋겠소! 그런데 매번 이삿짐 꾸러미들을 잃어버리지 않으려고 걱정을 해야 한단 말이오. 게다가 아이들은 울고, 딸자식은 눈에 염증이 생기고, 사위 녀석은 잇몸이 녹아내리고…… 당신도 알다시피, 가장 고생을 하는 것은 바로 그그제 당신이란 말이오. 언제나 말만 하지 말고 실제 현실을 보라고.」

에그그그 할아버지 역시(우리에게 여러 번 이야기해 주셨지요) 처음에는 놀라움으로 가득 차 있었지요. 가령 가스 성운들의 응축, 원자들의 충돌, 물질들이 응결되어 차츰차츰 커져서 마침내 폭발하는 모습, 모든 색깔의 천체들이 가득 찬 하늘, 그것들의 크기, 온도, 밀도, 그리고 응축 및 확장 방식이 서로 달라 보이는 각각의 별들, 누구도 상상하지 못하는 상태로 존재하는 그 모든 동위 원소들, 그 팽창과 폭발, 자기장 등등, 모든 것이 예측할 수 없는 것들의 연속이었습니다. 그렇지만 지금은…… 한 번 흘낏 보기만 해도 모든 것을 금방 알 수 있지요. 그것이 무슨 별인지, 직경이 얼마나 되는지, 무게가 얼마나 나가는지, 무엇이 연소되고 있는지, 자석처럼 끌어당기는지 또는 밀어내는지, 밀어내는 경우 어느 거리까지 밀어내는지, 그리고 몇 광년 거리에 다른 별이 있는지 금세 알아냈습니다.

할아버지에게는 그 광대한 우주 공간이 마치 철도가 교차하는 곳에 있는 수많은 철로 무더기와 같았습니다. 그것은 바로 궤간(軌間) 넓이, 전철(轉轍), 방향 전환들이지요. 이런 진로 또는 저런 진로를 선택할 수 있지만, ㄱ 한가운데로 달리거나 철로 침목을 건너뛸 수는 없습니다. 시간의 흐름 역시 마찬가지입니다. 모든 움직임은 할아버지가 머릿속에 기억하고 있는 시간표 안에 정확하게 들어 있습니다. 할아버지는 모든 중간 정거장, 연착, 연결 열차편, 만료 기간, 계절적인 변화를 모두 알고 있습니다. 임무가 끝나고 은퇴할 때를 대비한 할아버지의 꿈은 바로 그런 것, 즉 우주를 가로지르는 규칙적이고 질서 정연한 교통 상황을 관조하는 것입니다. 마치 철도청 퇴직자들이 매일매일 역으로 나가 열차들이 도착하고 출발하는 것을 바라보듯이 말입니다. 그리고 각자 나름대로 회전하고 있는 그 복잡한 움직임들의 무관심한 왕래 속에서, 이삿짐들과 어린아이들에게 얽매여 이리저리 비틀거리지 않고, 느긋하게 관조하는 것이지요.

그러니까 이곳 지구는 모든 관점에서 가장 이상적인 장소입니다. 내가 여기서 살아온 40억 년 동안, 우리는 이제 상당히 적응이 되었고 친구들도 생겼습니다. 물론 사람들이 오고 가는 것은 이곳의 풍습이지요. 다양한 변화를 아주 좋아하는 그그제 할머니에게는 그것이 좋은 점이 될 수도 있습니다. 이제 우리에게는 이웃도 있습니다. 같은 층에 사는 카비키아 씨 가족인데, 그들은 정말로 좋은 사람들입니다. 서로 도와주는 친절한 이웃이지요.

「마젤란 성운에서 이만큼 교양 있는 사람들을 만나 본 적이 있지, 어디 말해 봐요!」 에그그그 할아버지가 할머니에게 말합니다(그그제 할머니는 다른 주거지들을 부러워하면서, 때로는 외부 은하계의 성좌들까지 끄집어내기 때문입니다).

그렇지만 사람은 어느 정도 나이에 이르면 좀체로 생각을 바꾸기 어렵지요. 지금까지 그 기나긴 결혼 생활 동안에도 바꾸지 못했는데, 이제 와서 할아버지가 바꿀 수는 없을 것입니다. 예를 들어 이웃 사람들이 테라모(이탈리아 중부의 도시)로 떠난다는 말을 그그제 할머니는 듣습니다. 그들 카비키아 가족은 아브루초(이탈리아 중부에 있는 주) 출신인데, 해마다 친척들을 방문하러 가는 것이지요. 그러면 할머니는 이렇게 말합니다.

「보세요. 모두들 떠나는데, 우리는 언제나 여기 있다고요. 제가 어머니를 만나지 못한 지 10억 년이 넘었다고요!」

「아니 언제나 똑같다는 것을 모르겠소?」에그그그 할아버지가 항변합니다.

자세히 말하자면, 우리 외증조할머니는 지금 안드로메다 은하계에 살고 있지요. 그렇습니다, 예전에 외증조할머니는 언제나 당신의 딸과 사위를 따라 함께 여행하셨는데, 이 은하계들 덩어리가 형성되기 시작한 순간 헤어져서 외증조할머니는 저쪽으로, 딸과 사위는 이쪽으로 오게 되었지요(그그제 할머니는 지금까지도 그것을 할아버지 탓으로 돌리고 있습니다. 〈당신이 좀 더 주의했어야지요〉라고 할머니가 말하면 할아버지는 〈그렇지만 당시 나는 할 일이 너무 많았다고!〉하고 말할 뿐입니다. 외증조할머니가 물론 훌륭한 분이지만, 혼란스러운 순간에 일을 복잡하게 만드는 분이었다는 것을 구체적으로 밝히지 않기 위해서지요).

안드로메다 은하계는 바로 우리 머리 위에 있습니다. 그렇지만 그 사이에는 수십억 광년의 거리가 가로놓여 있지요. 그그제 할머니에게는 광년이라는 거리가 마치 벼룩이 튀어오르는 거리처럼 보이는 모양입니다. 우주 공간이 마치 시간처럼 엉겨 붙는 반죽 덩어리라는 것을 전혀 이해하지 못했습니다.

며칠 전 에그그그 할아버지는, 아마도 할미니를 기쁘게 해 수려고 그랬는지 이렇게 말했습니다.

「이봐요, 그그제. 우리가 여기에 영원히 머무를 것이라는 말은 하지 않았소. 우리가 여기서 산 지 몇 억 년이 되었지? 40억 년인가? 그렇다면 최소한 우리가 머무를 기간의 절반을 살았다고 생각하시오. 앞으로 50억 년이 지나기 전에 태양은 부풀어 올라서 수성과 금성, 지구를 집어삼킬 것이고, 그러면 눈 깜박할 사이에 대변혁이 시작될 것이오. 우리가 어디로 날아가게 될지 누가 알겠소. 그러니까 우리에게 남아 있는 이 약간의 평온함을 즐기도록 노력해 봐요.」

그러자 할머니는 곧바로 관심을 보이며 말했습니다.

「아, 그래요? 그렇다면 갑작스럽게 곤경에 처하지 않도록 해야겠군요. 망가지지 않고 짐도 되지 않는 물건들을 모두 한쪽에 챙겨 두어야겠네요. 태양이 폭발할 때 가져가기 위해서 말이에요.」

그러고는 할아버지가 만류하기도 전에 벌써 다락방으로 올라가 짐 가방이 몇 개 있는지, 어떤 상태인지, 자물쇠는 튼튼한지 살펴봅니다(할머니는 이런 것을 미리 챙겨 두어야 한다고 주장합니다. 우주 공간에 내던져졌을 때, 별들 사이의 공간에서 짐 가방에서 쏟아져 나온 내용물을 주워 담아야 하는 것보다 더 최악의 상태는 없지요).

「아니, 왜 그렇게 서두르는 거야?」 할아버지가 소리칩니다. 「내가 말했잖소, 앞으로도 수십억 년이나 남아 있단 말이오!」

「그래요, 그렇지만 할 일이 많다고요, 에그그그. 마지막 순간에 서두르고 싶지 않아요. 혹시라도 내 동생 드드데를 만날 수도 있으니까 마르멜로 잼을 미리 준비해 두고 싶어요. 동생이 미치도록 좋아하는데, 불쌍하게도 오랫동안 맛보지 못했을 거예요.」

「당신 동생 드드데? 그렇지만 드드데는 시리오 은하계에 있지 않소?」

그그제 할머니의 가족은 몇 명인지 정확히 모르지만 거의 모든 성좌에 흩어져 있습니다. 그리고 대변혁이 있을 때마다 할머니는 그중 누군가를 만날 것으로 기대하지요. 사실 그게 잘못된 것도 아닙니다. 우주 공간으로 날아갈 때마다 할아버지는 매형이나 외사촌들을 만나곤 했으니까요.

  이제 아무도 할머니를 말리지 못합니다. 할머니는 이사 준비에만 몰입하여 다른 생각은 전혀 하지 않고, 가장 중요한 일들마저 중간에 내팽개칩니다. 왜냐하면 〈얼마 후면 태양이 끝장나기〉 때문입니다. 할아버지는 괴롭습니다. 할아버지는 수없는 폭발의 와중에서 휴식을 취하며 당신의 은퇴 생활을 누리기를 오랫동안 꿈꾸어 왔습니다. 우주의 용광로들이 다양한 연료를 불태우며 폭발하도록 그냥 내버려 두고, 안전한 곳에 머무르며 오랜 세월의 흐름을 관조하면서 말입니다. 그런데 가까스로 그런 휴식의 절반에 채 이르기도 전에, 그그제 할머니는 짐 가방들을 침대 위에 활짝 펼쳐 놓고, 서랍들을 뒤엎고, 셔츠들을 쌓아 놓으면서 할아버지를 긴장 상태에 빠뜨리기 시작합니다. 영원한 휴가로서 향유할 수 있었던 그 수십억 년의 시간과 날과 주일과 달을 이제부터는 출발을 기다리듯 살아가야 할 것입니다. 마치 아직 임무를 맡고 있었을 때 언제나 이동을 대기하던 것처럼 말입니다. 동시에 주위의 모든 것이 언제나 똑같이 반복되면서도 잠정적인 것이며, 또 끊임없이 분열되고 재조합되는 양자와 전자, 중성자들의 모자이크며, 식었을 때 휘저으면 또 데워지는 수프와 같다는 사실을 잠시라도 잊지 말아야 했습니다. 한마디로 말해 태양계의 가장 아늑한 행성에서 휴가를 보내려던 계획은 밋시에 무너져 버린 것입니다.

  「어떻게 생각해요, 에그그그. 어떤 그릇들은 잘 포장하면

213

깨뜨리지 않고 가져갈 수 있을 것 같은데…….」

「아니, 그그제, 무슨 생각을 하는거요? 지금 여기에서 당신이 해야 할 일을 생각해 봐요.」

그러면서도 할아버지 역시 어쩔 수 없이 끼어들어 여러 가지 문제들에 대해 설명하고, 함께 초조하게 생각하고, 영원한 전야제의 생활을 살아가게 됩니다.

나이 든 할아버지의 가장 강렬한 열망이 무엇인지 나는 알고 있습니다. 우리에게 여러 번 말했지요. 완전하게 외부에 서 있는 것, 별들이 분해되었다가 다시 만들어지고 또다시 수천만 번 분해되도록 내버려 두는 것이었습니다. 또 그그제 할머니와 처형 처제들이 서로 달려가 껴안으며 모자와 우산을 잃어버렸다가 다시 되찾고 또다시 잃어버리는 와중에 당신은 아무런 할 일도 없이 있는 것, 그저 응축되고 짓눌리고 내뱉어서 아무런 쓸모도 없는 물질들 한가운데에 머물러 있는 것이었습니다. 그 쓸모없는 〈백색 왜성들〉!

에그그그 할아버지는 절대 말만 많은 분이 아닙니다. 머릿속에 아주 정확한 계획이 있습니다. 여러분은 아십니까? 〈백색 왜성들〉이란 지극히 치밀하고 무기력한 별들이며, 아주 격렬한 폭발들의 찌꺼기이며, 서로서로 짓눌리고 응축된 금속 핵들의 열에 의해 하얗게 불타 버린 별들이라는 것을 아십니까? 그러면서도 그것들은 잃어버린 궤도 위를 계속 천천히 회전하면서 조금씩 조금씩 차갑고 불투명한 원소들의 시체가 된다는 것을 아십니까?

「모두들 가도록 내버려 둬요, 그그제.」 할아버지는 비웃습니다.

「달아나는 전자들의 소용돌이에 휩쓸려 가도록 내버려 둬요. 나는 여기서 기다리겠소. 태양과 태양 주변을 도는 모든 것이 케케묵은 백색 왜성으로 변할 때까지 난 여기서 기다리겠소. 나는 아주 단단한 원자들 사이에다 동굴을 하나 파고, 모든 색깔의 불꽃들을 참아 내겠소. 결국에는 폐쇄된 철로에, 막다른 골목에 이를지라도, 다시 되돌아올 수 없는 곳에 도달할지라도 말이오.」

그러고는 하늘을 향해 눈길을 돌립니다. 벌써 〈백색 왜성〉이 되어버린 것처럼, 또 빨갛고 파랗고 노란 불꽃들이 켜졌다 꺼졌다 하고, 성운과 먼지들이 응축되고 분산되는 은하계들의 회전 속에서, 더 이상 판에 박힌 부부간의 논쟁의 기회마저 없어져 버린 것처럼 말입니다. 그렇지만 아직은 무엇인가 그대로 있고, 그 자리에 있고, 존재하는 것은 그대로 존재하고 있습니다. 그것으로 충분합니다.

그렇지만 나는 믿습니다. 최소한 그 황량하고 잊힌 행성 위에 머무르는 동안에는 여전히 그그제 할머니와 논쟁을 계속할 것이라고 말입니다. 쉽게 그만두지는 못할 것입니다. 기나긴 광년의 세월이 흐르는 동안에 우주 공간에서 외롭게, 그렇지만 여전히 할머니와 다투고 있는 할아버지의 모습이 눈앞에 보이는 듯합니다. 그리고 별들의 탄생과 은하계들의 경로, 행성들의 냉각 과정을 설명하면서 하던 〈내가 당신한테 말했지〉, 〈멋진 발견이야〉 하는 말, 천체의 대변혁과 부부간의 다툼이 생기고 끝날 때마다 하던 〈이제 당신 만족하겠군〉, 〈이제야 그런 말을 하는군〉 하는 말, 그런 말이 빠지면 우주 이야기가 이름도 기억도 재미도 없다는 듯이 하던 〈당신은 언제나 당신이 옳다고 생각하는군〉, 〈당신이 내 말을 전혀 듣지 않기 때문이야〉 하는 말, 그 끝없는 부부간의 말다툼이 만약에 어느 날 갑자기 끝난다면, 얼마나 황량하고, 얼마나 허무하겠습니까!

태양 폭풍

태양은 뜨거운 가스 물질의 내부적 동요를 끊임없이 겪어야 한다. 그것은 표면에서는 눈에 보이는 혼란스러움으로 나타나는데, 예를 들어 비누 거품처럼 터지는 돌기물, 광도가 약한 흑점, 우주 공간으로 갑자기 방출되는 강렬한 섬광들이 그렇다. 태양에서 방출된, 전기를 띤 가스 구름이 밴앨런대(帶)를 가로질러 지구에 이르면, 자기 폭풍과 북극의 오로라가 나타난다.

태양이 안전과 안정감을 준다고 생각하는 사람들이 있더군요 — 크프우프크는 이야기했다. 나는 그렇게 생각하지 않습니다.

사람들은 이렇게 말합니다.

「저기, 태양이 있다. 언제나 저 자리에 있었고, 우리를 양육하고, 따뜻하게 해주고, 구름이나 바람보다 높이 떠서 환하게 빛나고, 언제나 똑같은 모습이다. 지구는 여러 가지 변화와 폭풍에 시달리며 그 주위를 돌고 있는데, 태양은 언제나 자리에서 움직이지 않고 그대로 있다.」

그렇지만 믿지 마십시오. 우리가 태양이라고 부르는 것은 끊임없는 가스의 폭발, 50억 년 전부터 계속 물질을 방출하며 지속되어 온 폭발에 지나지 않으며, 형태도 없고 법칙도 없는 불의 태풍이며, 예측할 수 없는 영원한 횡포며 위협일 뿐입니다. 그리고 우리는 그 영향권 안에 들어 있습니다. 우리는 이곳에 있고, 태양은 저쪽에 있다는 말은 사실이 아닙니다. 모든 것이 하나의 소용돌이, 쉼 없는 동심(同心) 흐름들의 소용돌이며, 때로는 치밀하고 때로는 듬성듬성하게 짜인 단일한 물질의 그물로서, 원래 동일한 성운에서 출발했던 것이 응축되고 불이 붙은 것입니다.

그렇습니다, 바로 태양이 여기까지 내던지는 무수한 물질들(분자 조각들, 원자 파편들)이 북극에서 남극으로 이어지는 자력선을 따라 배열되면서, 일종의 보이지 않는 껍질을 형성하여 이 지구를 감싸고 있습니다. 그런데도 우리는 우리의 세상이 따로 분리된 세상이라고 믿는 것입니다. 원인과 결과들이 어떤 정해진 규칙에 상응하며, 따라서 일단 규칙을 파악한다면, 우리를 둘러싸고 있는 무질서한 원소들의 소용돌이를 벗어난 안전한 곳에서, 그것들을 지배할 수 있는 세상이라고 말입니다.

나는 원양 항로의 선장 자격증을 땄으며, 증기선 〈핼리〉호의 지휘를 맡고 있습니다. 나는 항해 일지에다 경도, 위도, 풍속, 기상 관측기의 자료들, 무선 통보들을 기록합니다. 또 나는 지구 생활에 필요한 일시적인 관습들에 대한 여러분의 믿음을 함께 공유하는 법을 배웠습니다. 더 이상 내가 무엇을 바라겠습니까? 항로는 안전하고 바다는 고요하며, 내일이면 낯익은 갈레스 해변이 보일 것이고, 이틀 후에는 기름투성이의 머시 하구로 들어갈 것이며, 여행의 종착지인 리버풀 항구에 닻을 내릴 것입니다. 나의 생활은 아주 세세한 부분까지 미리 정해진 일정표에 따라 움직입니다. 나는 다음 출항 날까지 남은 날짜를 계산하고, 랭커셔 주에 있는 평온한 시골집에서 보낼 날짜들을 계산합니다.

항해실 문에 2등 항해사 에번스가 나타납니다.

「사랑스러운 햇살입니다, 선장님.」

그는 이렇게 말하고는 미소를 짓습니다. 나는 고개를 끄덕입니다. 위도와 계절 때문인지 태양은 정말로 경이로운 산뜻함을 자랑하고 있습니다. 눈을 가늘게 뜨고 태양을 바라보면(나는 눈부심을 전혀 느끼지 않고 태양을 정면으로 바라볼 수 있지요), 나는 코로나와 채층(彩層), 흑점들의 배치를 구별해 낼 수 있습니다. 그리고 나는 금세 알아봅니다. 여러분에게 이야기해도 소용없는 것들을 알아봅니다. 말하자면 지금 이 순간 태양의 불 덩어리 심연을 뒤엎고 있는 대변동들, 무너져 내리는 불꽃의 대륙들, 부풀어 올라 용광로 밖으로 넘쳐흐르는 뜨거운 대양들, 그리고 그것들이 보이지 않는 방사선 물결로 변하여 거의 빛과 같은 속도로 지구를 향해 방출되는 모습을 말입니다.

조타수 애덤스의 목소리가 통화관 속에서 급박하게 메아리칩니다.

「나침반 바늘, 선장님, 나침반 바늘이! 아니, 이게 무슨 일이야? 나침반 바늘이 돌고 있어요, 바람개비처럼 빙글빙글 돌고 있어요!」

「아니, 술 취했나?」

에번스가 소리칩니다. 그렇지만 나는 알고 있습니다. 모든 것이 정상이라는 것을, 이제야 모든 것이 정상적으로 돌아가기 시작한다는 것을 나는 압니다. 또 잠시 후에는 무선사 시먼스가 헐레벌떡 이곳으로 달려올 것이라는 사실도 알고 있지요. 지금 달려오는군요. 그는 눈이 휘둥그레져서 하마터면 문가에 있던 에번스와 부딪쳐 나뒹굴 뻔합니다.

「모두 끊어졌어요, 선장님! 복싱 준결승전을 듣고 있었는데, 모두 끊어졌어요! 어떤 무선국과도 접촉할 수 없습니다!」

「어떻게 할까요, 선장님?」 애덤스가 통화관 속에서 소리칩니다. 「나침반이 미쳤어요!」

에번스의 얼굴이 백지장처럼 하얗습니다.

이제 내가 위엄을 보여야 할 순간입니다.

「진정하십시오, 여러분, 우리는 지금 자기 폭풍 속에 있습니다. 어떻게 할 도리가 없어요. 여러분의 모든 영혼을 여러분이 믿는 것에다 집중시키고, 침착함을 유지하도록 해요.」

나는 뱃머리 갑판으로 나갑니다. 바다는 눈부신 태양의 반사광들에 뒤덮인 채 고요합니다. 원소들의 이러한 고요 속에서 증기선 〈헬리〉호는 이제 쓸모없는 고철 덩어리가 되어 버렸습니다. 이제 인간의 모든 기술과 재능으로는 이끌고 갈 능력이 없기 때문이지요. 지금 우리는 태양 속을, 나침반도 레이더도 소용없는 태양 폭발의 내부를 항해하고 있습니다. 우리는 지금까지 언제나 태양의 영향권 안에 들어 있었습니다. 비록 거의 언제나 그 존재를 잊어버리고, 그 횡포를 피했다고 믿었을지라도 말입니다.

바로 그 순간 나는 그녀를 봅니다. 중앙 돛대를 향해 눈을 들어 보니, 그녀가 바로 그 위에 있습니다. 그녀는 돛대 꼭대기를 움켜잡고, 마치 수마일 멀리까지 펄럭이는 깃발처럼 매달려 있더군요. 바람결에 휘날리는 머리카락, 가벼운 미립자로 되어 있어서 머리카락처럼 유연한 육체, 넉넉한 어깨와 가느다란 두 팔, 초승달처럼 잘록한 허리, 증기선 뒷갑판 위에 걸린 구름 같은 가슴, 그리고 굴뚝 연기와 저 너머 하늘과 혼동되는 둥그스름한 옷자락들, 이 모든 것을 나는 보이지 않는 대기의 충전(充電) 속에서 바라봅니다. 아니, 그것은 단지 공기처럼 가벼운 뱃머리 장식과 같은 그녀의 얼굴, 또는 날카로운 머리카락과 눈을 가진 조각품 메두사의 머리인지도 모릅니다. 마침내 라가 나를 찾아낸 것입니다.

「라, 거기 있소? 나를 찾아냈군.」 내가 말했습니다.

「왜 이곳에 숨어 있나요?」

「다른 존재 방식이 있는지 시험해 보고 싶었소.」

「그래, 있어요?」

「여기에서 컴퍼스로 추적한 항로를 따라서 배를 운항하고, 나침반으로 방향을 잡고 있어. 나의 무선 설비들은 전파를 잡고, 일어나는 모든 일들은 나름대로 이유가 있지.」

「그래, 당신은 그것들을 믿어요?」

무선실에서 시먼스의 욕설이 들려왔지요. 그는 탁탁거리는 전기 방전 속에서 다른 무선국과 주파수를 맞추려고 노력하고 있었습니다.

「아니, 믿지 않소. 그렇지만 지금 이대로 마지막까지 놀이를 하고 싶어.」 내가 라에게 말합니다.

「그것이 불가능하다면요?」

「그냥 표류하는 거지. 어느 순간에라도 다시 통제할 준비를 하고 말이오.」

「선장님, 지금 혼자서 말하고 계신 겁니까?」

언제나 창백한 얼굴을 내미는 에번스였습니다.

나는 자제심을 잃지 않으려고 노력했지요.

「가서 애덤스를 도와주도록 해요, 에번스. 나침반 바늘이 어떤 정해진 상수에 따라 계속 반복될 것이오. 대략적인 항로를 계산하고, 오늘 밤에 별자리를 보고 방향을 잡도록 하시오.」

그날 밤 북극 오로라의 휘장이 우리 머리 위의 둥근 하늘에 마치 호랑이 가죽처럼 드리웠습니다. 라는 배의 돛대 위에 매달려 불꽃같은 머리카락과 풍성한 옷자락을 뽐내고 있었습니다. 방향을 다시 찾는 것은 불가능했습니다.

「우리가 북극까지 온 모양이군요.」 유머 감각을 자랑하듯이 애덤스가 말했습니다. 자기 폭풍은 어느 위도에서나 오로라를 일으킨다는 것을 애덤스 역시 잘 알고 있었습니다.

나는 어둠 속에 잠긴 라의 모습을, 그녀의 풍성한 머리카락과 빛나는 보석들, 눈부신 옷을 바라보았습니다.

「아름답게 치장했군.」 내가 말했습니다.

「당신을 다시 찾았으니 멋지게 축하를 해야지요.」

그녀가 대답했습니다.

나로서는 축하할 것이 전혀 없었습니다. 나는 또다시 옛날의 의혹에 빠졌습니다. 그러니까 나의 집요한 계획은 실패한 것입니다.

「당신은 더욱 아름다워졌군.」 나는 인정했습니다.

「당신은 왜 달아났지요? 결국은 이 구석에 처박혀서, 스스로 덫에 걸려 모든 것이 제한된 세상에 사로잡혀 있군요.」

「나는 내 의지에 따라 여기에 있는 거요.」

나는 반박했지요. 그렇지만 나는 알고 있습니다. 그녀가 날 이해하지 못하리라는 것을. 그녀가 생각하건대, 우리의 삶은 바로 태양광선들이 가로지르는 무한한 우주 공간 속에, 끊임없이 우리를 휩쓸어 가는 태양 폭발들의 소용돌이 사이에, 모든 형식과 차원들을 초월한 곳에 있었습니다.

「여전히 당신 자신이 모든 것을 선택하고, 결정하고, 마무리 짓는 척하는 놀이로군요. 당신의 나쁜 버릇이지요.」 라가 말했습니다.

「그런데 어떻게 여기까지 올 수 있었지?」 내가 물었습니다. 시구의 이온층은 난공불락의 장벽 아니었던가? 예전에 나는 여러 차례 라가 이온층을 스쳐 지나가는 것을 느끼곤 했지요. 마치 나비가 유리창에 날개를 부딪치듯이.

「여기까지 어떻게 들어왔는지 아직 말하지 않았어.」

그녀는 어깨를 움찔했습니다. 「광선들의 회오리바람에 천정에 틈이 생겼고, 그곳을 통해 내려왔지요. 당신을 다시 데려가기 위해서요.」

「나를 다시 데려간다고? 그렇지만 당신은 지금 함정에 빠져 있어. 어떻게 밖으로 나갈 셈이오?」

「그렇다면 여기 머물지요. 당신과 함께 머무르겠어요.」 그녀가 말했습니다.

「큰일 났습니다, 선장님!」

시몬스가 나를 향해 갑판 위를 달려왔습니다.

「배 안의 모든 전기 설비들이 망가져 버렸습니다!」

에번스가 해치 뒤에 숨어 있다가 무선사의 팔을 붙잡았습니다. 그러고 나서 말했습니다(나는 그의 몸짓으로 알 수 있었지요). 그러니까 나에게 물어봐야 소용없다고, 자기 폭풍으로 내 머리가 돌아 버렸다고, 내가 돛대를 향해 혼자서 중얼거리고 있다고 말입니다.

나는 위엄을 되찾으려고 노력하며 설명했지요. 「바다 위로 강력한 전류가 지나가고 있어요. 전선의 전압이 높아져서 진공관들이 터져 버린 것이오. 그게 정상이지.」

그렇지만 그들은 이미 아무런 존경심도 보이지 않는 눈으로 나를 바라볼 뿐이었습니다.

다음 날 모든 바다에서 자기 폭풍이 멈추었습니다. 단지 우리 배와 그 주변의 상당히 넓은 구역을 제외하고 말입니다. 〈헬리〉호는 계속해서 라를 뒤에 끌고 갔습니다. 그녀는 허공에 부드럽고 편안하게 매달린 채, 손가락 하나를 레이더에, 또는 피뢰침에, 또는 굴뚝의 가장자리에 걸치고 있었습니다.

나침반은 어항 속에서 몸부림치는 물고기 같았으며, 무전기는 콩 볶는 냄비처럼 계속해서 들끓었습니다. 우리를 구조하기 위해 파견된 배들은 우리를 발견하지 못했습니다. 우리에게 가까이 접근하자마자 장비들이 망가졌기 때문입니다.

밤이면 〈헬리〉호 위로 눈부신 휘장들이 가볍게 드리워졌습니다. 마치 우리의 깃발처럼 오로지 우리만을 위한 오로라였습니다. 그 덕택에 구조선들은 우리를 추적할 수 있었습니다. 신비한 자기(磁氣) 질병 같은 것에 전염되지 않으려고, 그들은 가까이 접근하지 못한 채 우리를 리버풀의 정박지로 인도했습니다.

소문이 모든 항구로 퍼지기 시작했습니다. 〈헬리〉호 선장이 어디를 가든지, 그 뒤에는 전기 혼란과 오로라가 뒤따른다는 소문이었지요. 게다가 선원들은 내가 보이지 않는 어떤 힘과 관계를 맺고 있다는 이야기를 사방에 퍼뜨렸습니다. 당연히 나는 〈헬리〉호 선장 자리를 잃었으며, 다른 배에서 일자리를 얻을 수도 없었습니다. 다행히도 오랜 항해 생활에서 저축한 돈으로 나는 랭커셔 지방의 시골에 낡은 집 하나를 장만해 두었지요. 그곳은, 앞에서 말했듯이, 배를 타지 않는 동안에 머물면서, 자연 현상을 측정하고 실험을 하던 곳이었습니다. 내가 만든 측정 기구들이 집 안을 가득 채우고 있었는데, 그중에는 흑백 태양 사진기도 있었지요. 그래서 육지에 발을 디딜 때마다 나는 집 안에 틀어박히고 싶어 안달하곤 했습니다.

그리하여 나는 내 아내 라와 함께 랭커셔 지방으로 돌아갔습니다. 곧바로 그 주변 지역, 그러니까 주위의 몇 마일 반경 안에 있는 텔레비전들이 고장 나기 시작했습니다. 전파를 붙잡을 방도가 없었으며, 화면에는 빈대들이 달라붙은 얼룩말이 들어가 있듯이 흑백의 선들이 몸부림을 쳤습니다.

우리에 대한 소문이 퍼지고 있는 것을 알고 있었습니다. 그렇지만 별로 걱정하지는 않았습니다. 사람들은 나의 실험 탓이라고 생각하는 것 같았습니다. 그들은 나의 실험 도구들이 작동하던 시절을 떠올렸으며, 아직 내 아내는 전혀 의심하지 않았습니다. 내 아내를 한 번도 본 적이 없었으니까요. 그리고 우리 집에서는 어떤 기계도 작동할 수 없으며, 심지어 전깃불조차 없다는 것을 그들은 몰랐습니다.

그래서 밤이 되면 우리 집 창문에서는 촛불만이 비쳤으며, 그 때문에 우리 집은 더욱 음산해 보였습니다. 그리고 수많은 사람들이 밤중에 일어나서, 이미 우리 지역의 독특한 특징이 되어 버린 눈부신 오로라를 구경하였습니다. 그러니 우리에 대한 의심이 더욱 심해졌다고 놀랄 일은 아니었습니다. 철새들이 방향감각을 상실하기도 했습니다. 한겨울에 황새가 날아오고, 신천옹들이 황무지에 내려앉았지요.

어느 날 콜린스 신부가 방문했습니다.

「선장님과 이야기를 나누고 싶군요.」 신부는 잔기침을 했습니다.

「……그러니까 이 교구 안에서 일어나는 몇 가지 현상들에 대해서…… 그렇지요? ……또 항간에 나도는 소문들에 대해서 말입니다.」

신부는 문 앞에 서 있었습니다. 나는 신부를 들어오게 했지요. 신부는 집 안의 모든 물건이 산산이 망가져 있는 것을 보고 놀라움을 감추지 못했습니다. 유리 조각, 발전기의 브러시들, 해양 지도의 조각, 모든 것이 무질서하게 흩어져 있었지요.

「이건 제가 지난번 부활절 때 방문했던 집의 모습이 아니군요.」

신부는 중얼거렸습니다(콜린스 신부는 주변의 주민들, 특히 교회에 나가지 않는 사람들과 친절한 관계를 유지하려고 무척이나 노력하고 있었지요).

나 역시 지난해 신부의 방문을 받던 무렵의 잘 정비되고, 효율적이고, 깨끗한 실험실에 대한 향수에 잠시 젖었습니다.

「네, 가구 배치를 약간 바꾸었습니다.」내가 대답했습니다.

신부는 곧바로 자신의 방문 목적을 끄집어냈습니다. 사람들의 소문에 의하면, 내가 결혼하여(그는 이 말을 강조했습니다) 이곳에 거주하게 된 이후에 나타나는 모든 현상들이 바로 나 자신, 또는 크프우프크 부인(나는 움찔했지요)과 관련이 있을 것이라고 하는데, 아직 아무도 부인을 소개받지 못했다고 말했습니다. 나는 아무런 대답도 하지 못했습니다.

신부는 계속 말했습니다. 「이곳 사람들이 어떤지 잘 아시잖아요. 아직도 무지와 미신이 많이 남아 있지요. 물론 사람들이 하는 말에 모두 신경을 쓸 수는 없어요.」

신부가 교구 주민들이 나에 대해 품고 있는 적대감을 사과하러 왔는지, 아니면 주민들의 소문이 사실인지 확인하러 왔는지 정확히 알 수가 없었습니다.

「밑도 끝도 없는 소문들이 돌고 있어요. 제가 어떤 말을 들었는지 아십니까? 당신 부인이 밤중에 지붕 위로 날아올라 텔레비전 안테나에 매달려 있는 것을 보았다고 말하더군요. 그래서 제가 물었지요. 〈아니, 어떻게? 그러면 그 크프우프크 부인이 도대체 어떻게 생겼던가요? 요정이나 꼬마 귀신처럼 생겼소?〉 그랬더니 사람들은, 〈아니에요. 아주 거내한 모습인데 마치 구름처럼 허공에 길게 누워 있어요〉 하고 대답하더군요.」

「아닙니다, 분명히 말하건대, 절대 그렇지 않습니다.」 나는 말했지요. 내가 무엇을 부정하려는지 잘 모르면서 말입니다.

「라는 자신의 육체적 상황 때문에 누워 있어요. 아시겠습니까? 그렇기 때문에, 우리는 방문도 하지 않고…… 지금은 집 안에만 있습니다. 지금 라는 거의 언제나 집 안에만 있습니다. 원하신다면, 소개해 드리지요.」

콜린스 신부는 분명 그것을 기대하고 있었습니다. 나는 신부를 후미진 창고로, 그러니까 이 집이 농장이었을 때 건초를 말리고 탈곡기를 보관하던 커다랗고 낡은 창고로 안내할 수밖에 없었습니다. 그곳엔 창문도 없었고, 문틈으로 스며들어온 햇살 속에 떠다니는 먼지들이 보였습니다. 그리고 먼지 속에서 라를 분명히 알아볼 수 있었습니다. 그녀는 옆으로 드러누운 채 창고를 온통 차지하고 있었습니다. 약간 둥그렇게 몸을 웅크리고, 한 손으로는 무릎을 떠받치고, 다른 한 손으로는 커다란 러더포드 코일 덩어리를 마치 앙고라 고양이인 양 쓰다듬으면서 말입니다.

「불쌍하게도, 저렇게 갇혀서, 조금 지루해하는 데다 아직 적응도 되지 않았어요.」

나는 제대로 설명한다고 생각했지요. 그렇지만 내가 표현하고 싶었던 것은 그게 아니었습니다. 그녀의 모습을 보고 내 가슴은 오히려 자부심으로 충만해졌습니다. 만약 누군가 나를 이해할 수 있는 사람이 있었다면, 이렇게 말했을 겁니다. 〈보세요, 얼마나 변했는지 보세요. 처음 도착했을 때는 분노의 화신이었지요. 내가 무서운 폭풍을 길들이고 억제하여, 이렇게 함께 살아갈 수 있으리라고 누가 생각했겠습니까?〉라고 말입니다.

그런 생각에 사로잡혀 나는 신부를 거의 잊고 있었습니다.

나는 몸을 돌렸습니다. 신부는 이미 보이지 않더군요. 도망친 것입니다! 밖으로 달려 나가 우산을 휘두르며, 울타리를 뛰어넘어 도망치고 있었습니다.

이제 나는 최악의 상황을 기다리고 있습니다. 이웃 사람들이 무리를 지어 무장한 채 언덕을 둘러쌌습니다. 개들이 짖는 소리, 서로 부르는 고함 소리, 때로는 산울타리 뒤에서 염탐하는 척후병의 나뭇잎 스치는 소리가 들려옵니다. 그들은 이제 집을 공격하고, 아마도 불을 지를 것입니다. 주위에 불 붙은 횃불들이 퍼져 나가는 모습이 보입니다. 우리를 사로잡으려는 건지, 때려죽이려는 건지, 또는 불에 태워 죽이려는 건지 알 수 없습니다. 그들이 마법사처럼 불태우려 하는 것은 아마도 내 아내일 것입니다. 어쩌면 내 아내는 절대로 붙잡히지 않는다는 것을 벌써 알고 있을지도 모릅니다.

나는 태양을 바라봅니다. 또다시 격렬한 활동 단계에 들어간 것 같습니다. 흑점들이 수축하고, 수백 배 더 눈부신 거품들이 확산되고 있습니다. 나는 창고 문을 열어 햇살이 그 안에 들어가도록 합니다. 나는 더욱 강렬한 폭발과 함께 우주 공간에 휘몰아칠 강한 전기 방출을 기다립니다. 마침내 태양이 이곳까지 자신의 팔을 뻗칠 것이며, 가로막힌 보호막을 찢어 버리고, 자신의 딸을 다시 데려가 끝없는 우주 공간의 벌판을 질주하도록 할 것입니다.

그리고 곧바로 주변의 텔레비전들은 다시 정상적으로 가동할 것이며, 아름다운 아가씨들과 가루비누 광고가 화면을 가득 채울 것입니다. 그러면 추적자들의 무리는 흩어져 각자 일상생활로 돌아갈 것입니다. 나 역시 실험실을 다시 세우고, 이렇게 억지로 중단되기 전에 내가 선택했던 생활 방식으로 돌아갈 수 있을 것입니다.

그렇지만 여러분, 라와 함께 있는 동안 내가 스스로 미리 정해 둔 행동 방식을 완전히 깨뜨렸다고 생각하지는 마십시오. 또 라가 나보다 훨씬 더 강하며 내가 라에게서 절대 도망칠 수 없기 때문에, 어느 순간에 내가 굴복했다고 생각하지 마십시오. 나는 라의 포로 상태를 극복하기 위하여 훨씬 더 어려운 계획을 생각하였습니다. 라의 그러한 능력에도 불구하고 라를 움직일 계획, 아니 바로 그녀를 위하여, 좀 더 정확히 말하자면 라의 사랑을 위하여, 우리 둘의 사랑을 완성할 유일한 방법을 생각했습니다. 바로 모든 도구들이 그렇게 망가진 상황에서, 진동들의 먼지 속에서, 다른 측정과 다른 계산들을 계획하는 것, 그러니까 우리의 환상적인 이온층 우산을 넘어 우리에게 침범하여 휘젓고 뒤흔들고 짓누르는 태양 폭풍을 정확히 알고 통제할 수 있는 다른 측정과 다른 계산들을 계획하는 것입니다. 나는 바로 그런 것을 원했던 것입니다. 이제 그녀는 그 거대한 불덩어리를 향해 번개처럼 올라가고, 나는 다시 나 자신의 주인이 되어 실험 도구들을 주위 모읍니다. 그리고 이제야 나는 그동안 내가 얻었던 능력들이 얼마나 초라한 것인지 알 수 있습니다.

추격자들은 아직 아무것도 눈치 채지 못했습니다. 마침내 그들은 몽둥이와 엽총과 삼지창으로 무장한 채 들어옵니다.

나는 소리칩니다.

「이제 만족합니까? 그녀는 없습니다! 다시 여러분의 나침반으로, 여러분의 텔레비전 프로그램으로 돌아가십시오! 모든 것이 정상입니다! 이제 라는 떠났습니다. 그렇지만 여러분은 여러분이 잃어버린 것을 모릅니다. 여러분은 나의 계획, 여러분을 위한 나의 계획이 무엇이었는지 모릅니다. 여러분은 모릅니다. 우리에게는 견딜 수 없고 불길한 라의 존재가,

나에게 그리고 나를 때려죽이려 하는 여러분에게 무슨 의미가 있었는지, 여러분은 모릅니다!」

그들은 걸음을 멈추었습니다. 그들은 내가 말하는 것을 이해하지 못하고, 나를 믿지 못합니다. 자신들이 겁을 먹었는지 또는 용기를 얻었는지도 모릅니다. 게다가 나 역시 내가 말한 것을 이해할 수 없고, 나 자신을 믿을 수 없습니다. 나 역시 안도감을 느껴야 할지 모르겠고, 나 역시 두렵습니다.

제2부
은하계들을 좇아

우주에 대한 이야기들

모든 것이 한 지점에

은하계들이 서로 멀어지는 속도에 대한 에드윈 허블의 계산을 이용하여, 우리는 우주의 모든 물질이 우주 공간으로 팽창하기 전에 단 하나의 점으로 응축된 순간을 설정해 볼 수 있다. 우주의 기원이 시작된 〈빅뱅〉은 대략 1백 50억 년에서 2백억 년 전에 일어났을 것이다.

물론 모두 그곳에 있었습니다 — 늙은 크프우프크는 말했다. 그곳이 아니면 어디에 있었겠습니까? 공간이라는 것이 존재할 수 있으리라는 것을 당시에는 아무도 몰랐습니다. 시간 역시 마찬가지였지요. 그 자리에 멸치들처럼 짓눌려 있는 상태에서 우리가 시간을 갖고 무엇을 했겠습니까?

방금 나는 〈멸치들처럼 짓눌려 있었다〉고 말했는데, 문학적인 표현을 사용하자면 그렇다는 말입니다. 실제로는 짓눌려 있을 만한 공간조차 없었습니다. 우리들은 다른 사람들과 함께 단 하나의 지점을 공유하고 있었으며, 우리는 바로 그곳에 있었습니다. 간단히 말해, 우리는 그것을 별로 지겹게 생각하지는 않았습니다. 단지 성격 면에서는 약간 문제가 있었지요. 공간이 없을 때 프베르^l 프베르^d 씨처럼 불쾌한 사람과 언제나 함께 있어야 한다는 것은 정말로 괴로운 일이지요.

우리가 몇 명이었을까요? 글쎄요, 나는 개략적인 숫자를 추정할 수도 없었습니다. 숫자를 세어 보려면 조금이라도 서로 떨어져 있어야 하는데, 우리는 모두 동일한 한 지점을 공유하고 있었기 때문이지요. 그곳은 겉보기와는 달리 그다지 사교적인 분위기는 아니었습니다. 내가 알기로는 다른 시대에는 이웃 사람들끼리 자주 방문하는 것으로 알고 있습니다. 그런데 그곳에서는 모두가 이웃이었기 때문에, 심지어는 아침저녁으로 인사조차 하지 않았습니다.

각자가 아주 제한된 수의 아는 사람들과 관계를 맺고 있었을 뿐입니다. 특히 지금 기억나는 사람들로는, 프(이)느크$_0$ 부인, 그녀의 친구 데 크수오수크, 이민자들인 즈'주 가족, 그리고 앞에서 말했던 프베르^1 프베르^d 씨가 있었지요. 청소를 하는 아주머니도 있었는데 — 〈관리 담당〉이라 불렸지요 — 그녀는 혼자서 우주 전체를 맡고 있었습니다. 주위 환경이 그토록 협소했기 때문이지요. 그런데 사실대로 말하자면, 그녀는 하루 종일 할 일이 없었습니다. 먼지를 털어 낼 일도 없고 — 하나의 지점 안으로는 먼지 알갱이 하나 들어갈 수가 없지요 — 다만 끊임없는 잡담과 불평들을 털어놓을 뿐이었습니다.

여러분에게 말씀드린 이 사람들만으로도 이미 지나치게 많았습니다. 거기에다 우리가 쌓아 둔 물건들을 생각해 보십시오. 나중에 우주를 형성하게 될 모든 재료가 완전히 분해되고 응축되어 있어서, 아마도 천체의 일부분이 될 것(예를 들어 안드로메다 성운처럼)과, 지리(地理)의 일부가 될 것(가령 보주 산맥처럼) 또는 화학 물질이 될 것(베릴륨의 몇몇 동위 원소들처럼)을 서로 구별할 수 없을 정도였지요. 더구나 그것들은 언제나 즈'주 가족의 간이침대, 매트리스, 바구니 등의 가재도구들과 뒤섞여 있었지요. 그 즈'주 가족 사람들은, 가족이 많다는 핑계로, 전혀 조심성 없이 마치 세상에 자기들밖에 없는 것처럼 행동했습니다. 심지어는 그 좁은 곳에다 빨래를 널어놓을 빨랫줄을 매달아야 한다고 주장하기도 했습니다.

물론 다른 사람들이 즈'주 가족에게 잘못한 점들도 있습니다. 다른 사람들은 이전부터 그곳에 있었던 반면에 그 가족은 나중에 왔다고 주장하면서, 그들을 가리켜 〈이민자들〉이라 정의하는 것부터 그렇지요. 내 생각으로는 분명 그것은 근거 없는 편견이었습니다. 왜냐하면 당시에는 이전도 없고 이후도 없었으며, 이주해 올 만한 다른 장소조차 없었기 때문입니다. 그런데도 〈이민자〉라는 개념이 원래 순수한 상태로, 그러니까 시간과 공간을 초월하여 존재할 수 있다고 믿는 사람들도 있었습니다.

말하자면 그 당시 우리의 사고방식은 협소하고 천박했습니다. 그건 우리가 형성되어 온 환경 탓이었지요. 그런데 조심하십시오. 그런 사고방식은 아직도 우리 모두의 내면에 남아 있어서 요즈음에도 불쑥 튀어나오곤 합니다. 가령 우리들 중 두 사람이 우연히 만난다면 — 버스 정류장에서, 극장 안에서, 또는 국제 치과의사 회의 석상에서 — 우리는 곧바로 그 당시를 회상합니다. 우리는 서로 인사를 나누고 — 때로는 나를 알아본 누군가가 인사하고, 때로는 누군가를 알아본 내가 인사합니다 — 곧바로 서로에게 질문하고(비록 각자는 단지 다른 사람들에 의해 기억되는 사람들 중 누군가를 기억할 뿐일지라도), 그러고는 옛날의 갈등과 적대감, 중상모략들을 다시 끄집어내지요. 그러다가 마침내 프(이)느크₀ 부인의 이름을 거론하게 되는데 — 모든 대화가 언제나 그렇게 끝나지요 —, 그러면 갑자기 천박함은 사라지고 우리는 너그럽고 행복한 감동에 젖어 위안을 느낍니다. 프(이)느크$_0$ 부인은 바로 우리 모두가 잊지 않고, 모두들 그리워하는 유일한 사람입니다. 그런데 그녀는 어디로 갔을까요? 나는 그녀를 찾는 것을 오래전부터 포기했습니다. 프(이)느크$_0$ 부인, 그녀의 가슴, 그녀의 허리, 그녀의 오렌지색 의상을 우리는 더 이상 만나지 못할 것입니다. 이 은하계나 다른 은하계에서도 마찬가지랍니다.

분명히 말해 둘 것은, 우주가 극도로 희박한 상태에 도달한 다음에는 또다시 응축할 것이고, 따라서 우리는 그 지점에서 다시 만날 것이며, 거기에서 새로이 시작할 것이라는 이론을 나는 절대로 믿지 않았다는 점입니다. 그런데도 우리들 가운데 많은 사람들은 단지 그런 이론을 근거로, 우리가 그 자리에서 다시 만날 때를 대비하여 계획을 세우기도 합니다. 지난달 나는 이곳 모퉁이에 있는 어느 카페에 들어갔다가 누구를 만났는지 아십니까? 바로 프베르^t 프베르^d 씨였습니다.

「아니, 이게 웬일이야? 도대체 여기는 무슨 일로?」

나는 그가 파비아(이탈리아 북부의 도시)에서 플라스틱 제품 대리점을 하고 있는 사실을 알게 되었지요. 은 이빨을 하고, 꽃무늬 멜빵을 멘 그는 여전히 똑같은 모습이었습니다. 그는 나지막한 목소리로 말하더군요. 「조심해야 해요. 다시 그곳으로 돌아가게 될 때 이번에는 몇몇 사람들은 제외될 것이래요. 잘 알겠지만, 그 즈'주 가족들은······.」

나는 그런 이야기를, 〈잘 알겠지만, 그 즈'주 가족들은······〉 하고 덧붙이는 이야기를 이미 여러 사람한테서 들었다고 대답하려 했지요. 그렇지만 또다시 그런 화제에 이끌리지 않으려고 나는 황급히 말했습니다. 「그런데, 프(이)느크$_0$ 부인은, 다시 만날 수 없을까요?」

「아, 그래요. 그녀는, 그래요.」 그는 얼굴을 붉히며 말했습니다.

우리들 모두가 그 지점으로 돌아가려는 하는 것은, 무엇보다도 프(이)느크$_0$ 부인과 다시 만나고 싶은 희망 때문이었습니다(그런 이론을 믿지 않는 나 역시 그랬습니다). 그리고 언제나 그렇듯이, 그 카페에서도 역시 우리는 감동에 젖어 프(이)느크$_0$ 부인을 회상하였습니다. 프베르^l 프베르^d 씨의 적대감도 그 회상 앞에서는 희미하게 빛을 잃었지요.

프(이)느크$_0$ 부인의 위대한 비밀은 바로 우리들 사이에 절대로 질투심을 불러일으키지 않는다는 점입니다. 쓸데없는 소문도 없었습니다. 그녀가 친구인 데 크수오수크 씨와 함께 잠자리에 들곤 했다는 것은 널리 알려진 사실입니다. 그렇지만 단 하나의 지점에 만약 침대가 있다면, 침대가 그 지점을 온통 차지할 수밖에 없지요. 따라서 함께 잠자리에 드는 것이 아니라 함께 그곳에 존재하는 것입니다. 누구든 그 지점 안에 있다는 것은 바로 침대 안에 있는 셈이기 때문입니다. 결과적으로 어쩔 도리 없이 그녀는 우리들 모두와 함께 같은 침대 안에 있었지요. 만약 다른 사람이었다면, 얼마나 많은 소문이 뒤따랐을지 모릅니다. 중상모략을 퍼뜨리는 장본인은 바로 청소하는 아주머니였고, 다른 사람들은 쉽사리 수긍할 뿐이었습니다. 화제를 돌리자면, 우리는 즈'주 가족들에 대한 메스꺼운 이야기를 듣곤 했지요. 아버지, 딸, 형제들, 자매들, 어머니, 아주머니들, 가족 모두가 의심의 눈초리를 받고 있었습니다. 그러나 프(이)느크$_0$ 부인에 대해서는 그렇지 않았습니다. 프(이)느크$_0$ 부인에게서 내가 받은 행복감은, 하나의 점처럼 조그마한 나를 그녀 안에 감추는 행복이었으며, 동시에 점처럼 조그마한 그녀를 내 안에 감추는 행복이었습니다. 그것은 타락한 생각(모두들 그녀 안에서 한 개의 점으로 합일되는 일종의 난잡함이었으므로)이면서, 동시에 순결한 생각(점처럼 조그마한 그녀 안으로 침투할 수 없었으므로)이었습니다. 간단히 말해 내가 더 이상 무엇을 요구하겠습니까?

그리고 이 모든 것이 나에게 진실이었듯이, 다른 사람들에게도 진실이었습니다. 그녀에게도 마찬가지였습니다. 그녀는 똑같은 행복감으로 소유했고 또 동시에 소유되었으며, 우리들 모두를 동일하게 포용하고 사랑하고 함께 살았습니다.

우리들 모두는 함께 너무나도 잘 지내고 있었지요. 너무나도 잘 지내고 있었기에, 틀림없이 무언가 이상한 일이 일어날 것만 같았습니다. 드디어 어느 순간 그녀는 이렇게 말했습니다.

「애들아, 조금만 더 공간이 있다면, 너희들에게 맛있는 칼국수를 만들어 줄 텐데!」

바로 그 순간 우리들은 모두 공간을 생각했습니다. 말하자면 얇은 밀가루 반죽 위에서 밀방망이를 앞뒤로 움직이는 그녀의 동그란 팔이 차지할 공간, 팔꿈치까지 하얀 밀가루와 기름에 뒤덮인 그녀의 두 팔이 반죽을 하는 동안, 널따란 도마 위에 수북이 쌓인 밀가루와 달걀 더미 위로 출렁이는 그녀의 가슴이 차지할 공간을 생각했지요. 우리는 밀가루와 밀가루를 만들 밀, 밀을 경작할 밭, 밭에 필요한 물을 흘러내리게 할 산, 그리고 국물용 쇠고기를 제공해 줄 소 떼들을 위한 목초지가 차지할 공간을, 곡식들이 익도록 태양이 햇살을 비출 공간을, 천체의 가스 성운에서 태양이 응축되어 불타오를 수 있는 공간을, 모든 은하계와 모든 성운과 모든 태양과 모든 행성들이 떠다닐 우주 공간 속으로 달아나는 은하계들의 덩어리와 별들과 은하계들의 숫자를 생각했습니다. 그리고 우리가 그런 생각을 하는 바로 그 순간, 걷잡을 수 없이 우주 공간이 형성되었습니다. 또 프(이)느크₀ 부인이, 〈……칼국수, 그래, 얘들아!〉 하고 말하는 바로 그 순간, 그녀와 우리 모두를 포함했던 그 지점은 광년, 광 세기(光世紀), 수억 광천 년(光千年) 거리의 넓이로 넓어졌습니다. 그리고 우리들은 모두 우주의 사방팔방으로 내동댕이쳐졌고(프베르^l 프베르^d 씨는 이곳 파비아까지), 프(이)느크₀ 부인은 에너지나 빛 또는 열로 분해되어 버렸는지 알 수가 없었습니다. 프(이)느크₀ 부인, 그녀는 우리의 그 폐쇄되고 천박한 세계 한가운데에서 하나의 너그러운 충동을, 말하자면 〈얘들아, 정말 맛있는 칼국수를 맛보게 해줄게!〉 하고 말했던, 최초의 진정한 보편적 사랑의 충동을 준 것입니다. 그와 동시에 공간이라는 개념, 진정한 의미의 공간, 시간, 만유인력, 중력의 우주를 최초로 탄생시켰으며, 수천 억 개의 태양과 행성, 밀밭, 그리고 수많은 프(이)느크₀ 부인들을 탄생시켰으며, 그녀들은 여러 행성들의 대륙으로 흩어져 밀가루가 하얗게 묻은 풍성한 팔로 반죽을 하였지요. 그리고 바로 그 순간, 그녀는 사라졌고 우리는 그녀를 아쉬워하게 된 것입니다.

끝없는 놀이

만약 은하계들이 서로 멀어지고 있다면, 우주는 점점 희박해지는 대신 완전히 새로운 물질로 된 새로운 은하계들이 형성될 것이다. 우주의 평균 밀도를 안정적으로 유지하려면, 매 2억 5천만 년마다 팽창하는 우주 공간의 40세제곱센티미터마다 각각 수소 원자 하나씩을 만들어 넣으면 된다.(〈안정 상태〉 이론이라 일컫는 이 이론은, 우주가 어느 한순간 일어난 대폭발로 형성되었을 것이라는 가설과 대비를 이룬다.)

당시 나는 어린아이였고, 이미 그런 사실을 알고 있었습니다 — 크프우프크는 이야기했다. 나는 수소 원자들을 하나하나 알고 있었으며, 새로운 원자가 하나 생겨나면 곧바로 알아볼 수 있었지요. 내가 어렸을 때는 우주에서 가지고 놀 만한 것이라고는 수소 원자들밖에 없었습니다. 우리, 그러니까 나하고 프프우프프라는 내 또래의 다른 아이는 그것들을 함께 갖고 놀았습니다.

우리의 놀이가 어떤 것이었냐고요? 이제 말씀드리지요. 당시 우주 공간은 곡선으로 휘어져 있었으므로, 우리는 그 구부러진 곳에다 수소 원자들을 마치 당구공처럼 굴렸습니다. 자신의 원자를 멀리 보내는 사람이 이기는 것입니다. 수소 원자를 굴릴 때는 그 궤도와 효과를 정확히 계산해야 했으며, 자기장과 중력장을 이용할 줄 알아야 했습니다. 그렇지 않으면 원자 공은 활주로를 이탈하고, 그러면 놀이에서 제외되었습니다.

놀이 규칙은 언제나 동일했지요. 원자 하나로 자신의 다른 원자를 맞추어서 더 멀리 보내거나 또는 상대방의 원자를 밖으로 내보낼 수도 있었습니다. 물론 너무 센 충격을 주지 않도록 조심했지요. 그 이유는 두 개의 원자가 〈틱!〉 하고 부딪치면 중수소(重水素) 원자나 헬륨으로 변할 수도 있었기 때문입니다. 그런 원자들은 게임에서 제외되었습니다. 뿐만 아닙니다. 만약 그 두 원자들 중 하나가 상대방의 것이라면, 그것을 보상해야 했습니다.

여러분은 우주가 어떻게 구부러져 있는지 잘 아실 것입니다. 원자공은 계속 돌고 돌다가 어느 순간엔가 경사면 아래로 굴러가 멀어지면 더 이상 붙잡을 수 없습니다.

따라서 놀이를 계속할수록 게임에서 쓴 원자들의 수는 점점 줄어들었고, 둘 중에서 먼저 원자가 바닥난 사람이 게임에 졌습니다.

그런데 바로 결정적인 순간에 새로운 원자들이 튀어나오기 시작했습니다. 새 원자와 낡은 원자 사이에는 물론 미세한 차이가 있었습니다. 새로운 것들은 반짝반짝 빛나고 투명하고 아주 신선했으며, 마치 이슬처럼 촉촉했습니다. 우리는 새로운 규칙을 정했지요. 즉 새 원자 하나는 낡은 원자 세 개와 같으며, 새로운 원자들이 형성되면 우리 둘이 똑같이 나누어 가져야 한다는 규칙이었습니다.

그렇게 해서 우리의 놀이는 끝이 나지 않았습니다. 싫증을 느끼지도 않았습니다. 왜냐하면 새로운 원자들을 갖고 다시 시작할 때마다, 그 놀이 역시 새로운 놀이가 되었고, 마치 그것이 우리의 첫 게임처럼 생각되었기 때문이지요.

그런데 시간이 흐르면서 점차 놀이는 시들해졌습니다. 더 이상 새로운 원자들이 보이지 않아 잃어버린 원자들을 대체할 수 없었으며, 우리가 던지는 힘도 점차 약해지고 머뭇거렸습니다. 남아 있는 몇 개의 원자들을 그 허전하고 황량한 우주 공간 속에서 잃어버리지 않을까 두려웠기 때문이지요.

프프우프프 역시 변했습니다. 주의가 산만해졌고 주변을 돌아다녔으며, 자기가 던질 차례인데도 자리에 없을 때가 많았답니다. 불러도 대답이 없었으며, 한참 지난 후에야 다시 나타나곤 했습니다.

「자 빨리, 네 차례야. 너 뭐하고 있어. 이제 놀지 않을 거야?」
「그래, 놀아. 지금 던질 테니, 귀찮게 하지 마.」
「좋아, 네가 마음대로 가버린다면, 우리 게임을 연기하자!」
「어휴, 네가 지니까 엉뚱한 이야기를 하는구나.」

그건 사실이었지요. 나는 원자가 하나도 남아 있지 않았는데, 어찌된 일인지 모르지만, 프프우프프에게는 언제나 여벌 원자가 있었습니다. 우리가 나누어 가질 새로운 원자들이 만들어지지 않는다면, 나는 더 이상 불리한 상황을 역전할 희망이 없었습니다.

또다시 프프우프프가 자리를 뜨자마자 나는 발꿈치를 들고서 살금살금 그를 뒤쫓았습니다. 그는 내가 보이는 곳에서는 휘파람을 불며 이리저리 배회하는 척했습니다. 그런데 일단 내가 안 보이면 마치 머릿속에 아주 정확한 계획이 있는 사람처럼 우주 공간으로 재빨리 걸어가기 시작했답니다. 그의 계획이 — 잠시 후에 알겠지만, 그의 속임수가 — 무엇이었는지, 나는 얼마 지나지 않아 알아낼 수 있었지요. 그러니까 프프우프프는 새로운 원자들이 만들어지는 지점을 모두 알고 있었으며, 그래서 이따금 그곳들을 돌면서 방금 생겨난 원자들을 모아 몰래 감추어 두었습니다. 바로 그랬기 때문에 그에게는 언제나 던질 원자들이 있었던 것입니다!

그렇지만 그 새 원자들을 게임에 사용하기 전에, 그 사기꾼 녀석은 전자들의 껍질을 약간 문질러 낡고 불투명하게 만들어서 헌 원자처럼 위장했습니다. 마치 예전부터 갖고 있던 원자를 호주머니 안에서 꺼낸 것처럼 나를 속이기 위해서 말입니다.

단지 그것만이 아니었습니다. 나는 게임에 사용된 원자들을 대충 계산해 보았습니다. 그 결과 그것들은 그가 훔쳐서 감추어 둔 원자들의 극히 일부분에 지나지 않음을 깨달았습니다. 그가 한쪽에다 수소 원자들의 창고를 만들고 있었던 것일까요? 무엇을 하려고 그랬을까요? 도대체 무슨 생각을 하고 있었을까요? 나는 의혹이 생겼습니다. 말하자면 프프우프프가 완전히 새로운, 자기 나름대로의 우주를 만들려는 것 아닐까 하는 의혹이었지요.

그 순간부터 내 마음은 평온하지 않았습니다. 나는 어떻게든 보복을 해야만 했습니다. 그 녀석을 따라 할 수도 있었습니다. 나도 그 장소들을 알고 있었으니까, 조금 더 먼저 그 자리에 가서 그가 손대기 전에 방금 만들어진 원자들을 내가 가져가는 것입니다! 그러나 그것은 너무나도 단순한 짓이었습니다. 나는 그의 교활함에 상응하는 함정에 그를 빠뜨리고 싶었습니다. 우선 첫 번째로 나는 가짜 원자들을 만들기 시작했습니다. 그 녀석이 자신의 사기 행위에 몰입해 있는 동안 나는 비밀 장소에서 활용할 수 있는 모든 재료를 짓이기고 배합하고 접착했지요. 사실 그런 재료는 거의 없었습니다. 몇몇 광전자 방사물들과 자기장 가루들, 흩어진 몇 개의 중성자뿐이었습니다. 그렇지만 그것들에 계속 침을 묻혀 주무르고 뭉친 결과 모든 것을 한 개의 덩어리로 만드는 데 성공했습니다. 그렇게 몇 개의 덩어리를 만들었는데, 자세히 살펴본다면 그것들은 수소 원자도 아니고 다른 어떤 이름을 붙일 만한 원소도 아니라는 것을 명백히 알 수 있었지요. 그렇지만 프프우프프처럼 황급히 지나가면서 은밀한 동작으로 빼앗듯이 호주머니 안에 집어넣는 사람에게는, 마치 금방 만들어진 진짜 수소 원자처럼 보일 수도 있었습니다.

그렇게 하여 그가 아무런 의심도 하지 않는 동안에, 나는 그보다 한 발 앞서 순회를 돌곤 했습니다. 나는 그 장소들을 모두 머릿속에 명확히 기억하고 있었지요.

우주 공간은 온통 구부러져 있었지만, 특히 다른 곳보다 더 굽은 곳들이 있었습니다. 마치 일종의 자루나 좁은 통로, 또는 홈 같은 곳들인데, 그곳에서는 진공이 종이처럼 구겨져 있었지요. 바로 그런 후미진 곳에서, 마치 조개껍질 안에서 진주가 만들어지듯이, 가볍게 딸랑거리는 소리와 함께 매 2억 5천만 년마다 눈부신 수소 원자가 하나씩 형성되었습니다. 나는 그런 곳을 지나가면서 수소 원자를 호주머니에 집어넣고 그 대신 가짜 원자를 넣어 두었습니다. 프프우프프는 아무것도 눈치 채지 못했답니다. 그는 탐욕스럽고 게걸스럽게 쓰레기들로 호주머니를 채웠고, 그동안 나는 우주가 자신의 가슴속에 품고 있던 보물들을 모두 긁어모았지요.

우리 게임의 향방은 완전히 뒤바뀌었지요. 나에게는 언제나 새로 던질 원자들이 있었고, 반면 프프우프프의 원자들은 던지는 것마다 불발이었습니다. 세 번 던지면 세 번 모두 우주 공간에서 으깨어지듯 부스러져 버렸습니다. 이제 프프우프프는 게임을 무효로 하려고 온갖 변명들을 찾게 되었답니다.

「자, 어서 해.」

나는 재촉했지요.

「네가 던지지 않으면, 내가 이기는 거야.」

그러면 그는 이렇게 말했습니다.

「이건 무효야. 원자가 망가지면 게임은 무효야. 처음부터 다시 시작하는 거야.」

그것은 그가 순간적으로 만들어 낸 규칙이었답니다. 나는 그를 놀렸습니다. 그의 주위를 돌며 춤을 추었고, 그의 어깨를 짚고 뛰어넘으며 노래를 불렀습니다.

「던져던져던져던져,

안 던지면 너는 진다.

던질 만큼 던져라 던져라.

던진 만큼 내가 던진다.」

「그만 해. 우리 게임을 바꾸자.」프프우프프가 말했습니다.

「만세! 그럼 은하계들을 던지는 놀이를 할까?」내가 말했지요.

「은하계들?」

갑자기 프프우프프는 만족스러운 듯 얼굴이 환해졌습니다.

「그래, 좋아! 그렇지만 너는, 너는 은하계가 하나도 없잖아!」

「있어.」

「나도 있어!」

「좋아! 누가 멀리 날아가게 하는지 내기하자!」

그리고 나는 감추어 둔 새 원자들을 모두 우주 공간으로 던졌습니다. 원자들은 처음에는 흩어지는 것처럼 보이더니 잠시 후 가벼운 구름처럼 모여들었고, 그 구름이 차츰차츰 커졌답니다. 그러고는 주위에 뜨겁게 불타는 응축 현상들이 생기면서 회전하기 시작했고, 어느 순산 선혀 본 적 없는 성좌들의 소용돌이로 변하더니 허공에서 균형을 잡고 분수처럼 펼쳐지면서 멀리 달아났습니다. 나는 달려가면서 그 꼬리를 붙잡고 있었지요. 그러나 이제는 내가 은하계를 날아가게 하는 것이 아니라, 바로 은하계가 나를 꼬리에 매단 채 날아가고 있었습니다. 말하자면 더 이상 위도 아래도 없었으며 단지 확장되는 공간뿐이었고, 그 안에서 은하계 역시 확장되고 있었습니다. 나는 거기에 매달려 수천 광년 거리에 떨어져 있는 프프우프프를 향해 애교를 떨었지요.

프프우프프는 내 모습을 보고서 황급히 자신의 전리품을 모두 꺼내더니 균형 잡힌 몸짓으로 허공에 내던졌습니다. 그러고는 하늘에 무한한 은하계의 소용돌이가 펼쳐지기를 기다리는 듯했습니다. 그러나 아무것도 생기지 않았습니다. 단지 방사물들이 톡톡 튀면서 무질서한 섬광들이 반짝거리더니 곧 모든 것이 흩어져 버렸습니다.

「겨우 그거야?」

화가 머리끝까지 치밀어 내 뒤에다 욕설을 퍼붓고 있는 프프우프프를 향해 내가 소리쳤습니다.

「내가 보여 줄 테다, 이 개 같은 크프우프크 녀석!」

그러나 그동안 나와 나의 은하계는 수천 개의 다른 은하계들 사이를 날아가고 있었습니다. 그리고 나의 은하계는 전 우주에서 가장 부러움을 받는 새로운 것이었으며, 완전히 새로운 수소와 새로운 베릴륨, 새로운 탄소로 환하게 불타는 가장 젊은 은하계였답니다. 오래된 은하계들은 질투심에 멀리 달아났고, 우리는 그토록 나이 들고 둔한 은하계들을 보면서 오만하고 거만하게 달아났습니다. 그렇게 멀리 달아나는 과정에서 우리는 결국 더욱더 희박하고 텅 빈 공간을 가로지르게 되었지요. 그런데 나는 허공 여기저기에서 불확실한 빛들이 분출되는 것을 보았습니다. 그것은 방금 탄생한 물질로 형성된 수많은 다른 은하계들, 내 것보다 훨씬 더 젊은 은하계들이었습니다. 우주 공간은 금세 다시 빽빽해졌고 수확기의 포도밭처럼 가득 찼으며, 서로가 서로에게서 멀리 달아나고 있었답니다. 나의 은하계는 늙은 은하계들에게서 달아나듯 젊은 은하계들에게서 달아났고, 또한 젊은 은하계와 늙은 은하계들은 우리에게서 달아났습니다. 그렇게 우리가 텅 빈 하늘을 날아가자 하늘은 또다시 빽빽하게 밀집되었고, 계속 그런 식이었습니다. 그렇게 다시 밀집되는 과정에서 갑자기 어떤 목소리가 들려왔습니다.

「크프우프크, 이제 복수할 거야, 이 배신자야!」

나는 우리의 궤도를 따라 날아오는 아주 새로운 은하계 하나를 보았습니다. 그 소용돌이의 끄트머리에서 몸을 내밀고 나를 향해 위협과 욕설을 퍼붓고 있는 것은, 바로 나의 옛 놀이 친구 프프우프프였답니다.

추격이 시작되었지요. 우주 공간이 오르막으로 된 곳에서는 젊고 유연한 프프우프프의 은하계가 훨씬 유리했고, 반면에 내리막으로 된 곳에서는 좀 더 무거운 내 은하계가 더 유리했습니다.

달리기 경주에서 이기는 비법은 잘 알려져 있지요. 모든 것이 곡선 부분을 어떻게 하느냐에 달려 있습니다. 프프우프프의 은하계는 그 곡선 부분을 안으로 좁히려 했고 반면에 나의 은하계는 넓히려 했습니다. 계속해서 넓히고 넓히다가 우리는 결국 우주 공간의 가장자리 너머로 날아갔고, 그 뒤를 여전히 프프우프프가 따라왔습니다. 우리는 더욱 앞으로 내달려 우리 앞에 새로운 공간을 만들면서 계속 달렸습니다.

따라서 내 앞에는 아무것도 없었지만 어깨 뒤로는 나를 추격하는 프프우프프의 험악한 얼굴이 보였습니다. 서로 적대적인 모습이었지요. 어쨌든 나는 차라리 앞을 바라보고 싶었습니다. 그런데 내가 무엇을 보았을까요? 바로 프프우프프, 방금 전에 내 등 뒤에서 보았던 프프우프프가 바로 내 앞에서 자신의 은하계를 타고 달려가고 있었던 것입니다.

「아하! 이제 내가 너를 추격할 차례다!」 나는 소리쳤지요.

「뭐라고? 너를 추격하는 건 바로 나야!」 프프우프프가 말했습니다. 그가 내 뒤에서 말했는지, 아니면 저 앞에서 말했는지 알 수 없었습니다.

나는 몸을 돌렸지요. 프프우프프는 여전히 내 뒤를 쫓아오고 있었습니다. 나는 다시 몸을 앞으로 돌렸지요. 그러면 그는 나에게 어깨를 돌린 채 앞에서 달아나고 있었습니다. 그런데 자세히 살펴보니까, 내 앞에 있는 그의 은하계 앞에 또 다른 은하계가 있었습니다. 그것은 바로 나의 은하계였습니다. 그 위에는 바로 나 자신이, 뒷모습으로 보아 틀림없는 내가 있었습니다. 나는 나를 추격하고 있는 프프우프프를 향해 몸을 돌렸습니다. 그리고 자세히 바라보니 그의 은하계 뒤에는 다른 은하계가 뒤따르고 있었는데, 그것은 바로 나의 은하계였습니다. 그 꼭대기에 바로 내가 있었고, 나는 바로 그 순간에 몸을 돌려 뒤를 바라보았습니다.

그렇게 각각의 크프우프크 뒤에는 하나의 프프우프프가 있었고, 각각의 프프우프프 뒤에는 하나의 크프우프크가 있었으며, 모든 프프우프프는 각기 하나의 크프우프크를 추격하고 있었고, 반대로 모든 크프우프크는 각기 하나의 프프우프프가 추격하고 있었습니다. 우리 사이의 거리는 약간 좁아졌다가 약간 멀어졌다가 했지요. 그렇지만 이제 절대 서로를 붙잡을 수 없음이 분명했습니다. 우리는 이제 서로 뒤쫓는 놀이에 모든 흥미를 잃었으며, 게다가 더 이상 어린아이가 아니었답니다. 우리에게는 더 이상 할 일이 남아 있지 않았습니다.

얼마 내기할까

우주의 역사에 응용된 인공두뇌학은 현재 어떻게 해서 은하계들, 태양계, 지구, 세포의 생명이 탄생할 수밖에 없었는지를 증명하는 과정에 있다. 인공두뇌학에 따르면 우주는 일련의 긍정적이며 부정적인 〈소급 작용〉을 통해 형성되었을 것이라고 한다. 그 작용은 처음에는 수소 덩어리들을 최초의 성운으로 응축한 중력에 의해, 그리고 나중에는 그 중력과 균형을 이루는 원심력과 원자력에 의해 이루어졌다. 그러한 과정이 시작되는 순간부터, 그것은 그 연쇄적인 〈소급 작용〉의 논리를 따르지 않을 수 없었다.

그렇습니다. 그렇지만 처음에는 그런 사실을 몰랐습니다 — 크프우프크는 분명히 말했다. 그러니까 만약 누군가가 조금만 관심을 갖고 예측해 보려 했다면 예상할 수도 있었다는 말입니다. 자랑하려고 하는 말은 아닙니다만, 난 처음부터 우주가 형성될 것이라고 내기를 걸었고 정확히 맞추었습니다. 그리고 그 우주가 어떻게 될 것인지에 대해서도, 나는 (크)이크 학장과 여러 차례 내기를 하여 이겼습니다.

우리가 내기를 시작했을 때는 회전하는 약간의 분자들, 우연히 여기저기 버려진 전자들, 각자 나름대로 위아래로 움직이는 양자들 이외에는 예측할 만한 것이 전혀 없었습니다. 그래도 난 정확히 알 수는 없지만 뭔가 느끼곤 했습니다. 가령 날씨가 바뀌려고 할 때처럼 말입니다(실제로 약간 추워지기 시작했지요). 그러면 나는 말했지요.

「오늘 원자들이 만들어지는지 내기할까?」

「아니 세상에, 원자들이라니! 나는 그 반대에 걸겠어. 자네가 원하는 것을 모두 말이야.」 (크)이크 학장이 말했습니다.

「x만큼 걸겠는가?」

「엑스에다 n을 더 걸겠어!」 학장은 이렇게 말했지요.

학장의 말이 끝나기도 전에 벌써 각각의 양자 주위에 전자들이 윙윙거리며 소용돌이치기 시작했지요. 거대한 수소 구름이 우주 공간에 응축되고 있었습니다.

「보았어? 원자들로 가득 차 있다고!」

「푸아, 저게 원자들이라고, 정말 멋지구먼!」

(크)이크는 말했지요. 그는 자기가 내기에 졌다는 것을 인정하지 않고, 여러 가지 변명을 늘어놓는 나쁜 버릇이 있었지요.

나와 학장은 언제나 내기를 했습니다. 왜냐하면 그 이외에는 정말로 할 일이 없었기 때문이며, 또 내가 존재하는 유일한 증거는 바로 그와 내기를 한다는 사실뿐이었고, 그가 존재하는 유일한 증거는 바로 나와 내기를 한다는 사실뿐이었기 때문입니다. 우리는 어떤 사건들이 일어날 것인지 또는 일어나지 않을 것인지 내기를 했지요. 선택의 범위는 실로 무한했습니다. 그 무렵까지만 해도 절대로 아무 일도 일어나지 않았기 때문입니다. 그런데 어떤 사건이 어떠한 상태로 일어날 수 있을까 상상해 볼 방도조차 없었으므로, 우리는 단지 편의상 그것들을 구별하기 위하여 그냥 사건 A, 사건 B, 사건 C 하는 식으로 지칭했습니다. 말하자면 당시에는 알파벳이나 다른 전통적인 기호들이 없었기 때문에, 우리는 먼저 일련의 기호들이 어떤 식으로 존재할 수 있는지에 대하여 내기를 했고, 그다음에 가능한 기호들을 가능한 사건들과 연결지었습니다. 우리가 전혀 모르는 사건들을 정확히 지칭하기 위해서 말입니다.

내기에 거는 판돈 역시 어떤 것인지 몰랐지요. 판돈으로 삼을 만한 게 전혀 없었기 때문입니다. 따라서 우리는 말로만 내기를 하면서 각자가 이긴 내기들을 헤아려서 나중에 총액을 계산했습니다. 모든 것이 지극히 어려운 작업이었지요. 왜냐하면 당시에는 숫자들이 없었기 때문이며, 또 어떠한 것도 절대 따로 분리할 수 없었기에 숫자를 세기 위한 개념, 숫자에 대한 개념조차 없었습니다. 그런데 원시 성운들 속에서 원시별들이 응축되기 시작하면서 이러한 상황이 바뀌기 시작했습니다. 그리고 나는 점차 높아지는 온도 때문에 앞으로 어떻게 될지 곧바로 깨달았습니다. 내가 말했지요. 「이제 불이 붙을 거야.」

「천만에!」 학장이 말했습니다.

「내기할까?」 내가 말했지요.

「원하는 만큼.」 학장이 말했습니다.

바로 그 순간 〈팍!〉 하고 불타오르는 수많은 공들이 어둠을 열었고, 그것들은 점차 커졌습니다.

「에이, 불이 붙는다는 것은 저런 것을 의미하지 않아.」 (크)이크 학장이 말했습니다. 그는 언제나 문제를 언어에 대한 문제로 바꾸려 하지요. 그럴 때 학장이 아무런 말도 못하도록 하는 내 나름의 방식이 있었지요.

「아하, 그래? 그렇다면 자네 생각으로는 어떤 것을 의미하는가?」

그는 아무 말이 없었습니다. 그는 상상력이 부족하기 때문에, 어떤 한 단어가 하나의 의미가 있으면 다른 의미를 지닐 수도 있다는 생각을 하지 못했습니다.

(크)이크 학장은 잠깐이라도 같이 있기에는 상당히 지겨운 스타일이었지요. 역량도 약간 부족하고 이야깃거리도 전

혀 없었습니다. 게다가 나 역시 이야기할 게 많지는 않았습니다. 이야기할 만한 일들이 일어나지 않았고, 최소한 우리에게는 그렇게 보였기 때문입니다. 유일한 이야기는 단지 가정을 하는 것뿐이었습니다. 아니, 가정을 할 수 있는 가능성에 대해 가정하는 것이었지요. 가정의 가정을 하는 데서 나는 (크)이크 학장보다 상상력이 풍부했고, 그것은 하나의 유리함이자 동시에 불리함이었습니다. 왜냐하면 그 때문에 난 위험 부담이 더 많은 내기를 했기 때문이지요. 따라서 승률은 동일했습니다.

일반적으로 나는 어떤 특정한 사건이 일어날 가능성에 걸었고, 반면 학장은 거의 언제나 그 반대에 걸었습니다. (크)이크학장은 현실에 대한 정적인 감각을 지녔지요. 내가 이런 식으로 표현해도 될지 모르겠군요. 왜냐하면 당시에는 정적인 것과 동적인 것 사이에 거의 차이가 없었으니까요. 아니 그러한 차이를 포착하려면 주의를 집중해야 했습니다.

예를 들어 별들이 커지고 있는 것을 보고 내가 말합니다.
「얼마나 커질까?」

나는 숫자들로 예측하려고 노력했습니다. 그래야만 그와 논쟁거리가 적어졌으니까요.

그 당시 숫자라고는 단 두 개밖에 없었습니다. 숫자 e와 숫자 π뿐이었지요. 학장은 대충 계산하고는 이렇게 대답했습니다.
「e만큼 커져서 π까지 상승하지.」

멋진 사기꾼! 그 정도는 누구든지 알 수 있습니다. 그렇지만 사실은 그렇게 단순하지 않았습니다. 나는 그것을 알고 있었지요.

「내기할까? 어느 순간 정지할 거야.」
「내기하지. 그러면 언제 멈출까?」

그러면 나는 죽이 되든 밥이 되든 그에게 π만큼 내기합니다. 됐습니다. 학장은 잠시 멍청하게 있었습니다.

바로 그 순간부터 우리는 e와 π를 기반으로 내기를 걸기 시작합니다.

「π!」

희미한 여명이 여기저기 흩어진 어둠 속에서 학장이 소리쳤지요. 그렇지만 이번에는 e였습니다.

우리는 단지 즐기기 위해 내기를 했지요. 그 대가로 돌아오는 이득이 없었으니까요. 원소들이 형성되기 시작했을 때 우리는 가장 희귀한 원소의 원자들로 판돈을 정하였습니다. 그런데 그 점에서 나는 실수를 범했습니다. 나는 모든 원소들 가운데 가장 희귀한 원소는 테크니튬Tc이라는 사실을 알고 있었기에 테크니튬으로 내기를 걸었고, 내기에 이겨서 벌어들인 테크니튬으로 상당량의 자본을 축적했지요. 그런데 그것이 불안정한 원소라는 것을 미처 몰랐습니다. 그래서 모든 것이 방사선으로 날아가 버렸고 나는 원점에서 다시 시작해야 했답니다.

물론 나 역시 맞추지 못한 적이 많았습니다. 그렇지만 곧바로 유리해진 나는 위험부담이 많은 예측을 할 수 있었지요.

「이제 비스무트Bi의 동위 원소가 튀어나올 거야!」

나는 어느 〈초신성〉 별의 용광로에서 갓 태어난 원소들이 폭발하는 장면을 보면서 황급히 말했습니다.

「우리 내기하자!」

그렇지만 천만에, 그것은 아주 산뜻한 폴로늄Po이었습니다.

이런 경우 (크)이크 학장은 낄낄거리기 시작했지요. 마치 자신의 승리가 커다란 장점이나 되는 것처럼 말입니다. 그러나 그가 이긴 것은 다만 내가 너무나도 위험부담이 많은 예측을 했기 때문입니다. 그러나 점차 시간이 지나면서 나는 그 메커니즘을 더욱 잘 이해했지요. 그래서 모든 새로운 현상 앞에서 약간 더듬거리는 추측을 한 다음에는 좀 더 분명한 논리에 따라 내 예측을 정확히 계산할 수 있었습니다. 가령 어떤 은하계가 다른 은하계에서 몇 백만 광년에서 — 그 이상도 아니고 그 이하도 아닌 — 고정된다는 규칙을, 나는 학장보다 언제나 먼저 알았습니다. 얼마 뒤에는 더 이상 흥미조차 없을 정도로 손쉬운 일이 되었답니다.

그렇게 해서 내가 활용할 수 있는 자료들로 마음속으로 다른 자료들을 추론하고, 거기에서 또 다른 자료들을 추론하려고 시도했습니다. 그래서 겉보기에는 우리가 논의하던 것과는 아무 상관없어 보이는 우발적인 것도 제안할 수 있었지요.

예를 들어 우리는 은하계 소용돌이들의 곡선 정도에 대해서 예측하고 있었습니다. 그런데 내가 불쑥 이렇게 말했습니다.

「이봐, (크)이크, 내 말 좀 들어 봐. 자네에는 아시리아 사람들이 메소포타미아를 침공할 것이라고 생각하나?」

학장은 멍청한 표정을 지었습니다.

「무……, 무엇이라고? 언제?」

나는 재빨리 계산했고 그에게 날짜를 말했습니다. 물론 그 날짜는 몇 년 또는 몇 세기 단위가 아닙니다. 당시의 시간 측정 단위는 대충 그런 식으로 예측할 만한 것이 아니었기 때문이지요. 그래서 어떤 정확한 날짜를 가리키기 위해 우리는 칠판 하나를 가득 채울 정도로 아주 복잡한 공식들에 의존해야 했습니다.

「그런데 어떻게 알 수 있지?」

「빨리, (크)이크, 메소포타미아를 침공할까, 안 할까? 내 생각으로는 침공할 거야. 자네는 아닐 테지. 됐어? 자, 꾸물

거리지 말라고.」

우리는 아직 초보적인 성좌들 주위에 단지 몇 개의 수소 분자들이 여기저기 흩어져 있는 무한한 우주 공간 속에 있었지요. 그러니 사람들과 말[馬]들과 화살들과 나팔들이 까맣게 흩어져 있는 메소포타미아 평원을 예견하려면 지극히 복잡한 추론이 필요했다는 사실을 인정합니다. 그러나 별다른 할 일이 없었기 때문에 우리는 능히 그럴 수 있었습니다.

그런데 이런 때면 으레 (크)이크 학장은 언제나 아니라는 데에 내기를 걸었습니다. 아시리아 사람들이 그런 일을 할 수 없으리라고 생각해서가 아니라, 단지 아시리아 사람들이라든지 메소포타미아, 지구, 인류라는 게 존재할 수 있으리라고 생각하지 않았기 때문입니다.

물론 이런 것은 다른 내기보다는 만료 기간이 아주 긴 내기들이었지요. 그 결과를 곧바로 알 수 있는 내기와는 달랐습니다.

「저 봐, 저기 주위에 온통 타원형과 함께 형성되어 있는 저 태양이 보이지? 빨리, 행성들이 형성되기 전에 말해 봐. 행성들의 궤도가 서로 얼마만큼 떨어져 있을까……」

우리가 그 말을 채 끝내기도 전에, 그러니까 80억에서 90억, 아니 60억에서 70억 년이 흐르는 동안에, 행성들은 더 넓지도 않고 더 좁지도 않은 자신의 궤도에서 각자 회전하기 시작했습니다.

그런데 수십 억 년 동안 마음속에 기억해야 하고, 우리가 무엇에 대해 또 얼마만큼 내기를 걸었던가 잊지 말아야 하는 내기들에서 나는 훨씬 더 큰 만족감을 얻곤 했지요. 동시에 우리는 아주 가까운 기일 안에 끝나는 내기들을 기억해야 했고, 또 각자가 이긴 내기들의 숫자[이제 정수(整數)들의 시대가 시작되었고, 그것은 일을 약간 복잡하게 만들었지요]와 판돈의 총금액(나의 유리함은 더욱더 커졌고, 반면에 학장은 목구멍까지 빚투성이었습니다)을 기억해야 했습니다. 게다가 나는 언제나 추론의 사슬보다 앞서서 새로운 내기들을 고안해 내야 했습니다.

「1926년 2월 8일, 베르첼리 주의 산티아 시, 동의하나? 가리발디 거리 18번지에서 말이야, 내 말 알겠어? 스물두 살의 주세피나 펜소티 아가씨가 오후 5시 15분에 집에서 나온다. 그녀가 왼쪽으로 갈까, 아니면 오른쪽으로 갈까?」

「글쎄······.」 (크)이크 학장은 말했습니다.

「자, 빨리. 내 생각으로는 오른쪽으로 간다.」

난 별자리들의 궤도가 지나가는 미립자의 성운들을 통해 이미 보고 있었습니다. 즉 산티아 시의 거리에 저녁 안개가 피어오르고, 희미한 가로등이 켜지면서 눈 덮인 보도의 윤곽이 어슴푸레 드러나고, 주세피나 펜소티의 날렵한 그림자가 관세청 모퉁이를 지나 사라져 가는 모습을 잠시 비추고 있는 광경을 말입니다.

나는 천체에서 일어날 일에 대해 더 이상 새로운 내기를 하지 않고, 그저 평온히 기다리면서 내 예측이 차츰차츰 사실로 드러날 때마다 (크)이크 학장의 판돈을 챙길 수 있었습니다. 그러나 내기의 열정에 휩싸인 나는 모든 가능한 사건에 대하여 거기에 뒤따르는 일련의 무한한 사건들을, 심지어는 가장 극적이고 모험적인 사건들까지 예측하기에 이르렀지요. 나는 아주 즉각적이고 손쉽게 계산할 수 있는 사실들에 대한 예측을, 지극히 복잡한 작업을 필요로 하는 다른 예측과 연결하기 시작했습니다.

「빨리, 저 행성들이 어떻게 응축되는지 보이지? 어느 행성에 대기가 형성될지 말해 봐. 수성? 금성? 지구? 화성? 자, 빨리 결정해. 그래, 이제 자네가 결정했으니까, 영국이 지배하는 동안 인도 반도의 인구 증가 지표를 계산해 봐. 뭘 그리 오래 생각하는 거야? 빨리.」

그러니까 나는 하나의 운하, 하나의 틈바구니 사이로 들어갔는데, 그 너머에서는 지극히 복잡하고 치밀한 사건들이 벌어지고 있었습니다. 나는 그 사건들을 대충 포착하여, 아직 그 존재를 상상조차 못하는 내 경쟁자의 얼굴에 내던질 수밖에 없었습니다. 그리하여 나중에는 거의 무의식적으로 이런 질문을 하는 지경에 빠졌지요.

「아르세날 축구팀과 레알 마드리드 팀의 준결승전이 아르세날 팀의 홈구장에서 열린다. 어느 팀이 이길까?」

그리고 순간 나는 그런 우발적인 말들의 뒤엉킴 같은 것을 통해, 기호들 사이에 존재하는 무한하고 새로운 조합들의 영역을 건드렸다는 사실을 깨달았습니다. 치밀하고 불투명하고 균일한 현실은 바로 그것들을 이용해, 그 단조로움과 아마도 미래를 향한 흐름까지 변화시킬 수 있을 텐데도 말입니다. 그 흐름, 내가 최초로 예견하고 바랐던 그 흐름은 이제 시간과 공간을 통하여 바로 그러한 해결책으로 와해될 것이고, 마침내는 내가 상상력을 동원하여 그 행성의 눈부신 소용돌이 한구석에서, 거리가 멀어 알아볼 수 없는 축구 선수들의 등과 앞가슴에 새겨진 번호들을 파악하면서 추적해 본, 운동장의 하얀 선들 안에서 굴러가는 축구공의 흐름처럼, 보이지 않는 공의 바운드와 삼각 패스들의 기하학 속으로 녹아 버릴 것입니다.

이제 나는 이전에 벌어들인 것을 모두 걸고 이 새로운 가능성의 영역 속으로 뛰어들었습니다. 누가 나를 막을 수 있었겠습니까? 여전히 당황해 하는 학장의 의구심은 오히려 나의 위험부담을 가중할 뿐이었습니다. 내가 함정에 빠졌다는 것을 깨달았을 때는 이미 늦었습니다. 그래도 그런 사실을 맨 처음 깨달은 사람은 바로 나라는 만족감이 — 이번에는 빈약한 만족감이 — 있었지요. 말하자면 (크)이크 학장은 이제 행운이 자기편으로 돌아섰다는 사실조차 모르고 있는 것 같았지만, 나는 벌써 그의 껄껄대는 웃음소리를 예상하고 있었습니다. 예전에는 그런 웃음소리를 거의 들을 수 없었는데 이제는 점차 그 빈도가 늘어나고 있었지요.

「크프우프크, 보았어, 아멘호테프 파라오에게는 아들이 없었지? 내가 이겼어!」

「크프우프크, 보았어? 폼페이우스는 카이사르를 이길 수 없었지? 내가 말했잖아!」

그렇지만 나는 그의 계산들을 끝까지 따랐습니다. 나는 구성 요소들을 하나도 간과하지 않았습니다. 만약 처음으로 되돌아간다고 할지라도, 나는 처음과 동일했을 것입니다.

「크프우프크, 유스티니아누스 황제가 통치하는 동안 중국에서 콘스탄티노플로 수입된 것은 화약이 아니라, 누에고치였어. 아니면 내가 혼동했나?」

「아니야, 자네가 이겼어, 자네가 이겼다고.」

물론 나는 포착할 수도 없고 덧없는 사건을 예측하였으며, 그런 예측들을 많이, 수없이 많이 했습니다. 그리고 이제는 뒤로 물러설 수도 없었지요. 나 자신을 정정할 수는 없었습니다. 게다가 나 자신을 어떻게 정정한단 말입니까? 무엇을 근거로 말입니까?

「그러니까 발자크는 『잃어버린 환상』 끝부분에서 뤼시앙 드 뤼방프레가 자살하도록 만들지 않았어.」

학장은 얼마 전부터 의기양양한 목소리로 말했지요.

「오히려 카를로스 에레라, 일명 보트랭, 알아?『고리오 영감』에서 이미 나왔던 그 인물이 그를 구원해 주도록 했어. 그래, 우리 모두 얼마지, 크프우프크?」

내 유리함은 점점 줄어들고 있었습니다. 전에 나는 내가 딴 돈을 귀중한 화폐로 바꾸어서 스위스 은행에 안전하게 보관해 두었지요. 그런데 계속해서 내기에 지는 바람에 많은 금액을 인출해야만 했습니다. 물론 내가 언제나 지는 것은 아니었습니다. 어떤 내기들, 때로 큰 내기에서는 내가 이기기도 했습니다. 그렇지만 상황은 달라져 있었습니다. 내가 이겼을 때는 난 그게 우연이 아니라고 확신할 수 없었으며, 나중에 내 계산을 다시 부정해야 하는지에 대해서도 확신할 수 없었답니다.

지금 우리가 도달한 시점에서는, 우리의 계산을 위하여 컴퓨터 이외에도 참고문헌들이 가득한 도서관을 뒤지고, 전문잡지들을 정기구독해야 합니다. 여러분이 아시다시피, 그 모든 것을 리서치 재단에서 제공해 주었으며, 우리는 마음대로 그것을 활용할 수 있습니다. 이 행성에 정착하고 나서, 우리는 우리의 연구를 후원해 주도록 그 재단에 의뢰했습니다. 현재 공식적으로 우리는 전자 예측 센터의 연구자로서 평범한 월급을 받으며 생활하고 있습니다. 거기에다 (크)이크는 언제나 손가락 하나 까딱하지 않고, 대학에서 얻은 학장의 직위에 따른 수당을 받고 있지요. 꼼짝도 하지 않으려는 그의 성향은 더 심해졌으며, 그래서 이곳에는 휠체어에 앉은 중풍 환자의 모습으로 나타났습니다. 여담이지만, 그 학장이라는 직위는 나이와는 아무 상관없습니다. 그렇지 않다면 나 역시 최소한 (크)이크만큼은 자격이 있을 것입니다. 다만 나는 그런 것에 신경 쓰지 않을 뿐입니다.

그래서 우리는 지금 이런 상황에 이르렀습니다. (크)이크 학장은 커다란 연구실 휠체어에 앉아, 아침 우편으로 도착한 전 세계의 신문들로 두 다리를 뒤덮은 채 캠퍼스 이쪽에서 저쪽 끝까지 들릴 정도로 소리칩니다.

「크프우프크, 보았어? 터키와 일본 사이의 핵 조약은 오늘 서명되지 않았어. 아직 협상조차 시작되지 않았다고. 크프우프크, 아내 살해범 테르미니 이메르세는, 내가 말한 대로 3년형을 선고받았어. 종신형이 아니라고!」

그러고는 희고 검은 신문지들을 뒤흔들었습니다. 마치 은하계들이 형성되던 무렵의 우주 공간 같은 ― 그 당시의 우주 공간처럼 ―, 또 허공에 둘러싸인 채 그 자체로는 아무 의미도 목적도 없는 고립된 천체들이 빽빽이 들어찬 우주 공간 같은 신문지들을 말입니다. 그러면 나는 예전에 그 허공을 가로질러 직선과 포물선들을 그리고, 정확한 지점을 찾아내고, 사건이 일어날 시간과 장소의 교차점을 분명하게 찾아내던 그 당시가 얼마나 아름다웠는지 생각합니다. 그런데 지금은 사건들이 시멘트 반죽처럼, 한 칼럼 위에 겹쳐진 다른 칼럼, 한 기사 위에 겹쳐진 다른 기사가 되어 끊임없이 쏟아져 내리고 있습니다. 몇 줄 읽을 수는 있지만 본질적으로는 읽을 수 없는, 어울리지 않는 검은 제목들로 서로 분리된 채, 마치 형태도 없고 방향도 없는 사건들의 반죽, 모든 추론을 둘러싸고 억누르고 짓이기는 사건들의 반죽처럼 끊임없이 쏟아져 내리고 있습니다.

「크프우프크, 알아? 오늘 월 스트리트의 마감 주가가 2퍼센트 떨어졌다고! 6퍼센트가 아니야. 어디 말해 봐! 카시아 거리에 불법으로 세워진 건물은 9층이 아니라 12층이야. 롱챔프 시합에서는 네아르코 4세가 두 길이 차이로 이겼어. 크프우프크, 이제 모두 얼마지?」

공간 속의 기호 하나

은하수 외부에 있는 태양이 은하계를 완전히 한 바퀴 공전하는 데는 약 2억 년이 걸린다.

맞아요, 그 정도의 시간이 걸립니다. 절대 그 이하는 아닙니다 — 크프우프크는 말했다. 언젠가 나는 지나가면서 우주 공간의 한 지점에다 기호를 하나 표시해 두었지요. 2억 년 후에, 그러니까 다음 공전에서 다시 그곳을 지나갈 때 발견할 수 있도록 말입니다. 기호를 어떻게 표시했냐고요? 그건 말하기 어렵습니다. 왜냐하면 여러분은 기호라고 말할 때 곧바로 다른 것과 구별되는 어떤 것을 생각하는데, 그곳에는 다른 것과 구별되는 어떤 것이 전혀 없었기 때문입니다. 여러분은 어떤 연장이나 손으로 표시한 기호를 생각할 것입니다. 연장이나 손을 떼더라도 기호는 남아 있기 때문이지요. 하지만 당시에는 아직 연장이라는 게 없었고 손이나 이빨, 코도 없었습니다. 그런 것들은 모두 나중에, 훨씬 나중에 나타난 것들이지요. 기호에 부여하는 형식은 아무 문제가 되지 않는다고 여러분은 말하겠지요. 어떤 형식이든 기호는 단지 기호로서, 말하자면 다른 기호들과 다르든 동일하든, 단지 기호로서 이용하면 그만이니까요. 여러분도 그렇게 생각할 것입니다. 그렇지만 당시에는 내가 모방하여 동일하게 만든다, 또는 다르게 만든다고 말할 수 있는 모델이 전혀 없었으며, 모방할 사물도 없었고, 직선이건 곡선이건 하나의 선, 하나의 점, 하나의 돌출부나 굴곡마저 없었습니다. 나에게는 기호를 표시하고 싶은 의도가 있었습니다. 그건 사실입니다. 말하자면 무엇이든 만들고 싶은 어떤 사물을 하나의 기호로 간주하고 싶었던 것입니다. 그러니까 나는 우주 공간의 다른 지점이 아닌 바로 그 지점에 기호를 표시하려는 의도로 무엇인가 만들어 놓았는데, 결과적으로 나는 진짜 기호를 만들어 놓은 셈이지요.

간단히 말해, 그것은 우주 안에, 또는 최소한 은하수의 흐름 속에 만들어진 최초의 기호로는 썩 훌륭했다고 말할 수 있습니다. 눈에 보이는 것이냐고요? 천만에요. 그 당시 무언가 볼 수 있는 눈을 누가 갖고 있었겠습니까? 보는 것도 없었고 보이는 것도 없었습니다. 그런 문제조차 없었지요. 그러나 틀림없이 알아볼 수 있는 기호였음은 분명합니다. 왜냐하면 우주 공간의 다른 지점들은 모두 동일하고 구별할 수 없는 반면에 그곳에는 기호가 있었기 때문이지요.

그러니까 행성들이 궤도를 따라 회전하고, 태양계는 또 나름대로 궤도를 회전하는 동안에, 나는 우주 공간의 무한한 다른 영역들과는 분리된 그 기호를 재빨리 어깨너머로 남겨두었습니다. 그러고는 벌써 내가 다음에 돌아와 그것을 찾아낼 때를 생각했고, 그것을 어떻게 알아볼까 생각했지요. 그 이름 없는 광활한 공간에서 수십만 광년 동안 낯익은 것이라고는 아무것도 만나지 못하다가, 수백 세기, 수천만 년 동안 아무것도 만나지 못하다가, 마침내 그 자리에 돌아와 내가 남겨 둔 그대로의 생생하고 적나라한, 틀림없이 내가 남긴 그 흔적을 그곳에서 다시 발견했을 때의 즐거움을 생각하지 않을 수 없었습니다.

은하수는 무수한 성좌, 행성, 성운과 함께 서서히 회전했으며, 태양 역시 나머지와 함께 가장자리에서 회전했습니다. 모든 흐름 속에서 유일하게 그 기호만이 어느 한 지점에, 모든 궤도에서 안전하게 보호된 채(그렇게 만들기 위해 나는 은하계 가장자리에서 몸을 약간 내밀었지요. 그 기호가 멀리 동떨어져 있어서, 모든 세상들의 회전이 그 위에 겹쳐지지 않도록 말입니다) 그 자리에 고정되어 있었습니다. 그 평범한 지점은 확실하게 그곳에 존재하는 유일한 지점이 되는 순간부터 더 이상 평범한 지점이 아니었고, 또 그 지점과 비교함으로써 다른 지점들을 정의할 수 있었지요.

나는 밤낮으로 그 생각만 했습니다. 아니, 그 이외의 것은 생각할 수 없었습니다. 말하자면 그것은 내가 무언가를 생각할 최초의 기회였습니다. 좀 더 정확히 말하자면, 그 이전에는 무언가 생각한다는 것이 불가능했지요. 왜냐하면 우선, 생각할 만한 사물들이 없었고, 그다음에는 사물들을 생각하기 위한 기호가 없었기 때문입니다. 그러나 그 기호가 탄생한 순간부터, 하나의 기호를 생각할 수 있는 가능성이 생겼지요. 그러므로 그 기호는 생각될 수 있는 하나의 사물이며 동시에 생각되는 사물의 기호, 말하자면 그 자체의 기호가 되었다는 의미에서, 그것을 생각할 수 있는 가능성이 생긴 것입니다.

그러니까 그 기호는 하나의 지점을 표시하는 데 이용되었지만, 동시에 그 자리에 하나의 기호가 있음을 표시해 주었습니다. 그것은 아주 중요한 사실이었습니다. 다른 지점들이 많았지만 기호가 있는 곳은 오로지 그 지점뿐이었으니까요. 동시에 그 기호는 나만의 기호, 나 자신에 대한 기호였습니다. 왜냐하면 그것은 내가 최초로 만든 기호였으며, 나는 지금까지 그 기호를 만든 유일한 사람이기 때문입니다. 그것은 하나의 이름, 그 지점의 이름과 같으며, 또 내가 그 지점에 표시해 둔 나의 이름과 같습니다. 간단히 이름이 필요한 모든 것에 대해 활용할 수 있는 유일한 이름입니다.

은하계의 가장자리에 이끌려 우리의 세계는 머나먼 우주 공간 너머로 항해했으며, 그 기호는 표시한 곳에 그대로 있었습니다. 그러면서 동시에 그것은 나를 표시하고 있었으며, 내 뒤를 따라왔고, 내 안에 거주했고, 나를 완전히 소유했으며, 내가 관계를 맺고자하는 모든 사물과 나 사이에 개입했지요. 다시 돌아와 그것과 만나고 싶은 기대와 함께, 나는 거기에서 다른 기호들, 기호들의 조합, 일련의 동일한 기호들과 상이한 기호들의 대립을 이끌어 낼 수 있었습니다. 그런데 그 기호를 표시한 지 — 아니, 은하수의 끊임없는 움직임 속에서 그 기호를 밖으로 내던진 직후부터 — 벌써 수천만 년이 흘렀답니다. 그리고 난 그 기호를 세세한 부분까지 자세히 기억해야 할 필요가 있었는데(어떻게 표시했는지 조금이라도 불확실하다면, 다른 우발적인 기호들과 구별하는 것이 불가능해지니까요), 곰곰이 생각해 보니 그 개략적인 윤곽들을 기억하고 있음에도, 전체적인 모습에서 무언가 달아나고 있는 느낌이었습니다. 간단히 내가 그 기호를 여러 요소들로 분해하려고 하면, 한 요소와 다른 요소 사이에 이러저러한 차이가 있는지 더 이상 기억나지 않았습니다. 바로 내 눈앞에서 그것을 연구하고 참조해야만 했지요.

그렇지만 그 기호는 알 수 없을 정도로 멀리 떨어져 있었습니다. 바로 나는 그것을 다시 발견하는 데 시간이 얼마나 걸리는지 알아보기 위해 표시를 했으니까요. 그것을 다시 찾을 때까지는 알 수 없을 것입니다. 그렇지만 중요한 것은 그 기호를 표시한 동기가 아니라, 그것이 어떻게 만들어져 있는지였습니다. 그래서 그에 대한 가정을 하기 시작했고, 어느 주어진 기호가 필연적으로 어느 주어진 방식으로 되어야 하는지에 관한 이론을 만들기 시작했습니다. 그리고 그 정확한 기호에 도달하기 위해서 그럴듯하지 않은 모든 유형의 기호들은 제외하려 했지요. 그러나 모든 상상의 기호들은 걷잡을 수 없이 사라져 버리곤 했습니다. 바로 비교의 기준이 되어야 할 그 최초의 기호가 없었기 때문이지요. 이러한 번민 속에서(마치 불붙어 타오르는 모든 천체들과 원자들이 간질이듯, 은하계가 부드럽고 공허한 침대에서 잠을 이루지 못하고 뒤척이며 계속 공전하는 동안에), 나는 그 기호에 대한 내 혼란스러운 개념마저 잃어버렸음을 깨달았습니다. 단지 서로 혼동되는 기호의 조각들, 말하자면 그 기호의 내부 기호들만을 상상할 수 있었습니다. 그러한 기호 내부의 기호들이 조금만 변해도 그 기호는 완전히 다른 기호로 바뀌었습니다. 마침내 나는 내 기호가 어떻게 되었는지 완전히 잊어버렸으며, 그것을 다시 떠올릴 방도가 없었습니다.

  내가 절망했을까요? 아닙니다, 망각은 귀찮기는 하지만 치유할 수 없는 것은 아니었습니다. 어찌 되었든 그 기호는 그 자리에, 말없이 꼼짝하지 않고 그대로 있음을 난 알고 있었습니다. 나는 그곳에 도달할 것이며, 그것을 다시 발견하고, 추론의 매락을 다시 잡을 수 있을 것입니다. 우리는 대충 은하계 공전궤도의 절반 정도 되는 지점에 이르러 있었습니다. 인내가 필요했습니다. 언제나 나머지 절반은 좀 더 빨리 지나간다는 인상을 주기 마련이지요. 이제 나는 그 기호가 있다는 것, 그리고 그곳을 다시 지나갈 것이라는 사실만 생각했습니다.

하루하루 가까이 다가가고 있었습니다. 나는 조바심에 몸이 떨렸습니다. 어느 순간에라도 그 기호와 부닥칠 수 있었기 때문이지요. 여기였던가? 아니 약간 저쪽이었어. 이제 백까지 숫자를 세자. 혹시 없는 게 아닐까? 혹시 벌써 지나친 것이 아닐까? 아닙니다. 나의 기호는 어딘가에, 뒤에, 우리 은하계의 공전궤도에서 완전히 벗어난 곳에 있었습니다. 특히 나는 그 무렵 각 천체의 중력이 받고 있던 진동 변화들, 즉 천체들을 달리아 꽃처럼 울퉁불퉁하고 불규칙적인 궤도로 이탈시키는 진동 변화들을 미처 고려하지 않았답니다. 수백만 년에 걸쳐 나는 내가 한 계산들을 힘겹게 다시 수정했습니다. 그 결과 우리의 진로는 매 은하년(銀河年)이 아니라 3은하년마다, 즉 매 60억 태양년(太陽年)마다, 그 지점을 다시 지나간다는 결론을 내렸습니다. 20억 년을 기다린 사람은 60억 년을 기다릴 수 있는 법입니다. 나는 기다렸지요. 그것은 머나먼 길이었지만 절대 두 발로 걸어가는 것은 아니었습니다. 오랜 광년 동안, 마치 불꽃 튀는 말발굽을 가진 말의 안장 위에 올라타듯이, 나는 은하계 위에 올라타고 별들과 행성들의 궤도 위에서 덜컹거리며 달렸습니다. 나는 점차 커져 가는 황홀경에 빠져 있었지요. 마치 오로지 나에게만 중요한 것, 그 기호와 왕국과 이름을 정복하러 나아가는 것 같았습니다.

나는 두 번째 공전, 세 번째 공전을 했습니다. 나는 함성을 질렀습니다. 그런데 틀림없이 바로 그 지점이 있어야 할 곳에 나의 기호 대신 무형의 얼룩, 황량하고 치밀한 우주 공간 속에 가벼운 마모 자국이 하나 있었답니다. 나는 모든 것을 잃었습니다. 그 기호, 그 지점, 내가 나 자신이도록 만들어 준 것 — 나는 바로 그 지점 안의 그 기호의 것이므로 — 을 모두 잃었지요. 기호가 없는 우주 공간은 또다시 시작도 끝도 없는, 역겨운 허공의 소용돌이가 되어 버렸으며, 그 안에서는 모든 것이 — 나를 포함하여 — 상실되어 버렸습니다(하나의 지점을 표시하기 위한 것이라면, 그것이 내 기호든 또는 내 기호를 지운 것이든 동일하다고 말하지 마십시오. 지웠다는 것은 바로 그 기호의 부정이며, 따라서 아무것도 표시하지 않았습니다. 말하자면 하나의 지점을 앞이나 뒤의 지점들과 구별하는 데 아무 소용이 없었지요).

나는 실의에 빠져 몇 광년이고 아무 의식도 없이 떠돌아다녔습니다. 마침내 내가 눈을 들었을 때(그동안에 우리 세계에는 시력이 생겼고, 그 결과 생명도 시작되었지요), 나는 전혀 예기치 못한 것을 보았습니다. 그 기호를 본 것입니다. 그러나 바로 그 기호가 아니라 그와 비슷한 기호, 틀림없이 내 기호를 모방한 기호였습니다. 그것은 거칠고 산만하며, 어색하게 과시적인 기호, 그 기호 안에 내가 표시하고자 했던 것을 추악하게 위조한 기호였습니다. 그것이 나의 기호가 아님을 곧바로 알 수 있었지요. 이제야 나는 말로 표현할 수 없는 내 기호의 순수함을, 그것을 본 순간 기억해 낼 수 있었습니다. 누가 이런 장난을 쳤을까요? 나는 그 이유를 알 수 없었답니다. 마침내 수천 가지 추리들의 연쇄 사슬 속에서 해답을 찾았습니다. 즉 우리 앞에서 은하계 공전을 하는 다른 행성계 위에 크그우그크라는 자가 있었는데(그의 이름은 나중에, 훨씬 나중에 이름의 시대에 추론되었지요), 그는 심술이 많고 질투심이 엄청나게 강했습니다. 바로 그가 파괴적인 충동에서 내 기호를 지우고, 거기에다 서투른 기교로 다른 기호를 표시하려 했던 것입니다.

분명히 그 기호는, 나의 기호를 모방하려는 크그우그크의 의도 이외에는 표시하는 바가 전혀 없었습니다. 따라서 서로 비교조차 할 수 없었지요. 바로 그 순간 나에게는 경쟁자에게 패배하지 말아야겠다는 욕망이 다른 어떤 생각보다 강하게 일어났습니다. 곧바로 진짜 기호가 있어야 할 공간에다 새로운 기호를 표시하여 크그우그크가 질투심에 불타오르도록 만들고 싶었습니다. 그 첫 번째 기호 이후 내가 더 이상 기호를 표시하지 않은 지 거의 7억 년의 세월이 흘렀지요. 나는 새로운 의욕으로 기호를 만들었습니다. 그런데 이제는 상황이 달랐습니다. 왜냐하면 앞에서 언급한 대로 세상은 이제 자기 자신의 이미지를 지니기 시작했기 때문입니다. 그래서 가능한 한 모든 사물들이 이제는 하나의 형식에 상응했고, 당시의 형식들은 자기 앞에 무한한 미래가 열려 있다고 믿었지요(그렇지만 사실은 그렇지 않았습니다. 비교적 최근의 예를 들자면, 공룡들을 보십시오). 따라서 나의 새로운 기호에서는 당시 사물들의 영향, 이른바 스타일 또는 모든 사물이 어느 정해진 양상으로 존재하는 특수한 방식을 느낄 수 있었습니다. 고백하건대 나는 정말로 그 기호에 만족했습니다. 더 이상 지워진 첫 번째 기호를 아쉬워하지 않았지요. 새로운 기호가 엄청날 정도로 더 아름다워 보였기 때문입니다.

그런데 그 은하년이 흐르는 동안에 세상의 형식들은 잠정적인 것이었으며, 그것들도 하나하나 변하리라는 사실을 깨달았습니다. 그리고 이러한 깨달음과 함께 오래된 이미지들이 지겨워졌지요. 기억조차 하기 싫을 정도였습니다. 나는 한 가지 생각으로 괴로워하기 시작했습니다. 즉 우주 공간에 기호를, 그토록 아름답고 독창적이고 유효적절하게 보이던 그 기호를 남겨 두었는데, 이제는 내 기억 속에서 전혀 어울리지 않는 모습으로 보였던 것입니다. 마치 아주 케케묵은 기호들의 인식 방법으로 만들어진 기호, 내가 적당한 시기에 벗어났어야 할 사물들의 형식과 맺은 어리석은 음모에서 나온 기호처럼 말입니다. 회전하는 세상들 앞에 오랜 세월 동안 모습을 드러낸 채, 자기 자신과 나 그리고 우리의 일시적인 사고방식을 우스꽝스럽게 보여주고 있는 그 기호가 부끄러웠습니다. 그 기호를 생각할 때마다(나는 계속해서 그것을 생각했지요) 나는 빨갛게 얼굴이 달아올랐습니다. 여러 지질학적 시대가 흐르는 동안에도 줄곧 그랬지요. 부끄러움을 감추려고 화산의 분화구 속으로 깊이 들어갔고, 후회에 젖어 대륙을 뒤덮은 빙하 덩어리를 이빨로 깨물었습니다. 나는 크그우그크가 은하수의 항로에서 언제나 나보다 앞서 나아가면서, 내가 채 지우기 전에 그 기호를 보았을 것이라는 생각에 괴로웠고, 그 비열한 녀석이 은하계의 모든 공간에다 경멸적으로 조잡한 풍자적 기호들을 반복하면서 나를 모방하고 조롱했을 것이라는 생각에 괴로웠습니다.

그런데 이번에는 천체의 복잡한 시계 장치가 나에게 유리하게 돌아갔습니다. 크그우그크의 성좌가 그 기호와 마주치지 않은 반면에, 우리의 태양계는 첫 번째 공전이 끝나자 정확히 그 지점에 이른 것입니다. 내가 최대한 세심하게 모든 것을 완전히 지울 수 있도록 아주 가까이 말입니다.

이제 우주 공간 속에 내 기호는 하나도 남아 있지 않았습니다. 나는 다른 기호를 만들 수도 있었지요. 그렇시만 이미 알고 있었습니다. 기호란 그것을 표시한 자를 평가하는 데도 이용된다는 사실을, 그리고 한 은하년이 지나는 동안 취향과

사상이 충분히 변할 수 있으며, 이전의 기호들을 고려하는 방식은 바로 나중에 나타나는 것에 의존한다는 사실을 말입니다. 지금 완벽한 기호처럼 보이는 것이 2억 년 또는 6억 년 후에는 흉측한 모습으로 보일 수도 있다는 두려움이 생겼습니다. 그렇지만 그런 후회 속에서도 그 최초의 기호 — 크그우그크가 파괴적으로 지워버린 — 는 세월이 지나도 그대로 남아 있었습니다. 모든 형식이 시작되기 전에 탄생한 것으로서, 또 분명 모든 형식들보다 오래 지속될 무엇인가를 — 말하자면 기호라는 사실을 — 지니고 있어야 할 것으로 말입니다. 그것으로 충분했습니다.

그런 기호가 아닌 다른 기호를 만드는 것에는 관심도 없었습니다. 그리고 나는 그 기호를 이미 수십억 년 전에 잊어버렸습니다. 그리하여 나는 진짜 기호를 어찌할 수도 없으면서 어떤 방법으로든 크그우그크를 괴롭히고 싶은 마음에서 가짜 기호들을 만들기 시작했습니다. 단지 크그우그크처럼 무능한 자만이 진짜 기호들로 오해할 수 있는 홈집, 구멍, 얼룩, 속임수들을 우주 공간에 만들어 놓았지요. 그런데도 그는 (다음 공전에서 내가 확인한 바대로) 열심히 그것들을 지웠습니다. 분명히 힘들었을 것입니다(그의 어리석은 행동이 어디까지 가는지 보려고 가짜 기호들을 우주 공간 사방에 뿌려 놓았지요).

이제는 한 바퀴 공전할 때마다(이제 은하계의 공전은 나에게는 아무런 목적도 기대도 없는, 지겹고 게으른 항해가 되어 버렸지요) 그가 지운 흔적들을 바라보면서, 나는 한 가지 사실을 깨달았습니다. 즉 은하년이라는 시간이 흐르면서 크그우그크가 지운 흔적들이 희미하게 퇴색하였고, 그 밑에 바로 내가 표시했던 것, 앞서 말한 대로 나의 가짜 기호가 다시 드러난 것입니다. 그것을 발견한 뒤 나는 불쾌함이 아니라 오히려 희망에 부풀었습니다. 만약 크그우그크가 지운 흔적들이 사라지고 있다면, 바로 그 지점에서 그가 처음에 지운 흔적은 틀림없이 사라졌을 것이며, 따라서 내 기호는 분명 최초의 것 그대로 되살아났을 것입니다!

그리하여 기대감 속에서 나의 나날들은 또다시 초조해졌습니다. 은하계는 뜨거운 냄비 속의 튀김처럼, 그 자체가 뜨거운 냄비이자 노란 계란 튀김처럼 회전했습니다. 그리고 나는 그 안에서 초조함에 안달했지요.

그렇지만 은하년의 세월이 흐른 우주 공간은 더 이상 전처럼 균일하게 황량하고 헐벗은 광활한 공간이 아니었습니다. 지나가는 지점들을 기호로 표시하려는 생각이, 나와 크그우그크에게 떠올랐던 것처럼, 수천 억 개의 다른 태양계 행성에 흩어진 수많은 자들의 머릿속에도 떠오른 것입니다. 나는 끊임없이 그런 기호들 하나, 또는 두 개, 또는 한꺼번에 10여 개와 마주치곤 했습니다. 단순한 2차원적인 끼적거림들 또는 3차원의 고체들(예를 들어 다면체들) 또는 4차원과 모든 것을 포함해 세심하게 만들어진 기호들도 있었지요. 실제로 나의 그 기호가 있던 지점에 이르렀을 때, 그 자리에는 모두 다섯 개의 기호가 함께 있음을 발견했습니다. 이것인가, 아니 저것이야. 천만에, 이것은 지나치게 현대적인 냄새가 나지만 가장 오래된 것일 수도 있어. 여기에선 내 손의 흔적이 없어, 내가 저런 식으로 만들었을 리가 없어……. 그러는 동안 은하계는 우주 공간으로 흘러가 버렸고, 또다시 그 낡은 기호들과 새로운 기호들은 뒤에 남아 있었습니다. 나는 결국 내 기호를 찾지 못했습니다.

조금도 과장하지 않고 말하건대, 그 이후는 내가 은하계에서 살아온 동안 가장 최악의 세월이었습니다. 나는 내 기호를 찾아 헤매었고, 우주 공간에는 기호들이 빼곡히 들어찼습니다. 이제는 누구든지 어떤 방식으로든 우주 공간에 자신의 흔적을 남겼고, 우리의 세상 역시 마찬가지였습니다. 몸을 돌릴 때마다 우리의 세상은 더욱 빽빽해졌고, 마치 세상과 공간이 서로를 비추는 거울처럼 보일 지경이었답니다. 세상과 공간이 모두 상형문자와 표의문자로 세밀하게 치장되었고, 그 각자는 하나의 기호가 될 수도 있었고 또 아닐 수도 있었습니다. 그것은 현무암 위에 새겨진 현란한 퇴적 무늬, 사막에 쌓인 모래 위에 바람이 만든 언덕 봉우리, 공작새의 꼬리 깃털에 새겨진 눈[目]의 배치(점차 기호들 사이에서 살아감에 따라, 전에는 자신의 존재 이외에 아무것도 표시하지 않은 채 존재하던 수많은 사물들도 기호로 보였으며, 그것들은 바로 자신의 기호로 바뀌었고, 기호를 만들고자 했던 자가 일부러 만든 일련의 기호들과 합쳐졌지요), 편암(片岩) 바위 벽에 남겨진 불꽃의 줄무늬, 거대한 피라미드 앞면 테두리의 약간 비스듬한 422번째 기다란 홈, 자기 폭풍 동안에 비디오 화면에 나타나는 일련의 줄무늬들(기호들의 연쇄는, 일부러 만들어진 기호에다 우연히 그 자리에 있던 기호가 합쳐져, 언제나 같으면서도 언제나 다르게 끝없이 반복되는 기호들, 또 기호들의 연쇄 속에서 엄청나게 증가했지요), 어느 석간신문에서 종이의 섬유질 찌꺼기 때문에 이상하게 인쇄된 R자의 다리 부분, 멜버른 항구 도크들의 간극(間隙) 안에 있는 어느 내벽의 80만 개의 균열 껍질들 중 하나, 어느 통계표의 곡선 하나, 아스팔트 위의 브레이크 자국, 염색체 하나······ 등등이었지요. 이따금 나는 벌떡 일어나곤 했습니다. 〈바로 저것이다!〉 순간적으로 나는 내 기호를 발견했다고 확신했지요.

땅 위에서든 허공에서든 상관없었습니다. 왜냐하면 기호들을 통해서 이제는 더 이상 뚜렷한 경계선이 없는 하나의 연속성이 설정되었기 때문입니다.

이제 우주에서는 더 이상 내용물과 형식이 구별되지 않았습니다. 단지 중첩되고 엉겨 붙은 기호들의 총체적인 두께만이 우주 공간 전체를 차지하고 있었으며, 그것은 바로 끊임없고 아주 세밀한 얼룩들의 총체, 선들과 긁힌 자국들과 돌출물들과 새긴 흔적들의 그물이었습니다. 이제 우주는 모든 차원에 걸쳐 사방이 온통 얼룩투성이였습니다. 더 이상 하나의 기준점을 확정할 방도가 없었습니다. 은하계는 계속 공전하고 있었지만, 나는 더 이상 회전수를 계산할 수 없었습니다. 어떤 지점이라도 출발점이 될 수 있었으며, 다른 기호들과 겹쳐진 어떤 기호라도 내 기호가 될 수 있었습니다. 이제는 내 기호를 발견해도 아무 소용이 없을 것입니다. 기호들과는 상관없이 우주 공간은 존재하지 않다는 게 분명하기 때문이지요. 아마도 지금까지 전혀 존재한 적이 없었을 것입니다.

광년의 세월

은하계는 멀리 떨어진 만큼, 빠른 속도로 우리에게서 멀어지고 있다. 만약 우리에게서 1백억 광년 거리에 있는 은하계라면, 빛의 속도, 즉 초당 30만 킬로미터의 속도로 달아날 것이다. 최근에 발견된 〈퀘이사〉들이 이러한 한계치에 가까울 것이다.

어느 날 밤 나는 여느 때처럼 망원경으로 하늘을 관찰하고 있었습니다. 그런데 1억 광년 거리에 있는 어느 은하계에서 게시판이 하나 솟아오른 것을 발견했지요. 그 게시판에는, 〈나는 너를 보았다〉고 쓰여 있었습니다. 나는 재빨리 계산했지요. 그 은하계의 빛이 나에게 도달하려면 1억 년이 걸리고, 또 여기에서 일어나는 일을 저 위에서는 1억 년 후에 볼 수 있으니까, 그들이 나를 보았던 순간은 틀림없이 2억 년 전으로 거슬러 올라가야 할 것입니다.

바로 그날 내가 무엇을 했는지 알기 위해 비망록을 확인하기도 전에 나는 서늘한 예감에 사로잡혔습니다. 정확히 2억 년 전, 하루 전도 아니고 하루 뒤도 아닌 바로 그날, 내가 영원히 감추고 싶었던 일이 벌어졌던 것입니다. 나는 세월이 지나면 그 사건이 완전히 잊히기를 바랐습니다. 그것은 바로 그날 이전 또는 이후의 내 습관적인 행동과는 완전히 정반대되는 사건이었지요 — 최소한 나에게는 그렇게 보였습니다. 따라서 만약 누구나 그 이야기를 다시 끄집어내려고 한다면, 나는 아주 평온하게 그것을 부정하고 싶었지요. 단지 증거를 댈 수 없기 때문에 그런 것이 아니라, 완전히 예외적인 상황에서 일어난 사건은 — 비록 실질적으로 확인이 된다 해도 — 사실처럼 보이지 않았기 때문입니다. 나 자신조차도 사실로 간주할 수 없을 정도로 말이지요. 그런데 머나먼 어느 천체에서 누군가가 나를 보았고 그 이야기가 이제 와서 다시 튀어나온 것입니다.

물론 나는 그 모든 일이 어떻게 일어났는지 설명할 수 있었으며, 비록 완전히 정당화할 수 없을지라도 내 행동 방식을 설명할 수 있었습니다. 곧바로 나는 똑같이 게시판에다 가령 〈내가 설명하지〉 또는 〈당신이 내 처지가 되어 보라〉라는 자기변호의 글귀로 대답하고 싶은 생각이 들었지요. 그렇지만 그것으로 충분하지 않을 것이며, 또 간결한 문장으로 쓰기에는 할 이야기가 너무 길어서 그토록 먼 거리에서는 읽을 수도 없을 것입니다. 무엇보다도 나는 발을 잘못 내딛지 않도록 조심해야 했습니다. 말하자면 공개적으로 그 사실을 인정함으로써 〈나는 너를 보았다〉는 말이 암시하는 것을 강조하지 말아야 했습니다. 무언가를 표명하기 전에, 그 은하계에서 무엇을 보았고 또 무엇을 보지 않았는지 정확히 알아야만 했습니다. 그러기 위해서는 가령 〈정말로 모든 것을 보았는가 아니면 단지 일부만 보았는가〉 또는 〈정말인가? 그렇다면 내가 무엇을 했는가?〉 따위의 문장으로 물어보는 수밖에 없었습니다. 그런 다음에 그들이 내가 쓴 문장을 볼 때까지 걸리는 시간, 또 내가 그들의 대답을 보고 나서 수정하는 데 걸리는 긴 시간을 기다려야 했습니다. 그러는 데에 모두 2억 년의 시간, 아니 거기에다 몇 백만 년의 시간이 더 걸릴 것입니다. 왜냐하면 문장의 영상들은 빛의 속도로 가고 되돌아오며, 또 은하계들은 계속해서 서로 멀어지고 있으므로, 그 성좌 역시 지금은 내가 보았던 곳이 아닌 더 멀리 떨어진 곳에 있을 것이며, 내 게시판의 문장은 그 뒤를 쫓아 달려가야 할 것이기 때문입니다. 다시 말해서 그것은 아주 느린 방식이었으며, 내가 가능한 한 빨리 잊고 싶은 사건을, 그것이 일어난 지 4억 년 이상이 지난 후에 또다시 논의하도록 만들 것입니다.

가장 좋은 행동 방식은 아무것도 아닌 척하는 것, 그들이 알게 된 사실의 범위를 최소화하는 것이었습니다. 그리하여 나는 서둘러서 그냥 간단하게 〈그래서?〉라고 쓴 게시판을 잘 보이도록 내걸었지요. 그 은하계에서 〈나는 너를 보았다〉는 글로 나를 당황하게 만들려고 했다면, 나의 침착함은 오히려 그들을 당황하게 만들 것입니다. 또 그들은 그 사건에 머무를 계제가 아니라고 확신할 테지요. 그렇지만 만약 그들이 나에 관한 많은 요소들을 수중에 지니고 있지 않다면, 〈그래서?〉라는 불확실한 표현은 그들의 〈나는 너를 보았다〉는 주장이 확장될 가능성을 조심스레 탐색하는 작업으로 이용할 수도 있었습니다. 우리 사이의 거리(1억 광년의 부두에서 그 은하계는 이미 1백만 세기 전에 닻을 올리고 어둠 속으로 항해를 시작했지요)로 말미암아 나의 〈그래서?〉라는 문장은, 바로 2억 년 전의 〈나는 너를 보았다〉에 대한 응답으로는 아마 적합하지 않을 수도 있었답니다. 그렇지만 게시판에다 좀 더 명백한 글을 쓰는 것은 적합하지 않아 보였습니다. 왜냐하면 만약 3백만 세기가 지난 후에 그날의 기억이 흐릿하게 사라지고 있을 때, 그 기억을 다시 떠올리고 싶지는 않앉기 때문이지요.

그렇다면 결국, 그 특이한 상황에서 나에 관해 만들어졌을 수도 있는 의견에 대해 지나치게 염려하지 말아야 했습니다. 내 생애의 사실들 — 그날 이후 몇 십 년, 몇 백 년, 몇 천 년 동안 일어난 사실들 — 이 나한테 유리한 입장에 서서 말해 주고 있었습니다. 따라서 나는 그러한 사실들을 그냥 말하도록 내버려 두는 수밖에 없었습니다. 만약 그 머나먼 천체에서 2억 년 전의 어느 날 내가 했던 일을 보았다면, 그다음 날, 또 그다음 날, 그다음 날에도 역시 나를 보았을 것이며, 따라서 고립된 사건을 기준으로 성급히 판단했을 나에 대한 부정적인 견해를 조금씩 조금씩 수정했을지도 모릅니다. 아니, 〈나는 너를 보았다〉 이후에 지나간 세월만 생각해 보아도, 그런 나쁜 인상은 이미 오래전에 지워졌으며, 좀 더 현실에 상응하는, 아마도 긍정적인 평가로 대체되었다고 나 스스로 확신할 수 있었지요. 그러나 이런 합리적인 확신만으로 위안을 얻을 수는 없었습니다. 나에 대해 긍정적인 견해로 바뀌었다는 증거를 얻을 때까지, 나는 당혹스러운 상황을 들켜 그것과 동일시되고 거기에 못 박혀 있으리라는 불안감에 시달려야 할 것입니다.

여러분은 이렇게 말하겠지요. 머나먼 성좌의 이름 모를 주민들이 나에 대해 어떻게 생각하든 상관하지 않을 수도 있다고 말입니다. 사실 내가 염려하는 것은 이 천체 또는 저 천체의 제한된 범위의 의견이 아니라, 바로 그들에게 들킨 결과들이 확대될 수도 있다는 불안감이었습니다. 그 은하계 주위에는 다른 은하계들도 있었고, 1억 광년 이내의 거리에 있는 몇몇 은하계에도 눈을 크게 뜬 관찰자들이 있을 것입니다. 〈나는 너를 보았다〉는 게시판을 내가 보기 전에, 틀림없이 다른 천체의 주민들도 읽었을 테지요. 이어서 좀 더 멀리 떨어진 성좌들에서도 마찬가지일 것입니다. 그 〈나는 너를 보았다〉가 언급하는 구체적인 상황이 무엇인지 누구도 정확히 알 수는 없다 할지라도, 그러한 불확정성이 절대 나에게 긍정적으로 작용하지는 않을 것입니다. 아니, 사람들이란 언제나 나쁜 추측을 더 믿는 성향이 있으므로, 1억 년 전에 실제로 본 것은, 결국에는 다른 곳에서 보았을 수도 있는 모든 것들과 전혀 비교될 수 없는 사건이었습니다. 따라서 2억 년 전 순간적으로 방심한 순간에 내가 남겼을 그 나쁜 인상은, 우주의 모든 은하계들을 가로질러 흩어지면서 확대되고 복잡해졌을 것입니다. 나로서는 그 상황을 악화시키지 않으면서 부정하기란 불가능했답니다. 나를 직접 보지 않은 자들이 어떤 극단적인 중상모략의 추측에 이르렀는지 알 수 없는 상황에서, 나는 나의 부정을 어디에서 시작해 어디에서 끝내야 할지 알 수 없었습니다.

이러한 정신 상태에서 나는 매일 밤 계속하여 망원경으로 주위를 둘러보았지요. 그리고 이튿날 밤에 나는 1억 광년하고 하루 광일(光日)의 거리에 떨어진 어느 은하계 위에도 〈나는 너를 보았다〉는 게시판이 내걸린 것을 보았습니다. 틀림없이 그들도 바로 그때를 언급하고 있었습니다. 내가 영원히 감추고 싶었던 일을, 단 하나의 천체뿐만 아니라 우주 공간의 완전히 다른 구역에 있는 또 다른 천체에서도 보았던 것입니다. 다른 천체들도 마찬가지였습니다. 이후 며칠 밤 동안 계속해서 〈나는 너를 보았다〉는 게시판들이 새로운 성좌들에서 솟아올랐습니다. 광년을 계산해 보니 그들이 나를 같은 날 보았음이 드러났습니다. 〈나는 너를 보았다〉는 게시판들 하나하나에 대해 나는, 가령 〈아 그래? 고맙군〉 또는 〈정말 중요한 사실이군〉 따위의 경멸적인 무관심이나 가령 〈*TANT PIS*(낭패로군)!〉 또는 〈메롱, 나다!〉 따위의 거의 도발적이고 건방진 게시판들로 응답하곤 했습니다. 그러면서도 언제나 나의 자제심을 유지하면서 말입니다.

논리적으로 내가 아무리 미래를 낙관적으로 본다 해도, 내 생애의 한 시점에 대한 그 모든 〈나는 너를 보았다〉는 문장의 의견 일치, 별들 사이의 특수한 시각적 상황에 의해 분명히 날조된 그 의견 일치 — 단 하나의 예외로서, 어느 한 천체에서는 분명 그 날짜와 관련하여 〈하나의 사건으로 보이지 않는다〉는 게시판이 나타났지요 — 는 나를 불안하게 만들었습니다.

마치 모든 은하계를 포함한 우주 공간에서, 바로 그날 내가 했던 일에 대한 이미지가 하나의 공 속에 투영되어, 계속 빛의 속도로 확산되는 것 같았습니다. 그래서 점차 그 공의 영역 안으로 들어가는 천체들의 관찰자들은 무슨 일이 일어났는지 볼 수 있었지요. 그리고 관찰자들 각자는 다시 나름대로 하나의 공의 중심에 있었고, 그 공 역시 주변에 온통 〈나는 너를 보았다〉는 글귀의 게시판들을 투영하면서 빛의 속도로 확산되고 있었습니다. 동시에 그 모든 천체들은 우주 공간 속에서 거리에 비례하면서 서로서로 멀어지는 은하계들의 일부였으므로, 하나의 메시지를 받았다는 신호를 보낸 각각의 관찰자는, 두 번째 메시지를 받기도 전에 더욱 빠른 속도로 공간에서 멀어졌습니다. 그러다가 어느 순간에 이르면 나를 보았던 — 또는 우리와 가까운 은하계의 〈나는 너를 보았다〉는 게시판, 또는 좀 더 멀리 떨어진 은하계의 〈나는 너를 보았다〉는 게시판을 보았던 — 머나먼 은하계들은 1백 억 광년 정도의 거리에 도달할 것이고, 그 이상을 넘어서면 매초 30만 킬로미터, 즉 빛의 속도로 멀어질 것이며, 그러면 어떠한 영상도 그곳에 도달할 수 없을 것입니다.

따라서 가능한 한 빨리 오해를 풀어야 했습니다. 그리고 해명을 위해 나는 단 한 가지를 기대하는 수밖에 없었답니다. 말하자면 그때 이후 다른 때에도 나를 보았을 것이라고, 말하자면 나의 완전히 다른 이미지, 즉 나의 진짜 모습으로 간주해야 할 이미지 — 그건 의심의 여지가 없었지요 — 를 보여 주는 나를 보았을 것이라고 기대하는 것이지요. 지난 2억 년의 세월 동안 분명 그럴 기회들이 있었을 것입니다. 혼동을 피하기 위해 나로서는 단 하나의 아주 명백한 기회만으로 충분했을 것입니다. 예를 들어, 어느 날 나는 진정한 나, 즉 다른 사람들이 보았으면 하고 바라는 모습의 나 자신이었을 때를 기억했지요. 그날은 — 나는 재빨리 계산했지요 — 바로 정확하게 1억 년 전이었습니다. 따라서 1억 광년 거리에 떨어진 은하계에서는 바로 지금, 내 명성에 걸맞은 나를 보고 있을 것입니다. 그리고 나에 대한 견해는 분명히 바뀌고 있을 것이며, 처음의 그 덧없는 인상을 교정, 아니 부정하고 있을 것입니다. 바로 지금 또는 대략 그렇습니다. 왜냐하면 지금 우리 사이의 거리는 1억 년이 아니라 최소한 1억 1년은 되었을 테니까요. 어쨌든 빛이 그곳에서 여기까지 도달할 때까지 나는 그만큼의 세월을 기다리는 수밖에 없었습니다(나는 〈허블의 상수〉까지 고려해 그 날짜를 재빨리 계산해 보았지요). 그러면 나는 그들의 반응을 알 수 있을 것입니다.

순간 x에 나를 보았던 사람이라면, 순간 y에도 충분히 나를 보았을 것입니다. 그리고 순간 y의 내 이미지는 순간 x의 이미지보다 더 설득력이 있으므로 — 아니, 한 번 보면 잊히지 않을 정도로 선명했다고 말할 수 있지요 — 기억되는 것은 분명 순간 y입니다. 반면에 순간 x에 보인 내 이미지는, 아마도 작별 인사를 하듯 순간적으로 기억에 떠올랐다가 이내 곧바로 잊히고 지워졌을 것입니다. 생각해 보십시오. y 같은 자가 x처럼 보일 수도 있지만, 절대적으로 y 같은 자가 분명한데 정말로 x 같은 자라고 믿겠습니까.

주변에 나타나는 〈나는 너를 보았다〉는 수많은 글귀가 나는 거의 즐거울 정도였습니다. 왜냐하면 그것은 나에 관한 관심이 많다는 증거였으며 따라서 가장 빛나는 나의 하루를 그들은 놓치지 않았을 것이기 때문입니다. 그 하루는 당시에 내가 평범하게 기대했던 반향 — 나도 인정하지만, 주어진 상황으로 제한되어 있고 게다가 상당히 주변적인 반향 — 보다 훨씬 더 방대한 반향을 불러일으켰을 것입니다. 말하자면 나도 모르는 사이에 불러일으키고 있을 테지요.

또 직접 나를 보지 못하고 단지 주변에서 〈나는 너를 보았다〉는 글귀만 보고, 자기들도 〈우리도 너를 본 것 같다〉 또는 〈저쪽에서 너를 보았단다!〉 따위의 게시판(내 생각에 때로는 호기심을, 때로는 빈정거림을 드러내는 표현들)을 내건 천체들도 역시 고려해야 했습니다. 그곳에도 역시 나를 겨냥한 눈길들이 있었으며, 그들은 하나의 기회를 놓쳤기 때문에 두 번째 기회는 결코 놓치지 않을 것입니다. 또 순간 x에 대해서는 단지 간접적이고 추측적인 정보만 있으므로 y의 나를, 나의 진짜 모습으로 받아들일 준비가 되어 있을 것입니다.

따라서 순간 y의 메아리는 시간과 공간을 통해 확산될 것이며, 더욱 멀고 빠른 은하계들에 도달할 것입니다. 그리고 그 은하계들은 매초 30만 킬로미터인 빛의 속도로 달려 그 이후의 모든 이미지를 놓칠 것이며, 따라서 시공을 초월하여 이미 확정된 내 이미지를 갖고 갈 것입니다. 이제 그 이미지는 자신의 무한한 영역 안에 다른 모든 부분적이고 모순적인 진리의 영역을 포함하는 진리가 될 테지요.

수십만 세기는 결코 영원이 아닙니다. 그러나 내게는 전혀 지나가지 않는 것처럼 느껴졌습니다. 마침내 어느 날 밤이었습니다. 얼마 전부터 나는 망원경을 그 첫 번째 은하계의 방향으로 고정시켜 두었지요. 나는 눈을 감은 채 오른쪽 눈을 접안렌즈에 갖다 대고, 천천히 눈을 떴습니다. 완벽하게 맞춘 성좌가 보였고 그 한가운데에 게시판이 세워져 있었습니다. 글씨가 잘 보이지 않아 나는 초점을 정확히 맞추었지요. 거기에는 〈트라랄랄라〉라고 쓰여 있었습니다. 단지 〈트라랄랄라〉뿐이었습니다. 내가 아주 명백하게 내 개성을 표현했던 순간에, 내 과거와 미래의 모든 행위를 해석하고, 또 종합적이고 객관적인 평가를 이끌어 내는 데 필요한 열쇠를 제공했던 순간에, 내가 했던 모든 것을 관찰하고 메모할 도의적인 의무를 가진 자가 도대체 무엇을 보았단 말입니까? 아무것도 없었습니다. 그는 아무것도 깨닫지 못했고 전혀 특이한 점을 발견하지 못했던 것입니다. 내 명성의 대부분이 그토록 믿을 수 없는 자의 손에 달려 있음을 발견하고 나는 좌절했습니다. 내가 누구였다는 증거, 다른 바람직한 상황에서 반복될 수 없다고 여겨진 그 증거가, 그처럼 우주의 한 구역에서 전혀 관찰되지도 않고 쓸모없이 지나가 버렸으며, 결정적으로 상실된 것입니다. 단지 그 신사 분이, 아마 술을 지나치게 마시고 행복감에 젖은 사람처럼, 멍하니 허공을 바라보며 5분 동안 방심, 기분 전환, 즉 무책임한 시간을 보내고 나서, 게시판에다 아무 의미도 없는 기호들, 자신의 임무를 잊고 〈트라랄랄라〉 하고 흥얼거리는 멍청한 노랫가락 이외에는 쓸 것을 발견하지 못했다는 이유 하나로 말입니다.

단 한 가지 생각이 조금 위로가 되었지요. 즉 다른 은하계에는 좀 더 성실한 관찰자들이 있을 것이라는 생각이었습니다. 옛날의 그 불쾌한 사건 때문에 수많은 관찰자들이 생겼고, 그들이 지금 새로운 상황을 주목하고 있을 것이라는 사실에 대해, 바로 그 순간처럼 내가 만족했던 적은 없었습니다. 나는 또다시 매일 밤 망원경을 들여다보았습니다. 며칠 후 정확한 거리에서 은하계 하나가 찬연히 나타나더군요. 게시판이 있었지요. 거기에는 〈너는 순모 스웨터를 입고 있다〉는 문장이 쓰여 있었습니다.

감동의 눈물을 흘리면서 나는 그 의미를 파악하려고 노력했습니다. 아마도 그곳에는 최첨단의 망원경이 있었던 모양입니다. 그래서 전혀 불필요한 세부 사항들, 누가 입고 있는 스웨터가 순모인지 또는 면인지 관찰하는 것을 즐기면서, 그 나머지는 전혀 중요하게 여기지 않고 관심조차 기울이지 않은 것입니다. 내 순모 스웨터 이외에는 나의 명예로운 행위, 나의 고결하고 너그러운 행위에 대해서는 전혀 고려하지 않았습니다. 물론 최고급 스웨터였지요. 다른 때라면 그런 관찰이 불쾌하지는 않았을 것입니다. 그러나 지금은, 지금은 아니었습니다.

어쨌든 나에게는 다른 여러 증거들이 있었습니다. 물론 그중에는 부족한 증거도 있겠지요. 나는 그리 쉽게 침착함을 잃는 스타일이 아니었습니다. 실제로 조금 멀리 떨어진 은하계에서 마침내 누군가 내가 어떻게 행동했는지 보고 그에 대해 정확한, 즉 열광적인 평가를 내렸다는 증거를 얻었습니다. 그의 게시판에는 〈저 녀석은 분명 유능하다〉고 적혀 있었습니다. 나는 아주 만족스럽게 그것을 받아들였지요 — 물론 그것은 내 기대, 아니 나의 정당한 가치를 인정받으리라는 내 확신을 확인하는 만족감이었을 뿐입니다. 그런데 바로 그 순간 저 녀석이라는 표현이 관심을 끌었습니다. 나를 이미 보았다면, 왜 나를 저 녀석이라 불렀을까? 그 불쾌한 상황이 아니더라도 어쨌든 나는 그들에게 잘 알려져 있지 않을까? 나는 망원경을 약간 조정하여 초점을 잘 맞추어 보았더니, 게시판 하단부에 약간 작은 글씨로 〈누구일까? 알아맞혀 봐〉라고 쓰여 있었습니다. 그보다 더 큰 실망을 상상할 수 있습니까? 정말로 내가 누구인지 이해하는 데 필요한 요소를 손에 지닌 자들이 나를 알아보지 못한 것입니다. 그들은 그 칭찬받을 만한 사건을 2억 년 전에 일어난 비난받을 사건과 연결하지 못했고, 따라서 그 비난받을 사건을 계속 내 탓으로 돌리고 있었습니다. 아니 그렇지도 않았습니다. 그것은 누구의 역사에도 속하지 않는, 개성 없는 익명의 일화로 남아 있었답니다.

나는 충동적으로 〈그래 바로 나다!〉는 게시판을 흔들고 싶었지요. 그렇지만 포기했습니다. 무슨 소용이 있겠습니까? 그들은 그것을 1억 년이 훨씬 지난 후에야 볼 것이며, 순간 x에서 지나간 다른 3억 년 이상을 합하면, 거의 5억 년이 걸릴 것입니다. 확실하게 나를 이해시키려면, 나는 그 케케묵은 이야기, 즉 가장 감추고 싶었던 부분을 다시 끄집어내어 구체적으로 설명해야 할 것입니다.

이제 나는 더 이상 확신할 수 없었습니다. 나는 다른 은하계들에서도 만족감을 얻을 수 없을까 봐 두려웠답니다. 나를 보았던 자들은, 나를 단지 산만하고 단편적이고 부분적으로만 보았습니다. 아니면 단지 어느 순간까지 일어난 것만 이해했고, 그 핵심을 포착하지 못했으며, 내 개성을 제대로 분석하지 못하고 경우에 따라 부각시켰을 뿐입니다.

단 하나의 게시판만이 내가 정말로 기대했던 것을 말했습니다. 〈그런데 너는 정말로 유능하구나!〉 나는 재빨리 노트를 펼치고 순간 x에 대한 그 은하계의 반응이 무엇이었는지 살펴보았지요. 우연하게도 〈하나의 사건으로 보이지 않는다〉는 게시판이 나타난 곳이었습니다. 분명 우주의 그 구역에서 나는 최상의 대우를 받고 있었습니다. 두 말할 나위 없이 나는 기뻐했어야 할 것입니다. 그렇지만 나는 아무런 만족을 느낄 수 없었지요. 그 찬양자들은 예전의 나에 대해 그릇된 견해를 가졌던 자들에 불과했으므로, 나에게는 정말로 아무 중요성도 없음을 깨달았습니다. 순간 y가 순간 x를 부정하고 지워 버렸다는 증거를 그들은 줄 수 없었지요. 따라서 오랫동안 악화된 불안감은 계속되었고, 그 원인이 사라졌는지조차 알 수 없었습니다.

물론 우주에 흩어진 관찰자들에게는, 순간 x와 순간 y는 관찰 가능한 수많은 순간들 가운데 두 가지에 불과했습니다. 실제로 매일 밤 다양한 거리에 위치한 성좌들에서 다른 사건들에 관한 게시판들, 가령 〈잘하고 있으니 그대로 해〉, 〈너는 아직 그대로구나〉, 〈무엇을 했는지 잘 봐〉, 〈내가 그렇게 말했지〉 등등의 게시판들이 나타났습니다. 그 각각에 대해 나는 여기에서 그곳까지의 광년들, 그곳에서 여기까지의 광년들을 계산하여, 어떤 사건에 대해 언급하는지 확인할 수 있었지요. 내 생애의 모든 행동들, 콧구멍에 손가락을 집어넣었던 모든 순간들, 달리는 전차에서 뛰어내렸던 모든 순간들이 아직 이 은하계에서 저 은하계로 여행하고 있었으며, 고찰의 대상이 되고 논평되고 평가되고 있었던 것입니다. 그 논평과 평가들이 언제나 적절한 것은 아니었습니다. 〈쯧쯧, 쯧쯧〉이라는 글귀는 내 월급의 3분의 1을 자선 기부금으로 지출했을 때에 해당했으며, 〈이번에는 내 마음에 들었어〉라는 글귀는 여러 해 동안 연구한 논문의 원고를 기차 안에서 잃어버렸을 때를 가리키고 있었으며, 괴팅겐 대학에서 유명했던 나의 개강 강의는 〈대기의 흐름에 주의할 것〉이라는 문장으로 논평되었습니다.

어떤 의미에서 나는 평온할 수 있었지요. 잘했건 잘못했건 내가 했던 것은 아무것도 완전하게 상실되지는 않았으니까요. 언제든지 하나의 메아리는 남아 있었습니다. 아니 여러 메아리들이 우주의 이쪽 끝에서 저쪽 끝까지 다양하게 확장되면서 다른 구들을 생성하는 구 안으로 울려 퍼졌지요. 그러나 그것은 서로 어울리지 않고 불연속적이고 비본질적인 소식들이었으며, 거기에서는 내 행위들 사이의 연결 고리를 찾을 수 없었습니다. 새로운 행위는 다른 행위를 설명하거나 수정하지 못했고, 따라서 그것들은 긍정적인 기호 또는 부정적인 기호와 함께, 마치 좀 더 간단한 표현으로 축소시킬 수 없는 아주 기다란 다항식(多項式)처럼, 서로 합쳐져 있을 뿐이었답니다.

그 시점에서 내가 과연 무엇을 할 수 있었겠습니까? 계속해서 과거에 몰두하는 것은 아무 쓸모가 없었습니다. 지금까지 지나간 대로 지나갔으니까요. 나는 미래에 더 잘 하도록 노력해야 했습니다. 중요한 것은, 내가 했던 모든 것들에서 무엇이 본질적인 것인지, 어디에 강조점을 두어야 하는지, 무엇을 주목하고 무엇을 주목하지 말아야 하는지 명확히 밝히는 것이었습니다. 나는 방향 표시가 있는, 말하자면 집게손가락으로 가리키고 있는 손을 그려 넣은 커다란 게시판을 준비했지요. 내가 관심을 끌고 싶은 행위를 할 때는, 그 게시판을 들어 올리기만 하면 되었습니다. 집게손가락이 그 장면의 가장 중요한 부분을 가리키도록 말입니다. 반면에 보이고 싶지 않은 순간에는 다른 게시판, 즉 내가 지향하는 방향과는 정반대를 가리키는 손이 그려진 게시판을 들어 올려 관심을 돌리도록 했습니다.

어디를 가든지 그 게시판들을 갖고 다니면서, 때에 따라 이것 또는 저것을 들어 올리면 그만이었습니다. 물론 그것은 아주 오랜 세월이 걸리는 작업이었지요. 수억 광년 거리에 떨어진 관찰자들은, 지금 내가 하고 있는 일을 수억 년이 지난 다음에야 볼 것이고, 또 나는 다시 수억 년 뒤에나 그들의 반응을 읽을 것입니다. 그렇지만 그것은 불가피한 지연이었습니다. 그런데 불행히도 내가 예상치 못한 다른 불편함이 있었습니다. 내가 게시판을 잘못 들어 올렸다는 것을 깨달았을 때에는 어떻게 해야 할까요?

예를 들어 언젠가 나는 나에게 명성과 권위를 부여할 행동을 하려 한다고 확신했지요. 나는 재빨리 집게손가락이 나를 가리키는 게시판을 흔들었습니다. 그런데 바로 그 순간 나는 보기 흉한 모습, 용서할 수 없는 실수, 부끄러움에 땅속으로 숨고 싶을 정도로 비참한 상황에 빠졌습니다. 그렇지만 이미 게임은 끝났습니다. 즉 그러한 모습은 그곳을 가리키는 게시판과 함께 이미 공간을 떠돌고 있었지요. 누구도 그것을 멈출 수 없으며, 그것은 광년의 세월을 집어삼켰고, 은하계들로 퍼져 나갔지요. 그것은 장차 수백만 세기 동안 논평과 웃음과 냉소의 표정을 유발할 것이며, 그것들은 수억 년의 심연에서 다시 나에게 돌아와, 허둥지둥 수정하고, 더욱 어색하게 정당화하도록 만들 것입니다.

그 반대도 있었지요. 이느 날 나는 좋지 않은 상황에 직면해야 했습니다. 인생을 살아가는 데 어쩔 도리가 없는 그런 상황 가운데 하나였지요. 나는 집게손가락이 반대편을 가리키는 게시판을 방패로 삼고 나아갔습니다. 그런데 예기치도 않게, 그토록 까다롭고 복잡한 상황에서 나는 아주 재치 있고, 균형 있고, 점잖고, 결단력 있는 모습을 보여 주었습니다. 절대 그 누구도 — 나 자신마저 — 예상하지 못했던 것이었지요. 오랜 성숙 과정을 필요로 하는 재능을 내가 갑자기 선보인 것입니다. 그러는 동안 게시판은 그 근처에 있던 작약 꽃 화분을 가리키며 관찰자들의 시선을 다른 곳으로 돌리고 있었습니다.

그런데 처음에는 다만 미숙함의 산물이고 예외라고 생각하던 그런 상황들이 더 자주 일어났습니다. 내가 보이고 싶지 않았던 것을 가리켰어야 하고, 가리켰던 것을 감추었어야 한다고 깨달았을 때는 이미 늦었습니다. 이미지보다 먼저 도착하여 게시판을 고려하지 말라고 경고해 줄 방도가 없었습니다.

나는 앞의 게시판을 부정하고 싶을 때 들어 올리기 위한 〈무효〉라고 적힌 세 번째 게시판을 만들려고 했지요. 그러나 모든 은하계에서 이 간판을, 그 교정해야 할 이미지 다음에야 보게 될 것입니다. 나쁜 이미지는 이미 만들어졌고, 따라서 거기에다 더욱 우스꽝스러운 모습을 더하는 것에 불과했습니다. 또다시 그것을 무효화하기 위해 〈무효는 무효〉라는 게시판을 드는 것 역시 헛일일 것입니다.

나는 계속해서 기다리며 살았습니다. 은하계들에서 나로서는 당혹스럽고 불안으로 가득 찬 새로운 사건들에 대한 논평이 도착하고, 나는 그들에게 때에 따라 미리 준비해 둔 대답으로 응답할 머나먼 순간을 기다리면서 말입니다. 그러는 동안 나와 아주 복잡하게 얽힌 은하계들은 이미 수백 억 광년의 한계치 너머로 굴러가고 있었지요. 그곳에 도달하려면 나의 메시지들은 더욱 빨리 달아나는 그들을 뒤쫓아 우주 공간을 가로지르며 헐레벌떡 달려가야 했습니다. 그러다가 마침내 눈에 어떠한 사물도 더 이상 보이지 않는, 1백 억 광년의 마지막 지평선 너머로 은하계들은 하나하나 사라질 것이며, 이제는 돌이킬 수 없는 판단을 한 채 가버릴 것입니다.

나는 더 이상 바꿀 수 없는 그들의 판단을 생각하면서 갑자기 일종의 안도감을 느꼈습니다. 마치 그 자의적인 오해의 기록에다 더 이상 덧붙일 것도 없고 삭제할 것도 없게 된 순간에야 느낄 수 있는 일종의 평온함 같은 것이었지요. 어둠의 영역 밖으로 빠져나간 광선의 마지막 꼬리를 향해 점차 사라져 가는 은하계들은, 나 자신에 대해 유일하게 가능한 진리를 안고 가는 것 같았습니다. 그리고 나는 모든 은하계들이 하나하나 이러한 길을 따라가기를 간절히 기대했습니다.

공간의 형태

물질의 분포와 관련해 공간의 구부러진 정도를 결정하는 중력장의 균형은 이제 상식이 되고 있다.

당시 내가 허공 속으로 떨어지던 것처럼, 허공 속으로 떨어진다는 것이 무엇을 의미하는지 여러분들은 아무도 모를 것입니다. 여러분들에게 떨어진다는 것은 아마 고층 빌딩에서 또는 비행 중에 고장 난 비행기에서 아래로 곤두박질하는 것을 의미하겠지요. 말하자면 머리를 아래로 하여 곧장 추락하고, 공중에서 약간 허우적거리고, 그러다가 금세 땅바닥에 이르러 커다란 굉음과 함께 부딪치는 것이지요. 그렇지만 내가 말하는 것은 아래에 땅바닥도 없고 단단한 것도 전혀 없으며, 멀리에서 당신을 자신의 궤도 안으로 끌어당길 천체마저 하나도 없는 경우입니다. 나는 허공 속에서 극한적인 한계선까지 아래로 내려가고 있었지요. 그 너머의 아래까지 내려갈 수 있는 곳, 일단 그곳에 이르러도 극한적인 한계선은 아직도 훨씬 아래에, 아주 멀리에 있었으며, 나는 그곳에 도달하기 위해 계속해서 떨어지고 있었습니다. 기준점이 없었으므로 나의 추락이 급격한 것인지 느린 것인지도 알 수 없었지요. 돌이켜 생각해 보건대, 내가 정말로 떨어지고 있었는지 아무런 증거도 없었습니다. 혹시 여전히 동일한 장소에 꼼짝 않고 머물러 있었는지, 아니면 상승하는 방향으로 움직이고 있었는지도 모릅니다. 위도 없고 아래도 없었기 때문에 그것은 단지 명목상의 의문이었으며, 다만 자연스럽게 생각하듯이 내가 떨어지고 있다고 계속 생각했을 뿐입니다.

떨어지고 있었다고 가정하면, 모두들 변함없이 동일한 속도로 떨어지고 있었지요. 실제로 우리, 나와 우르술라 흐'크스와 페니모어 중위는 언제나 거의 같은 높이에 있었습니다. 나는 우르술라 흐'크스에게서 눈을 뗄 수 없었지요. 그녀는 무척이나 아름다웠고, 또 떨어지는 동안에도 편안하고 자유분방한 태도를 유지했기 때문입니다. 나는 그녀의 시선을 가로챌 수 있기를 기대했지요. 그렇지만 우르술라 흐'크스는 떨어지는 동안 줄곧 손톱 손질을 하고 광택을 내거나 기다랗고 매끄러운 머리카락을 빗어 넘기는 데만 몰두해 있었으며, 나에게는 눈길 한 번 돌리지 않았습니다. 물론 페니모어 중위에게도 마찬가지였지요. 중위가 관심을 끌려고 온갖 노력을 다 했는데도 말입니다.

언젠가 중위는 우르술라 흐'크스에게 신호를 보내다가 나에게 들켰지요 — 그는 내가 보지 못했다고 믿었어요. 그는 처음에 두 집게손가락을 펴서 서로 부딪치더니 한 손으로 회전하는 몸짓을 했고, 그런 다음 아래를 가리키더군요. 간단히 말해서 그녀와 어떤 합의, 나중에 저 아래 어떤 장소에서 만나자는 약속을 암시하는 것 같았습니다. 물론 나는 모두 쓸모없는 이야기라는 것을 잘 알고 있었지요. 우리 사이에 만남이란 불가능했습니다. 우리는 서로 평행선으로 추락하고 있었으며, 우리 사이에는 언제나 동일한 거리가 가로놓여 있었으니까요. 그렇지만 페니모어 중위가 그런 생각을 하고 있다는 사실은 — 또한 그는 우르술라 흐'크스의 머릿속에 그런 생각을 넣어 주려고 노력했지요 — 내 신경을 건드리기에 충분했습니다. 그녀가 그에게 전혀 관심을 보이지도 않았고, 오히려 바로 그를 향해 — 내게는 분명 그렇게 보였습니다 — 가볍게 입술을 삐죽거렸는데도 말입니다(우르술라 흐'크스는 마치 자신의 침대 위에서 그러듯이 게으른 동작으로 몸을 뒤척이며 떨어지고 있었지요. 그래서 그녀의 어떤 몸짓이 누군가를 향한 것인지, 아니면 습관처럼 혼자 장난하고 있는 것인지 말하기는 어려웠습니다).

물론 나 역시 우르술라 흐'크스를 만날 꿈만 꾸었습니다. 그러나 나는 그녀의 추락선과 완벽한 평행선을 그리고 있었기 때문에, 실현 불가능한 욕망을 표현하는 것은 어리석어 보였습니다. 물론 낙관적으로 보자면, 우리의 두 평행선을 무한하게 계속 따라가다 보면 서로 만날 순간이 오리라는 가능성은 언제나 있었습니다. 이러한 우발성은 약간의 희망을 주었지요. 아니, 나를 계속 흥분시켰습니다. 솔직히 말하자면 우리 평행선들의 만남을 얼마나 꿈꾸었는지, 이제는 그것이 이미 실현된 듯이 내 경험의 일부가 되어 버렸을 정도입니다. 어느 순간에 그 모든 일이 아주 간단하고 자연스럽게 일어날 것입니다. 그토록 오랫동안 손가락 하나 가까이 대지 못한 채 분리되어 가다가, 그토록 오랫동안 자신의 평행선 여행에 갇힌 그녀를 이질적으로 느끼다가, 마침내 감지할 수 없는 우주 공간의 밀도가 좀 더 팽팽해지고 동시에 부드러워질 것입니다. 외부가 아니라 바로 우리 내부에서 허공이 충만해지듯이 말입니다. 그러면서 나와 우르술라 흐'크스는 함께 밀착될 것입니다(나는 눈을 감기만 해도 벌써 그녀가 가까이 다가오는 것을 볼 수 있었습니다. 일상적인 그녀의 모든 몸짓들과는 다르지만 틀림없는 그녀의 몸짓으로, 말하자면 두 팔을 쭉 펴서 아래로 내려 옆구리에 붙인 채, 기지개를 켜는 듯하면서 동시에 뱀이 길게 몸을 뻗듯이, 몸을 꼬고 손목을 비틀면서 말입니다). 또 마침내 내가 통과하던 보이지 않는 직선과 그녀가 통과하던 직선이 단 하나의 선으로 바뀔 것이며, 나와 그녀는 하나로 합쳐질 것입니다. 그곳에서 부드럽고 비밀스러운 그녀가 침투할 것입니다. 아니 홀로 외로움과 쓸쓸함에 고통받으며 팽팽한 긴장으로 그곳까지 내려간 나를 감싸고, 거의 흡수해 버릴 것입니다.

때로는 아주 아름다운 꿈들이 갑자기 악몽으로 바뀌기도 합니다. 바로 그런 방식으로 우리의 두 평행선이 만나는 지점은, 공간 속에 존재하는 모든 평행선들이 동시에 만나는 지점이 될 수도 있다는 생각이 머릿속에 떠올랐습니다. 그렇다면 그건 단지 나와 우르술라 호'크스 둘만의 만남이 아니라 — 오, 끔찍한 예상이여! — 페니모어 중위와의 만남이 될 수도 있었습니다. 우르술라 호'크스가 나와 친숙해지는 바로 그 순간, 섬세하고 검은 콧수염을 한 이방인이 불가피하게 우리의 내밀함을 공유할 것입니다. 이런 생각은 나를 고통스러운 질투의 악몽에 빠뜨리기에 충분했지요. 나는 우리(그녀와 나)의 만남이 하나의 발작적인 환희의 목소리로 녹는 비명을 들었고, 또 동시에 — 불길한 예감에 나는 몸이 얼어붙었지요! — 어깨너머로 유린당한 그녀의 — 적의에 차서 편협해진 나는 그렇게 상상했지요 — 찢어지는 듯한 비명을 들었으며, 그와 동시에 중위의 천박한 승리의 비명을 들었습니다. 그런데 어쩌면 — 여기에서 나의 질투심은 절정에 이르렀지요 — 그러한 그들(그와 그녀)의 비명이 그렇게 이질적이고 상이하지 않을 수도 있었습니다. 오히려 그것은 하나의 단일한 목소리로서, 내 입에서 튀어나올 절망적이고 격렬한 비명과는 반대로 단일한 쾌락의 비명으로 합쳐질 수도 있었지요.

이렇게 희망과 불안을 반복하면서 나는 계속하여 추락했습니다. 혹시라도 공간의 심연에서 무언가가 우리 상황의 어떤 변화를 예고하지 않을까 끊임없이 관찰하면서 말입니다. 두세 번 나는 하나의 우주를 흘낏 볼 수 있었지요. 하지만 그것은 멀리 떨어져 있었고, 오른쪽 또는 왼쪽의 아주 먼 저편에서 지극히 조그맣게 보였을 뿐입니다. 일정한 숫자의 은하계들이, 덩어리로 뭉쳐진 빛나는 작은 점들처럼 희미한 웅얼거림과 함께 회전하고 있는 것을 가까스로 구별할 수 있었습니다. 그러고는 곧이어 처음 나타났을 때처럼 모든 것이 위쪽 또는 옆으로 흩어져 버렸습니다. 혹시 착각이 아니었나 의심스러울 정도로 말입니다.

「저기! 저기 봐! 저기 우주가 있다! 저기 봐! 저기 뭔가 있다!」

나는 그쪽을 가리키며 우르술라 흐'크스에게 소리쳤지요. 그러나 그녀는 혀를 이 사이에 두고 입을 꽉 다문 채, 매끄럽고 깨끗한 다리를 쓰다듬으며 거의 보이지도 않는 몇 개의 불필요한 털을 찾아 손톱으로 잡아뜯는 데만 몰두해 있었습니다. 그녀가 내 부름을 이해했다는 유일한 증거는 한쪽 다리를 위로 들어 올리는 동작이었지요. 마치 — 이렇게 말할 수 있지요 — 그 머나먼 창공에서 반사되는 약간의 빛을 그녀의 체계적인 탐사 방식으로 활용하려는 듯이 말입니다.

이럴 때 내 발견에 대해 페니모어 중위가 얼마나 경멸적인 태도를 보였는지 말할 필요도 없습니다. 그는 어깨를 움찔했고 — 그에 따라 쓸모없이 치장하고 있는 계급장과 견장, 장식물들이 들썩거렸지요 —, 낄낄거리면서 반대편 방향으로 몸을 돌렸지요. 다만 (물론 그것은 내가 다른 방향을 바라보고 있을 때지만) 그가 우르술라 흐'크스의 호기심을 불러일으키려고 공간 속으로 달아나는 희미한 점을 가리키면서 〈저기! 저기! 우주다! 아주 크다! 내가 봤어! 우주야!〉라고 소리칠 때는 예외였습니다(그럴 때 웃는 것은 내 차례지요. 그의 등 뒤를 바라보며 마치 공중제비를 돌 듯이 몸을 돌리는 그녀를 보면서 말입니다. 분명 그것은 점잖지 못한 몸짓이었지만, 그래도 보기에 아름다워서, 나의 경쟁자에 대한 모욕인 것처럼 즐거워한 다음에는 나도 모르게 그것이 하나의 특권인 양 그를 질투하기도 했지요).

내가 거짓말을 했다고 말할 수는 없습니다. 내가 아는 한, 그런 주장들은 거짓보다는 오히려 진짜에 가까울 수도 있습니다. 이따금 우리가 멀리 어떤 우주의 외곽으로 지나갔다는 것(아니면 어떤 우주가 우리에게서 멀리 떨어진 외곽으로 지나갔다는 것)은 증명되었답니다. 그러나 공간에 수많은 우주들이 흩어져 있었는지, 아니면 우리가 어떤 신비로운 궤도를 굴러가며 계속 스쳐 지나간 것이 하나의 동일한 우주였는지, 아니면 실제로는 어떤 우주도 없고, 우리가 보았다고 생각하는 것은 아마도 옛날에 존재했다가 사라진 우주의 신기루로서, 다만 그 이미지만 남아 메아리처럼 공간의 벽에 부딪쳐 계속 반사되고 있었는지, 전혀 알 수 없었지요. 우주들은 우리 주위에 치밀하게 언제나 그 자리에 있고, 반면 우리가 움직이고 있다고 생각했는데 실제로 우리도 움직이지 않고, 또 모든 것이 시간도 없이 영원히 정지해 있었을 수도 있습니다. 그 둔감한 시간의 부재 속에서 무엇인가 또는 누군가가 잠깐 튀어나와 움직이는 듯한 착각을 불러일으키는 것처럼 순간적인 섬광들만이 점점이 흩어진 어둠 속에서 말입니다.

이 모든 것이 고려해 볼 가치가 있는 가정들이었지요. 그중에서 관심을 끌었던 것은, 우리의 추락과 관련한 것, 그리고 내가 우르술라 흐'크스와 접촉할 수 있을까 또는 아닐까에 관한 것뿐이었습니다. 그러나 그것은 누구도 알 수 없었습니다. 그렇다면 무엇 때문에 그 거만한 페니모어 중위는, 마치 자신의 일을 확신하고 있는 사람처럼 이따금 우월한 태도를 취했을까요? 그는 나를 화나게 하는 가장 확실한 방법은 우르술라 흐'크스와 옛날부터 친밀한 관계인 척하는 것임을 깨달았지요. 언젠가 우르술라 흐'크스는 몸을 흔들면서, 즉 무릎을 모으고 점점 넓게 지그재그로 진동하듯, 몸무게를 이리저리 흔들거리면서 떨어지기 시작했습니다. 단지 끝없는 추락의 지겨움을 속이기 위한 몸짓이었지요. 그러자 중위도 따라서 몸을 흔들기 시작했고, 그녀의 리듬과 똑같이 맞추려고 노력했습니다. 마치 보이지 않는 동일한 궤도를 따르듯이 말입니다. 아니 단지 자기들 둘만이 들을 수 있는 음악 소리에 맞추어 춤을 추는 것 같았으며, 심지어 그는 휘파람을 부는 척하면서 옛 동료들 사이의 유희를 몰래 암시하는 것 같았지요. 그건 완전히 하나의 허세였습니다. 내가 그걸 모를 리가 있겠습니까. 그러나 얼마 전인지는 모르지만 그들의 궤도가 시작될 무렵에 벌써, 우르술라 흐'크스와 페니모어 중위 사이의 만남이 실제로 있었으리라는 생각을 내 머릿속에 넣어 주기에 충분했습니다. 그리고 그것은 내게 고통스러운 상처를 주었지요. 그렇지만 곰곰 생각해 보면, 만약 우르술라 흐'크스와 페니모어 중위가 언젠가 공간의 동일한 지점을 공유하고 있었다면, 그것은 바로 그들의 추락선들이 서로 멀어졌고 아마도 계속 멀어지고 있는 증거였습니다. 그렇다면 중위로부터 느리면서도 지속적으로 멀어진, 우르술라 흐'크스가 나에게 가까이 다가올 가능성은 더욱 커진 것이지요. 따라서 중위는 지나간 과거의 친밀함을 자랑할 이유가 전혀 없었습니다. 미래에 미소 지을 사람은 바로 나였으니까요.

이러한 추론만으로 나의 내면까지도 평온할 수는 없었습니다. 혹시라도 우르술라 흐'크스가 중위를 만났을 가능성은 그 자체로서 하나의 부당함이었으며, 만약 실제로 그랬다면 나로서는 더 이상 그 부당함을 보상받을 수 없었으니까요. 덧붙여 나에게 과거와 미래는 서로 구별할 수 없는 애매모호한 용어들이었습니다. 내 기억력은 우리의 평행한 추락이라는 끝없는 현재를 넘어설 수 없었지요. 그리고 이전에 일어났을 일을 기억할 수 없었으므로, 그것은 가상의 미래 세상과 동일한 영역이었으며, 미래와 혼동되었습니다. 따라서 이렇게 가정할 수도 있었습니다. 즉 만약 두 평행선이 같은 지점에서 출발했다면, 그것은 바로 나와 우르술라 흐'크스가 따르고 있는 평행선일 수도 있다고 말입니다(그럴 경우, 그녀를 만나려는 나의 초조한 열망을 부추기는 것은 바로 잃어버린 동질성에 대한 향수였지요). 그러나 이런 가정을 믿고 싶지 않았지요. 왜냐하면 그것은 우리가 점차 멀어지리라는 것을 암시했고, 또한 그녀가 페니모어 중위의 두 팔 안에 안기게 될 가능성을 암시했기 때문입니다. 무엇보다도 나는 다른 현재를 상상하는 것 이외에는 현재에서 벗어날 수 없었고, 또 그 이외에는 아무것도 중요하지 않았기 때문이랍니다.

아마도 그 비밀은 이런 것이었습니다. 즉 나 자신의 추락 상태에 완전히 동일화되어 그 추락선은 겉으로 보이는 선이 아니라 다른 선이라는 사실을 깨닫는 것, 말하자면 그 추락선을 변할 수 있는 유일한 방식으로 바꾸는 것, 정말로 영원히 존재해 온 선으로 만드는 것이었습니다. 그렇지만 그런 생각을 가진 나 자신에게만 집중하는 것이 아니라, 뒷모습까지도 정말 아름다운 우르술라 흐'크스를 사랑에 빠진 눈으로 응시하면서, 특히 우리가 머나먼 성좌들의 은하계를 바라보며 지나가는 순간, 그녀의 구부정한 어깨와 튀어오를 듯한 엉덩이를 바라보면서 말입니다. 물론 그것은 엉덩이 그 자체가 아니라, 엉덩이를 쓰다듬는 듯한, 엉덩이 자체의 싫지 않은 반응을 도발하는 듯한 외부적인 매끄러움이었지요. 이러한 순간적인 인상만으로도 나는 그 상황을 새롭게 인식하였습니다. 즉 만약 무엇인가 안에 들어 있는 공간은, 안에 있는 모든 선들이 구부러지거나 기울도록 만들기 때문에, 텅 빈 공간과는 다른 것이 사실이라면, 우리들 각자가 지금까지 따라온 선은 하나의 직선인 것입니다. 하나의 직선이 직선이 될 수 있는 그 유일한 방식으로, 말하자면 총체적 진공의 투명한 조화가 물질의 장애물에 의해 변형되는 만큼 변형되는 직선, 즉 그 내부의 혹 또는 사마귀 또는 돌기물을 중심으로 완전히 휘감겨 있는 직선이었지요. 그리고 그 내부의 돌기물은 바로 공간 한가운데 있는 우주였습니다.

내 기준점은 언제나 우르술라 흐'크스였습니다. 실제로 그녀가 회전하듯이 가는 모습을 보면, 우리의 추락선은 약간 좁아졌다 약간 넓어졌다 하는 일종의 나선형 안에서 좁혀졌다 벌어졌다 한다는 생각이 들었지요. 그런데 우르술라 흐'크스는 이러한 흔들거림을 때로는 이쪽 방향으로 때로는 저쪽 방향으로 이끌고 갔습니다. 따라서 우리의 궤도 모양은 더욱 복잡해졌지요. 결과적으로 우주는 무처럼 그 자리에 심어져 있는 조잡한 팽창물이 아니라 모가 나고 뾰족뾰족한 형상이었으며, 그 안에서는 모든 돌출부 또는 오목한 부분 또는 모서리에 상응하여 우리가 지나온 선들과 공간은 들쭉날쭉하고 오목하고 겹쳐져 있었지요. 그러나 이것은 아직 도식적인 모습에 불과했습니다. 마치 표면이 매끄러운 고체 덩어리, 다면체들의 중첩, 결정체들의 덩어리처럼 말입니다. 사실은 우리가 움직이고 있던 우주 공간은 사방에서 번쩍거리는 첨탑과 꼭대기들, 둥근 지붕과 난간과 길게 늘어선 기둥들, 이중 창문과 삼중 창문과 둥근 창문들로 온통 구멍이 뚫리고 울퉁불퉁했습니다. 그리고 우리는 직선으로 추락하는 것 같았지만, 실제로는 보이지 않는 조형물과 장식물의 가장자리를 따라 미끄러져 가고 있었지요. 마치 개미들이 어떤 도시 하나를 가로질러 가려면 거리의 돌 포장길을 따라가는 게 아니라, 벽과 천장과 문틀과 전등을 따라 지나가는 것처럼 말입니다. 방금 도시라고 말했는데, 자칫하면 반듯한 각도와 대칭적인 균형을 갖춘, 어딘가 규칙적인 형상을 상상할 수도 있습니다. 그렇지만 공간은 모든 벗나무, 바람에 움직이는 모든 나뭇가지의 모든 잎사귀들, 모든 잎사귀의 모든 잎맥, 잎사귀 내부 잎맥들의 그물, 매순간마다 햇빛의 화살이 관통하는 상처 구멍들에 따라 조형된다는 사실을 고려해야 할 것입니다. 모든 것이 공간의 반죽 덩어리 안에 음화(陰畵)로 새겨져 있어서, 그 안에 자신의 흔적을 남기지 않는 사물은 전혀 없습니다. 모든 사물은 흔적을 남기게 됩니다 또한 동시에 매순간마다 이러한 흔적들의 모든 변형을 남기지요. 따라서 이슬람 국왕의 콧잔등에서 커지는 종기, 또는 빨래하는 여인의 가슴 위에 내려앉는 비누 거품은 모든 차원에서 공간의 전체적인 형태를 변화시키지요.

나는 공간이 이런 식으로 되어 있다는 사실만으로도, 그 안에는 부드럽고 아늑한 몇몇 은신처들이 감추어져 있음을 깨달았습니다. 가령 우르술라 흐'크스와 함께 결합하여 서로가 전신을 깨물며 흔들흔들 매달려 있을 수 있는 그물 침대처럼 말입니다. 사실 공간의 속성은 이런 식이었습니다. 즉 한쪽에는 평행선 하나가, 다른 한쪽에는 다른 평행선이 매달려 있습니다. 예를 들어 나는 구불구불한 동굴 안으로 추락하는 동안에, 우르술라 흐'크스는 바로 그 동굴과 통하는 좁은 갱도 속으로 빨려 들어갑니다. 마침내 우리가 함께 만나, 일종의 하위 공간의 섬에서 해초들의 양탄자 위에서 뒹굴고, 모든 자세로 뒤엉키고 뒤집어질 수 있도록 말입니다. 그러다가 갑자기 우리의 두 궤도는 다시 직선을 따라가기 시작하고, 마치 아무런 일도 없었다는 듯이 각자의 길을 가게 되는 것이지요.

공간이라는 알맹이는 균열과 둔덕들로 인해 온통 구멍이 뚫리고 울퉁불퉁했지요. 매우 주의 깊게 살펴보면, 페니모어 중위가 언제 좁고 그 구불구불한 협곡 아래로 지나가게 되는지 알 수 있었습니다. 그러면 나는 절벽 꼭대기에 숨어 있다가 정확한 순간에 그 녀석 위로 몸을 던졌지요. 나의 모든 체중을 실어 그의 목뼈를 강타하도록 하면서 말입니다. 이 공허의 절벽들 밑바닥은 메마른 강바닥처럼 바위투성이였는데, 페니모어 중위는 두 개의 커다란 바위 사이에 머리를 처박고 널브러져 있었고 나는 무릎으로 그의 가슴을 짓누르고 있었지요. 그러는 동안에 그 녀석은 내 손을 선인장의 가시들 — 또는 고슴도치의 등? — (어쨌든 공간의 어떤 예리한 수축에 상응하는 가시들)에다 짓눌렸습니다. 내가 발로 차서 떨어뜨린 권총을 잡지 못하도록 그랬지요. 어찌된 일인지는 모르지만 잠시 후 나는, 공간이 모래처럼 푹푹 빠지는 미립자의 층에 숨 막히게 머리를 처박고 있었습니다. 앞이 보이지 않고 멍청해진 나는 침을 뱉었지요. 페니모어 중위는 다시 자신의 권총을 잡았습니다. 흰개미집 형상으로 솟아난 허공이 확산되는 바람에 총알이 빗나가서 그의 귀를 스치고 지나갔습니다. 나는 몸을 던져 그를 덮치면서 손으로 목을 조르려 했지요. 그런데 내 손은 헛되이 〈찰싹〉 하는 소리를 내며 서로 부딪혔습니다. 우리의 궤도는 다시 평행선으로 돌아왔습니다. 나와 페니모어 중위는 여전히 같은 거리를 유지하며 흘러갔고, 또 서로 알지도 못하고 본 적도 없는 사람처럼 거만하게 등을 돌렸습니다.

1차원으로 간주되는 직선들은, 실제로는 하얀 페이지 위로 하나의 펜이 지나가면서 그려 놓은 구불구불한 문장의 행과 비슷했습니다. 그 펜은 성공적이면서도 언제나 불만족스러운 접근 작업을 통해 이루어진 설명을 빨리 끝내려는 조급함 속에서, 수정과 삽입이 가득 찬 문장의 단어와 구절들을 이 행에서 저 행으로 바꾸고 있습니다. 그렇게 우리, 나와 페니모어 중위는 서로 추격하고, 알파벳의 l자, 특히 *parallele*(평행선)이라는 단어의 l자들 뒤에 숨어서 총을 쏘고 총알을 피합니다. 나는 죽은 척하고 페니모어 중위가 지나가기를 기다렸다가 발을 걸어 넘어뜨려, 다리를 잡고 질질 끌고 가면서 v자와 u자와 m자와 n자 모서리에 그의 턱이 부딪히도록 합니다. 그 글자들은 필기체로 쓰면 모두 동일합니다. 예를 들어, *universo unidimen-sionale*(1차원적인 우주)라는 표현에서 보면, 돌 포장길의 구멍들이 울퉁불퉁 길게 늘어선 것처럼 보이지요. 그러고는 그 녀석을 지운 흔적들로 완전히 짓이겨진 곳에 내동댕이쳐 두면, 그는 엉겨 붙은 잉크로 더러워진 채 다시 일어나고, 나는 우르술라 호'크스를 향해 달려갑니다. 그러면 그녀는 나란히 늘어서서 마치 실처럼 보이는 *effe*(에프) 사이로 영리하게 숨으려고 합니다. 그렇지만 나는 그녀의 머리카락을 움켜잡고, 내가 지금 재빨리 쓰고 있는 것처럼 비스듬하게 기울어진 *d*자 또는 *t*자에 그녀를 밀어붙여 길게 눕힙니다. 그리고 나서 우리는 *g*자, *giù*(아래)의 *g*자 안에다 오목한 은신처를 팝니다. 그 지하 동굴은 우리의 체구에 알맞도록 마음대로 조절하거나, 조그맣게 작아져서 거의 보이지 않게 하거나, 아니면 우리가 잘 누울 수 있도록 좀 더 수평 방향으로 배치할 수도 있습니다. 물론 그러한 행들, 아니 문자와 단어들의 이어짐은, 검은 실처럼 풀려서 계속 이어진 평행의 직선으로 늘어날 수도 있으며, 따라서 그것은 절대 만나지 않는 연속성의 평행선만을 의미할 수도 있지요. 우리가, 즉 나와 우르술라 호'크스, 페니모어 중위, 그리고 다른 모든 사람들이 계속 추락하여 서로 만나지 못하는 것처럼 말입니다.

무(無)와 약간

스탠포드 선형 가속장치 센터의 물리학자 앨런 구스의 계산에 따르면, 우주는 아주 짧은 순간 그러니까 수백 억, 수천 억 분의 1초 동안에, 문자 그대로 완전한 무에서 만들어졌다(1984년 6월 3일자 「워싱턴포스트」에서).

내가 그때를 기억하고 있다고 여러분에게 말한다면 — 크프우프크는 말했다 —, 여러분은 무에서는 아무것도 기억할 수 없고 또 아무것도 기억될 수 없다고 반박할 것입니다. 그렇기 때문에 여러분은 지금 내가 이야기하려는 것을 한마디도 믿을 수 없을 것입니다. 그런 주장을 논박하기 어렵다는 것은 나도 인정합니다. 내가 여러분에게 말할 수 있는 것은, 무엇인가가 존재하게 된 순간부터, 다른 것은 전혀 존재하지 않았으므로, 그 무엇인가는 바로 우주였다는 사실, 또 전에는 그런 것이 전혀 존재하지 않았으므로, 아무것도 없었던 이전과 무엇인가가 존재하는 이후가 있었다는 사실입니다. 바로 그 순간부터 시간이 존재하기 시작했고, 시간과 함께 기억이 존재했고, 기억과 함께 기억하는 누군가가 존재하게 된 것입니다. 말하자면 나 또는 나중에야 바로 나라고 깨닫게 될 무엇인가가 존재하게 되었지요. 분명히 말하지만, 무의 시대에 내가 어떠했는지를 기억한다는 말이 아닙니다. 왜냐하면 그 당시에는 시간도 나 자신도 존재하지 않았기 때문이지요. 그러나 지금 생각해 보면, 비록 내가 존재했었는지 모른다 하더라도, 내가 존재했을 하나의 지점, 즉 우주는 분명히 있었습니다. 그러나 그 전에는 내가 비록 원했더라도, 내가 어디에 존재해야 할지 몰랐을 것입니다. 그것은 중요한 하나의 차이점이 되었으며, 내 기억으로는 바로 그 이전과 이후 사이의 차이입니다. 간단히 말해서 내 추론 역시 일리가 있으며, 게다가 여러분들처럼 단순주의의 오류를 범하지 않는다는 사실을 여러분은 인정해야 합니다.

그러므로 내가 여러분에게 설명하도록 놔두십시오. 그 당시 존재했던 것이 정말로 있었다고 말할 수는 없습니다. 미립자들, 아니 정확히 말하면 나중에 미립자들을 형성할 구성 성분들은 하나의 가상적인 존재였습니다. 즉 만약 당신이 존재한다면 존재하는 것이고, 만약 당신이 존재하지 않는다면 당신의 존재를 상상하여 과연 무슨 일이 일어날까 살펴볼 수 있는 그러한 존재였지요. 그것은 이미 우리에게 커다란 사건으로 보였고, 실제로도 그랬습니다. 왜냐하면 당신이 단지 가상적으로 존재하기 시작하고, 가능성의 영역 안에서 움직이고, 아직은 가설적인 에너지 충전을 받아들이고 또 되돌려주기 시작할 때에만, 당신은 실질적으로 존재하기 때문이지요. 말하자면 비록 지극히 작을지라도 시간과 공간의 영역을 당신 주위로 끌어당기는 것이지요. 당시에도 마찬가지였습니다. 그러니까 점차 그 양이 늘어나던 무엇인가가 — 중성자라는 이름이 멋지니까 그것들을 중성자라고 부르기로 하지요. 그러나 당시에는 누구도 중성자들을 상상조차 하지 못했습니다 — 마치 밀도가 무한히 큰 접착제처럼 빽빽하게, 무한히 뜨거운 열로 타오르는 반죽 덩어리 안에서 서로서로 겹쳐 동요하고 있었지요. 그러다가 그것이 시간과 아무 상관없을 정도로 지극히 짧은 순간에 — 또 실제로 시간이란 무엇인가 증명할 시간조차 없었지요 — 팽창했으며, 팽창하면서 공간이란 무엇인지 전혀 모르던 곳에다 공간을 만들었습니다. 그리하여 우주는 무의 완벽한 매끄러움 속에 있던 무한히 작은 혹에서, 눈 깜박할 사이에 양자 크기로 팽창했고, 그다음에 원자, 그다음에 바늘 끝, 못대가리, 숟가락, 모자, 우산…… 등의 크기로 팽창했습니다.

난 지금 너무 빨리 이야기하고 있군요. 아니면 혹시 너무 느리게 이야기하고 있는지도 모르겠습니다. 왜냐하면 우주의 팽창은 무한하게 빨랐지만 완전히 무에 휩싸인 기원에서 출발했으므로, 그 무에서 벗어나 시간과 공간의 문턱으로 들어서려면 시간과 공간의 용어로는 측정할 수 없는 격렬한 일탈(逸脫)이 필요했기 때문입니다. 말하자면 우주 역사 최초의 순간에 일어난 모든 것을 이야기하려면, 나는 이후 우주의 과거와 미래의 수백만 세기의 세월도 부족할 정도로 아주 긴 보고서를 준비해야 할 것입니다. 반면 그 이후에 일어난 모든 역사는 단 5분 만에 재빨리 이야기할 수 있지요.

이렇게 대비할 만한 시작도 끝도 없는 우주에 속해 있다는 사실은 곧 자부심, 긍지, 열광의 동기가 되었지요. 상상할 수 없는 거리들의 순간적인 펼쳐짐, 사방에서 분출하던 미립자들 — 하드론, 바리온, 중간자(中間子), 몇몇 쿼크들 — 의 확산, 놀라울 정도로 재빠른 시간의 흐름, 이 모든 것이 한꺼번에 용기와 지배심, 불굴의 의지를 주었으며, 동시에 모든 것이 당연히 이루어진 듯한 충족감을 주었습니다. 우리가 유일하게 비교할 수 있었던 것은 그 이전의 무였습니다. 마치 무란 불쌍히 여기거나 조롱할 만한 최악의 천박한 상황인 것처럼, 우리는 무의 상태에서 멀어졌습니다. 우리의 모든 생각은 전체를 포용하면서 부분을 경멸했습니다. 전체는 바로 우리의 요소였으며, 심지어는 시간, 모든 시간까지 포함했고, 그 안에서는 미래가 충만함과 풍부함으로 과거를 압도했습니다. 우리의 운명은 그 이상, 더욱 큰 그 이상이었으며, 우리는 더 적은 것을 조금도 생각할 수 없었지요. 이제부터 우리는 약간에서 더 많은 것으로 나아갈 것이며, 절대로 멈추거나 늦추지 않고, 더하기에서 곱하기로, 거듭제곱으로, 계승으로 나아갈 것입니다.

이러한 열광 속에 약간의 불안함, 최근 우리 발생의 그림자를 지우려는 초조함에 가까운 불안함이 감추어져 있었다는 느낌은, 나중에 깨달은 것에 비추어 내가 지금에야 느끼는 것인지, 아니면 당시에 이미 나를 음울하게 사로잡고 있었는지 모르겠습니다. 왜냐하면 전체는 우리의 자연스러운 상황이라는 확신이 있었음에도, 사실 우리는 무에서 탄생했고 절대적인 없음의 상태에서 가까스로 벗어났으며, 시공의 희미한 경계선만으로 우리는 모든 물질과 확장과 지속이 없던 이전의 상태와 분리되어 있었기 때문입니다. 당시 나를 사로잡은 것은 순간적이면서도 예리한 불확실성의 느낌이었습니다. 마치 형태를 갖추려고 노력하는 모든 것들이 자체의 취약성, 밑바닥의 공허함을 감추지 못할 것 같았지요. 거기에서 분리되어 나올 때처럼 빠른 속도로 우리는 그 공허함으로 돌아갈 수도 있었습니다. 그렇기 때문에 나는 우주가 형태를 갖추는 과정에서 보여 준 불확정성을 견딜 수 없었습니다. 그 어지러울 정도의 팽창이 멈추면서, 좋든 나쁘든 자신의 한계를 드러내고, 동시에 존재 속의 안정성을 획득하기를 초조하게 기다리듯 말입니다. 그리고 거기에서 내가 억누를 수 없는 두려움도 생겼습니다. 만약 일단 멈추면, 하강의 단계, 그만큼 격렬한 비존재로 복귀할 것이라는 두려움이었지요.

나는 맞은편에 몸을 던져 저항했습니다. 〈전체성! 전체성!〉 나는 사방으로 선언했고, 〈미래!〉 나는 깃발을 흔들었으며, 〈장래를!〉, 〈나에게 무한함을!〉 나는 주장하면서 그 힘들의 불분명한 소용돌이 속을 헤치고 나아갔습니다.

「잠재력이 가능하게! 행동은 행동으로! 가능성을 증명하자!」

나는 선동했지요. 벌써 미립자의 파동들(혹은 단지 방사선들이었을까?)이 모든 힘과 형식들을 포함하는 것 같았습니다. 그런데 활동적인 존재들로 가득 찬 우주를 서둘러서 내 주위로 끌어당길수록, 그것들은 그릇된 무기력함, 자포자기의 타성에 감염된 것처럼 보였습니다.

이러한 존재들 사이에는 여성들도 있었지요. 내 말은, 나를 보완해 줄 추진력을 지닌 여성들이라는 뜻입니다. 그녀들 중 하나가 특히 내 관심을 끌었습니다. 그녀는 의젓하고 신중했으며, 자기 주위에 기다랗고 호리호리한 힘의 영역을 형성하고 있었지요. 그녀의 관심을 끌기 위해 나는 우주의 풍요로움에 대한 내 흡족함을 더욱더 과시했고, 우주 자원들을 언제나 마음대로 활용하는 사람처럼 그것들에 접근하는 나의 자유분방함을 자랑했고, 언제나 더 나은 것을 기다리는 사람처럼 시간과 공간 속에서 앞으로 나아갔습니다. 누그크타(그 이름을 나중에야 알았지요)는 존재한다는 사실과 존재하는 것의 일부가 된다는 사실이 무엇을 의미하는지 알고 있었기 때문에, 분명히 다른 자들과는 다를 것이라는 확신이 있었습니다. 나는 그런 생각에 쉽게 적응하지 못하고 망설이는 대중 사이에서 돋보이도록 모든 수단을 동원하여 노력했습니다. 그런데 결과적으로 나는 그녀에게 가까이 접근하기는커녕 모두들에게 귀찮고 적대적인 존재가 되어 버렸습니다.

나는 모든 것을 망치고 있었습니다. 나는 곧 깨달았지요. 누그크타는 나의 과장된 행동을 거들떠보지 않았으며, 오히려 이따금 지겹다는 듯이 콧방귀를 뀌는 것 이외에는 아무런 관심조차 보이지 않으려 한다는 것을 말입니다. 그녀는 약간 냉담한 태도로 계속해서 자기 일에만 몰두하였습니다. 마치 기다란 다리를 굽혀 툭 불거진 팔꿈치로 껴안고 무릎 위에 턱을 고인 채, 웅크리고 앉아 있듯이 말입니다(여러분은 내 말을 이해해야 합니다. 지금 내가 묘사하는 것은, 만약 그 당시 무릎, 다리, 팔꿈치라고 말할 수 있었다면 그녀가 어떤 모습이었을까 하는 것입니다. 아니 정확히 말하자면, 그렇게 혼자서 웅크리고 앉아 있는 것은 바로 우주였고, 그 안에 있던 자들도 그랬습니다. 예를 들어 그녀를 비롯한 몇몇은 아주 자연스럽게 앉아 있었지요). 내가 그녀의 발치에 뿌려 놓은 우주의 보물들을, 그녀는 마치 〈그게 전부야?〉 하고 말하듯이 받아들였습니다. 처음에는 이러한 무관심이 애정 표시처럼 보였지요. 나중에야 누그크타가 나에게 가르침을 주고자 했음을 깨달았습니다. 말하자면 내가 좀 더 자제심 있는 태도를 유지하도록 이끌고 싶었던 것입니다. 무절제한 열광으로 나는 분명 그녀에게 경박하고 순진한 녀석, 초보자로 보였을 테지요.

나는 사고방식, 태도, 스타일을 바꾸는 수밖에 없었습니다. 나와 우주의 관계는 실질적이고 실제적인 관계가 되어야 했습니다. 그것이 아무리 크다 할지라도, 지나친 기대감 없이 객관적인 가치 안에서 모든 사물의 전개 과정을 평가할 줄 아는 사람처럼 말입니다. 나는 좀 더 설득력 있고, 유망하고, 신뢰성 있는 모습으로 그녀에게 보이기를 기대했지요. 성공했냐고요? 아닙니다, 절대로 아닙니다. 내가 확고한 것, 실현 가능한 것, 헤아릴 수 있는 것을 겨냥할수록, 오히려 그녀는 허풍쟁이, 사기꾼처럼 본다는 느낌이 들었습니다.

마침내 난 명백하게 알았지요. 그녀의 유일한 찬양 대상, 유일한 가치, 완벽한 모델은 바로 무(無)였습니다. 그녀의 경멸은 나를 향한 것이 아니라, 우주에 대한 경멸이었습니다. 존재하는 모든 것은 자체 안에 원래의 결점을 포함하고 있었지요. 따라서 그녀에게 존재란 바로 비존재의 천박하고 굴욕적인 퇴락으로 보였던 것입니다.

이것을 깨닫고 내가 당황했다고 말하는 것은 지나치게 단순한 표현입니다. 그것은 내 모든 확신들, 전체성에 대한 나의 열광, 나의 광대한 기대감에 대한 하나의 모독이었습니다. 무에 대한 향수에 젖은 여자와 나 사이에, 그보다 더 큰 불일치가 있겠습니까? 그녀에게도 일리가 없는 것은 아니었습니다(나는 그녀를 이해하려고 노력할 정도로 그녀에게 약했지요). 실제로 무는 자체 안에 하나의 절대성, 엄격함, 확고함을 지니고 있었으며, 따라서 실존의 요건들을 갖추려고 노력하는 모든 것은 제한적이고, 개략적이고, 불안정하게 보였지요. 존재하는 것 안에는 존재하지 않는 것과 비교해 볼 때, 곧바로 눈에 띄는 퇴락적인 성격, 불순함, 약점들이 있었습니다. 그렇다고 해서 내가 거기에서 어떤 결론을 이끌어 냈어야 할까요? 모든 것에 대해 어깨를 돌리고, 무(無) 속으로 다시 뛰어들었어야 할까요? 그게 어떻게 가능하겠습니까! 비존재에서 존재로 이행하는 과정은, 일단 가동된 상황에서는 멈출 수 없었답니다. 무는 돌이킬 수 없는 이미 끝난 과거에 속했습니다.

존재의 장점들 가운데는 완결된 충만함의 정점에서 잠시 쉬면서, 잃어버린 무를 아쉬워하고 또 공허의 부정적인 충만함을 울적하게 관조할 수 있는 장점도 있었습니다. 이러한 의미에서 나는 누그크타의 성향을 충족시켜 줄 준비가 되어 있었지요. 아니 이러한 고통스러운 감정을 나보다 더 강한 확신으로 표현할 수 있는 자는 아무도 없었습니다. 그런 생각으로 나는 그녀에게로 달려가며 외쳤습니다(말하자면 나는 어떤 방식이든 그런 종류의 선언과 비슷한 행동을 했지요).

「오, 우리가 무한한 무의 영역 속으로 사라질 수 있다면.」

그러자 그녀는? 그녀는 역겹다는 듯이 나를 거들떠보지도 않았습니다. 시간이 조금 지난 뒤에야 나는 내가 얼마나 비열했는지 깨달았고, 무에 대해서는 지극히 신중하게 말해야 한다는 것을(아니 정확히 말하자면 말하지 말아야 한다는 것을) 알게 되었습니다.

그때 이후로 계속 위기를 겪으며 나는 더 이상 평온함을 찾을 수 없었습니다. 공허의 완결성보다 충만함의 정체성을 더 선호하고 추구하는 상황에서 내가 어떤 오류를 범했을까요? 분명 비존재에서 존재로 이행하는 것은 하나의 새로움, 획기적인 사건, 확실한 효과의 대발견이었지요. 그렇지만 상황이 훨씬 나아졌다고 말할 수는 없었습니다. 아무런 오류도 없고 결점도 없는 깨끗한 상황에서, 거추장스럽고 뒤엉킨 구조물로 이행했는데, 그것은 도박판처럼 사방에서 무너져 내렸습니다. 이른바 우주의 경이로움 안에서 무엇이 나를 자극할 수 있었겠습니까? 활용 가능한 자원들이 부족해서 단조롭고 반복적인 해결책에 의존할 때가 많았으며, 또 어떤 때는 산만하고 무질서한 시도들만이 여기저기 흩어져 있었고, 그것마저도 이행되는 일이 거의 없었지요. 아마도 출발부터 틀렸던 모양입니다. 우주라고 믿었던 것은 곧이어 하나의 가면처럼 떨어져 버릴 것이며, 무, 말하자면 유일하게 가능한 진짜 정체성이 다시 돌아와 그 막강한 절대성을 부여할 것입니다.

나는 새로운 단계로 들어섰는데, 거기에서는 공허한 소용돌이, 부재, 침묵, 결핍, 끊어진 연결 고리, 시간이라는 조직 속의 공백만이 하나의 의미와 가치를 간직하고 있는 것 같았습니다. 그 틈 사이를 통해 나는 비존재의 위대한 왕국을 훔쳐보았으며, 거기에서 내 유일한 진짜 조국을 알아볼 수 있었습니다. 잠시 의식이 흐려진 순간에 배반했던 그 조국을 누그크타가 되찾도록 해주었던 것입니다. 그렇습니다, 다시 찾는 것이지요. 나는 나의 조언자와 함께 우주의 치밀함을 가로지르는 그 섬세한 공허의 동굴들 안으로 들어갈 것이며, 우리는 함께 모든 차원, 모든 시간, 모든 물질, 모든 형식의 사라짐에 도달할 것입니다.

바로 그 순간 나와 누그크타 사이에는 마침내 아무런 그림자도 없는 완벽한 합의가 이루어질 것입니다. 이제는 무엇이 우리를 갈라놓을 수 있겠습니까? 그런데도 이따금 예기치 않은 의견 차이가 생기곤 했습니다. 존재에 대하여 내가 그녀보다 훨씬 더 엄격해진 것 같았습니다. 그 미립자의 소용돌이가 서로 뭉치려는 노력에 대해 그녀가 보인 공범자에 가까운 너그러움을 발견하고 나는 깜짝 놀랐습니다(벌써 잘 형성된 전자장들, 원자핵들, 초기의 원자들…… 등이 존재했지요).

한 가지 말해 둘 것이 있습니다. 우주는, 그것이 충만된 정체성의 정점으로 간주되는 힌, 전막함과 겉치레를 드러낼 수밖에 없었습니다. 그런데 만약 약간의 사실, 무의 가장자리에서 힘겹게 모인 약간의 사물로 간주된다면, 하나의 고무적인 호감을, 또는 마침내 이루어질 것에 대한 하나의 너그러운 호기심을 유발할 것입니다. 놀랍게도 누그크타는 그 초라하고, 궁핍하고, 취약한 우주를 뒷받침하고 도와주려 했습니다. 그렇지만 나는 엄격하고 집요하게 주장했습니다.

「무는 돌아오라! 무에게 명예와 영광을!」

누그크타의 그러한 허약함으로 말미암아 우리의 목표에서 벗어나지 않을까 염려가 되었으니까요. 그런데 누그크타가 어떻게 대답했는지 아십니까? 내가 우주의 영광에 대해 지나칠 정도로 열광하던 때와 비슷하게, 조롱 섞인 콧방귀로 대꾸했지요.

언제나 그랬듯이 이번에도 역시 그녀가 옳았음을 나중에야 깨달았습니다. 무가 공허의 핵심 요소로서 만들어 낸 그 약간을 통해서만, 우리는 무와 접촉할 수 있었던 것입니다. 우리의 초라한 우주를 통하지 않고는, 무에 대한 어떤 이미지도 가질 수 없었습니다. 우리가 발견할 수 있었던 모든 무는 바로 그곳에, 즉 존재하는 것과의 관계 속에 있었습니다. 왜냐하면 무 역시 상대적인 것에 불과했으며, 존재의 흔적과 유혹들이 비밀리에 서려 있는 무에 불과했기 때문입니다. 실제로 비존재 자체가 위기에 처한 순간에 우주가 탄생했으니까요.

이제 수십 억 시간, 수십 억 년의 세월이 흘러간 지금, 우주는 그 최초 순간과는 알아볼 수 없을 정도로 바뀌었습니다. 그때 이후로 공간은 갑자기 투명해졌으며, 은하계들은 눈부신 소용돌이 속으로 어두운 밤을 감싸고, 태양계 궤도 위에 있는 수백만의 세상에서는 우주의 계절이 바뀌면서 나름대로 히말라야 산들과 대양들이 형성되고, 대륙 위에서는 빽빽이 들어찬 군중들이 축제를 벌이거나 고통받거나 집요한 고집으로 서로서로 학살하고, 대리석과 반암과 콘크리트의 수도에서 제국들이 몰락하고, 시장에는 도살된 황소와 냉동 완두콩과 얇거나 두꺼운 비단과 나일론 휘장이 넘쳐흐르고, 트랜지스터와 컴퓨터와 온갖 종류의 잡동사니 물건들이 들썩거리고, 모든 은하계에서는 모두들 무한히 조그마한 것에서 무한히 큰 것에 이르기까지, 모든 것을 관찰하고 또 측정하고 있습니다. 그리고 오로지 나와 누그크타만이 알고 있는 하나의 비밀이 있습니다. 즉 시간과 공간 속에 들어 있는 모든 것은 약간, 무에서 탄생한 약간일 뿐이라는 사실이지요. 그 약간은 존재하면서 동시에 존재하지 않을 수도 있으며, 또는 가장 미세하고, 가장 초라하고 부패하기 쉬운 존재일 수도 있습니다. 좋든 나쁘든 우리가 그것에 대해 말하고 싶지 않아 하는 것은 단지 이렇게 말할 수 있기 때문입니다. 미세하고 초라한 우주여, 무의 자식이여, 우리가 하는 모든 것, 우리의 모든 존재는 바로 너를 닮았구나.

내부 폭발

퀘이사, 세이퍼트 은하, 라세르테 물체들, 좀 더 일반적으로 말하자면, 활동적인 은하핵(銀河核)들이 최근 들어 천문학자들의 관심을 끌고 있는 이유는, 그것들이 초속 1만 킬로미터의 속도로 발산하는 엄청난 양의 에너지 때문이다. 은하계들의 중심적인 원동력은 바로 엄청난 질량의 블랙홀이라고 믿을 만한 타당한 근거들이 있다(『천문학』, 제36호).

활동적인 은하핵들은 빅뱅의 순간에 폭발되지 않은 조각들일 수도 있는데, 그 내부에서는 폭발적인 팽창과 엄청난 양의 에너지 방출과 함께, 블랙홀의 과정과는 정확히 정반대 과정이 진행되고 있을 것이다(〈화이트홀〉). 그것들은 시간-공간의 두 지점 사이의 연결점(아인슈타인-로센 다리)의 나오는 극단으로서, 바로 들어가는 극단에 위치한 블랙홀이 집어삼키는 물질을 방출하는 것으로 설명할 수 있다. 이 이론에 따르면, 1억 광년 거리에 있는 하나의 세이퍼트 은하는 우주의 맞은편에서 1백억 년 전에 빨아들였던 가스를 지금 방출하고 있다는 것이 가능하다. 그리고 심지어는 1백억 광년 거리에 있는 하나의 퀘이사는, 현재 우리가 그것을 보고 있는 그대로의 모습으로, 바로 오늘 형성된 블랙홀을 통과하여, 미래 시대에서 그곳에 도달한 물질로 만들어졌을 수도 있다(파올로 마페이, 『하늘의 괴물들』, 210~215쪽).

외부 폭발인가 아니면 내부 폭발인가 — 크프우프크는 말했다 — 바로 이것이 문제입니다. 즉 자신의 에너지를 끝없이 우주 공간에 확산하는 것이 고귀한 의도인가, 아니면 자신의 에너지를 치밀한 내부적 응축으로 압축하고 안으로 집어삼켜 보존하는 것이 고귀한 의도인가 하는 문제지요. 스스로 해방되는 것, 사라지는 것, 그 이외에는 아무것도 아닙니다. 말하자면 모든 섬광, 모든 광선, 모든 발산을 자기 안에 억제하고, 혼란스럽게 동요하는 모든 갈등을 영혼의 심연 속에 억누르며 평온을 유지하는 것, 스스로를 감추고 스스로를 지워 버리는 것, 그러고는 아마도 다른 곳에서 다른 모습으로 다시 깨어나는 것이지요.

다른 모습이라…… 어떻게 다른 모습일까요? 문제는 〈외부 폭발 또는 내부 폭발이 다시 도래할 것인가?〉 하는 것이지요. 이 은하계의 소용돌이에 흡수되어 다른 시대와 다른 하늘에서 다시 모습을 드러내는 것일까요? 이곳에서 차가운 침묵 속으로 깊숙이 침잠하여, 저곳에서 완전히 다른 언어의 격렬한 함성으로 자신을 표현하는 것일까요? 이곳에서 마치 어둠 속의 해면(海綿)처럼 선과 악을 흡수하여, 저곳에서 눈부신 분수처럼 솟아올라 스스로 확산되고 소모되고 사라지는 것일까요? 그렇다면 이러한 순환은 도대체 무엇 때문에 반복되는 것일까요? 나는 아무것도 모릅니다. 알고 싶지도 않고, 또 생각하고 싶지도 않습니다. 지금, 이곳에서, 나의 선택은 이미 이루어졌습니다. 나는 안으로 폭발합니다. 마치 구심적인 돌진을 통해서 모든 의혹과 오류들, 덧없는 변화의 시간, 이전과 이후의 단조로운 하강에서 영원히 구원받고, 그럼으로써 동시에 안정적이고 확고한 시간에 접근하고, 유일하게 확정적이고 치밀하고 동질적인 상태에 도달할 수 있는 것처럼 말입니다. 만약 그게 좋아 보인다면, 여러분들은 밖으로 폭발하십시오. 무한한 빛살로 여러분 자신을 발산하고, 아낌없이 주고, 너그러이 낭비하고, 스스로를 버리십시오. 반면에 나는 안으로 폭발하고, 나 자신의 심연 속으로, 감추어진 나의 중심을 향해 무한하게 무너져 내리겠습니다.

도대체 언제부터 여러분은 단지 외부 폭발의 형태 이외에는 전혀 핵심적인 힘을 상상할 수 없게 되었습니까? 물론 여러분 나름대로 근거가 있음은 인정합니다. 여러분이 모델은 엄청나게 격렬한 폭발에서 탄생한 우주로서, 그 최초의 파편들은 아직도 뜨겁고 맹렬하게 우주 공간의 한계선까지 날아가고 있습니다. 또 여러분의 상징은 초신성들의 넘치는 불타오름이며, 그것들은 엄청난 에너지로 충만한 별들의 거만스러운 젊음을 자랑하고 있지요. 완전히 성숙하고 정돈된 행성까지도 언제나 폭발하고 분출될 준비가 되어 있음을 자랑하기 위해, 여러분들이 즐겨 사용하는 비유는 바로 화산입니다.

현재 하늘의 아주 머나먼 구역에서 번쩍이는 용광로들은 총체적인 폭발에 대한 여러분의 숭배를 실증적으로 정당화하고 있습니다. 가스와 미립자들은 빛에 가까운 속도로 나선형 은하계들의 돌출부에서 넘쳐흐르면서 이렇게 선언하고 있습니다. 대폭발은 아직도 지속되고 있으며, 위대한 목양신(牧羊神)은 아직 죽지 않았다고 말입니다. 아니, 내가 여러분의 논거를 모르는 게 아닙니다. 나 역시 여러분과 합류할 수도 있습니다. 힘내라! 터져라! 폭발하라! 새로운 세상은 아직도 시작되고 있으며, 나폴레옹 시대처럼 엄청난 대포의 굉음 속에서 언제나 새로운 시작들을 반복하고 있지요. 혹시 그 대포들의 혁명적 힘을 찬양하던 시대에, 폭발이란 단지 사람이나 재산의 파괴가 아니라 탄생, 발생의 증거로 간주하게 된 것은 아닐까요? 바로 그때부터 열정, 자아, 시(詩)마저도 영원한 폭발로 간주하게 되었을까요? 그러나 만약 그렇다면 그와 정반대의 주장 역시 타당합니다. 말하자면 그 잿더미로 변해 버린 도시 위에 버섯 구름이 치솟아오른 그 해 8월 이후로, 폭발이란 단지 절대적인 부정의 상징이 되어 버린 시대가 시작되었다는 주장 역시 타당하지요. 게다가 우리가 지구 연대기의 달력에서 벗어나 우주의 운명을 물어보면 열역학의 신탁(神託)이 우리에게 대답해 주던 시절 이후로, 우리는 이미 알고 있었습니다. 즉 존재하는 모든 형태는 열의 불꽃으로 해체될 것이며, 어떠한 존재도 미립자들의 회복 불가능한 무질서에서 벗어날 수 없으며, 시간은 돌이킬 수 없는 영원한 재난이라는 사실을 말입니다.

몇몇 오래된 별들만이 시간에서 벗어날 수 있습니다. 그들만이 열린 문을 통해 완전한 파멸을 향해 달리는 기차에서 뛰어내릴 수 있지요. 그들은 노쇠하면 〈적색 왜성〉이나 〈백색 왜성〉의 크기로 수축하고, 〈펄서〉의 반짝이는 마지막 흐느낌 속에서 숨을 헐떡이고, 〈중성자 별〉의 단계까지 압축되고, 그러고는 마침내 자신들의 빛을 창공에 낭비하지 않고 스스로 소멸해 버리면, 마침내 완숙한 상태에서 걷잡을 수 없는 붕괴를 시작하게 되지요. 그 안에서는 모든 것이, 심지어 빛살마저 내부로 침몰하고 더 이상 그곳에서 빠져나오지 못합니다.

「내부로 폭발하는 별들이여, 찬양받을지어다.」

그들에게는 새로운 자유가 열립니다. 공간을 초월하고 시간에서 해방된 그들은 더 이상 나머지 모든 것에 봉사하지 않고 마침내 스스로를 위해 존재합니다. 아마도 유일하게 그들만이 진짜로 존재한다고 확신할 수 있습니다. 〈블랙홀〉이란 질투심에서 나온 중상모략에 가까운 별명입니다. 구멍과는 정반대지요. 그 안에는 충만하고 무겁고 치밀하고 빽빽한 것이라곤 전혀 없으며, 마치 주먹을 움켜쥐고, 이빨을 앙다물고, 몸을 잔뜩 웅크리듯이, 자체 내부를 향한 중력을 유지하려는 집요함뿐입니다. 오로지 이러한 조건 아래에서만 우리는 살아남을 수 있습니다. 넘치는 외부 팽창 속에서, 놀라운 외향성, 확산성, 비등성, 폭발성의 바람개비들 속에서 살아남을 수 있지요. 오로지 그럼으로써만 암시적이고 표현되지 않은 것들이 자신의 힘을 잃지 않는 곳, 의미들의 충만함이 사라지지 않는 곳, 신중함과 거리감이 모든 행위의 효율

성을 증대하는 곳, 그런 시간과 공간의 장소로 들어갈 수 있습니다.

우주의 불확실한 가장자리에 있는 별과 유사한 가상적인 물체들의 경솔한 행동에 현혹되지 마십시오. 여러분이 바라보아야 할 곳은 바로 여기, 우리 은하계의 중심입니다. 모든 계산과 장치에 따르면 엄청난 질량을 갖고 있으면서도 눈에 보이지 않는 어떤 실체가 존재하는 곳이지요. 아마도 마지막 폭발의 시간에게 사로잡힌 가스와 광선들의 거미줄이, 그 한가운데에는 이른바 구멍들 중의 하나가 불 꺼진 낡은 분화구처럼 누워 있다는 사실을 입증하고 있습니다. 우리를 둘러싸고 있는 모든 것, 행성과 성좌와 은하수 가지들의 수레바퀴가, 우리 은하계의 모든 것이, 자체 안으로 침잠한 이 내부 폭발의 축에 의해 지탱되고 있습니다. 그것은 나의 극점이며, 나의 거울이며, 나의 비밀스러운 조국입니다. 핵이 폭발하는 것처럼 보이는 머나먼 은하계들을 부러워할 이유가 전혀 없습니다. 그곳에서도 역시 중요한 것은 바로 보이지 않는 존재입니다. 그곳에서도 역시 아무것도 밖으로 나오지 못합니다. 내 말을 믿으세요. 엄청난 속도로 소용돌이치고 눈부시게 빛나는 것은, 다른 존재 양식, 말하자면 내 방식에 동화된 구심적인 절구통 속에서 산산이 부서질 자양분에 지나지 않습니다.

물론 때로는 마지막 은하계들에서 목소리 하나가 들려오는 듯합니다. 「나는 크프우프크다. 나는, 네가 안으로 폭발하는 동안에 밖으로 폭발하는 너 자신이다. 나는 나를 낭비하고, 나를 표현하고, 나를 확산하고, 의사소통을 하고, 내 모든 잠재력을 구현하고, 정말로 존재한다. 그러나 너는 그렇지 않다. 너는 내부를 지향하고, 입을 다물고 있으며, 자아 중심적이고, 불변의 너 자신과 동화되어 있다.」

그러면 중력이 붕괴된 장벽 너머에도 역시 시간이 계속해서 흐르고 있다는 번민이 나를 사로잡습니다. 그것은 다른 시간, 이곳에 남아 있는 것과는 아무 관계가 없지만 여전히 돌아오지 않는 질주에 뛰어든 시간이지요. 이럴 때 내가 뛰어든 내부 폭발은 단지 나에게 허용된 하나의 휴식, 내가 도망칠 수 없는 숙명성 안에 끼어든 하나의 지연에 불과할 것입니다.

무언가 꿈 또는 기억 같은 것이 뇌리를 스치고 지나갑니다. 크프우프크가 시간의 파멸에서 달아나고 있습니다. 그는 자신의 형벌을 피할 통로를 발견하고, 그 돌파구 사이로 몸을 던지고, 안전하다고 확신하며, 은신처의 틈바구니를 통해 자기가 도망쳐 나온 대재난의 과정을 바라보면서, 그 안에 휩싸인 자들을 초연히 동정하고 있습니다. 그런데 거기에서 누군가를 알아볼 것 같습니다. 맞아요, 그것은 크프우프크입니다. 바로 크프우프크의 눈앞에서 이전 또는 이후의 동일한 대재난을 겪고 있는 크프우프크, 자기가 몰락하는 순간에 구원받는 크프우프크를 바라보고 있는 크프우프크입니다. 그러나 그를 구하지 못합니다.

「크프우프크, 빠져나와!」

크프우프크는 외칩니다. 그런데 안으로 폭발하는 크프우프크가 밖으로 폭발하는 크프우프크를 구하려는 것일까요, 아니면 그 반대일까요? 그 어떠한 크프우프크도 밖으로 폭발하는 크프우프크들을 폭염에서 구하지 못하고, 그들은 걷잡을 수 없는 내부 폭발에 휩싸인 크프우프크들을 아무도 제지하지 못합니다. 모든 시간의 흐름은 이쪽 또는 저쪽 방향으로 대재난을 향해 나아가고, 그것들이 교차하는 곳에서는 교환과 접속으로 조절되는 철로들의 그물이 아니라, 뒤엉킴과 분규가 만들어지고 있습니다.

나는 알고 있습니다. 목소리에 귀를 기울이지 말아야 하고, 환영이나 악몽을 믿지 말아야 함을. 나는 계속해서 나의 구멍을, 두더지처럼 나의 동굴을 파고 있습니다.

제3부
바이오코미케

나선형

대부분의 조개류는, 눈에 보이는 유기적 형태는 종족 구성원들의 삶에서 별로 중요하지 않다. 왜냐하면 그들은 서로를 볼 수 없거나 다른 개체들과 주변 환경에 대해 단지 모호하게 감지하고 있기 때문이다. 따라서 우리 눈에 아주 아름답게 보이는 외형과 선명한 색깔의 줄무늬들은 — 복족류(腹足類)의 여러 조개들처럼 — 시각적인 것과는 아무 관계도 없다는 사실을 배제할 수 없다.

1

내가 그 암초에 달라붙어 있었을 때처럼 말입니까? — 크프우프크가 물었다. 오르락내리락하는 파도들과 함께, 납작하게 달라붙어 꼼짝도 않고, 빨아먹을 것이 있으면 빨아먹으며 모든 시간을 그 생각만 하던 때처럼 말이지요? 만약 여러분이 그 당시에 대해서 알고 싶어 한다면, 나로서는 별로 할 말이 없습니다. 나는 형태가 없었습니다. 말하자면 형태에 대해 몰랐고, 하나의 형태를 가질 수 있다는 것조차 몰랐습니다. 나는 내키는 대로 온통 사방으로 조금씩 자라났지요. 만약 여러분이 이것을 방사상(放射狀) 대칭이라 부른다면, 나는 방사상 대칭의 형태를 하고 있었다는 말이지요. 그렇지만 사실 난 그런 것에 조금도 신경을 쓰지 않았습니다. 무엇 때문에 내가 한쪽에서 다른 쪽보다 더 자라나야 한다는 말입니까? 나는 눈도 없고 머리도 없었으며, 신체의 어느 한 부분이 다른 부분과 다른 곳도 전혀 없었지요. 내가 지닌 두 개의 구멍 가운데 하나는 입이고 다른 하나는 항문이었습니다. 따라서 나는 삼엽충들이나 여러분 모두와 비슷한 좌우 동형의 대칭 형태였다고 설득하려는 사람들도 있더군요. 그렇지만 내 기억에 따르면 난 그 구멍들을 조금도 구별하지 않았습니다. 난 마음 내키는 곳으로 음식을 통과시켰지요. 안으로 들여보내든 밖으로 내보내든 마찬가지였습니다. 훨씬 나중에야 차이점이나 까다로운 식성이 나타났지요.

이따금 나는 상상에 사로잡히기도 했습니다. 그건 사실입니다. 예를 들어 겨드랑이를 긁는다든지, 다리를 꼰다든지 하는 상상이었지요. 한번은 칫솔 같은 콧수염이 자라난다는 상상을 했습니다. 내가 지금 여러분에게 이런 단어를 사용하는 것은 단지 설명을 위해서입니다. 그 당시 나는 수많은 세부적 부분들을 미처 예측하지 못했지요. 나는 서로가 거의 동일한 세포로 되어 있었으며, 그것들은 언제나 똑같은 작업으로 삼키고 내뱉었지요. 그러나 나는 형태가 없었으므로 내부적으로는 모든 가능한 형태들, 모든 몸짓과 찡그린 표정들, 심지어는 불쾌한 소음을 낼 능력까지 느끼고 있었습니다.

간단히 말하면 내 생각에는 한계가 없었지요. 더군다나 그것은 단지 생각만이 아니었습니다. 왜냐하면 나는 생각할 두뇌가 없었으며, 각각의 세포들이 나름대로 생각할 수 있는 모든 것을 한꺼번에 생각했답니다. 그건 이미지를 통한 생각이 아니었습니다. 우리에게는 어떤 종류의 이미지도 없으니까요. 다른 방식으로 느끼는 방법을 배제하지 않는, 그저 단순하게 그 자리에서 느끼는 불분명한 방식으로 생각했지요.

그 당시 내 상황은 여러분의 생각과는 정반대로, 아주 풍부하고 자유롭고 만족스러운 상황이었습니다. 나는 독신이었고(당시의 재생 방식에서는 순간적인 짝짓기마저 필요 없었지요), 건강하고, 지나친 요구도 없었습니다. 누구든지 젊은 시절에는 자기 앞에 총체적인 발전과 함께 모든 길이 열려 있지요. 동시에 연체동물의 납작하고 축축하고 행복한 육질(肉質)로 암초 위에 그렇게 존재한다는 사실을 즐길 수도 있었습니다. 나중에 나타난 한계들과 비교해 보면, 그리고 하나의 형태를 지닌다는 게 다른 형태를 배재한다는 사실을 생각해 보면, 또 자신도 모르게 어느 순간 사로잡혀 있는 무미건조한 단조로움을 생각해 보면, 난 그 당시가 멋진 삶이었다고 말할 수 있습니다.

물론 나는 나 자신에게만 집중하며 살았지요. 그건 사실입니다. 지금처럼 관계로 이루어진 생활과는 비교할 수 없습니다. 또 조금은 나이 탓으로, 조금은 주변 환경의 영향 탓으로, 가볍게 자아도취에 빠져 있었다는 사실도 인정합니다. 나는 그 자리에서 온종일 나 자신을 관찰했고, 내부에서 일어나는 모든 장점과 모든 결점을 보았으며, 결점이든 장점이든 나 자신을 좋아했지요. 또 나에게는 비교의 개념이 없었다는 사실 역시 고려해야 할 것입니다.

그렇지만 나 이외에 다른 것들이 존재한다는 사실을 모를 정도로 어리석지는 않았습니다. 내가 들러붙어 있던 암초는 물론이고, 파도와 함께 덮쳐 오는 바닷물, 또 그 너머에는 다른 것, 말하자면 세상이 존재한다는 사실을 알고 있었지요. 바닷물은 정확하고 믿을 만한 정보를 주는 수단이었습니다. 바다는 내 모든 표면으로 흡수할 수 있는 음식물을 가져다주었고, 또 먹을 수 없는 것들도 가져다주었는데, 나는 그것들을 보고 주변에 있는 것들을 상상할 수 있었지요. 그러니까 이런 방식이었습니다. 한 차례 파도가 밀려오면, 나는 암초에 들러붙은 채 거의 감지할 수 없을 정도로만 몸을 일으킵니다. 압력을 약간 늦추기만 하면 됩니다. 그러면 철썩 하고 물질과 감각과 자극으로 충만한 바닷물이 내 몸 아래로 지나갑니다. 그런 자극들이 어떻게 떠돌아다녔는지 여러분은 모를 것입니다. 그것은 때로 웃음이 터져 나올 듯한 간지러움 같기도 했고, 때로는 하나의 전율, 예리한 통증, 가려움증 같기도 했습니다. 따라서 그건 즐거움과 감흥의 연속이었습니다. 그러나 단지 수동적으로 그 자리에 있으면서 입을 벌린 채 들어오는 것을 모두 받아들였다고 생각하지는 마십시오. 곧바로 나는 경험을 쌓았으며, 나에게 어떤 종류의 물건이 오는지 재빨리 분석하고, 최선을 다해 그것을 활용하거나 불쾌한 결과를 피하기 위해 어떻게 행동해야 할지 신속하게 결정했지요. 모든 것은 내 몸의 세포들이 수축하거나 정확한 순간에 이완하는 데 달려 있었습니다. 또 나는 선택하고 거부하고 끌어당길 수 있었으며 심지어 내뱉을 수도 있었습니다.

그렇게 해서 나는 〈다른 자〉들도 있음을 깨달았습니다. 나를 둘러싼 환경은 그들, 즉 나와 다르거나 역겨울 정도로 나와 비슷한 〈다른 자〉들의 흔적들로 가득 차 있음을 알았지요. 아니, 나는 지금 까다로운 성격의 소유자처럼 설명하고 있군요. 그건 사실이 아닙니다. 물론 각자 자신의 일에만 몰두하고 있었지요. 그러나 〈다른 자〉들의 존재는 나를 안심시켜 주었고, 내 주위에 주거 공간을 제공했으며, 놀라울 정도의 예외, 즉 망명자처럼 오로지 나 혼자 있는 것 아닐까 하는 의혹에서 해방시켜 주었습니다.

또 〈다른 여자들〉도 있었습니다. 바닷물은 〈프린 프린 프린〉하는 특수한 진동을 전해 주었지요. 나는 맨 처음으로 그것을 깨달았을 때를 기억합니다. 아니 그건 처음이 아니었습니다. 다시 말해서 내가 그것을 언제나 알고 있던 것으로 깨닫고 있음을 깨달은, 바로 그 순간을 기억한다는 말입니다. 그녀들의 존재를 발견하고 난 호기심에 사로잡혔지요. 그것은 그녀들을 보고 싶다는 호기심도 아니고, 그녀들에게 나를 보이고 싶다는 호기심도 아니었습니다 — 왜냐하면 첫째로 우리에게는 시력이 없었으며, 둘째로 성(性)이 아직 구별되지 않았기 때문입니다. 각각의 개체는 다른 개체와 완전히 동일했고, 다른 수컷 또는 암컷을 바라보는 것은 바로 나 자신을 바라보는 것과 마찬가지였지요. 그것은 바로 그녀들과 나 사이에 과연 무슨 일이 일어날지를 보고 싶은 호기심이었습니다. 나를 사로잡은 것은, 무언가 특별한 것을 해야겠다는 초조함이 아니었답니다. 또 그럴 만한 계제도 아니었고요. 특별하건 특별하지 않건 전혀 할 것이 없다는 사실을 잘 알고 있었으니까요. 다만 어떻게든 그 진동에 대해, 그에 상응하는 진동, 아니 정확히 나의 개성적인 진동으로 응답해야 한다는 초조함이었고요. 왜냐하면 그것은 다른 것과 완전히 동일하지 않은 것, 즉 여러분이 지금 호르몬의 일종이라고 말하는 것과는 달랐기 때문입니다. 어쨌든 당시 나에게는 정말로 무척이나 아름다웠지요.

그녀들 중의 하나가, 〈스플리프 스플리프 스플리프〉하고 자신의 알들을 낳았지요. 그러면 나는, 〈스플루프 스플루프 스플루프〉하고 그 알들을 수정시켰습니다. 모든 것들이 그 바다 속에, 태양 아래의 미지근한 바닷물 속에 뒤섞여 있었지요. 내가 태양을 느꼈다는 말이 아닙니다. 다만 태양이 바닷물을 미지근하게 데우고, 바위를 뜨겁게 달구었다는 말입니다.

 분명히 말하지만 그녀들 중의 하나였습니다. 바닷물이 나에게 가져다주는 그 모든 여성들의 메시지들을, 처음에는 아무런 구별도 없이, 그저 아주 맛있는 수프처럼, 따로따로 어떻게 생겼는지 관심도 없이 게걸스럽게 먹어치우던 수프처럼 생각했지요. 그러다가 어느 순간 나는 내 입맛에 더 잘 어울리는 것이 무엇인지 깨달았지요. 물론 그 순간까지 나는 입맛이라는 것을 몰랐습니다. 간단히 말해 나는 사랑에 빠졌습니다. 말하자면 나는 다른 여자들의 신호에서 한 여자의 신호를 구별하고 분리해 내기 시작했답니다. 아니 내가 구별해 내기 시작한 그 신호를 기다렸고, 찾았습니다. 아니 내가 기다린 그 신호에 대하여, 내가 만든 다른 신호로 응답했지요. 오히려 내가 그녀의 신호를 유발했고, 또 그 신호에 대해 나의 다른 신호들로 응답했지요. 말하자면 나는 그녀와 사랑에 빠졌고 그녀는 나와 사랑에 빠졌습니다. 내 생애에서 더 무엇을 바라겠습니까?

 지금은 풍습이 바뀌었지요. 여러분 생각에는 한 번도 만나지 않은 여자를 그처럼 사랑한다는 것을 상상조차 할 수 없을 것입니다. 그럼에도 그렇게 바닷물에 녹아 있고 또 파도가 전해 주는 틀림없는 그녀의 흔적만으로도, 나는 여러분이 상상할 수 없을 정도로 그녀에 관한 많은 정보를 얻었지요. 지금처럼 눈으로 보고 냄새를 맡고 접촉하고 목소리를 들어서 얻는, 그런 피상적이고 개괄적인 정보가 아니었습니다. 그것은 본질적인 것에 대한 정보, 내가 오랫동안 상상의 날개를 펼칠 수 있는 정보였지요. 나는 그녀를 자세하고 정확하게 생각할 수 있었습니다. 그녀가 어떻게 생겼는지에 대한 생각이 아닙니다. 그건 아주 천박하고 통속적인 생각이었을 것입니다. 만약 그녀가 무한히 많은 형태 가운데 단 하나의 형태를 취한다면, 여전히 그녀 자신으로 남아 있으면서 어떤 모습으로 바뀔 것인지에 대한 생각이었지요. 말하자면 나는 그녀가 취할 형태들을 상상한 게 아니라, 그녀가 그런 형태들에 부여할 구체적인 성격을 상상했던 것입니다.

나는 그녀를 잘 알고 있었습니다. 그런데도 나는 그녀에 대한 확신이 없었습니다. 이따금 의혹과 불안과 초조함이 나를 사로잡았지요. 여러분은 내 성격을 잘 아시겠지만, 난 그런 것을 전혀 밖으로 드러내지 않았습니다. 그러나 그 태연한 가면 아래에서는 지금도 고백할 수 없는 많은 상상들이 스쳐 지나갔지요. 몇 번인가 그녀가 날 배반했을 것이라고, 나뿐만 아니라 다른 남자들에게도 메시지를 보내고 있다고 의심했지요. 몇 번인가 그런 메시지를 중간에서 가로챈 적이 있다고 생각했으며, 또는 내게 보낸 메시지에 진지하지 못한 억양이 있다고 생각했지요. 지금에야 말할 수 있지만, 당시 나는 질투를 하고 있었습니다. 그녀에 대한 의혹의 질투가 아니라 나 자신의 불안감에서 오는 질투였지요. 내가 누구인지 그녀가 잘 이해했다고 누가 보장하겠습니까? 아니, 내가 존재한다는 사실을 이해했다고 누가 보장하겠습니까? 바닷물을 통한 우리 둘 사이의 관계는 — 그것은 완벽하고 충만한 관계로서, 내가 더 이상 무엇을 바라겠습니까? — 나에게는 완전한 개인적 관계였으며, 단일하고 분명한 두 개성 사이의 관계였습니다. 그렇지만 그녀에게는? 그녀가 나한테 발견할 수 있는 것을 다른 한 남자, 또는 둘, 셋 또는 열 또는 1백여 명의 나 같은 다른 남자에게서 발견하지 못하리리고 누기 보장하겠습니까? 그녀가 나와 맺은 관계에서 보인 너그러움이, 마음 내키는 대로 하는 무분별한 너그러움, 또는 누구든지 상관없는, 집단적인 환희가 아니라고 누가 장담하겠습니까?

이러한 의심이 사실이 아니라는 점은, 바로 우리의 교신에서 드러나는 나지막하고 비밀스러운 진동, 때로는 아직도 부끄러움에 떨리는 그 진동으로 확인할 수 있었습니다. 그렇지만 만약에 그 부끄러움과 미숙함으로 말미암아 그녀가 내 특징들에 대해서 세심한 주의를 기울이지 않아 다른 녀석들이 그걸 이용해 중간에 끼어든다면? 그래서 초보자인 그녀가 그게 언제나 나라고 믿고, 서로를 구별하지 못하고, 따라서 우리의 아주 내밀한 관계가 익명의 무리들에게 퍼지게 된다면?

내가 석회질 물질을 분비하기 시작한 때는 바로 그 무렵이었습니다. 나는 내 존재를 명확히 표시할 수 있는 것, 모든 나머지의 무분별한 불확실성에서 내 개성을 보호해 줄 것을 만들고 싶었습니다. 나의 이러한 새로운 의도를 여러분이 수많은 단어들로 설명할 필요는 없을 것입니다. 방금 내가 말한 〈만들다〉, 〈만들고 싶다〉라는 첫 번째 단어만으로도 충분합니다. 나는 지금까지 아무것도 만들지 않았고 또 만든다는 생각조차 하지 않았다는 사실을 고려해 보면, 그것은 하나의 커다란 사건이었습니다. 그리하여 나는 머릿속에 떠오르는 대로 최초의 물건을 만들기 시작했지요. 그것은 바로 조개껍질이었습니다. 내 몸을 뒤덮은 육질의 외투 가장자리에서부터, 몇몇 분비선(分泌腺)들을 통해 분비물을 내보내기 시작했지요. 그것은 동그란 고리 모양의 곡선 형태였으며, 마침내 단단하고 다채로운 방패 — 밖은 울퉁불퉁하고 안은 매끄럽고 빛나는 — 가 되어 나를 감쌌습니다. 물론 나에게는 내가 만드는 것이 어떤 형태를 취하도록 통제할 방도가 없었습니다. 그저 그 자리에서 말없이 꼼짝하지 않고 나 자신 위에 웅크리고 앉아 분비물을 내보냈을 뿐입니다. 껍질이 나를 완전히 뒤덮은 뒤에도 나는 계속 분비했고, 따라서 다른 고리 모양이 생겼지요. 나중에는 나선형으로 완전히 휘감긴 조개껍질이 만들어졌습니다. 여러분들이 보기에 그것은 만들기 무척 어려워 보이지만, 실제로는 집요하게 조금씩 조금씩 언제나 동일한 물질을 밖으로 내보내면, 그렇게 한 바퀴 또 한 바퀴 만들어지게 되지요.

일단 만들어진 순간부터 그 조개껍질은 그 안에 머물기에 꼭 필요한 장소가 되었으며, 만약 그것을 만들지 않았다면 곤란했을, 내 생존을 위한 보호 장치가 되었습니다. 그러나 만드는 동안에 그것이 나한테 필요하기 때문에 만든다는 생각은 전혀 하지 않았지요. 그와 반대로 마치 하지 않아도 좋을 감탄사를 터뜨리고 싶은 사람처럼, 마치 〈마치!〉 또는 〈어허!〉 하고 말하는 사람처럼, 조개껍질을 만들었을 뿐입니다. 단지 나를 표현하기 위해서 말입니다. 그리고 그러한 표현을 통해 난 그녀에 대한 모든 생각들을 거기에 집어넣었지요. 그녀가 불러일으킨 분노의 발산, 그녀를 생각하는 사랑의 방식, 그녀를 위해서 존재하려는 의지, 내가 나이고자 하는 의지, 있는 그대로의 그녀를 위한 존재의 의지, 그녀에 대한 사랑 속에 포함된 나 자신에 대한 사랑, 오로지 그 나선형으로 휘감긴 조개껍질 안에서만 말할 수 있는 모든 것을 그 안에 집어넣었습니다.

내가 분비하던 그 석회 물질은 규칙적인 간격을 두고 색깔을 띠었지요. 그래서 나선형을 통해 늘어선 아름다운 줄무늬들이 많이 만들어졌습니다. 그리하여 조개껍질은 나와는 다른 모습이면서 동시에 나의 가장 진정한 부분이 되었으며,

내가 누구인지에 대한 설명, 단단한 물질과 색깔과 줄무늬와 용량을 갖춘 율동적인 방식으로 전환된 자신의 초상화가 되었지요. 또 그것은 있는 그대로의 그녀와 정말로 동일한 초상화였습니다. 왜냐하면 그녀 역시 나와 동일한 조개껍질을 만들고 있었기 때문이지요. 서로 전혀 모르는 사이에 나는 그녀가 만드는 것을 그대로 복사했고, 그녀는 내가 만드는 것을 그대로 복사하고 있었던 것입니다. 그리고 모든 다른 자들은 모든 자들을 복사하고 있었으며, 모두가 완전히 동일한 조개껍질을 만들고 있었습니다. 따라서 그 조개껍질들이 모두 동일하다고 쉽게 말하지만, 자세히 들여다보면 조그마한 차이점들, 나중에는 커다란 차이가 될 수많은 조그마한 차이점들이 없었다면, 아마 처음 상태와 같았을 것입니다.

따라서 나의 조개껍질은 스스로 만들어지고 있었다고 말할 수 있습니다. 내가 어떠어떠한 방식으로 만들어야겠다는 특별한 관심을 기울이지도 않은 채 말입니다. 그렇지만 그렇다고 그동안 내가 마음을 비우고 방심한 상태로 있었다는 말은 아닙니다. 오히려 나는 잠시도 방심하지 않고, 다른 것을 생각할 틈도 없이 분비 행위에만 몰두해 있었지요. 말하자면 언제나 다른 것을 생각하고 있었지요. 그 이외에 다른 것을 생각할 수 없었듯이, 나는 조개껍질을 생각할 수 없었기 때문입니다. 다만 무엇인가 다른 것, 하나의 물건, 나중에 만들어질 수 있는 모든 물건을 만들려는 노력만으로 바로 조개껍질을 만들려는 노력이 수반되었던 것입니다. 따라서 그것은 단조로운 노동이 아니었습니다. 왜냐하면 그에 따른 노력은 무수히 많은 유형의 생각들로 나아갔으며, 그 각각의 생각은 또 무수히 많은 유형의 행위들로 나아갔으며, 또 그 각각의 행위는 무수히 많은 사물을 만드는 데 이용될 수 있었기 때문입니다. 그런 사물들을 하나하나 만든다는 것은, 바로 한 바퀴 또 한 바퀴 조개껍질을 만드는 행위 안에 포함되어 있었지요.

2

5억 년의 세월이 흐른 지금, 주위를 둘러봅니다. 그리고 그 암초 위에서 철도와 그 위를 지나가는 기차를 봅니다. 기차의 차창을 통해 한 무리의 네덜란드 아가씨들의 얼굴이 보이고, 마지막 칸에서는 외로운 여행자가 대역판(對譯版) 헤로도토스를 읽고 있습니다. 기차는 터널 속으로 사라지고, 터널 위로는 화물차 전용 도로가 달리고, 피라미드가 그려진 〈이집트 항공〉의 대형 간판이 서 있습니다. 아이스크림 장수의 삼륜차 한 대가, 연재 백과사전의 정기 간행물인 『르 슈틸Rh-Stijl』 잡지를 가득 실은 트럭을 추월하려다가 브레이크를 밟고 자기 차선으로 다시 들어갑니다. 한 무리의 벌 떼 구름으로 시야가 가려졌기 때문입니다. 도로를 가로지르는 벌 떼는 들판에 늘어선 벌통들에서 나온 것입니다. 분명 여왕벌 한 마리가 그 벌 떼들을 이끌고, 터널의 반대편 끝에서 다시 나타난 기차의 연기와는 반대 방향으로 날아가고 있습니다. 따라서 벌 떼 구름과 기차의 석탄 연기 때문에 아무것도 보이지 않습니다. 다만 몇 미터 너머에서 농부 한 사람이 괭이로 땅을 파고 있습니다. 농부는 자신도 모르는 사이에 자기 괭이와 비슷한 신석기 시대의 괭이 파편 하나를 파냈다가 다시 땅속에 묻고 있었습니다. 농부의 밭은 하늘을 향한 망원경들이 있는 천체 관측소를 둘러싸고 있는데, 관측소 문가에는 관리인의 딸이 앉아서 영화 「클레오파트라」의 여주인공 얼굴이 표지에 나와 있는 주간지에서 점성술의 운세를 읽고 있습니다. 나는 이 모든 것을 보면서도 전혀 놀랍지 않았습니다.

왜냐하면 조개껍질을 만든다는 것은, 밀랍 벌집 안에서 꿀을 만드는 것, 그리고 석탄, 망원경들, 클레오파트라의 왕국, 클레오파트라에 관한 영화들, 피라미드, 점성술가들의 십이궁(十二宮) 그림, 헤로도토스가 말하는 제국들, 헤로도토스가 쓴 단어들, 네덜란드어로 쓰인 스피노자의 저술을 포함해 모든 언어로 쓰인 저술들, 아이스크림 삼륜차가 추월하려는 트럭 위에 실린 백과사전의 정기 간행물 『르 슈틸』에서 스피노자의 생애와 저술들을 열네 줄로 요약한 내용을 만드는 것을 포함하고 있었기 때문입니다. 따라서 조개껍질을 만드는 과정에서 나는 다른 나머지도 만들었다고 생각합니다.

주위를 둘러봅니다. 내가 누구를 찾고 있는 걸까요? 내가 찾는 것은 바로 5억 년 전부터 사랑해 온 그녀입니다. 나는 해변에서 해수욕하는 어느 네덜란드 아가씨를 봅니다. 금팔찌를 낀 해수욕장 관리인이 그녀를 놀래 주려고 하늘의 벌떼를 가리킵니다. 나는 그녀를 알아봅니다. 바로 그녀입니다. 얼굴에 닿을 정도로 어깨를 치켜드는 그녀의 동작을 보면 알 수 있습니다.

나는 거의 확신합니다. 아니, 만약 내가 다른 곳에서 어떤 비슷한 모습을 발견하지 못했다면, 절대 확신한다고도 말할 수 있습니다. 이를테면 천체 관측소 관리인의 딸에게서, 클레오파트라로 분장한 여배우의 사진에서, 또는 클레오파트라에 대한 모든 표현들 안에 남아 있는 진짜 클레오파트라의 모습에서, 실제 클레오파트라의 모습에서, 굽힐 줄 모르는 충동으로 벌 떼의 선두에서 날아가고 있는 여왕벌에서, 아이스크림 삼륜차의 플라스틱 차창에 오려 붙인 여자의 사진에서, 그 해수욕장에 있는 아가씨와 똑같은 수영복을 입고 있는 여자의 사진에서 그녀의 모습을 발견합니다.

지금 그 아가씨는 트랜지스터라디오에서 나오는 노래하는 여자의 목소리, 백과사전 트럭 운전수가 자신의 라디오에서 듣고 있는 그 목소리를 듣고 있으며, 그것은 내가 5억 년 동안 들어왔다고 확신할 수 있는 바로 그 목소리입니다. 노래하는 여자는 분명 그녀입니다. 그 주위에서 그녀의 모습을 그려 보지만, 눈에 보이는 건 한 무리의 멸치 떼가 번득이는 해면 위로 활강하는 갈매기들뿐입니다. 한순간 나는 어느 암컷 갈매기에게서 그녀를 알아보았다고 확신합니다. 그러나 곧이어 멸치 한 마리가 아닐까 하는 의심이 듭니다. 그렇지만 동시에 그녀는 헤로도토스가 말하는 어떤 여왕 또는 여자 노예일 수도 있으며, 기차의 복도로 나와 네덜란드 아가씨들에게 말을 거는 헤로도토스의 독자가 자기 자리를 표시하기 위해 놔둔 책의 페이지들 안에 들어 있을 수도 있으며, 그 네덜란드 아가씨들 가운데 하나일 수도 있습니다. 나는 그녀들 각각을 모두 사랑한다고 말할 수 있으며, 동시에 언제나 오로지 그녀만을 사랑하고 있다고 확신할 수 있습니다.

그리고 그녀들 각각에 대한 사랑으로 번민할수록, 나는 그녀들에게 〈바로 나야!〉 하고 말할 결정을 내릴 수 없었습니다. 혹시 내가 실수할까 두려웠기 때문이며, 그녀가 실수할까 더더욱 두려웠기 때문입니다. 말하자면 나를 다른 자로, 그녀가 나에 대해 알고 있는 것으로 인해 나와 혼동할 수 있는 다른 누구도 생각하지 않을까 두려웠기 때문이지요. 예를 들어 금팔찌를 한 해수욕장 관리인, 천체 관측소 소장, 어는 수컷 갈매기, 수컷 멸치, 헤로도토스의 독자 또는 헤로도토스 자신, 선인장 사이의 먼지투성이 길을 따라 해변으로 내려와 수영복 차림을 한 네덜란드 아가씨들에게 둘러싸인 아이스크림 장수, 스피노자, 수없이 반복되고 요약된 스피노자의 생애와 저술들을 짐칸에 싣고 있는 트럭 운전수, 종족 번식의 임무를 완수한 후 벌통 바닥에서 고통받고 있는 수벌들 가운데 하나를 나와 혼동하지 않을까 두려웠던 것입니다.

3

 그렇다고 해서 조개껍질이 구체적인 형태를 갖춘 조개껍질이 아니라는 말은 아닙니다. 내가 거기에 부여한 것은 바로 그 형태, 즉 내가 부여할 수 있었던 유일한 형태였으므로, 다른 모양이 될 수는 없었습니다. 그 조개껍질이 하나의 형태를 갖춤으로써 세상의 형태 역시 바뀌었습니다. 조개껍질이 없던 세상의 형태가 지금은 조개껍질의 형태를 포함했다는 의미에서 그렇습니다.
 그리고 그것은 엄청난 결과를 초래했습니다. 왜냐하면 광파(光波)의 진동들이 물체에 닿아 특수한 효과를 냈기 때문이지요. 무엇보다도 색깔, 말하자면 내가 줄무늬를 만들기 위해 사용했던, 나머지와 다른 방식으로 진동하던 물질이 그렇습니다. 또 하나의 용량이 다른 모든 용량들과 특수한 용량으로 관계를 맺는다는 사실이 그렇습니다. 내가 이 모든 현상들을 모두 고려할 수 없었음에도 그것들은 존재했습니다.
 그렇게 해서 조개껍질은 조개껍질들의 시각적 이미지를 창출할 수 있었지요. 그 이미지들은 — 그에 대해 알려진 대로 — 조개껍질 자체와 매우 비슷한 것들이었습니다. 다만 조개껍질은 이곳에 있는 반면, 그 이미지들은 다른 곳에서, 아마도 눈의 망막 상에서 만들어지고 있습니다. 따라서 하나의 이미지는 망막을 전제로, 또 그 망막은 대뇌를 중심으로 한 아주 복잡한 체계를 전제로 합니다. 나는 조개껍질을 만듦으로써 그것의 이미지까지 만들었던 것입니다 — 아니 하나의 이미지가 아닌 수많은 이미지들이지요. 왜냐하면 단 하나의 조개껍질에 대해, 원하는 대로 수많은 조개껍질의 이미지들을 만들 수 있기 때문입니다. 물론 그것은 단지 잠재적인 이미지들일 뿐입니다. 왜냐하면 하나의 이미지를 만들려면 앞서 말한 대로 필요한 모든 것들이 있어야 하니까요.

말하자면 그와 관련한 시각 신경절을 갖춘 대뇌 그리고 외부의 진동을 내부로 전해 줄 시각 신경이 있어야 하며, 시각 신경의 맞은편 끝에는 외부에 있는 것을 볼 수 있도록 만들어진 기관, 즉 눈이 있어야 합니다. 대뇌가 있으면 거기에서 마치 어둠 속에 드리워진 낚싯줄처럼 신경이 퍼져 나오고, 그 신경이 눈까지 이르러야 외부에 무언가 볼 것이 있는지 없는지 알 수 있다고 생각하는 것이 어리석은 일일 테지요. 나에게는 그런 것들이 전혀 없었으며, 따라서 그에 대해 말할 권한은 없습니다. 그렇지만 하나의 생각, 즉 중요한 점은 바로 시각적인 이미지를 만드는 것이라는 생각을 하고 있었으며, 눈은 결과적으로 나중에야 생겼던 것입니다. 따라서 나는 자신의 외부에 있는 것이(나의 내부에 있는 것은 바로 외부를 조건 지우고 있었지요) 하나의 이미지, 아니 나중에야 멋진 이미지(덜 아름다운 것, 못생긴 것, 또는 역겨울 정도로 추악하다고 징의된 다른 이미지들과 비교했을 때)라고 일컬어지게 될 것을 만들도록 모든 노력을 집중하고 있었습니다.

분명하고 명확하게 빛의 진동을 발산하거나 반사할 수 있는 육체는 — 나는 생각했지요 — 도대체 그 진동들로 무엇을 할까요? 호주머니 안에 보관할까요? 아닙니다, 근처를 지나가는 최초의 사물을 향해 그 진동을 발산합니다. 그렇다면 활용할 수도 없고, 아마 약간 귀찮을지도 모를 그 진동들에 직면한 자는 어떻게 행동할까요? 머리를 구멍 속에 감추어 버릴까요? 아닙니다, 머리를 그 방향으로 내밀 것입니다. 그 시각적 진동들에 가장 많이 노출된 지점이 그걸 감지하여 이미지의 형태로 전환할 것입니다. 말하자면 그 눈-대뇌의 연결 과정을, 나는 외부에서부터 파고들어간 터널처럼 생각하고 있었지요. 내부에서, 즉 어떤 이미지를 포착하려는 의도에서 나온 것이 아니라, 바로 이미지로 전환할 준비가 된 것의 힘에 의해 파고들어간 터널로서 말입니다.

그리고 내 생각은 틀리지 않았습니다. 지금도 역시, 나는 내 계획이 개략적으로 옳았다고 확신합니다. 그런데 오류는 바로 시력이 우리에게, 즉 그녀와 나에게 생길 것으로 생각한 데 있었습니다. 나는 그녀의 시각적 감수성 안으로 들어가고, 그 중심을 차지하고, 그곳에 정착하기 위해, 정성들여 조화롭고 다채로운 이미지를 만들었습니다. 그녀가 시각보다는 꿈과 기억과 관념으로써 나를 계속하여 활용할 수 있도록 말입니다. 그리고 나는 느꼈습니다. 그와 동시에 그녀는 내 둔감하고 희미한 감각 속에 들어와, 내 안에서 결정적으로 찬연하게 빛날 내부 시각의 영역을 확장할 정도로 아주 완벽한 자신의 이미지를 비추고 있다는 것을 말입니다.

따라서 우리의 노력과 함께 우리는, 아직 그게 무엇인지 잘 모르던 감각의 대상물이 되기에 이르렀습니다. 그 감각은 바로 그 대상, 말하자면 우리 자신의 완벽한 기능 속에서 완벽해졌지요. 내가 말하는 감각은 바로 시각, 즉 눈[目]을 말합니다. 다만 나는 한 가지를 예측하지 못했습니다. 그것은 우리를 보기 위해 마침내 열려진 눈은 우리의 눈이 아니라 다른 자들의 눈이라는 사실이었습니다.

무형, 무색의 존재들, 기껏해야 잘 모아진 내장(內臟) 덩어리들이 주변에 온통 넘치고 있었습니다. 그들은 자기 자신으로 무엇을 만들어야 할지, 보는 자의 시각적 가능성들을 풍요롭게 해줄 안정적이고 완성된 형식으로 자기 스스로를 어떻게 표현하고 표상화해야 할지 조금도 생각하지 않았습니다. 그저 가고 오고, 공기와 물과 암초 사이의 공간에서 약간 잠기거나 약간 떠오르고, 멍청하게 돌아다니고, 몸을 뒤척일 뿐이었습니다. 그러는 동안에 우리는, 나와 그녀, 그리고 자신의 노력으로 하나의 형태를 짜내고자 했던 모든 자들은 힘겨운 노고에 몰두해 있었지요. 우리 덕택에 그 무분별한 공간은 하나의 시각적인 영역이 되었습니다. 그런데 누가 그것을 이용하고 있습니까? 바로 그 침입자들, 시력의 가능성을 전혀 생각지도 않았던 자들(그들은 못생겼으므로, 자신들을 서로 바라보아도 아무런 이득이 없었으니까요), 형태의 소명에 대해 가장 무관심했던 자들입니다. 우리가 그 힘겨운 작업, 무언가 눈에 보이는 것을 만드는 작업에 몰두하는 동안, 그들은 말없이 아주 편안하게 받아들이고 있었습니다. 자신들의 게으르고 초보적인 수용 기관들로 받아들일 만한 것, 즉 우리의 이미지들에 적응하고 있었을 뿐입니다. 그들 역시 힘겨운 노고를 겪었다고 말하지 마십시오. 그들의 머리를 가득 채운 점액질의 젤리에서는 모든 것이 튀어나올 수 있었습니다. 감광 기관을 만드는 것은 별로 힘들지 않습니다. 그렇지만 그것을 완성할 수 있을지, 내가 직접 눈으로 보고 싶군요! 만약 눈에 보이는 시각적인 대상물, 아니 시력을 압도할 정도로 눈에 두드러진 대상들이 없다면 어떻게 하겠습니까? 간단히 말해, 우리의 희생을 통해 그들의 눈이 만들어진 것입니다.

그렇게 해서 시력은, 우리가 모호하게 기대했던 우리의 시력은, 바로 다른 자들이 우리에게서 빼앗아 간 시력이 되었지요. 어찌 되었든 큰 변혁이 일어났습니다. 갑자기 우리 주위에는 눈과 각막과 홍채와 동공들이 무수히 펼쳐졌지요. 오징어의 창백하고 불거진 눈들, 새우와 가재의 안테나처럼 튀어나온 눈들, 파리와 개미의 부풀고 다면적인 눈들이 생겼습니다. 물개는 못대가리처럼 조그마한 눈을 끔벅이며 새카맣고 매끄럽게 나아갑니다. 달팽이는 기다란 더듬이 끝에 공 모양의 눈을 내밀고 있습니다. 갈매기의 무표정한 눈은 수면을 탐색하고 있습니다. 물안경 너머에서 잠수부의 찡그린 눈이 바다 밑바닥을 살펴봅니다. 망원경의 렌즈 뒤에 있는 원양항로 선장의 눈과, 검은 색안경 뒤에 있는 해수욕하는 아가씨의 눈이 동시에 내 조개껍질 위에 집중되었다가, 금세 나를 잊어버리고 자기들끼리 바라봅니다. 근시용 안경에 갇힌 동물학자의 눈이 내 몸 위에 촛점을 맞추려고 노력하는 것을 느낍니다. 바로 그 순간 갓 태어난 한 무리의 조그마한 멸치들이 내 앞을 지나갑니다. 그것들은 아주 작아서 각각의 하얀 몸체에는 점처럼 까만 눈만 있는 것처럼 보이고, 그 눈의 먼지가 바다를 가로지르는 것 같습니다.

이 모든 눈들은 바로 내 눈이었습니다. 내가 그것들을 가능하게 만들었지요. 바로 내가 그 중요한 역할을 했으며, 내가 그것에다 최초의 질료, 즉 이미지를 제공했습니다. 눈과 함께 다른 나머지가 생겨났습니다. 따라서 다른 자들이 눈을 가짐으로써, 그들 각각의 형태와 기능 속에서 이루어진 것, 그리고 눈을 가짐으로써 그들 각각의 형태와 기능 속에서 만들 수 있었던 무수한 사물들은, 바로 내가 만든 것에서 태어난 것입니다. 내가 그곳에서 하고 있던 것 안에, 다른 수컷들과 암컷들과 나와의 관계 안에, 내가 조개껍질 등등을 만드는 과정 안에, 그런 것들을 포함하고 있었던 것입니다. 나는 모든 것을 예상했습니다.

그리고 그 각각의 눈들 밑바닥에는 바로 내가 거주하고 있었지요. 말하자면 다른 나, 내 이미지들 가운데 하나가 거주하고 있었으며, 그 나는 바로 그녀의 이미지, 그녀의 가장 충실한 이미지와 만나고 있었습니다. 반액체 상태인 홍채, 동공의 어두움, 망막의 거울 궁전을 가로지르는 그 너머의 세상에서, 아무런 경계선도 한계도 없이 확장되는 우리의 진짜 요소 안에서 말입니다.

피, 바다

인체의 세포들은 바다에서 아직 생명체가 탄생하지 않았을 때의 상황과 크게 다르지 않다. 인체의 세포들은 지금도 계속 혈관 속을 흐르는 태초의 파도에 젖어 있다. 사실 우리의 피는 태초의 바다와 비슷한 화학적 구성을 갖고 있다. 그 태초의 바다에서 최초의 생명 세포들과 최초의 다세포 존재들은 산소와 기타 생명에 필요한 다른 성분들을 이끌어 냈다. 더욱 복잡한 유기체들의 진화와 함께, 수많은 세포들을 액체 상태의 환경과 접촉하도록 유지하는 문제는, 단지 외부 표면의 확장만으로 간단하게 해결될 수 없었다. 따라서 그 내부에 바닷물이 흐를 수 있도록 동굴 구조를 가진 유기체들이 유리한 입장에 있었다. 이러한 동굴들이 혈액 순환계로 분기(分岐)되면서 세포들 전체에 대한 산소 공급을 보장하였고, 그 결과 지구상의 생명이 가능해졌다. 예전에 생명체들이 잠겨 있던 바다는 지금 그 생명체들의 내부에 갇혀 있다.

결과적으로 그다지 많이 바뀐 것이 아닙니다. 나는 지금 계속해 그 동일하게 뜨거운 바다 속을 헤엄치고 있지요 — 크프우프크는 말했다. 말하자면 그 내부는 바뀌지 않았습니다. 예전에 내가 태양 아래의 그 안에서 헤엄치던 외부였던 것, 또 지금 역시 내가 어둠 속에서 헤엄치고 있는 것은 바로 내부에 있습니다. 바뀐 것은 외부입니다. 즉 과거에는 내부였던 현재의 외부만이 바뀐 것이지요. 그렇지만 그건 별로 중요하지 않습니다. 방금 별로 중요하지 않다고 말했는데 여러분은 금세 말하겠지요. 〈뭐라고, 외부가 별로 중요하지 않다고?〉

내가 하고 싶은 말은 이렇습니다. 자세히 살펴보면 예전의 외부, 즉 현재 내부의 관점에서 보자면, 현재의 외부란 도대체 무엇입니까? 바로 건조한 상태로 남아 있는 곳, 그 이외에는 아무것도 아닙니다. 밀물도 없고 썰물도 없는 곳이지요. 물론 그 외부의 것이 외부에, 밖에 있는 것으로서 그것 역시 중요하다는 것은 사실입니다. 그런데 대부분 내부보다는 외부가 더 고려할 가치가 있다고 생각하더군요. 그렇다면 결국 그것이 내부에 있었을 때도 역시 중요했다는 말입니다. 비록 그것이 — 당시에는 그렇게 보였을 테지요 — 아주 제한된, 말하자면 고려할 가치가 적은 환경이었을지라도 말입니다. 간단히 말해 곧바로 다른 자들, 말하자면 내가 아닌 자들, 즉 이웃에 대해서 말해 봅시다. 여러분은 이런 식으로 문제를 제기하고 있군요. 즉 하나의 이웃이 있다는 사실을 아는 것은 그가 외부에, 현재의 외부와 같은 외부에 있기 때문입니다. 우리는 그 사실에 동의합니다. 그렇지만 예전에, 외부란 바로 우리가 그 안에서 헤엄치던 곳, 즉 아주 치밀하고 아주 따뜻한 바다였을 때, 그때도 역시 다른 자들이 존재했습니다. 예전의 외부 안에서 유연하게 번득이면서 말입니다. 그렇다면 우리는 이렇게 말할 수 있지요. 즉 다른 자들이 존재한다는 사실을 아는 것은, 예전의 외부, 말하자면 현재의 내부와 같은, 외부의 경로를 통해서도 가능하다고 말입니다.

그렇게 해서 우리는 지금, 코도뇨 서비스 센터에서 체체레 박사와 운전 교대를 했습니다. 박사 옆의 앞좌석에는 제니 푸마갈리가 앉아 있고, 나는 질피아와 함께 뒷좌석에 앉아 있습니다. 외부란 무엇입니까? 그것은 메마르고, 무의미하고, 약간 짓눌려진(우리는 조그마한 폭스바겐 자동차 안에 네 명이 타고 있습니다) 환경이지요. 그곳에선 모든 것이, 제니 푸마갈리, 코도뇨, 체체레 박사, 서비스 센터, 그 모든 것이 무관하고 서로 대체될 수 있지요. 질피아에 관해서 살펴보자면, 내가 카살푸스테르렝고에서 약 15킬로미터 떨어진 곳에서 그녀의 무릎 위에 한쪽 손을 얹은 순간에, 그녀가 나를 건드리기 시작했는지는 기억나지 않습니다만, 그 외부의 사건들이 서로 혼동되기 시작합니다. 내가 느꼈던 것, 외부에서 전해지던 감각은 정말 초라한 것이지요. 그때 이후, 즉 예전에 질피아와 내가 찬란하고 뜨거운 바다 속에서 함께 헤엄치던 시절 이후로 내가 느꼈던 것과 피를 통해 나에게 전달되던 것과 비교해 볼 때 그렇습니다.

바다 밑의 심연은 지금 우리가 눈꺼풀 속에서만 볼 수 있는 것처럼 붉은 빛깔이었으며, 햇빛들이 섬광이나 열풍처럼 들어와 밝혀 주고 있었습니다. 우리는 아무런 방향 감각도 없이, 음울하면서도 거의 느낄 수 없을 정도로 가벼운 조류, 동시에 우리를 높다란 파도 위로 끌어올리거나 소용돌이 속에 처박을 정도로 강한 조류에 이끌려 떠다니고 있었습니다. 질피아는 때로 바로 내 밑에서 검은색에 가까운 보랏빛 소용돌이 속으로 거꾸로 처박히기도 했고, 때로는 내 위에서 빛나는 둥근 천장 아래의 짙은 진홍색 줄무늬를 향해 날아가기도 했습니다. 우리는 그 비옥한 바다와 가능한 한 넓게 접촉하려고 확장된 우리의 외부 표면층을 통해 그런 것들을 느꼈습니다. 파도가 위아래로 출렁일 때마다 모든 물질이 외부에서 우리의 내부를 통과해 지나갔으니까요. 그것은 철분까지 함유한 모든 성질의 물질들로서, 당시처럼 내가 잘 지냈던 시절이 없을 정도입니다. 정확히 나는 표면을 확장하여, 그토록 귀중한 외부와 나 사이의 접촉 가능성을 늘리면서 잘 지내고 있었지요. 그렇지만 바닷물 용액에 젖은 내 육체의 부분들이 점차 확장되면서 내 용량도 커졌습니다. 나 자신의 내부에서 용량이 아주 커진 부분은, 외부 요소가 도달할 수 없는 메마르고 둔감한 부분이 되어 버렸습니다. 내 내부에 있는 이 메마르고 무감각한 구역은 나의 행복, 우리, 즉 질피아와 나의 행복에 있어서 유일한 그림자였습니다.

왜냐하면 그녀가 바다 속에서 더욱 찬연하게 자리를 차지할수록, 그녀 안에서도 불투명하고 무기력한 두께가 자라났기 때문이지요. 그 두께는 생명의 흐름이 스치지도 않았고 스칠 수도 없는 상실된 구역이었으며, 내가 파도의 진동을 통해 전달하던 메시지들이 도달할 수 없는 곳이었습니다. 따라서 나는 그 당시보다 지금 훨씬 잘 지내고 있다고 말할 수 있습니다. 그 당시 외부를 향해 펼쳐져 있던 표면층들이 지금은, 마치 장갑이 뒤집히듯이, 안으로 뒤집혀 있습니다. 지금은 모든 외부가 안으로 뒤집혀 있고, 또한 실낱같은 가지들을 통해 우리의 내부를 침범하고 있습니다. 그래요, 나는 분명 그렇게 말할 수 있습니다. 만약 실제로 그 무감각한 구역이 외부로 투사되고, 나의 트위드 정장과 바사 로디지아 사이의 거리만큼이나 넓게 확장되지 않았다면 말입니다. 그 거리감은 체체레 박사의 존재처럼 원하지 않는 존재들로 부풀어 오른 채, 예전에는 체체레 박사가 자기 내부에 가두었을 그 모든 두께로 나를 둘러싸고 있습니다. 그 두께는 지금 내 앞에서 부당하게 불규칙적이고 세밀한 표면으로 펼쳐져 있습니다. 특히 조그마한 부스럼들이 흩어진 통통한 그의 목덜미, 그가 〈헤이, 너희들, 뒤에 두 사람!〉 하고 말하는 순간 약간 뻣뻣한 깃 속에서 팽팽히 긴장되는 목덜미에서 그렇지요. 그는 가볍게 백미러를 움직였고, 틀림없이 우리의 손, 나와 질피아의 손이 하는 동작들을 포착했습니다. 우리의 그 모호한 외부적인 손들, 모호하게 감지되는 우리의 손들은 헤엄치듯이 우리에 대한 우리를 이끄는 기억, 그 당시처럼 나와 질피아가 계속 헤엄치면서 동시에 이끌려 가는 것의 존재를 뒤따르고 있습니다.

이것은 예전과 현재에 대한 개념을 좀 더 분명히 하기 위해 내가 도입한 구별이지요. 예전에는 우리가 헤엄을 쳤는데 지금은 이끌려 다니고 있습니다. 그러나 잘 생각해 보면 나는 아무 일도 하지 않는 편이 낫습니다. 실제로 바다가 외부에 있었을 때도 나는 지금처럼 내 의지의 개입 없이 헤엄치고 있었습니다. 말하자면 당시에도 나는 지금과 다름없이 끌려 다니고 있었던 것입니다. 조류가 나를 감싸고 이쪽저쪽으로 이끌었지요. 부드럽고 푹신푹신한 흐름 속에서 나와 질피아는 공중제비를 돌며 녹아 들었습니다. 루비 빛깔의 투명한 심연에서 균형을 잡거나, 밑바닥에서 풀려 나오는 밝은 푸른색의 해초들 사이에 몸을 숨기면서 말입니다. 그렇지만 이러한 움직임의 느낌들은 — 이제 설명할 테니 잠시 기다리십시오 — 무엇 때문에 나타난 것일까요? 그것은 일종의 총체적인 박동에서 나온 것입니다. 아니, 아닙니다, 지금과 혼동하지 마십시오. 우리가 바다를 우리 내부에 가두어 둔 이후로, 움직임의 내부에서 이러한 피스톤 운동의 효과를 내는 것은 아주 당연한 일입니다. 그렇지만 그 당시에는 분명 피스톤 운동에 대해 말할 수는 없었습니다. 그것은 벽면이 없는 피스톤 운동, 우리가 잠겨 있던 바다, 아니 대양처럼 지극히 무한한 용량의 폭발실(爆發室)을 상상해야 하기 때문이지요. 반면 지금은 혈관들의 안에서건 밖에서건, 모든 것이 박동이며 맥박이며 굉음이며 폭발입니다.

그리고 나를 찾는 질피아의 손을 내가 느끼자마자 혈관 안에 들어 있는 바다가 속력을 내기 시작합니다. 아니 정확히 질피아 혈관 속의 흐름이 가속되는 것을 내가 느끼자마자, 그녀는 그녀를 찾는 내 손을 느낍니다(그 두 개의 흐름은 아직 같은 바다의 같은 흐름이며, 그것들은 목마른 손가락들의 접촉 너머에서 다시 결합하고 있습니다). 또 외부 역시 마찬가지입니다. 외부에서도 목마른 모호함은 내부의 박동과 굉음과 폭발을 맹목적으로 모방하려 노력하고 있으며, 체체레 박사 발밑의 액셀러레이터에서 떨리고 있습니다. 그리고 고속도로의 출구에 기다랗게 늘어선 자동차들 역시, 지금은 우리의 내부에 숨겨진 바다, 한때 태양 아래 무한히 펼쳐지던 그 붉은 바다의 박동을 반복하려고 노력하고 있습니다.

지금 멈추어 늘어선 이 자동차들이 폭발하며 전달하는 것은 거짓 움직임의 느낌입니다. 그러고 나서 그것들은 움직이지만, 멈추어 있는 것과 마찬가지입니다. 그 움직임은 거짓이며, 광고판들과 하얀 차선들과 도로의 반복에 지나지 않습니다. 그리고 모든 여행은 부동성(不動性) 속의 거짓 움직임에 지나지 않으며, 외부에 있는 모든 것과 아무 차이도 없습니다. 오로지 바다만이 움직였고, 외부에서건 내부에서건 지금도 움직이고 있으며, 오로지 그 움직임 속에서만 나와 질피아는 서로의 존재를 확인하고 있습니다. 비록 그 당시 우린 그런 것을 조금도 생각하지 않았으며, 나는 이쪽으로 그녀는 저쪽으로 흘러가고 있었을지라도 말입니다. 그러나 바다가 자신의 리듬을 조금만 가속해도 나는 질피아의 존재, 체체레 박사의 존재와는 다른 그녀의 존재를 느낄 수 있었습니다. 그런데 체체레 박사 역시 당시에 그곳에 있었으며, 지금과는 다르지만 같은 유형의 가속도를 통해 나는 박사의 존재를 깨닫고 있었지요. 질피아와 관련한 바다의 (그리고 지금은 피의) 가속도는 마치 그녀를 만나기 위해 헤엄치는 것, 또는 우리가 장난삼아 서로 뒤쫓으며 헤엄치는 것과 같았습니다(지금은 같습니다). 반면 체체레 박사와 관련한 (바다의 그리고 지금은 피의) 가속도는 마치 그를 피하려고 멀리 헤엄치는 것, 또는 그가 달아나도록 마주쳐 헤엄치는 것과 같았습니다(지금은 같습니다). 이 모든 것이 우리 거리 사이의 관계에서 아무것도 변화하지 않은 채 말입니다.

지금 체체레 박사는 속도를 내어(사용하는 단어는 여전히 같지만, 그 의미는 바뀌었습니다), 커브 길에서 플라미니아 자동차를 추월하고 있습니다. 그것은 질피아와 관련한 가속이지요. 말하자면 위험한 조작, 거짓된 위험한 조작으로서, 그녀와 내가 공유하는 가짜 헤엄치기에서 그녀의 마음을 돌리기 위해서 말입니다. 내 말은 거짓 조작이라는 말이지, 거짓으로 위험하다는 말은 아닙니다. 왜냐하면 그건 진짜 위험할 수도 있기 때문입니다. 우리는 충돌과 함께 우리의 내부가 외부로 튀어나갈 수도 있습니다. 반면에 하나의 조작으로써 큰 변화 없이 커브 길에서 플라미니아와 폭스바겐 사이의 거리는 다른 관계와 가치를 지니고, 그러면서 본질적인 변화는 아무것도 생기지 않을 수도 있습니다. 체체레 박사의 추월에 조금도 신경 쓰지 않는 질피아에게는 본질적인 것은 아무것도 일어나지 않듯이 말입니다. 기껏해야 제니 푸마갈리가 이렇게 기뻐할 뿐입니다.

「오, 세상에, 이 조그마한 차가 잘도 달리네!」

그리고 그녀의 이러한 기쁨은, 체체레 박사의 운전 솜씨에 대한 그녀의 과장 속에서 이중으로 정당화되고 있습니다. 첫째로 그녀의 내부는 기쁨의 정당화 이외에는 아무것도 전달하지 않기 때문이며, 둘째로 그녀는 체체레 박사의 의도를 오해하고 있기 때문입니다. 체체레 박사 역시 무엇인가 대담한 행동을 함으로써 오해하고 있습니다. 처음에 제니 푸마갈리가 내 의도를 오해했을 때처럼 말입니다. 내가 운전대를 잡고 제니 푸마갈리가 내 곁에 앉고, 뒷좌석에 체체레 박사와 질피아가 앉아 있을 때였지요. 그때 체체레 박사 역시 오해했습니다. 두 사람(푸마갈리와 박사)은 메마른 층들의 거짓 이동 속에서, 순진하게도(그들은 공처럼 둥글게 성장했지요) 우리의 내부에 잠긴 것이 헤엄치는 동안에 일어나는 사건만이 진짜라는 사실을 모르고 있었습니다. 그래서 이 멍청한 추월 이야기는 아무 의미도 없습니다. 꼼짝 않고 못 박힌 채 고정된 사물들의 추월이 계속하여 우리의 자유로운 진짜 헤엄치기 이야기와 중첩되고, 그 이야기 안에 개입하여 하나의 의미를 찾으려고 노력하듯이 말입니다. 그 이야기는 오로지 멍청한 방식으로 피와 관련한 위험, 우리의 피가 피의 바다로 되돌아갈 가능성, 더 이상 피도 아니고 바다도 아닌, 피의 바다로의 거짓 되돌아감에 대해 말하고 있지요.

서둘러서 구체적으로 설명해야겠군요. 체체레 박사가 무분별하게 트레일러를 추월해 모든 구체적 설명을 헛된 일로 만들어 버리기 전에 서둘러야겠습니다. 옛날에 함께 공유하던 피-바다가 어떻게 우리들 각자에게 공통적이면서 동시에 개별적이었는지, 그리고 지금은 왜 그렇지 않은지를 말입니다. 그 이야기를 재빨리 할 수 있을지 모르겠군요. 왜냐하면 이렇게 일반적인 소재에 대해서 말할 때, 그런 이야기는 언제나 일반적인 용어로는 불가능하고 또 서로의 관계에 따라 바뀌어야 하며, 모든 것을 처음부터 다시 시작해야 할 때도 있기 때문입니다. 어쨌든 생명의 요소를 공유하고 있었다는 이 이야기는 정말 멋진 것이었습니다. 나와 질피아 사이의 분리는 소위 완전히 충족된 분리였으며, 우리는 서로 구별된 둘이자 동시에 유일한 단 하나로 느낄 수 있었기 때문이지요. 그것은 언제나 나름의 장점이 있지요. 하지만 이 유인한 진체기 가령 세니 쑤마갈리와 같이 완전히 무의미한 존재, 또는 더욱 심하게 체체레 박사와 같이 견딜 수 없는 존재들까지 포함한다는 사실을 알면, 고맙게도 모든 것은 흥미를 잃게 됩니다. 바로 그 시점에서 재생산의 본능이 개입하지요. 질피아와 나에게 그런 욕망이 생겼던 것입니다. 아니 최소한 나에게 그런 욕망이 생겼습니다. 그녀 역시 동의했다고 나는 생각합니다. 말하자면 그것은 바다-피 속에 우리의 존재를 증가시키고 싶은 욕망입니다. 체체레 박사보다는 언제나 우리가 좀 더 그것을 활용할 수 있도록 말입니다. 그리고 우리에게는 바로 그러한 목적으로 재생 세포들이 있었으므로, 우리는 공들여 수정(受精) 작업을 했습니다. 나는 그녀가 수정할 수 있는 모든 것을 수정시켰지요. 우리의 존재가 그 비율이나 절대적인 숫자에 있어서 더욱더 증가하고, 동시에 체체레 박사는 — 비록 그 역시 서투르게 재생을 열망하고 있었을지라도 — 상대적으로 소수로 남아 있도록 말입니다. 말하자면 박사가 — 나를 사로잡은 것은 바로 그러한 꿈, 열망이었지요 — 마침내 무수한 우리 자손들의 구름 속에서 사라질 때까지, 더욱더 보잘것없는 적은 소수 0.000······퍼센트의 소수가 되는 것입니다. 마치 한 무리의 탐욕스럽고 번개 같은 멸치 떼가 그를 조각조각 집어삼키고, 우리 내부의 메마른 두께 속에, 바다의 조류가 더 이상 닿을 수 없는 곳에 파묻어 버리듯이 말입니다. 그렇게 되면 피-바다는 우리와 단 하나의 사물이 될 것입니다. 말하자면 모든 피는 마침내 우리의 피가 되는 것입니다.

바로 이것이, 앞자리에 있는 체체레 박사의 통통한 뒷덜미를 바라보면서 내가 느끼는 비밀스러운 욕망입니다. 그를 없애는 것, 그를 먹어 치우는 것이지요. 물론 내가 직접 먹는 것은 아닙니다. 왜냐하면 그는 (부스럼들 때문에) 역겨움을 주니까요. 오히려 한 무리의 탐욕스러운 멸치(나-정어리, 질피아-

나-정어리)들을 내 몸 밖으로 — 질피아와 내 몸 밖으로 — 발산하고 내던져 그것들이 체체레 박사를 잡아먹고, 혈액 계통(내연 기관의 자동차 이외에도, 멍청하게 폭발하는 모터의 환상적인 사용 이외에도)을 이용하지 못하도록 만드는 것입니다. 그리고 그 지겨운 푸마갈리 역시 잡아먹는 것이지요. 조금 전에 내가 그녀 곁에 앉았을 때, 그녀는 내가 무슨 은근한 행동을 했다고 생각하는지 모르겠지만, 사실 나로서는 전혀 신경 쓰지 않았습니다. 그런데도 그녀는 지금 조그마한 목소리로 말합니다(모든 것을 망치려고 말입니다).

「조심해, 질피아. 거기 그 신사 분은 내가 잘 알지.」

내가 조금 전에 그녀와 그랬듯이 지금은 질피아와 그런다고 믿도록 만들기 위해서지요. 그렇지만 지금 나와 질피아 사이에 진짜로 일어나는 일에 대해 그녀가 무엇을 알겠습니까? 나와 질피아가 어떻게 해서 그 옛날 보랏빛 심연 속에서 우리의 헤엄치기를 계속하고 있는지 그녀가 어찌 알겠습니까?

내가 약간의 혼동을 주었을지도 모르니까 다시 설명하기로 하지요. 체체레 박사를 잡아먹는 것, 그를 집어삼키는 것은, 바로 피가 바다였을 때, 현재의 내부가 외부에 있고 외부가 내부에 있었을 때의 피-바다에서 그를 분리하는 최고의 방식이었습니다. 그렇지만 지금은 사실 내 비밀스러운 욕망은 체체레 박사를 하나의 순수한 외부로 만드는 것, 그가 부당하게 이용하는 내부를 박탈하는 것, 그의 거짓 인격체 안에서 상실된 바다를 외부로 방출하는 것입니다. 내 꿈은 그를 향한 한 무리의 나-멸치 떼를 내보내는 것보다는, 차라리 〈타-타-타-타〉 하고 한바탕 나-총알의 집중 사격을 가하여 머리끝에서 발끝까지 그를 산산조각 내고, 검은 피를 마지막한 방울까지 분출하도록 만드는 것입니다. 그것은 질피아와 함께 나 자신을 재생산하고 싶은 생각, 질피아와 함께 우리의 혈액 순환을 증가시켜서 체체레 박사를 산산조각 낼 수 있도록, 자동 소총으로 무장된 일개 분대 또는 일개 대대의 우리 자손들을 증가시키고 싶은 생각과 연결되어 있습니다. 바로 이런 생각은 나에게 피의 본능을 암시해 줍니다(여러분들과 마찬가지로 나는 교양 있고 신사적인 인간으로서 지속적인 자제심을 유지하고 있으므로, 그것은 완전한 비밀이지요). 그 피의 본능은 여러분들과 마찬가지로 내가 교양 있고 신사적인 인간이 지닌 〈우리의 피〉로서, 피의 의미와 연결되어 있습니다.

지금까지 모든 것이 명백해졌다고 말할 수 있습니다. 그렇지만 명백히 밝히기 위해서 내가 상황을 지극히 단순화했다는 점을 고려해야 합니다. 앞으로 내디딘 걸음이 정말 앞으로 내디딘 걸음인지 확신할 수 없을 정도입니다. 왜냐하면 피가 〈우리의 피〉로 바뀌는 순간부터, 우리와 피 사이의 관계는 바뀌기 때문입니다. 즉 중요한 것은 바로 〈우리의 것〉으로서의 피며, 우리 자신까지 포함하여 나머지 모든 것은 별로 중요하지 않습니다. 따라서 질피아에 대한 나의 충동 속에는 우리를 위해 모든 바다를 소유하고 싶은 충동 이외에, 그 바다를 완전히 상실하고 그 바다 속에서 완전히 소멸되려는 충동, 우리를 파괴하고 우리를 산산이 찢어 버리고 싶은 충동까지 들어 있었습니다. 말하자면 우선적으로 그녀를, 내가 사랑하는 질피아를 갈가리 찢어 버리고, 산산조각을 내고, 먹어 치우고 싶은 충동이지요. 그리고 그녀 역시 마찬가지였습니다. 그녀가 원하는 것은 나를 찢고, 먹어 치우고, 집어삼키는 것, 그 이외에는 아무것도 없었습니다. 해저의 심연에서 바라본 오렌지색의 얼룩 태양은 메두사처럼 흔들거렸고, 질피아는 빛나는 광선들을 가로지르며 나를 잡아 먹고 싶은 욕망에 사로잡혀 있었지요. 그리고 나는 청람색으로 반사되는 기다란 해초처럼 해저에서 펼쳐 나오는 암울한 뒤엉킴 속에서 몸을 비틀면서 그녀를 물어뜯고 싶은 욕망에 안달했답니다. 그러다가 마침내 그곳 폭스바겐의 뒷좌석에서 갑작스러운 방향 전환과 함께 나는 그녀를 덮쳤고, 어깨가 드러나는 〈미국식〉 옷소매 윗부분의 피부를 이빨로 깨물었으며, 그녀는 내 셔츠의 단추 사이를 날카로운 손톱으로 움켜잡았습니다. 이 모든 것은 예전과 같은 충동이었습니다. 그 충동은 예전에는 그녀에게서 (또는 나에게서) 바다의 시민권을 박탈하려 했고, 지금은 그녀에게서, 나에게서 바다를 박탈하려 합니다. 어쨌든 그것은 생명의 눈부신 요소에서, 바다가 없는 우리 또는 우리가 없는 바다라는 불투명하고 창백한 요소로의 이행을 완수하려 합니다.

따라서 같은 충동이 나와 그녀 사이의 분노에 찬 사랑과 체체레 박사에 대한 분노에 찬 적대감과 함께 동시에 작용하고 있는 것입니다. 우리들 각자는 다른 사람들과 관계를 맺기 위해서는 다른 방법이 없습니다. 말하자면 바로 이러한 충동이 구별할 수도 없고 아주 다양한 형태로 다른 사람들과 고유한 관계를 가능케 한다는 말입니다. 마치 체체레 박사가 자기 자동차보다 배기량이 큰 차들, 심지어 포르쉐 자동차까지 추월하려는 것은, 그 우월한 차들을 압도하려는 의도, 또 질피아에 대한 무분별한 사랑과 동시에 나에 대한 보복의 의도이자 자기 파괴적인 의도에서 나온 것과 마찬가지입니다. 따라서 위험을 통해 외부의 무의미함과 본질적인 요소 안으로 개입하고, 나와 질피아가 계속해서 수정(受精)과 파괴의 신혼 비행을 하려는 바다 속으로 개입하게 됩니다.

위험은 직접적으로 피를, 우리의 피를 목표로 하기 때문이지요. 만약 그것이 단지 체체레 박사의 피와 관련한 것이라면(무엇보다도 그는 교통 법규를 지키지 않는 운전자입니다), 최소한 그 혼자만 도로 밖으로 튀어나가기를 기대할 수 있겠지요. 하지만 실제로 그것은 우리 모두와 관련이 있으며, 그것은 우리의 피가 어둠에서 태양으로, 분리에서 혼합으로 복귀할 수도 있는 위험입니다. 그것은 우리 모두가 우리의 모호한 유희 속에서 잊은 척하고 있듯이 하나의 거짓 복귀지요. 왜냐하면 현재의 내부는 일단 현재의 외부를 향해 흘러나가기 시작하면, 더 이상 그 당시의 외부로 돌아갈 수는 없으니까요.

따라서 나와 질피아는 커브 길에서 서로 겹쳐지면서 피 속에 진동을 유발하는 놀이를 하고 있습니다. 말하자면 무의미한 외부의 거짓 전율들이 수천 년의 밑바닥에서, 바다의 심연에서 진동하는 전율들과 합쳐지도록 말입니다. 그러자 체체레 박사는 자신의 지속적인 우둔한 폭력을 너그러운 생명의 사랑으로 위장하며 말했지요.

「우리 트럭 기사 식당에 가서 차가운 수프를 먹도록 하지.」

그리고 제니 푸마갈리는 교활하게 말했습니다.

「하지만 트럭 기사들보다 먼저 도착해야 해요. 그렇지 않으면 수프가 남아 있지 않을 거예요.」

그녀는 교활하고 언제나 가장 음울한 파괴를 위해 봉사하지요. 그리고 바로 앞에서 〈Udine 389621〉 번호판을 붙인 검은색 트럭이 심한 커브 길인데도 시속 60킬로미터로 달리고 있습니다. 그러자 체체레 박사는 생각했습니다(그리고 말했습니다).

「나는 해낼 수 있어.」

그러고 나서 그는 왼쪽 차선으로 들어섰지요.

그리고 우리는 모두 생각했습니다(그리고 말하지 않았습니다). 〈너는 해낼 수 없어.〉

실제로 커브 길 모퉁이에 이르자마자 이미 맞은편에서 DS 자동차 한 대가 총알같이 튀어나왔으며, 그 차를 피하기 위해 폭스바겐은 난간을 스쳤고, 그 반동으로 옆구리가 구부정한 철제 범퍼를 스쳤으며, 또 그 반동으로 플라타너스 나무를 들이받았고, 혼자서 한 바퀴 구른 다음 절벽 아래로 곤두박질했습니다. 짓이겨진 철판 위로 번지는 공통적인 피의 바다는 태초의 피-바다가 아니었습니다. 그건 단지 외부, 메마르고 무의미한 외부의 무한한 파편에 불과했으며, 음울한 주말 교통사고 통계의 숫자 하나에 불과했습니다.

프리실라

무성생식에서 세포라는 가장 단순한 존재는 성장의 어느 시점에 이르면 분할한다. 그것은 두 개의 핵을 형성하며, 단 하나의 존재에서 두 개의 존재가 나온다. 하지만 하나의 존재가 두 번째 존재에게 생명력을 부여했다고 말할 수는 없다. 두 개의 새로운 존재는 동일한 자격으로 최초의 존재에서 생산되었다. 그러나 최초의 존재는 사라졌다. 우린 그것이 죽었다고 말할 수 있다. 그것이 생산한 두 존재들 가운데 어느 것에서도 살아남지 않기 때문이다. 유성(有性) 동물들이 죽을 때 그러하듯이 부패하는 것이 아니라 존재하기를 중단한다. 그것은 불연속적인 존재이기 때문에 존재하기를 멈추는 것이다. 단지 생식의 지점에서만 연속성이 있었다. 그것은 최초의 하나가 둘로 바뀌는 순간에만 존재한다. 그러나 그러한 이행은 두 존재 사이의 연속성을 내포한다. 최초의 존재는 죽지만, 그것의 죽음 속에서 연속성의 본질적인 순간이 나타난다(조르주 바타유, 『에로티즘』, 서문).

생식세포들은 죽지 않으며, 반면 체세포들은 단지 제한된 기간 동안만 생존한다. 생식세포들의 혈통을 통해 오늘날의 유기체들은, 이미 육체는 죽어 버린 아주 옛날의 생명체들과 연결되어 있다. 생식세포로 난원세포와 정모세포의 조숙한 분열은 공통적인 핵분열을 통해 일어난다. 이 시기에 각각의 세포는 이중적인 염색체 설비를 갖추며 모든 분열 때마다 각각의 염색체는 두 개의 동일한 부분으로 세로로 쪼개진다. 그것들은 분리되어 각각 자식 세포들 안으로 들어간다. 일정한 수의 통상적인 분열 후에 그것들은 특별한 두 부분과 만나는데, 그중의 하나에서 염색체들의 숫자는 절반으로 나누어진다. 이것을 가리켜 성숙분열 또는 감수분열(減數分裂)이라 부르는데, 그것은 유사분열(有絲分裂) 또는 통상적인 분열 과정과는 정반대다. 정자 세포들의 성숙분열 직전에 가느다란 실과 같은 염색체들이 다시 나타나는데, 그것들은 부피가 큰 핵 안으로 확장된다. 그들 중에서 일부는 매듭 모양이고 또 일부는 막대기 모양이다. 그것들은 길이 방향으로 서로서로 겹쳐지며, 마치 서로 용해되는 것처럼 보이지만, 유전적인 경험에 따르면 용해되지 않는다는 것이 증명되었다. 아마도 이 단계에서, 난원세포나 정모세포, 또는 두 세포 모두에게 있어서, 염색체들이 완벽하게 동등한 부분의 조각들을 서로 교환할 가능성이 높다. 그러한 과정을 교차라고 부른다. 성숙분열 동안에 난원세포에 있어서나 정자세포에 있어서 아버지와 어머니 계통 염색체들의 재분배가 일어난다(T. H. 모건, 『발생학과 유전학』, 제3장).

자신의 안키세스 후예들을 등에 짊어지고 가는 아이네이아스들 한가운데서 나는, 일생 동안 자신들의 아들들 위에 올라타고 보이지 않는 부모들을 증오하면서, 홀로 이쪽 강가에서 저쪽 강가로 건너간다(장 폴 사르트르, 『말』).

그런데 어떤 방식으로 세포의 한 구성 요소인 하나의 핵산이, 그 구조나 기능에 있어서 완전히 다른 구성 요소, 즉 하나의 단백질을 만드는 것일까? 〈DNA=유전 정보〉로 상징될 수 있는, 에이버리의 발견은 생물학에서 하나의 혁명이었다. 세포가 분열되기 전에, 두 자식 세포들이 총체적인 유전적 자료의 정확한 두 개의 복사본을 가질 수 있도록, 그 세포는 자신의 DNA 내용물을 두 배로 늘려야 한다. 〈수소 고리들〉에 의해 함께 고정된 두 개의 동일한 나선형으로 이루어진 하나의 DNA는 이러한 복제를 위한 이상적인 모델이다. 만약 그 두 개의 실이 지퍼의 두 절반처럼 분리되고 각각의 나선형이, 하나의 보완적인 나선형을 형성하는 모델 역할을 하면, DNA와 유전자의 정확한 복제가 보장된다(에른스트 보렉, 『생명의 코드』).

모든 것이 우리를 죽음으로 이끈다. 자연은 마치 우리에게 베풀었던 행복을 질투하듯이, 자연이 우리에게 제공하는 그 약간의 물질을 우리에게 오랫동안 허용하지 않고, 그 약간의 물질은 동일한 손안에서 거주해서는 안 되며, 영원히 유동 상태에 있어야 한다는 사실을 종종 우리에게 선언하고, 명백히 알려 준다. 자연은 다른 형태를 위해 그것을 필요로 하며, 다른 작품을 위해 그것을 다시 요구한다(자크 보쉬에, 『죽음에 대한 설교』).

이런 유형의 인조인간이 어떻게 자신보다 더 크고 복잡한 다른 인조인간들을 만들어 낼 수 있는지에 관하여 머리를 짜낼 필요는 없다. 그런 경우 만들어야 할 대상의 최고의 복잡성과 최대의 차원들은, 아마도 제공할 명령 I보다 훨씬 더 방대하게 반영될 것이다. 이어서 A유형의 인조인간에 의해 만들어진 모든 인조인간들은 A와 함께 이러한 속성을 공유할 것이다. 그것들은 모두, 하나의 명령이 들어갈 수 있는 자리를 갖게 될 것이다. 명령 I가 개략적으로 유전자의 기능을 하게 된다는 것은 명백하다. 또 한 가지 명백한 것은, 복제 인간 B의 메커니즘은 유전적 자료의 복제, 기본적인 생식 행위를 하는데, 그것은 분명 살아 있는 세포들의 증식에서 기본적인 활동과 동일하다(요한 폰 노이만, 『자동화의 일반적인 논리적 이론』).

부패하지 않음, 변화하지 않음을 극도로 찬양하는 사람들은, 아주 오래 살고 싶은 강렬한 욕망과 죽음에 대한 공포 때문에 그런 말을 한다고 생각한다. 그들은 만약 인간이 죽지 않는다면, 자신들은 이 세상에 태어날 수 없었을 것이라는 사실을 고려하지 않는다. 그런 사람들은 메두사의 머리를 보고 대리석이나 금강석 동상으로 변해 가장 완벽한 존재가 되어야 마땅하다. 지구는 하나의 돌덩어리, 아주 강하고 변하지 않는 거대한 금강석 상태로 있는 것보다는, 현재의 모습 그대로 바뀌고 변화할 수 있는 상태에서 더더욱 완벽하다는 사실은 조금도 의심할 여지가 없다(갈릴레오 갈릴레이, 『두 가지 주요 체계에 대한 대화』, 제1일).

1. 유사분열

내가 〈죽도록 사랑한다〉고 말한다면 — 크프우프크는 계속해서 말했다 — 나에게는 여러분이 생각할 수 없는 것을 뜻합니다. 여러분이 생각하기에, 사랑에 빠진다는 것은 당연히 다른 사람, 사물 또는 그 무엇인가에 대한 사랑에 빠진다는 것, 간단히 나는 여기 있고, 내가 사랑에 빠진 대상은 저기 있는 상황을 의미하지요. 말하자면 그것은 관계와 연결된 삶입니다. 그런데 지금 여러분들에게 말하는 것은, 내가 그 무엇과도 관계를 맺기 이전에 대해서입니다.

옛날 옛적에 세포 하나가 살았는데, 그 세포는 바로 나였습니다. 그것으로 충분합니다. 당시 주변에 다른 존재들도 있었는지 이제 와서 살펴볼 필요는 없습니다. 그건 중요하지 않습니다. 그 세포는 나였고, 그것으로 충분합니다. 생명을 충족하기에 충분하고도 남았지요. 나는 바로 그런 충족감에 대해 말하고 싶은 것입니다. 나의 원형질로 인한 충족감을 말하는 것이 아닙니다. 그 원형질은 비록 상당한 규모로 성장하기는 했지만 특이한 것은 전혀 없었지요. 물론 세포들은 원형질로 충만해 있습니다. 아니면 무엇으로 충만하겠습니까. 내 말은, 만약 여러분이 그런 단어를 허용한다면 따옴표 열고 정신적인 따옴표 닫고, 충족감을 말합니다. 말하자면 그 세포가 나였다는 의식이지요. 그러한 의식이 바로 충족감이었으며, 그러한 충족감이 바로 의식이었습니다. 그건 밤잠을 이루지 못하는 것, 안달하게 하는 것, 말하자면 내가 조금 전에 〈죽도록 사랑한다〉고 말한 그런 상황이었습니다.

나는 알고 있습니다. 이제 여러분은, 사랑에 빠진다는 것은 자신에 대한 의식뿐만 아니라 타인에 대한 의식을 전제로 한다는 등등의 이야기를 한바탕 늘어놓겠지요. 그렇다면 대단히 고맙지만, 나 역시 그 점을 이해한다고 대답하겠습니다. 만약 여러분에게 약간의 인내심이 없다면, 내가 아무리 설명해도 헛일입니다. 무엇보다도 현재 여러분이 사랑에 빠지는 방식, 현재 나도 역시 사랑에 빠지는 방식을 여러분은 잠시 동안 잊어야 합니다. 여러분이 그런 내밀한 이야기를 너그럽게 허용한다면 말이지요. 내밀하다고 말하는 이유는, 만약 내가 지금의 내 사랑 이야기를 한다면 여러분은 신중하지 못하다고 말할 수도 있기 때문입니다. 반면 내가 단세포의 유기체였을 때에 관해서는 아무런 거리낌 없이 말할 수 있습니다. 그건 이미 지나간 일이기 때문이지요. 아주 오래전이라 나 역시 제대로 기억할지 모르겠지만, 그 조금의 기억만으로도 나는 머리끝에서 발끝까지 혼란스러울 정도입니다. 따라서 내가 객관적이라고 말한 것은, 객관적이라고 말할 때 종종 그러하듯이, 나중에는 결국 조금씩 조금씩 주관적인 것으로 흘러 버린다는 것을 말하기 위해서였습니다. 내가 여러분에게 하고 싶은 이 이야기는 완전히 주관적이기 때문에 무척이나 어렵답니다. 비록 내가 별로 기억하지 못한다고 해도 당시의 주관적인 것은, 지금 주관적인 것처럼 나를 머리끝에서 발끝까지 혼란시킬 정도의 사건이었지요. 바로 그렇기 때문에 내가 사용한 표현들은, 지금의 전혀 다른 것과 혼동시킬 불리함이 있지만, 동시에 현재와 공통적인 것을 명백히 하는 유리함도 있을 것입니다.

첫째로 내가 별로 기억하지 못한다는 점에 대해 구체적으로 밝혀야겠군요. 말하자면 내 이야기의 어떤 부분이 다른 부분들보다 대충 지나간다면, 그게 중요하지 않아서가 아니라 내 기억이 뒷받침되지 않아서 그렇다는 점을 미리 밝히겠습니다. 내가 기억하는 것은 내 사랑 이야기의 소위 시작 단계, 아니 그 이전에 가까운 단계입니다. 사랑 이야기의 최절정기에 대해서는 기억이 흩어지고 사라지고 조각나서, 그 이후에 무슨 일이 있었는지 도대체 기억할 방도가 없습니다. 내가 기억조차 못 하는 사랑 이야기를 여러분에게 들려준다는 핑계로 미리 예방 조치를 하려고 이런 말을 하는 것이 아닙니다. 오히려 기억하지 못한다는 것이 어느 순간에는 이야기가 바로 그렇게 되기 위해서 필요하다는 사실을 밝히기 위해서지요. 대개 이야기는 그것에 대해 기억하는 것으로 이루어지는 반면에, 여기에서는 그 이야기를 기억하지 못한다는 것이 바로 이야기가 되는 것입니다.

나는 사랑 이야기의 시작에 대해서 말하겠습니다. 그것은 나중에는 아마도 처음과 동일하고 또 처음과 동일화되는 무수한 시작들의 증가 과정 속에서 다시 반복될 것입니다. 그것은 갑절로, 아니 제곱으로, 거듭 제곱으로 늘어날 이야기들로서, 언제나 같은 이야기처럼 보일 것입니다. 그러나 나는 이 모든 것을 확신할 수 없습니다. 여러분이 그것을 추정하듯이 추정할 뿐입니다. 나는 지금 다른 시작보다 앞선 시작 단계, 분명히 있었을 최초의 단계에 대해 말하고 있습니다. 왜냐하면 첫째로 그것이 있었다고 기대하는 것이 논리적이기 때문이며, 둘째로 내가 그것을 잘 기억하기 때문입니다. 최초였다는 것이, 절대적인 의미에서 최초라는 의미는 절대 아닙니다. 여러분은 그런 의미를 기대하겠지만 사실은 아닙니다. 최초라고 말하는 것은, 언제나 동일한 그런 시작 단계들 중 어느 것이라도 우리는 최초의 것으로 간주할 수 있다는 의미에서 그렇습니다. 내가 이야기할 것은 바로 내가 기억하는 것, 그 이전에 대해서는 아무것도 기억하지 못한다는 의미에서, 내가 최초의 것으로 기억하고 있는 것입니다. 절대적인 의미에서의 최초가 무엇인가에 대해 나로서는 아무 관심도 없습니다.

그렇다면 이렇게 시작하기로 합시다. 하나의 세포가 있습니다. 그 세포는 단세포 유기체며, 그것은 바로 나입니다. 그리고 이유는 모르지만 나는 그것에 대해 만족합니다. 여기까지는 특별할 것이 전혀 없습니다. 이제 이러한 상황을 시간과 공간 속에서 묘사해 봅시다.

시간이 흐르고 나는 존재한다는 사실에 대해, 그게 나라는 사실에 대해 더욱더 만족합니다. 시간이 있다는 사실, 그리고 시간 속에 내가 있다는 사실, 말하자면 시간이 흐르고, 내가 시간을 보내고, 시간이 나를 보낸다는 사실에 대해서도 역시 만족합니다. 시간 속에 포함되어 있다는 것, 내가 시간의 소유물이라는 것, 아니 시간을 소유하는 것, 간단히 내 존재가 시간의 흐름을 표시할 수 있다는 것에 대해 만족합니다. 바로 거기에서 기대감이 생기기 시작한다는 것을 여러분은 인정해야 합니다. 그것은 희망에 찬 행복한 기대, 아니 초조함, 들뜬 초조함, 들뜨고 흥분된 젊음의 초조함이며, 동시에 하나의 갈망, 젊고 흥분되면서도 근본적으로는 고통스러운 갈망, 고통스럽고 견딜 수 없는 초조함이 빚어내는 긴장감입니다. 또 존재한다는 것은 공간 안에 있음을 의미한다는 사실도 고려해야 합니다. 실제로 나는 내 넓이만큼 공간 속에 내던져져 있었으며, 주변의 모든 공간은 비록 내가 그것을 인지하지 못했을지라도, 분명 사방에서 계속 존재했지요. 그 공간이 다른 무엇을 포함하고 있었는지 이제 와서 살펴볼 필요는 없습니다. 나는 나 자신 속에 폐쇄되어 있었으며 내일에만 몰두했지요. 밖으로 내밀 코도 없었고, 외부에 무엇이 있고 없는지 관심을 가질 눈도 없었습니다. 그렇지만 공간 속에서 공간을 점유하고 있다는 느낌, 그 한가운데에서 편안하게 지내고 있는 느낌, 내 원형질이 사방으로 자라난 느낌이 있었습니다. 그러나 이러한 물질적이고 양적인 측면에 집착하고 싶지는 않습니다. 내가 말하고 싶은 것은, 무엇보다도 공간 속에서 무엇인가를 만들고, 공간에서 즐거움을 이끌어 낼 시간이 있으며, 시간을 보내는 과정에서 무엇인가를 보내기 위한 공간이 있다는 사실에 대한 만족과 열망에 대해서입니다.

지금까지 여러분의 이해를 돕기 위해, 아니 내가 말하고자 하는 것을 좀 더 잘 이해시키기 위해, 시간과 공간을 분리해서 말했습니다. 그렇지만 당시에는 존재하던 이것 또는 저것이 아주 명백히 구별되었던 것은 아닙니다. 나는 그 순간 그 지점에 존재했을 뿐입니다. 됐습니까? 또 나에게는 하나의 허공처럼 보이던 외부가 있었지요. 그것은 내가 다른 순간 다른 지점에서, 다른 일련의 순간들 또는 일련의 지점들에서, 점유할 수도 있는 허공이었습니다. 그 허공은 내가 존재하지 않던 곳에 나를 투사할 수 있는 잠재적인 가능성이었지요. 따라서 그 허공은 하나의 세상이자 미래였는데, 나는 아직 그런 것을 몰랐습니다. 공허했다고 말한 이유는 내게는 지각이 없었고, 상상력은 더더욱 없었으며, 정신적 범주에서는 완전히 젬병이었기 때문입니다. 그렇지만 외부에 내가 아니면서도 혹시 바로 나일 수도 있는 그 허공이 있다는 데에 나는 만족했지요. 〈나〉라는 말은 당시 내가 알던 유일한 단어, 표현할 수 있는 유일한 단어였으니까요. 하지만 나 자신이 될 수도 있는 그 허공이, 당시에는 그렇지 않았으며 전혀 그렇게 될 수도 없었을 것입니다. 그건 아직 존재하지 않는 그 무엇에 대한 발견이었지만, 어쨌든 나는 아니었습니다. 아니 정확히 말하자면, 그 순간 그 지점에서의 나는 아니었으며, 따라서 다른 무엇이었습니다. 그리고 이러한 발견은 나에게 유쾌한, 아니 고통스러운 열광을 주었지요. 그것은 바로 현기증 나는 고통, 모든 것이 가능한 허공의 현기증, 완전히 다른 곳에서도 그만큼 가능한 것, 나에게 전부였던 그 전체의 완성이었지요. 마침내 나는 다른 곳에서 다른 방식으로 말없이 공허한 것에 대한 사랑으로 넘쳐흘렀습니다.

여러분은 아실 것입니다. 내가 〈사랑에 빠졌다〉고 말하면서 전혀 얼토당토않은 말을 하지는 않는다는 것을. 금방이라도 여러분은 내 말을 가로막고 이렇게 말하려 했지요. 〈자기 자신에 대한 사랑에 빠진다고, 우우, 자기 자신에 대한 사랑에 빠진다고?〉 내가 그런 말에 신경 쓰지 않고, 또 그런 표현을 허용하지 않기를 잘 했지요. 이제 여러분은 아실 것입니다. 사랑에 빠졌다는 것은 당시에 이미 나의 외부에 대한 고통스러운 열정이었으며, 자신의 외부로 달아나고 싶어 안달하는 자의 초조함이었다는 것을 말입니다. 그렇게 그 당시 나는 죽도록 사랑에 빠져 시간과 공간 속에서 방황하고 있었던 것입니다.

일이 어떻게 전개되었는지 제대로 이야기하려면, 당시 내가 어떻게 생겼는지 기억해야 합니다. 나는 일종의 과육 같은 원형질 덩어리였고, 한가운데에 핵이 있었습니다. 관심을 끌려고 이런 말을 하는 것이 아니라, 그 핵 속에 아주 강렬한 생명을 품고 있었기 때문입니다. 물리적으로 나는 아주 왕성한 개체였지요. 좋습니다. 그 점에 대해 관심을 끄는 것은 신중하지 못한 것 같군요. 나는 젊고, 건강하고, 왕성한 힘으로 충만했습니다. 그렇다고 그보다 열등한 상태, 연약하고 허약한 세포질 속에서도 더욱 큰 능력을 보여 줄 수 있는 다른 존재를 배제하려는 것은 아닙니다. 내 이야기의 목적에서 중요한 점은, 이 물리적 생명력이 얼마나 핵 속에 반영되었는지 하는 것입니다. 물리적이라고 말하는 이유는, 물리적 생명과 다른 방식의 생명 사이에 어떤 구별이 있어서가 아니라, 물리적 생명이 어떻게 그 핵 속에서 최대의 집중과 감수성과 긴장감을 지녔는지를 여러분에게 이해시키기 위해서입니다.

따라서 내가 희뿌연 세포질 안에서 지극히 평온하고 행복하게 있는 동안, 핵은 세포질의 이러한 평온함과 행복감에 핵다운 방식으로 참여했습니다. 즉, 주위의 헝클어짐과 주름살과 울퉁불퉁함을 가속하고 치밀하게 만들었지요. 따라서 나는 아주 치밀한 핵의 뒤엉킴을 내 안에 감추고, 결과적으로 그것은 나의 외부적 행복감과 일치했습니다. 내가 나라는 사실에 대해 만족할수록, 나의 핵은 치밀한 초조함으로 더욱 충만해졌습니다. 나의 모든 것, 그리고 내가 차츰차츰 형성하는 모든 것들이 결국에는 핵 속으로 들어가 흡수되고 기록되고 축적되어 구불구불한 나선형들의 뒤꼬임이 되었습니다. 그 나선형들은 다양한 방식으로 돌돌 말리거나 풀어지기도 했습니다. 따라서 핵의 기능이 다른 나머지와는 분리 또는 대립된 것으로 오해할 위험이 없다면, 나는 내가 알고 있던 모든 것을 바로 핵 속에서 알았다고 말할 수 있습니다.

그런데 거의 구별할 수 없는 유연하고 충동적인 유기체가 있다면, 그건 바로 단세포 유기체입니다. 동시에 나는, 정반대로 과장해서, 그 자리에 내던져진 한 방울의 동질적인 무기화학물처럼 보이고 싶지는 않습니다. 세포의 내부나 핵의 내부에 얼마나 많은 차이점들이 있는지 여러분들이 나보다 더 잘 아시겠지요. 나의 핵 내부 역시 완전히 우둘투둘하고 반점들이 있고, 가느다란 실 또는 막대기 또는 가지들이 흩어져 있었는데, 그 가느다란 실 또는 막대기 또는 가지 또는 염색체들 각각은, 나라는 존재의 몇몇 특이함과 정확한 관계를 맺고 있었습니다.

이제 나는 약간 과감한 주장을 시도해 보고 싶군요. 즉 나는 그 가느다란 실 또는 막대기 또는 가지들의 총체에 지나지 않았다고 말하고 싶습니다. 그런 주장은 반박될 수도 있습니다. 나는 완전히 총체적인 나였고 나 자신의 일부가 아니었다는 사실 때문이지요. 반대로 그런 주장은 옹호될 수도 있습니다. 그 막대기들은, 바로 막대기로 전환된 나 자신, 이를테면 나에게서 막대기로 전환될 수 있는 것, 그리고 궁극적으로 그것을 나로 다시 전환할 수 있는 것이었다는 사실에서 그렇습니다. 따라서 핵의 강렬한 생명력에 대해 말할 때, 나는 핵의 내부에서 그 막대기들이 살랑거리거나 툭탁거리는 소리보다는, 자신이 그 모든 막대기들을 갖고 있음을 알고, 자신이 바로 그 모든 막대기들이라는 사실을 알고 있는 개체의 신경과민에 대해 말하고 싶습니다. 또 그 개체는 막대기들로써 표현할 수 없는 무엇, 그 막대기들이 단지 공허하다고 느끼는 공허가 있다는 것도 압니다. 말하자면 외부의 다른 곳, 다른 방식을 향한 그 긴장감은, 결국 열망의 상태로 일컬어지는 것이지요.

이 열망의 상태에 대해서는 좀 더 명확히 밝히는 것이 좋겠습니다. 어느 한 만족의 상태에서 더 큰 만족의 상태로 이행할 때 열망이 나타나지요. 곧이어 그것은 불만족스러운 만족, 즉 열망으로 이행합니다. 무언가 결여되었을 때 열망이 나타난다는 말은 사실이 아닙니다. 만약 무언가 결여되어 있다면, 참고 기다리며 그냥 그것 없이 지냅니다. 만약 그것이 없어서는 안 될 필수 불가결한 것이라면, 어떤 근본적인 기능을 수행하지 못하며, 결과적으로는 급속히 분명한 소멸로 나아가게 됩니다. 순수하고 단순한 결핍 상태에서는, 좋은 것이든 나쁜 것이든 아무것도 탄생할 수 없다고 말하고 싶군요. 잘 아시다시피 그것은 다른 결핍을 유발하여 결국 좋지도 나쁘지도 않은 상태, 즉 생명의 결핍 상태에 이르지요. 그러나 내가 아는 한, 자연 속에 순수하고 단순한 결핍은 존재하지 않습니다. 결핍 상태는 언제나 점진적인 만족과 대비하여 경험되며, 무한정 커질 수 있는 만족 상태의 노정에 있습니다. 또 열망은 필연적으로 무언가 열망하는 대상을 전제로 한다는 것 역시 사실이 아닙니다. 열망하는 대상은 일단 열망의 상태가 생긴 후에 존재하기 시작합니다. 이전에는 그것이 열망되지 않았기 때문이 아닙니다. 이전에 그것이 있다는 것을 누가 알겠습니까? 그러므로 일단 열망의 상태가 생긴 다음에 바로 그 무엇인가는 존재하기 시작합니다. 모든 것이 잘될 경우 그 무엇인가는 열망하는 무엇이 되지요. 하지만 열망하는 자의 결핍 때문에 그냥 무엇인가로 남아 열망 속으로 사라질 수도 있습니다. 문제의 〈죽도록 사랑에 빠진〉 경우처럼, 그게 결국 어떻게 될지 아직은 모릅니다. 그렇다면 이야기를 중단한 지점으로 되돌아가자면, 내 열망은 단순히 다른 곳, 다른 순간, 다른 방식을 지향했다고 말할 수 있지요. 그것은 무엇인가(또는 가령 세상)를 포함할 수도 있고, 오로지 나 자신만을, 무엇인가(또는 세상과)의 관계, 내가 없는 무엇(세상)을 포함할 수도 있었습니다.

이 점을 명백히 밝히려고, 나는 앞에서 한 해명으로 얻은 기반을 상실하고 다시 일반적인 용어들을 사용하게 되었군요. 사랑 이야기에서 종종 일어나는 일이지요. 핵에, 특히 핵의 염색체들에게 일어났던 일들을 통해 내게 무슨 일이 일어났는지 설명하려던 참이었지요. 그것은 염색체들을 통해 내 너머에 있는 공허 속의 나에게서, 염색체들 너머에서 나타나던 의식, 염색체들을 통해 나에게 무언가를 강요하던 발작적인 의식, 바로 열망의 상태로서, 조금만 움직여도 그것은 곧바로 열망의 움직임으로 변합니다. 이 열망의 움직임은 결국 움직임의 열망이었습니다. 어떤 장소로 움직일 수 없을 때 그렇듯이 말입니다. 왜냐하면 세상은 존재하지 않거나, 또는 존재한다는 것을 모르기 때문이지요. 이런 경우 열망은 움직여서 무엇인가, 즉 무슨 일이든 하게 됩니다. 그러나 외부 세상의 결핍으로 인해 아무것도 할 수 없다면, 극소수의 수단을 활용하여 할 수 있는 유일한 행위는, 말하기라는 특수한 유형의 행위입니다.

나는 말하기 시작했습니다. 아니 나의 열망, 나의 사랑-열망-움직임의 열망-움직임-상태가 말하도록 만들었지요. 그리고 내가 말할 수 있는 유일한 것은 바로 나 자신이었으므로, 나는 나 자신을 말하게, 즉 나를 표현하게 되었지요. 좀 더 분명히 말하자면, 첫째 극소수의 수단들로 족하다고 말한 것은, 분명 사실이 아닙니다. 따라서 정정하겠습니다. 말하기 위해서는 우선 언어가 필요하니까요. 나의 부족함을 용서해 주십시오. 나는 염색체라 불리는 그 모든 조각들 또는 막대기들을 언어로서 지니고 있었으며, 따라서 나 자신을 반복하려면 그 조각들이나 염색체들을 반복하는 것으로 충분했습니다. 물론 언어로서의 나 자신을 반복하기 위해서였지요. 이제 알게 되겠지만, 그것은 있는 그대로의 나 자신을 반복하기 위한 첫걸음이었습니다. 그렇지만 결과적으로 그것은 전혀 반복이 아니었답니다. 그건 여러분이 직접 보면 더욱 잘 알 것입니다. 왜냐하면 만약 내가 계속 해명을 한다면, 나는 거기에서 헤어 나오지 못하기 때문입니다.

사실 여기에서 모호함에 빠지지 않으려면 아주 신중하게 진행해야 합니다. 내가 설명하려고 시도한 모든 상황, 내가 서두에서 〈사랑에 빠졌다〉고 정의한 그 말이 무슨 뜻인지 설명했던 그 상황은, 모두 핵의 내부에서 반향을 불러일으켰고, 그 결과 염색체들이 역동적으로 또 양적으로 증가했습니다. 아니, 행복하게도 그것들은 두 배로 늘어났습니다. 왜냐하면 각각의 염색체는 두 번째의 염색체로 반복되었으니까요.

핵에 대해서는 그것을 의식과 동일시하는 것이 자연스러울 것입니다. 그건 약간 조잡한 단순화일 뿐입니다. 하지만 상황이 그렇다 하더라도, 그것이 막대기들을 두 배로 소유하려는 의식을 내포하지는 않습니다. 각각의 막대기는 하나의 기능, 다시 한 번 언어의 은유를 사용하자면 하나의 단어를 갖고 있었으므로, 하나의 동일한 단어를 두 번 표현하더라도 나 자신은 변하지 않았기 때문입니다. 나는 내가 활용할 수 있던 기능들 또는 다른 단어들의 총 목록이나 사전으로 이루어져 있었으니까요. 단어들을 이중으로 갖고 있었다는 사실은, 앞서 내가 따옴표 열고 정신적인 따옴표 닫고, 충만감이라 말했던 바로 그런 의미에서 느낄 수 있었지요. 이제 그 따옴표가 어떻게 해서 결국에는 가느다란 실 또는 막대기 또는 가지들로 이루어진 완전한 물질적인, 그러면서도 여전히 행복하고 역동적인 문제를 암시하는지 알 수 있을 것입니다.

여기까지는 아주 잘 기억하고 있습니다. 그것이 의식이든 의식이 아니든, 핵의 기억들은 최대한 증거를 보존하기 때문이지요. 하지만 앞서 여러분에게 말했던 그러한 긴장감은, 오랜 세월의 흐름과 함께 세포질에까지 전달되었습니다. 그리고 나는 갖고 있지도 않던 신경들의 발작적인 경직 상태에 이를 정도로, 나의 온몸을 펼쳐야 할 필요성을 느꼈습니다. 그리하여 세포질은 길게 늘어났으며, 마치 두 끝부분이 서로 달아나서, 핵처럼 완전히 진동하는 섬유질 덩어리로 나누어질 것 같았지요. 아니 아직 핵과 세포질을 구별하기는 어려웠습니다. 핵은 용해된 것 같았으며, 막대기들은 이 긴장되고 경련하는 섬유질 덩어리 가운데에 둥둥 떠 있었는데, 그러면서도 흩어지지 않고 모두 뭉쳐서 회전목마처럼 빙글빙글 돌고 있었습니다.

사실대로 말하자면 핵의 폭발에 대해 나는 거의 깨닫지 못했습니다. 나는 온몸이 어느 때보다 총체적임을 느꼈으며, 동시에 내가 더 이상 하나가 아님을 느꼈습니다. 이 나의 전체는 나 자신 이외의 모든 것이 들어 있는 장소였습니다. 그곳에 무엇인가 거주한다는 느낌, 아니 내가 거주한다는 느낌, 아니 다른 자들이 거주한 다른 내가 거주한다는 느낌, 다른 자들이 거주한 다른 자가 거주한다는 느낌이었지요. 그때서야 내가 깨달은 것은 바로 증가라는 사실이었습니다. 앞서 말한 대로 이전에는 그것을 분명히 몰랐습니다. 순간적으로 나는 지나치게 많은 숫자의 염색체들이 모두들 뒤섞여 있음을 깨달았습니다. 쌍둥이 염색체들의 쌍이 서로 나누어져 있었기 때문이지요. 나는 아무것도 이해할 수 없었습니다. 내가 사랑스럽게 빠져 들어간 그 미지의 말 없는 허공 앞에서, 나는 내 존재를 회복할 무엇인가를 말해야 했습니다. 그런데 바로 그 순간 내가 활용할 수 있는 단어들이 지나치게 많아 보였습니다. 그것이 아직은 나 자신이며, 내 이름, 내 새로운 이름임을 한마디로 정돈하기에는 너무나도 많았지요.

하나의 사실을 더 기억하고 있습니다. 그런 혼돈의 뒤섞임 상태에서 위안을 찾으려는 헛된 노력과 함께 내가 좀 더 정돈되고 균형 있는 뒤섞임으로 어떻게 이행했는지 하는 것이지요. 말하자면 나는 염색체들의 완전한 목록 하나를 한쪽에 배열하고, 다른 목록을 다른 한쪽에 배열했습니다. 그렇게 해서 핵, 즉 폭발된 핵의 자리를 차지한 그 막대기들의 소용돌이는 어느 순간 거울처럼 대칭적인 모습을 띠게 되었습니다. 자신들의 역량을 확대하여 그 미지의 말 없는 허공을 소유하려는 듯이 말입니다. 그리하여 처음에는 개개의 막대기들에서 비롯된 배가(倍加) 작업이 이제는 핵 전체로 확대되었습니다. 여전히 내가 하나의 단일한 핵으로 간주하고 또 그렇게 기능하던 것이, 단순한 물질의 소용돌이처럼 보이면서도, 실제로는 두 개의 뚜렷한 소용돌이로 분리되고 있었던 것입니다.

여기에서 분명히 밝혀야 할 것이 있습니다. 그러한 분리가, 낡은 염색체들은 이쪽에, 새 염색체들은 저쪽에 하는 식으로 이루어지지 않았다는 점입니다. 여러분에게 미리 설명하지 않았다면 지금 설명드리지요. 각각의 막대기는 더욱 치밀해진 다음 길이로 길게 분할되었습니다. 따라서 낡은 것이든 새로운 것이든 모두가 같았습니다. 이것은 중요한 사실입니다. 왜냐하면 앞서 나는 〈반복하다〉라는 동사를 사용했는데, 대개 그건 약간 개략적인 말로서, 자칫하면 원래의 막대기가 있고 또 복사된 막대기가 있다는 잘못된 생각을 줄 수도 있으니까요. 또 〈말하다〉라는 동사 역시, 내가 〈말하다〉라는 문장을 아무리 잘 설명했다 해도 조금 어울리지 않습니다. 말하기 위해서는 말하는 자와 말해지는 무엇인가가 있어야 하는데, 이것은 절대 그런 것이 아니기 때문입니다.

불명료한 사랑의 심리 상태를 명확한 용어로 정의한다는

것은 어렵습니다. 사랑의 심리란 바로 하나의 허공을 소유하고 싶은 즐거운 초조감, 허공에서 나를 만나러 나올 것에 대한 탐욕스러운 기대감, 동시에 내가 탐욕스럽게 기대하는 것이 아직 없는 데 대한 고통, 나의 것을 잠재적으로 소유하기 위해 내가 이미 잠재적으로 증가되었다고 느끼는 치열한 고통, 게다가 절대 소유할 수 없음에 대한 고통, 내가 잠재적으로 소유하고 있는 것이 아직 내 것이 아니라 다른 자의 것으로 생각해야 한다는 고통입니다. 잠재적으로 나의 것이 잠재적으로는 다른 자의 것, 또는 내가 아는 한, 아마 실제로도 다른 자의 것이 될 수 있다는 사실을 견뎌 내야 하는 고통이지요. 이러한 지극히 탐욕스러운 고통은 일종의 충만감으로서, 사랑에 빠지는 것은 단지 고통뿐이라고 생각할 정도입니다. 탐욕스러운 초조감은 질투 어린 절망이며, 초조감은 단지 자신의 내부에서 더욱더 절망에 빠지는 절망감이라고 생각하는 것입니다. 그 절망의 모든 분자는 각각 두개로 나뉘어 유사한 분자와 대칭으로 배치될 능력이 있으며, 각자 자신의 상태를 찢어버리고 거기에서 벗어나, 아마 더 나쁜 상태일지도 모를 상태로 들어가는 경향이 있습니다.

이 과정에서 그 두 개의 소용돌이 사이에는 조금씩 조금씩 하나의 간격이 만들어졌습니다. 바로 그 순간 나의 분열 상태가 분명해졌습니다. 그건 처음에는 의식의 분리 같았고, 나의 모든 존재 감각의 흐트러짐 같았습니다. 단지 핵에서만 그런 현상이 나타난 것은 아니었습니다. 그곳 핵의 막대기들 안에서 일어난 일들은 여러분이 잘 아시다시피, 바로 그 막대기들의 명령에 따라 움직이는 나의 섬세한 물리적 개체의 모든 곳에도 반영되었습니다. 따라서 내 세포질 섬유들 역시 서로 반대되는 두 방향으로 응축되었으며, 가운데 부분이 점차 가늘어지고 있었습니다. 마치 두 개의 동일한 몸을 이쪽에 하나 저쪽에 하나 함께 연결하고 있었는데, 점차 가운데 연결 부분이 실처럼 가늘어지는 것 같았습니다. 이미 너무 늦었기 때문에, 그건 처음이자 마지막이 되었습니다. 나는 세상의 다수성이라는 운명처럼 또 이미지처럼, 내 몸속에서 다수를 느꼈습니다. 그리고 내가 세상의 일부라는 느낌, 무수한 세상 속에서 상실되었다는 느낌, 동시에 나는 바로 나라는 예리한 느낌이 들었습니다. 의식이 아니라 느낌이라고 말했습니다. 만약에 내가 핵 안에서 느꼈던 것을 의식이라고 부른다면, 이제 핵이 두 개로 나뉘고 각각의 핵이 다른 핵에 연결되었던 마지막 실을 끊어 버린 상황에서, 그들 각자는 이미 자기 나름대로, 또 내 나름대로 반복된 그 떨리는 듯한 의식을 전달하고 있었기 때문이지요. 기억과 기억들의 마지막 실을 끊어 버렸던 것입니다.

말하자면 내가 나라는 느낌은 핵에서 나온 것이 아니라, 한가운데서 잘려 나간 약간의 원형질에서 나온 것이었습니다. 그것은 실처럼 가느다란 충만감의 절정 같았으며, 예전의 단 하나였던 나의 연속성에서 실처럼 퍼져 나간 세상의 다양한 모습을 바라보는 일종의 섬망(譫妄) 같았습니다. 나는 깨달았습니다. 그러나 나 자신에게서 빠져나감은 되돌아올 수 없는 나감이며, 나를 다시 복구할 수 없는 나감이었다는 것을 말입니다. 절대 돌이킬 수 없이 나 자신을 버리고 있었음을 이제야 깨달은 것입니다. 그건 엄청나게 급격한 번민이었습니다. 왜냐하면 생명은 이미 다른 곳에 있었으며, 이미 다른 세포의 서로 나뉜 다른 기억의 섬광(閃光)들이 새로운 세포의 관계, 새로운 자기 자신과 나머지와 관계를 설정하고 있었기 때문입니다.

이후 모든 것은 기억 속에서 산산이 흩어졌고, 기억을 상실한 개체들의 세상 속에서 퍼져나가고 반복되듯이 늘어났습니다. 그렇지만 나는 앞으로 일어날 일을 모두 깨달았으며, 지금 또는 당시에 이미 일어났거나 필연적으로 일어나게 될 일들의 연결 고리 또는 미래를 깨달았습니다. 또한 〈탄생-죽음〉이 일어나고 자신에게서 나아가는 일은 계속 순환할 것입니다. 그리고 단절과 끊어짐에서 상호 침투와 혼합으로, 무수히 많은 운명적인 사랑을 통해 반복되는 메시지들을 합해 놓은 비대칭적인 세포들의 상호 침투와 혼합으로 전환되리라는 것을 깨달았습니다.

　그리고 나는 보았습니다. 나의 운명적인 사랑은 결국 최초 또는 최후의 결합을 찾고 있으며, 나의 사랑 이야기에서 정확하지 않았던 단어들이 결국에는 정확해지며, 그러면서도 그 단어들의 의미는 최초의 정확한 의미로 남아 있다는 것을 무수한 성(性)과 개체와 종족들의 숲 속에서 사랑이 불타오르고, 현기증 나는 공허감은 종족과 개체와 성의 형식으로 충만되며, 그러면서도 그러한 나 자신의 분열, 그 일어남과 나감, 나 자신의 일어남과 나 자신에게서 나아감이 영원히 반복되며, 그 말하지 않을 수 없는 불가능함의 갈망, 자기 자신을 말하지 않을 수 없는, 불가능한 것을 말하고 싶은 갈망이 반복되는 것을 나는 보았습니다. 비록 그 자기 자신이, 말하는 자신과 말해지는 자신으로 분열되고, 말하고 분명히 죽을 자신과 말해지고 또 때로는 무모하게 살아갈 자신으로 분열되고, 바로 우리 자신인 어휘 목록의 비밀스러운 단어들을 반복하면서 스스로를 반복하는 세포를 자기 세포들 안에 간직하고 있는 유일한 다세포의 자신과 무수한 단어-세포들 속으로 용해될 수도 있는 단세포인 자신으로 분열된다 해도 말입니다. 그 단어-세포들 가운데 오로지 보완적인 단어-세포, 즉 비대칭적인 자기 자신을 만나는 세포만이 단절적이면서도 지속적인 이야기를 계속 시도할 것입니다.

그러나 그런 세포를 만나지 못해도 상관없습니다. 아니, 내가 지금 말하려는 이야기에서는 그런 만남을 전혀 예상하지 않았습니다. 오히려 처음부터 그런 일을 피하려고 할 것입니다. 왜냐하면 중요한 점은, 모든 이전의 시작 단계들에서 반복되는 이전의 시작 단계며, 운명적으로 사랑에 빠진 자기 자신들의 만남이기 때문입니다. 가장 멋진 사랑과 모든 운명적인 사랑에 있어서, 중요한 것은 자기 자신에게서 분리되면서 순간적으로 과거와 미래의 결합을 느끼는 것입니다. 방금 여러분에게 이야기한 대로, 내가 나 자신의 분열을 통해 앞으로 일어날 일을 보았듯이 말입니다. 그리하여 나는 오늘 사랑에 빠진 나를 다시 발견합니다. 오늘, 아마도 미래이고 또 아마도 과거인 오늘, 또 분명히 그 단세포의 마지막 순간과 동시대인 오늘 말입니다. 그때 나는 이미 보았습니다. 다른 곳, 다른 순간, 다른 방식의 허공에서 이름, 성(姓), 주소, 빨간 코트, 검은 부츠, 멋진 헤어스타일, 주근깨를 한 모습으로 누군가가 나를 만나러 오는 것을 말입니다. 바로 파리 제5구, 보쥐라르 거리 183번지, 레브라스 부인 댁에 거주하는 프리실라 랭우드지요.

2. 감수분열

현재의 상황을 이야기하는 것은, 그것을 처음부터 이야기함을 뜻합니다. 예를 들어 나와 프리실라의 이야기처럼 등장

인물들이 다세포 유기체들인 시점에서 이야기를 시작하더라도 말입니다. 내가 나라고 말할 때 무엇을 뜻하는지, 또 프리실라라고 말할 때 무엇을 뜻하는지, 분명히 정의하고 이야기를 시작한 다음에 그 관계가 무엇인지 설정해야 합니다. 그렇다면 난 이렇게 말하겠습니다. 즉 프리실라는 나와 동일한 종족의 개체며, 나와는 다른 성을 지니고 있으며, 현재의 나처럼 다세포 존재라고 말입니다. 그러나 나는 아직 아무것도 말하지 않은 셈입니다. 왜냐하면 다세포 개체라고 하면 대략 50조 개 세포들의 총체를 의미하며, 그 세포들은 서로 지극히 상이하고, 각 개체의 세포들 각각의 염색체들 안에 있는 핵산들, 즉 세포들 자체의 단백질 안에는 여러 과정들을 결정하는 핵산들의 몇몇 동일한 연쇄들로 말미암아 서로 구별됨을 명백히 밝혀야 하기 때문이지요.

그러므로 나와 프리실라에 대한 이야기를 하는 것은, 첫째로 총체적으로 고찰하든 분리해 고찰하든, 나의 단백질과 프리실라의 단백질 사이의 관계를 정의함을 의미합니다. 나의 것이든 그녀의 것이든 그 단백질들은 그녀의 세포들과 나의 세포들 각각에 있어서, 동일한 계열로 배치된 핵산들의 연쇄에 의해 통제되지요. 그렇다면 우리의 이야기를 한다는 것은 단 하나의 단세포를 다룰 때보다 훨씬 더 복잡해집니다. 단지 관계를 설명하는 데는 동시에 일어나는 수많은 것들을 고려해야 하기 때문일 뿐만 아니라, 무엇보다 그게 무슨 관계인지 밝히기 전에 누가 누구와 관계를 맺고 있는지 설정해야 하기 때문입니다. 아니 잘 생각해 보면, 관계의 유형을 정의한다는 것은 겉보기와는 달리 그다지 중요하지 않습니다. 예를 들이 우리가 성신적인 관계, 또는 물리적인 관계를 맺고 있다고 말하는 것과 별 차이가 없습니다. 왜냐하면 정신적인 관계란 뉴런이라 불리는 수십 억 개의 특수한 세포들과 관련한 관계인데, 그 세포들은 그만큼 많은 다른 세포들의 자극을 받아들여 기능하며, 따라서 유기체 덩어리의 무수한 세포들을 모두 고려해야 하기 때문입니다. 결국 그것은 물리적인 관계를 말할 때와 마찬가지랍니다.

그렇지만 누가 누구와 관계를 맺고 있는지 설정하기 어렵다고 말할 때, 우리는 대화에서 하나의 주장을 제거해야 합니다. 즉 피에 산소를 공급하는 호흡 또는 소화 작업으로 인해 우리 세포들 속의 단백질 분자들이 지속적으로 변화하기 때문에, 매순간 나는 더 이상 동일한 내가 아니며, 프리실라는 더 이상 동일한 프리실라가 아니라는 주장이지요. 이것은 완전히 빗나간 추론 방식입니다. 왜냐하면 사실 세포들은 새로워지지만, 새로워지면서 기존의 세포들이 설정한 프로그램을 계속 따르기 때문입니다. 따라서 그런 의미에서 나는 여전히 나며, 프리실라는 여전히 프리실라라고 주장할 수 있지요. 문제는 그것이 아니지만, 그렇다고 불필요한 문제 제기는 아닐 것입니다. 왜냐하면 이것은 겉보기와는 달리 단순한 상황이 아니며, 따라서 얼마나 복잡한 상황인지 서서히 접근해야만 이해할 수 있다는 점을 일깨워 주기 때문입니다.

그렇다면 내가 나라고 말할 때, 또는 프리실라라고 말할 때, 나는 무엇을 뜻할까요? 그것은 바로 내 세포들과 그녀의 세포들이, 특수한 유전적 유산과 맺은 특수한 관계를 통해 취하는, 특수한 형상을 의미합니다. 그 유전적 유산의 환경은 처음부터 일부러 그렇게 만들어진 것 같습니다. 말하자면 내 세포들은 내 것이 되고 프리실라의 세포들은 프리실라의 것이 되도록 말입니다. 이야기의 진행에 따라 여러분은 알게 될 것입니다. 즉 일부러 만들어진 것은 전혀 없고, 그 누구도 무엇을 집어넣지 않았으며, 현실적으로 나와 프리실라가 어떻게 생겼는지 전혀 중요하지 않다는 사실을 말입니다. 하나의 유전적 유산이 해야 할 일은, 그것이 어떻게 받아들여지든 상관없이, 전달해야 할 것으로서 자기가 전달받은 것을 전달하는 것입니다. 그렇지만 지금으로서는, 따옴표 안의 나와 따옴표 안의 프리실라가 〈따옴표 안의 우리의 유전적 유산, 또는 따옴표 안의 우리 형식인가〉라는 질문에 대답하는 것에 국한하기로 합시다. 그리고 내가 말하는 형식은, 눈에 보이는 형식뿐만 아니라 눈에 보이지 않는 형식까지, 말하자면 프리실라라는 그녀의 모든 양식을 뜻합니다. 따라서 그녀에게는 푸크시아 꽃이나 오렌지색이 잘 어울린다는 사실, 그녀는 특수한 향기를 발산하는 분비선을 가지고 태어났을 뿐만 아니라, 지금까지 먹은 음식과 사용한 비누 때문에, 이른바 따옴표 안의 문화라는 것 때문에, 그녀의 피부는 향기를 발산하고 있다는 사실, 또 그녀가 살아온 도시와 집들과 거리들 속에서, 움직이는 사람들 사이에서 그녀가 걸어가는 방식과 앉는 방식, 그 모든 것들을 포함합니다. 또 그녀가 기억 속에 지닌 것들, 아마 단 한 번 보았거나 단지 극장에서만 보았던 것들, 그리고 이미 잊어버렸을 어린 시절의 정신적 상처들이 간직되듯이 뉴런들의 한 구석에 기록되어 있는 것들까지 포함하지요.

그렇다면 눈에 보이거나 보이지 않는 형식 또는 유전적 유산에 있어서, 나와 프리실라는 완전히 동일한 — 우리 둘 모두에게, 또는 환경에, 또는 종족에 공통적인 — 요소들과 차이점을 발생하는 요소를 함께 갖고 있습니다. 그렇다면 나와 프리실라의 관계는 단지 차별적인 요소들의 관계일까 하는 문제가 제기됩니다. 왜냐하면 공통적인 요소들은 서로 무시

될 수 있기 때문이지요 — 만약 〈프리실라〉라는 말이 〈같은 종족의 다른 구성원들과 비교하여 프리실라에게 특별한 것〉을 의미한다면 말입니다. 또는 공통적인 요소들 사이의 관계인가 하는 문제가 제기되지요. 만약 그렇다면 그것이 종족에 공통적인 것인가, 환경에 공통적인 것인가, 종족의 나머지와 구별되고 아마 더 멋질지도 모르는 우리에게 공통적인 것인가를 살펴보아야 합니다.

잘 살펴보면 서로 상반되는 성의 개체들은 서로 특수한 관계를 맺기 때문에, 그것을 결정하는 것은 우리가 아닌 바로 종족, 아니 종족보다는 동물의 조건, 아니 성으로 구별되는 동식물적인 조건입니다. 그렇다면 아직은 어떻게 될지 모르는 관계를 프리실라와 맺기 위해 내가 그녀를 선택하는 데 있어서 — 그리고 만약 그녀가 나를 선택하여 마지막 순간까지 변하지 않는다면, 프리실라가 나에게 하는 선택에 있어서 — 어떠한 우선순위가 먼저 작용할지 알 수 없으며, 결과적으로 내가 나라고 믿는 나의 머리 꼭대기에 얼마나 많은 〈나〉가 있으며, 내가 지금 그녀를 향해 달려간다고 믿는 프리실라의 머리 꼭대기에 얼마나 많은 〈프리실라〉가 있는지 알 수 없습니다.

문제의 용어들은 단순화할수록 더욱더 복잡해집니다. 〈나〉라고 부르는 것은, 일정한 방식으로 나란히 늘어선 일정한 숫자의 아미노산들로 되어 있다고 설정하면, 거기에서 이런 사실이 도출됩니다. 즉 모든 가능한 관계들은 이미 그 아미노산 분자들의 내부에서 미리 예정되어 있으며, 외부에서 단지 몇몇 과정을 차단하는 몇몇 효소들의 형태로, 가능한 관계들 중에서 몇 개의 관계들만 배제할 뿐이라는 사실이지요. 따라서 아직 일어나지 않은 가능성까지 포함해 모든 가능한 것은 이미 내게 일어난 것과 마찬가지라고 말할 수 있습니다. 내가 나로 되는 순간 이미 게임은 끝났습니다. 나는 일정한 숫자의 이미 끝난 가능성만을 갖고 있을 뿐입니다. 외부에서 일어나는 일은 단지 나의 핵산들이 미리 예정한 작업으로 전환될 경우에만 중요합니다. 나는 나 자신 안에 갇혀 있으며, 내 분자들의 프로그램에 묶여 있습니다. 프리실라 역시 마찬가지입니다. 내가 말하는 것은 불쌍한 진짜 프리실라입니다. 만약 내 주위에 또 프리실라 주위에 다른 사물과 관계를 맺고 있는 것처럼 보이는 사물들이 있다면, 그것은 우리와는 상관없는 것들입니다. 현실적으로 나와 그녀에게 있어서 실질적인 것은 전혀 일어날 수 없습니다.

그러므로 별로 유쾌하지 않은 상황이지요. 내가 가진 각 세포와 46개 염색체들 안에서 20여 개의 아미노산들의 배치를 명령하는 네 개의 물질과 산(酸) 한 개의 특수한 배치에서 출발하여, 나에게 해당하는 것보다 더 복잡한 개성을 갖기를 기대했기 때문이 아닙니다. 바로 내 세포들 각각에서 반복된 이러한 개성이 이른바 나의 개성이기 때문입니다. 46개의 염색체들 가운데 23개는 나의 아버지에게서 온 것이고 23개는 어머니에게서 온 것이니까요. 말하자면 나의 모든 세포들은 계속 부모의 뒤를 쫓을 뿐이며, 이러한 부담에서 벗어날 수 없을 것입니다.

부모님들이 최초로 존재하도록 나에게 준 것, 바로 그것이 나입니다. 그리고 부모의 명령들 안에서 부모에게서 또 부모에게로 끝없는 복종의 사슬 속에서 전해진, 부모들의 그 부모들의 명령들이 포함되어 있습니다. 따라서 내가 하고 싶은 이야기는 이야기할 수 없을 뿐만 아니라, 살아갈 수도 없습니다. 왜냐하면 모든 것이 이미 그곳에, 과거 안에 포함되어 있기 때문이지요. 그 과거는 또다시 나름대로의 과거 안에 이미 포함되어 있으므로 그것도 이야기할 수 없습니다. 수많은 개별적인 과거들이 도대체 어느 시점까지 종족과 종족 이전에 존재했던 것의 과거인지 알 수는 없는 일입니다. 그 하나의 일반적인 과거를 향해 모든 개별적인 과거들이 거슬러 올라가지만, 아무리 뒤로 거슬러 올라가더라도 그것은 개별적인 형태로만 존재합니다. 마치 나와 프리실라처럼 말이지요. 그러나 우리 사이에는 개별적인 것도 일반적인 것도 아무것도 일어나지 않습니다.

진정으로 우리들 각자가 존재하고 또 갖고 있는 것은 바로 과거입니다. 우리가 존재하고 갖고 있는 모든 것은, 실패하지 않는 가능성들, 반복될 준비가 된 실험들의 목록일 뿐입니다. 현재는 존재하지 않습니다. 우리는 외부와 이후를 향해 맹목적으로 나아가면서, 언제나 같은 방식으로 우리를 제작하는 질료(質料)들이 설정한 프로그램을 수행하고 있습니다. 우리는 어떠한 미래도 지향하지 않습니다. 우리를 기다리는 건 아무것도 없습니다. 우리는 오로지 자기 자신을 기억하는 작업만 하는 기억의 메커니즘 사이에 갇혀 있습니다. 지금 나와 프리실라가 서로를 찾게 만드는 것은, 이후를 향한 하나의 충동이며, 우리를 통해 이루어지는 과거의 마지막 행위일 뿐입니다. 프리실라여 안녕, 만남과 포옹은 불필요한 것, 우리는 멀리 떨어져 있거나, 단 한 번 영원히 접근할 수 없이, 이미 가까이에 있습니다.

헤어짐과 만날 가능성은 이미 처음부터 우리 안에 있었습니다. 우리는 서로 다른 육체의 융합이 아니라 병렬(竝列)에 의해 태어났습니다. 두 개의 세포들이 가까이 스쳐 지나갔습니다. 하나는 게으르고 완전히 과육 같았으며, 다른 하나는 재빠르며 단지 머리와 꼬리만으로 되어 있었지요. 바로 난자와 정자입니다. 그것들은 약간 머뭇거리며 시도합니다. 그런 다음 서로 다른 속도로 돌진하고, 격렬하게 만납니다. 정자는 난자 안으로 거꾸로 들어갑니다. 꼬리는 밖에 남아 있고, 완전히 핵으로 가득 찬 머리는 난자의 핵을 향해 돌진합니다. 두 핵은 산산조각 나고, 그것들이 어떠한 융합이나 혼합 또는 교환을 할지 누가 알겠습니까. 하지만 하나의 핵 또는 다른 핵 안에 쓰인 것, 그 배치된 문장들은 서로 나란히 늘어서서 아주 치밀하게 압축된 새로운 핵을 형성합니다. 두 핵의 단어들은 모두 완전히 잘 분리되어 그곳에 있습니다. 서로 아무것도 상실하지 않았고, 서로 주고받은 것도 없습니다. 하나가 된 두 개의 세포는 그 자리에 함께 뭉쳐 있지만 그 이전과 같습니다. 그들이 처음 느끼는 것은 약간의 실망감이지요. 그러는 동안 이중의 핵은 벌써 일련의 복제를 시작하고, 그럼으로써 아버지와 어머니의 결합된 메시지들은 각각 자식 세포 안에 인쇄됩니다. 그것은 결합을 영속시키지 않고, 오히려 모든 쌍의 두 동료를 갈라놓는 극복할 수 없는 거리감, 실패, 아주 성공적인 쌍의 한가운데에 남아 있는 공허를 영속시킵니다.

물론 모든 논쟁적인 부분에서 세포들은 단지 부모의 어느 한 편만의 명령을 따르고, 그럼으로써 상대방의 명령에서 자유로울 수 있습니다. 그러나 잘 알고 있다시피 우리가 외부적인 형식 안에서 보여 주는 것은, 우리의 모든 세포 안에 인쇄된 비밀스러운 프로그램과 비교해 볼 때 별로 중요하지 않습니다. 그곳에서는 아버지와 어머니의 대립적인 명령들이 계속 충돌하지요. 정말로 중요한 점은 바로 아버지와 어머니의 이러한 상반된 갈등입니다. 한 배우자가 상대방에게 굴복하여 뒤로 물러나야 할 때 느끼는 적대감은, 지배하는 배우자의 승리보다도 훨씬 강하게 느껴질 정도입니다. 따라서 나의 내부와 외부 형식을 결정하는 성격들이 아버지와 어머니 모두에게서 받은 명령들의 총합이나 평균이 아니라면 그 명령들은 세포들의 내면에서 부정됩니다. 또 잠재적으로 남아 있던 다른 명령이 상쇄하고, 혹시 다른 명령이 더 좋지 않을까 하는 의혹에 시달립니다. 그래서 때로는, 내가 정말로 과거의 지배적인 성격들의 총합, 더욱 엄청나게 많은 연쇄 작업들의 결과인지 하는 생각, 아니면 반대로 내 진짜 본질은 패배한 성격들의 계승에서 내려온 것, 혈통의 가계에서 배제되고 억압되고 중단된 것들 또는 부족한 용어들의 총합이 아닐까 하는 불안감이 나를 사로잡기도 합니다. 존재하지 않았던 것의 중압감이, 존재했던 것, 존재하지 않을 수 없었던 것 못지않게 나를 억누르고 있습니다.

공허감, 헤어짐과 기대, 이것이 바로 우리입니다. 과거가 우리의 내부에서 태초의 형식들을 되찾고, 정자 — 세포들이 **빽빽**하게 무리를 이루거나 또는 난자 — 세포가 집중적으로 성숙되는 날까지도, 그리하여 마침내 핵들 안에 쓰인 단어들이 더 이상 예전과 동일하지 않고 더 이상 우리의 일부도 아니며, 우리를 초월한, 우리에게 속하지 않는 메시지가 되는 날까지도 우리는 그런 상태로 남아 있습니다. 우리들 자신의 숨겨진 곳에서 과거 명령들의 이중적인 연쇄는 둘로 나뉘고, 새로운 세포들은 더 이상 중복되지 않은 단순한 과거를 가지면서, 거의 미래처럼 보이는 새로운 과거를 갖고 정말로 새롭다는 환상과 가벼움을 지니는 것이지요.

이렇게 아주 간략하게 말했지만 그것은 핵의 어둠 속에서, 성기관들의 심연에서 이루어지는 복잡한 과정이며, 조금은 서로 어울리지 않는 단계들이며 동시에 되돌아갈 수 없는 단계들의 연속입니다. 처음에는 지금까지 나뉘어 있던 아버지와 어머니의 메시지 쌍들이, 서로 쌍이었음을 기억하고는 두 개씩 결합하여 지극히 섬세한 실들로 뒤섞이고 꼬입니다. 나의 외부에서 일어난 짝짓기 열망은 마침내 나의 내부, 내가 만들어진 물질의 궁극적인 뿌리들 심연에서의 짝짓기로, 내 몸 안에 지닌 옛날 쌍의 기억과의 짝짓기로 이끌어 갑니다. 그 최초의 쌍은 어머니와 아버지라는 내 직전의 쌍이면서, 동시에 절대적인 최초의 쌍, 지구 상에서 있었던 최초의 짝짓기였던 동식물 태초의 쌍이지요. 그리하여 어둡고 비밀스러운 세포가 핵 안에 지닌 46개의 염색체들은, 비록 옛날의 갈등을 지니면서도 두 개씩 결합합니다. 사실 그것들은 곧바로 서로 벗어나려고 노력하지만, 매듭의 어느 부분은 연결되어 있지요. 그리하여 마침내 갑자기 서로 분리되었을 때 — 왜냐하면 그동안에 분리 메커니즘은 세포 전체에 확산되어 세포질에까지 이르렀으니까요 — 각각의 염색체는 예전에 상대방에게 속했던 부분들로 만들어진 염색체로 변합니다. 그러고는 부분들의 상호 교환으로 변한 다른 염색체에게서 멀어지고, 각자 23개의 염색체들을 가진 두 개의 세포는 벌써 분리되지요. 각자의 염색체들은 서로 다르고, 이전의 세포 안에 있던 것들과도 다릅니다. 그리고 그다음 분열과 함께, 각자 23개의 염색체들을 가진 완전히 다른 네 개의 세포가 탄생합니다. 그 안에는 아버지의 것과 어머니의 것, 아버지들의 것과 어머니들의 것이 서로 뒤섞여 있지요.

그리하여 마침내 과거와 만나는 것입니다. 그것은 서로 만난다고 믿는 자들의 현재 속에서는 절대 일어날 수 없는 만남입니다. 마침내 그는 나중에 오는 자의 과거를 자신의 현재 속에서 살아갈 수 없는지 증명하는 것입니다. 우리는 결혼식을 향해 간다고 믿고 있지만, 우리의 기대와 우리의 열망을 통해 이루어지는 것은 여전히 아버지들과 어머니들의 결혼식일 뿐입니다. 우리의 행복처럼 보이는 것은, 아마도 우리의 이야기가 시작된다고 믿는 곳에서 끝나는, 다른 이야기의 행복일지도 모릅니다.

그런데도 프리실라여, 우리는 멋지게 달려가 만나고 서로 뒤쫓고 있습니다. 과거는 맹목적이고 무관심하게 우리를 배치하며, 일단 자신과 우리의 조각들을 뒤바꾼 다음에는 우리가 그것을 어떻게 소비하는지 전혀 보살피지 않습니다. 우리는, 우리를 통해 일어나면서도 이미 다른 이야기, 이후의 다른 이야기에 속하는 과거들의 만남에서, 하나의 껍데기, 준비 과정에 지나지 않았습니다. 그 만남들은 언제나 우리보다 먼저 또는 나중에 일어나며, 거기에는 우리를 배제한 새로운 요소들, 즉 우연, 위험, 이상함이 작용합니다.

그렇게 우리는 자유에 둘러싸인 채 자유롭지 않게 살아가고 있으며, 가능한 우연들의 조합이라는 지속적인 파도, 과거의 후광이 미래의 후광과 만나는, 시간과 공간의 지점들을 스치는 지속적인 파도에 떠밀리고 동요하며 살아가고 있습니다. 태초의 바다는 고리 모양 분자들의 잡탕이었으며, 우리를 둘러싸고 새로운 조합들을 부여하던 동일함과 상이함의 메시지들이 이따금 그 사이를 가로질러 갔습니다. 따라서 나와 프리실라의 내부에서는 달의 흐름을 따라 옛날의 조류가 일어나기도 합니다. 또 유성 종족들은 옛날의 제약, 즉 사랑의 나이와 계절을 규정하고, 동시에 나이와 계절을 보완 수정하며 집요함과 강요와 악습에 빠지기도 하는 옛날의 제약에 순응하고 있습니다.

나와 프리실라는 단지 과거 메시지들이 만나는 장소에 지나지 않습니다. 그것은 그들 상호 간의 메시지일 뿐만 아니라 메시지에 응답하는 메시지들이지요. 그리고 상이한 요소들과 분자들은 상이한 — 감지할 수 없을 정도로 또는 엄청나게 상이한 — 방식으로 메시지들에 응답하기 때문에, 그 메시지들을 받아들이고 해석하는 세상에 따라 그것은 더 이상 동일한 메시지가 아니거나, 동일하면서도 변할 수밖에 없는 메시지들입니다. 그렇다면 이렇게 말할 수 있습니다. 그러한 메시지들은 절대 메시지가 아니며, 전달해야 할 과거는 없으며, 단지 과거의 흐름을 교정하고 형식을 부여하며 새로운 과거를 만들어 내는 수많은 미래들만 있다고 말입니다.

내가 말하고자 했던 이야기는 존재하지 않는 두 개체들의 만남입니다. 그들은 단지 과거 또는 미래, 서로의 현실을 의혹에 빠뜨리는 과거 또는 미래의 기능 속에서만 정의할 수 있기 때문에 존재하지 않습니다. 아니면 존재하는 것 이외의 모든 나머지 이야기, 결과적으로 존재하지 않는 것, 그리고 존재하지 않음으로써 존재하는 것을 존재하도록 만드는 이야기입니다. 우리가 말할 수 있는 유일한 것은, 어느 지점 어느 순간에 우리의 개별적인 존재라는 공허한 간격은, 계속 분자들의 조합을 혁신하여 복잡하게 만들거나 또는 없애 버리는 파도에 휩쓸리게 된다는 사실입니다. 그러한 사실만으로도 살아 있는 세포들의 시간과 공간적 배치 속에서 누구는 〈나〉이고 또 누구는 〈프리실라〉라고 확신할 수 있으며, 또 우리를 직접 — 나는 감히 말할 수 있습니다 — 행복하고 총체적으로 휩쓸어 갈 무슨 일이 현재 일어나고 있거나, 또는 이미 일어났거나 앞으로 일어날 것이라고 확신할 수 있습니다.

프리실라여, 나는 이것만으로도 행복합니다. 내가 당신의 목 위로 구부정한 내 목을 뻗어 당신의 노란 털을 가볍게 깨물면, 당신은 콧구멍을 벌름거리고 이빨을 드러내고, 모래밭에 무릎을 꿇어 나의 가슴 높이로 당신의 혹을 낮추면, 나는 당신에게 내 몸을 기대고 뒷다리로 힘을 쓰며 당신을 뒤로 밀어 넘어뜨릴 때, 오, 그 오아시스의 황혼이 얼마나 부드러운지 당신은 기억하고 있습니다. 우리의 등짐을 풀어 내리고 대상(隊商)이 흩어지면서 우리 낙타들이 갑자기 가벼워짐을 느낄 때, 당신이 갑자기 달려가면 나는 뒤뚱거리며 당신을 따라 야자나무 숲으로 들어갈 때 말입니다.

3. 죽음

우리가 직면했던 위험은 영원히 사는 것이었습니다. 우연히 삶을 시작한 자는 누구든지 처음부터 영원한 지속의 위협을 받았지요. 지구를 뒤덮고 있는 껍질은 액체입니다. 그 수많은 액체 방울들 가운데 하나가 점차 치밀해지고 성장하면서 조금씩 조금씩 주변의 물질을 흡수합니다. 그것은 젤라틴 같은 하나의 물방울-섬이 되어 응축하고 팽창하면서 더 많은 공간을 점유합니다. 그리하여 물방울-대륙이 되고, 그것은 대양 위로 확산되어 극지점을 형성하고, 적도상에서 푸르른 모습을 띠면서, 하마터면 지구 전체가 휩싸일 뻔합니다. 오로지 그 물방울만이 영원히, 시간과 공간 속에서 균일하고 지속적으로 살아갈 것입니다. 지구를 핵처럼 감싸는 그 점액질의 공은 우리들 모두의 생명에 필요한 물질을 함유한 진흙 덩어리입니다. 생명은 어느 누구의 것도 아닌 바로 그 물방울의 것입니다. 우리 모두가 우리를 낳거나 죽도록 내버려 두지 않는 이 물방울 안에 갇혀 있기 때문입니다.

다행히도 그 물방울은 조각조각 부서집니다. 각각의 조각은 일정한 질서로 배열된 분자들의 연쇄며, 하나의 질서가 있다는 사실만으로도 무질서한 물질 가운데에 떠 있을 수 있습니다. 그러다가 마침내 주위에 같은 방식으로 나란히 배열된 분자들의 다른 연쇄들이 형성됩니다. 각각의 연쇄는 자기 주변에 질서를 확산시킵니다. 말하자면 자기 스스로를 여러 번 반복하고, 다시 그 복제물들이 동일한 기하학적 배치로 나름대로 반복되는 것입니다. 모두들 동일하게 살아있는 결정체들의 용액 하나가 지구의 얼굴을 뒤덮고, 자신도 모르게 매 순간마다 태어나고 죽으며, 부서진 공간과 시간 속에서 언제나 자기 자신과 동일하고 영원하고 불연속적인 삶을 살아가고 있습니다.

그러다 어느 순간 반복에 필요한 물질이 부족해질 기미가 보이면, 모든 분자들의 연쇄는 주위에 물질의 창고 같은 것을 만들고 그 꾸러미 안에 자기에게 필요한 모든 것을 보관하기 시작합니다. 이 세포는 성장하고, 어느 시점까지 성장하면 두 개로 분열되고, 두 개의 세포는 네 개로, 여덟 개로, 열여섯 개로 분열하며, 늘어난 세포들은 나름대로 떠돌아다니지 않고 마치 군체(群體) 또는 무리 또는 폴립polyp처럼 서로서로 뭉쳐 있습니다. 세상은 일종의 해면들의 숲으로 뒤덮여 있으며, 각각의 해면은 충만함과 공허함의 그물 속에서 자신의 세포들을 늘리며, 그 그물은 점차 확산되어 바다의 조류에 흔들거리고 있습니다. 각자의 세포는 나름대로 살아가며, 또 모든 세포들은 동시에 자신들 삶의 전체를 살아기고 있습니다. 겨울의 강추위 속에서 해면 조직들은 찢어지지만, 최근의 세포들은 그대로 남아 있다가 봄에 다시 분열하고, 같은 해면을 다시 만듭니다. 이제 조금만 더하면 게임은 끝납니다. 일정한 숫자의 영원한 해면들이 세상을 차지할 것입니다. 그 해면들의 구멍이 바다를 완전히 흡수하여 치밀한 갱도 속을 흐를 것입니다. 그것들은 영원히 살아갈 것이며, 우리는 그것들에 의해 생성될 순간을 헛되이 기다릴 뿐입니다.

그러나 바다 밑바닥의 괴물 같은 덩어리들 속에서, 솟아오른 대륙의 부드러운 껍질에서 돋아나는 끈적거리는 버섯들 속에서, 모든 세포들이 계속 중첩되어 성장하는 것은 아닙니다. 이따금 한 무더기의 세포들이 떨어져 나와 흔들거리고, 날아가고, 좀 더 저쪽에 내려앉고, 다시 분열하고, 또다시 자신들이 떨어져 나온 그 버섯 또는 해면 또는 폴립을 다시 만들어 냅니다. 이제 시간은 순환하고 언제나 같은 단계들이 교대로 일어납니다. 버섯들의 일부는 바람결에 자신의 포자를 퍼뜨리고, 또 다른 일부는 마치 썩어 가는 균사체(菌絲體)처럼 성장하여 마침내 다른 포자들을 성숙시키킵니다. 그러고는 그것들이 피어오르는 것과 동시에 그대로 죽어 갑니다. 살아 있는 존재들의 내부에서 대규모 구분이 시작되는 것입니다. 죽음을 모르는 버섯들은 하루 동안 지속되고 또 그다음 날 다시 태어납니다. 그렇지만 번식 명령을 전달하는 부분과 그 명령을 수행하는 부분 사이에는 극복할 수 없는 차이가 생겼습니다.

이제 싸움은 영원히 존재하고 싶어 하는 자들 사이에서 벌어졌습니다. 아직 존재하지 않지만 존재하고 싶은 우리들은 자칫하면 존재하지 않을 수도 있습니다. 우발적인 실수로 다양성을 유발하지 않을까 하는 두려움 속에서, 존재하는 자들은 통제 장치를 더욱 늘립니다. 만약 두 가지의 동일한 메시지와 상이한 메시지를 비교한 결과, 번식의 명령이 오류임이 드러나면, 그것들은 손쉽게 사라집니다. 따라서 단계들의 상호 발생은 더욱 복잡해집니다. 바다 밑바닥에 고정된 폴립의 가지들에서 투명한 해파리들이 떨어져 나와 수중에 떠 있게 됩니다. 그리고 해파리들 사이에 사랑이, 연속성의 덧없는 사치와 놀이가 시작되고, 그 사랑을 통해 폴립들은 영원함을 확인할 것입니다. 솟아오른 땅 위에서는 식물성 괴물들이 부채 모양의 잎사귀들을 펼치고, 이끼 양탄자를 펼치며, 자웅동체의 꽃들이 피어나는 나뭇가지를 드리웁니다. 그리하여 단지 자기 자신의 숨겨진 작은 부분만을 죽음에게 양도하려 합니다. 그러나 이제는 이미 교배 메시지들의 유희가 온 세상을 점령했습니다. 바로 그 틈을 이용해 아직 존재하지 않는 무리가 엄청나게 밀려들어올 것입니다.

바다는 떠다니는 알들로 뒤덮여 있습니다. 파도가 그 알들을 들어 올리고 구름처럼 무수한 정자들과 혼합합니다. 수정된 알에서 껍질을 깨고 나와 헤엄치는 각각의 존재는 하나를 반복하는 것이 아니라, 자기 이전에 헤엄치던 두 개의 존재를 반복합니다. 그것은 그 두 존재의 어느 하나도 아니며, 완전히 다른 세 번째 존재입니다. 처음의 두 존재는 최초로 죽을 것이며, 세 번째가 최초로 탄생한 것이 됩니다.

프로그램-눈에 보이지 않는 세포들의 방대한 확산 속에, 즉 모든 조합들이 종족의 내부에서 형성되고 해체되는 곳에, 아직도 태초의 연속성이 흐르고 있습니다. 그러나 하나의 조합과 다른 조합 사이의 간격은, 운명적으로 죽어야 할 상이한 유성(有性) 개체들이 점유하고 있습니다.

죽음 없는 삶의 위험을 영원히 피했다고 말합니다. 끓어오르는 늪지대의 진흙에서 최초로 구별 없는 생명의 덩어리가 새로이 탄생할 수 없기 때문에 그런 것이 아니라, 이제 우리가 — 특히 우리들 중에서 미생물이나 박테리아 기능을 하는 자들이 — 그곳을 점령하여 집어삼킬 준비가 되어 있기 때문입니다. 바이러스의 연쇄들이 정확한 결정체처럼 정확한 명령과 함께 계속하여 스스로를 반복하지 않기 때문이 아니라, 그것이 단지 우리의 육체와 조직들 내부, 더욱 복잡한 우리 동식물들의 내부에서만 일어날 수 있기 때문이지요. 아직도 우리는 산호와 말미잘들이 있는 바다 밑바닥 위를 헤엄치고 있으며, 아직도 우리는 태초의 숲이 우거진 양치류 식물들과 이끼 사이를 헤치면서 나아가고 있습니다. 그렇지만 이제 유성생식은 이미 가장 오래된 종족들의 순환 과정에도 들어갔습니다. 마법은 깨졌고 영원한 자들은 죽었습니다. 이제는 그 누구도 성을, 자기에게 할애된 미세한 부분의 성을 포기하고 끝없이 자기 자신을 반복하는 생명을 되찾으려 하지 않습니다.

현재 승리자들은 바로 우리들, 불연속적인 자들이지요. 패배한 숲-늪지대는 아직도 우리 주위에 있습니다. 우리는 벌목도(伐木刀)를 후려치면서 맹그로브 숲의 빽빽한 뿌리 사이로 하나의 돌파구를 열었습니다. 마침내 머리 위로 환한 하늘의 구멍이 열리고 있습니다. 우리는 눈부신 햇살을 가리며 눈을 들었지요. 우리의 머리 위에는 또 다른 지붕이 펼쳐지고 있습니다. 그것은 바로 우리가 계속해서 분비하는 단어들의 껍질입니다. 태초 물질의 연속성 밖으로 나오자마자, 우리는 우리의 불연속성, 우리의 죽음과 탄생 사이의 공백을 채우는 연결 조직 안에 사로잡혀 있습니다. 그것들은 바로 기호들의 총체, 언어의 소리들, 표의문자들, 형태소들, 숫자들, 카드의 구멍들, 마그네틱 리본들, 문신(文身)들, 사회적 관계를 포함하는 커뮤니케이션 체계, 가족 관계들, 제도들,

상품들, 선전 간판들, 네이팜 폭탄들, 즉 넓은 의미에서 언어를 이루는 모든 것들입니다. 아직도 위험은 끝나지 않았습니다. 우리는 나뭇잎들이 떨어지는 숲 속에서 아직도 경보 상태에 있습니다. 지구 껍질의 복사물 같은 새로운 지붕이 우리 머리 위에서 닫히고 있습니다. 만약 우리가 정확한 지점에서 그것을 깨뜨리지 못하고, 영원한 반복을 저지하지 못한다면, 그것은 하나의 적대적인 껍질, 하나의 감옥이 될 것입니다.

우리를 뒤덮은 지붕은 온통 울퉁불퉁한 철제 톱니바퀴 같습니다. 마치 고치기 위해 밑으로 기어들어간 자동차의 내부 같지요. 그런데 나는 거기에서 빠져나올 수 없습니다. 어깨를 땅에 대고 그 밑에 들어가 있는 동안 자동차가 점차 커지고, 온 세상을 뒤덮을 정도로 커지고 있기 때문이지요. 이제 망설일 시간이 없습니다. 이렇게 통제할 수 없는 과정을 멈추기 위해 나는 손을 대야 할 지점을 찾아야 하고, 그 메커니즘을 이해해야 하며, 다음 단계로 이행하기 위한 명령을 작동해야 합니다. 바로 기계들이 남성과 여성의 교배 메시지를 통해 스스로 자동 재생산되고, 새로운 기계를 탄생시키고 낡은 기계들은 죽게 만드는 단계 말입니다.

어느 순간 모든 것이 나를 완전히 포위하려 합니다. 내 이야기가 결코 끝나지 않는 피날레를 찾고 있는 이 페이지 역시 그렇습니다. 단어들의 그물 속에서 글로 쓰인 나와, 글로 쓰인 프리실라는 서로 만나 다른 단어들과 다른 사상들로 증가되고 있으며, 일종의 연쇄 반응을 작동하고 있습니다. 그 결과 사람들이 만들었거나 사용한 사물들, 말하자면 그들 언어의 부분들 역시 나름의 단어를 획득하고, 기계들이 말을 하고, 자신들을 구성하는 단어들과 그것들을 작동시키는 메시지들을 교환하고 있습니다. 핵산에서 글쓰기로 이행하는 생명 정보의 회로는, 자동 인간들에게서 태어난 아들, 자동 인간들의 구멍 뚫린 리본들 안으로 확장됩니다. 아마 우리보다 우월한 기계들 세대는 계속 살아갈 것이며, 우리의 것이었던 단어들과 생명들을 계속 말할 것입니다. 그리고 전자 명령으로 전환된 〈나〉라는 단어와 〈프리실라〉라는 단어는 지금도 계속 만나고 있습니다.

역자 해설
환상 속에서 발견하는 새로운 현실

이탈로 칼비노(1923~1985)는 현대 이탈리아 문학계에서 가장 주목받는 작가 가운데 한 사람이다. 감수성이 예민하던 시절에 전쟁의 비극을 체험하고 반파시스트 레지스탕스 활동에 참여했던 그는, 그러한 경험을 토대로 한 최초의 소설 『거미집 속의 오솔길』(1947)을 발표하면서 관심을 끌기 시작했다.

당시 이탈리아 문학계는 네오레알리스모 *neorealismo*의 조류에 휩싸여 있었다. 그것은 파시즘 치하의 현실 도피적이고 〈위안적인〉 문학을 배격하고 구체적인 현실에 뿌리를 둔 문학, 즉 참여적이고 논쟁적 성격이 강한 문학을 목표로 하는 운동이었다. 칼비노 역시 처음에는 네오레알리스모 문학론의 대표적 기수였던 파베세, 비토리니 등과 교류하면서 작품 활동을 시작했다.

그렇지만 그는 이미 『거미집 속의 오솔길』에서 독창적인 방향으로 나아가고 있었다. 당시 많은 네오레알리스모 작가들은 작품보다는 이론을 앞세우고 현실의 객관적인 묘사에만 지나치게 집착한 나머지, 문학이 일종의 현실 보고서가 되어 버리는 예가 많았다. 반면 칼비노는 어떻게 현실의 다양한 의미를 포착해 문학적으로 형상화하는지에 중점을 두었다. 다른 작가들처럼 칼비노 역시 현실에 대한 관심에서 출발하고는 있지만, 단순한 현실 기록에만 머무르지 않고 현실적이면서 동시에 환상적인 분위기를 창조해 냈다. 그의 작품들은 내용뿐만 아니라 형식적인 측면, 즉 표현 기법까지 전통적인 소설들과는 다른 특성을 보이면서 전체적으로 하나의 독특한 문학 세계를 이루고 있다.

칼비노의 작품 세계를 한마디로 정의하기는 어렵지만, 일반적으로 그의 작품을 가리켜 〈환상 문학〉이라 부른다. 물론 그러한 정의에 대해서는 여러 가지 논쟁의 여지가 있다. 대개 환상이라는 용어는 실제로 존재하지 않는 것, 상상 속에서나 가능한 것을 가리킨다. 따라서 현실과 대비되는 가상의 세계 또는 꿈의 세계를 가리키며, 다분히 현실 도피적인 성격도 내재하고 있다.

그렇지만 칼비노의 작품에서 환상이란 조금 다른 의미를 지닌다. 그의 작품들이 환상적인 사건들을 다루는 것은 사실이지만, 언제나 현실에 뿌리를 내린 환상이라는 점에서 그렇다. 간단히 말하자면 칼비노의 환상은 현실의 모습을 다른 각도에서 조명하고 그 다양한 의미를 문학적으로 형상화하기 위한 수단이다. 그는 현실을 제대로 관찰하기 위해서는 적당한 거리를 유지해야 한다고 믿었으며, 그러한 〈거리의 미학〉에서 독특한 환상 세계가 탄생한 것이다. 그것이 현실과는 동떨어진 환상이 아니라는 사실은, 칼비노가 현실 문제들에 관한 논쟁에 참여했다는 사실에서도 명백히 드러난다.

사실 그는 전쟁 동안에는 레지스탕스 활동에 참여했고 전

후에는 얼마 동안 공산당에 관여하기도 했으며, 60년대에는 소위 산업 사회와 문학의 관계에 대한 논쟁에 활발하게 개입하기도 했다.

어쨌든 그의 작품의 첫 번째 특징으로 꼽히는 점은 바로 모티브와 양식의 다양성이다. 칼비노는 무엇보다도 전통적인 소설 기법들과 의도적인 단절을 통해 소설적 담론, 〈이야기〉를 통한 새로운 커뮤니케이션 방식의 모색을 위해 끊임없이 노력했던 작가다.

우선 모티브의 다양성에서 보면, 그의 작품들에서 서술되는 이야기들은 황당무계할 정도로 환상적이고 가공적인 사건들을 다루고 있다. 예를 들어 대표적인 3부작으로 꼽는 『우리의 선조들』은 독립적인 세 편의 소설로 되어 있는데, 얼핏 보기에는 우화나 동화 같은 내용이다. 대포에 맞아 몸이 두 동강나서 따로따로 완벽한 선과 완벽한 악의 삶을 살아가는 자작(子爵)의 이야기(『반쪼가리 자작』), 어린 나이에 아버지와 불화를 겪고 나무 위로 올라가 평생 동안 땅에 발을 딛지 않고 살아간 남작(男爵)의 이야기(『나무 위의 남작』), 형체도 없이 단지 갑옷 속에서 의지와 영혼만으로 존재하는 기사의 이야기(『존재하지 않는 기사』)가 그렇다. 또 우화를 연상시키는 『마르코발도』, 뚜렷한 사건이나 인물도 없이 이야기가 전개되는 『보이지 않는 도시들』, 마치 철학 에세이 같은 『팔로마르』와 『어느 선거 참관인의 하루』 등과 같은 작품들은 모두가 일반적인 소설 구조와는 다른 특이한 소재들을 독특한 방식으로 다루고 있다.

그리고 칼비노는 새로운 소설 기법을 위한 끊임없는 시도들을 보여 준다. 그의 작품들에서 드러나는 언어적 실험성은 결국 특이한 소재를 가장 유효적절하게 표현하기 위한 노력에 기인한다. 일정한 거리를 두고 바라보는 현실의 모습은 당연히 환상적인 분위기를 띠는데, 그것을 효과적으로 다루기 위해 그는 동화나 우화의 표현 방식을 원용하고 있다.

동화에 대한 칼비노의 관심은 1956년에 이탈리아 각 지방의 민담, 동화들을 수집 정리하여 두 권으로 된 『이탈리아 민담』을 출판한 데에서 드러난다. 동화나 민담이 지닌 표현의 간결성, 전개의 신속성, 핵심적인 압축성, 상징성 등은 바로 그가 추구하던 표현 방식이었다.

서술 기법에 대한 탐구 정신은 글쓰기에 대한 깊은 성찰로 이어진다. 작가의 글쓰기 작업에 내재한 다양한 의미들은 바로 현실 모습만큼이나 다양하다. 철저한 작가 의식에서 비롯되는 글쓰기에 대한 비판적 성찰은 칼비노의 작품 곳곳에서 드러나는데, 직접적으로는 〈이야기의 기호학〉으로 표현되기도 한다. 그리고 바라보는 관점에 따라 현실이 새로운 의미로 충만해지듯이 그의 글쓰기 방식 역시 언제나 유동적이고 유연하다.

『거미집 속의 오솔길』에 대한 글에서 파베세가 지적했듯이 〈펜의 다람쥐〉 칼비노는 장난하듯 나무 위로 기어 올라가 세상의 모습을 바라보면서, 역시 장난하듯 현실의 다양한 의미를 담아내고 있다. 다람쥐처럼 재빨리 달아나는 칼비노의 작품들은 때로 독자들의 예상을 뒤엎고 색다른 의미의 그물을 엮어 내는 때가 많다.

『나무 위의 남작』의 주인공이 세상을 나무 위에서 바라보듯이 작가는 현실을 평면적으로 바라보지 않고 끊임없이 이동하는 시점에서 관찰하고 있으며, 이 시점의 이동은 칼비노가 즐겨 사용하는 방식 중의 하나다. 따라서 그의 작품들이 지향하는 것은 단순한 환상 세계가 아닌 다의적이고 중층적인 현실 자체의 모습이다. 〈환상적인 현실 인식〉 또는 〈현실 뒤집어 읽기〉라고 말할 수 있는 이러한 태도는 곧바로 그의 글쓰기와 연결된다. 그의 작품들이 상당히 암시적이고 상징적인 의미들로 가득 찬 것처럼 보이는 이유도, 바로 〈현실은 지속적으로 변화한다〉는 인식에서 비롯되었던 것이다.

결론적으로 칼비노의 환상은 제대로 포착하기 어려운 현실의 다양한 모습과 의미를 담아내기 위한 수단이며, 복잡하게 얽힌 현실[「미궁에의 도전」(1962), 『메나보』 5권에 실린 그의 평론]이 되고 있다. 따라서 얼핏 보기에는 역설적으로 보이는 그의 이야기들이 마침내 정확한 논리와 기하학적이고 과학적인 정확성을 토대로 하고 있음이 드러난다.

또 다른 특징은 18세기 계몽주의적 성격과 합리성이다. 이것도 동일한 맥락에서 파악할 수 있다. 윤리적인 의식과 함께 현실에 대해 우화적으로 서술하는 그의 독특한 양식을 가리켜 일부 비평가들은 볼테르의 〈철학적 콩트 conte philosophique〉와 비교하기도 한다. 그러나 칼비노 자신은 이러한 평가에 대해 반박하면서 〈나는 이야기의 내적 논리를 따라가는 이야기꾼일 뿐이다. 철학자와는 정반대다〉라고 주장한다. 어쨌든 분명한 점은 그의 이야기들이 환상적인 비약 속에서도 매우 정확하고 합리적인 논리에 따라 전개된다는 사실이다. 이러한 논리성은 나중에 과학적인 성격을 띠면서 과학과 문학의 접합이라는 측면에서 해석되기도 한다.

1965년에 출간된 『우주 만화 Le cosmicomiche』에는 칼비노의 환상적 상상력이 절정에 이른 작품이다. 구성적인 면에서 보면 이 작품은 25편의 단편적인 이야기들로 되어 있는데, 그것들은 각자 독립적이면서도 서로 유기적으로 긴밀하게 연결되어 있다. 각각의 이야기는 일인칭 화자인 동일한 주인공이 자신의 경험을 회상하며 서술하는 방식이며, 각 단편들 첫머리에는 이야기의 배경이 되는 짤막한 글이나 인용문들이 안내자 역할을 한다. 또 비슷한 주제의 이야기들이 몇 편씩 묶여서 작은 집단을 이루고, 그것들이 모여 전체적으로 하나의 구조를 형성한다.

작품의 제목부터 상당히 아이러니컬하고 우의적이다. 우주를 의미하는 *cosmo*에다 형용사 *comico*를 합성한 것으로, 구태여 번역하자면 〈우스꽝스러운 우주〉 정도일 것이다. 다른 작품들에서 현실을 환상적으로 바라보듯이, 여기에서 칼비노는 장난기 어린 해학적 시선으로 우주 자체를 거꾸로 바라보고 있는 셈이다.

작품의 주인공인 크프우프크Qfwfq 역시 지극히 환상적이고 상징적인 존재다. 정확히 좌우 대칭을 이루는 그의 이름은 도저히 발음할 수 없으며, 따라서 단지 시각적인 〈이름〉으로만 존재할 뿐이다. 동시에 구체적이고 총체적인 형상을 전혀 상상할 수 없는 존재이기도 하다. 바꾸어 말하자면 시각적인 이미지를 가질 수 없는 존재이거나, 아니면 역설적으로 모든 가능한 형태를 동시에 지닌 존재일 수도 있다. 실제로 작품 내에서 그는 최초의 양서류, 공룡, 태초의 조개, 연체동물, 멸종한 매머드, 낙타, 우주 태초의 생명체, 또는 인류 역사상 존재했던 과거의 인물로 등장하고 있다. 그러다가 어느 순간에는 바로 우리 시대의 우리 모습으로 탈바꿈하기도 한다. 따라서 그는 시간과 공간을 초월하며, 동시에 우주의 모든 생명체와 물질들 속에 내재된 속성이기도 하다. 그러한 주인공의 이야기들은 시간과 공간을 넘어 우리에게 여러 가지 의미를 부여한다.

이 작품의 가장 두드러진 특징은 칼비노의 환상이 풍부한 과학적 교양과 함께 융합되어 있는 점이다. 그러한 특징을 가리켜 과학적 환상 또는 기하학적 환상이라 부르기도 한다. 이 작품에서 칼비노는 천문학, 미생물학, 물리학, 인공두뇌학 등 자연 과학에 대한 자신의 교양을 소설 형식으로 서술하고 있기 때문이다. 자연 과학적 지식을 토대로 하는 사실을 들어 일부에서는 이 작품을 SF로 분류하려는 경향도 있다. 그러나 이 작품은 다른 일반적인 SF 작품들과는 완전히 다르다. 무엇보다도 칼비노는 이 작품에서 〈태초의 신화〉, 말하자면 인류의 영원한 신화를 추적하여, 인류 존재의 근본적인 질문인 〈우리는 어디에서 왔는가〉, 〈우리는 누구인가〉, 〈우리는 어디로 가는가〉에 대한 해답을 찾으려고 한다. 그 태초의 상태에 도달하기 위해 그는 필연적으로 시간과 공간의 무한한 한계선까지 날아오를 수밖에 없다.

이전 작품들에서 칼비노는 특히 인문주의적이고 계몽주의적인 책읽기의 영향을 받고 비교적 가까운 인류 역사의 과거로 거슬러 올라갔다. 예를 들어 『우리의 선조들』에서는 샤를마뉴 시대까지 소급하는 과거로의 시간 여행을 했다. 그러나 『우주 만화』에 이르러서는 더욱더 광범위한 시간(즉 우주의 발생부터 현재까지 몇 백억 광년의 시간)과 공간(모든 은하계와 성운들을 포함하는 무한한 우주 공간)을 마음대로 넘나들고 있다. 심지어 대폭발과 함께 시작되는 우주의 발생 초기에서 최초의 생명체가 탄생하던 시기까지, 말하자면 인간의 상상력이 도달할 수 있는 극한의 시점까지 접근하고 있다. 칼비노의 상상력은 시간적으로는 지구의 지질학적 시대를 넘어 원초적 생명 상태와 우주의 기원까지 거슬러 올라가고, 공간적으로는 지구와 은하계들을 넘어선 무한한 우주 공간 속으로 상승하고 있다.

겉으로 보기에 그러한 날아오름은 현실 도피로 보일 수도 있다. 그렇지만 좀 더 자세히 살펴보면 그것은 언제나 우리의 현실을 지향하고 있음을 알 수 있다. 거의 모든 이야기의 마지막 부분에서 칼비노의 상상력은 우리들 자신의 세상으로 되돌아온다. 따라서 그것은 바로 우리 자신의 이야기가 되는 것이다. 그리고 작가의 놀라울 정도로 정확한 논리와 추론 방식에 따라, 우리의 현실이 미처 발견하지 못한 새로운 의미들로 충만해 있음을 알게 된다.

이러한 의미의 반전 또는 새로운 의미의 발견은 바로 현실의 다양하고 다의적인 모습을 그대로 반영한다. 따라서 『우주 만화』는 단순한 SF 작품으로 볼 수 없으며, 오히려 SF를 패러디한 작품이라고 말할 수 있다.

또 『우주 만화』는 칼비노의 글쓰기 또는 이야기의 기호학에 대한 관심이 확연히 드러나는 작품이기도 하다. 가령 「공간 속의 기호 하나」, 「광년의 세월」에서는 글쓰기의 의미와 그 존재 가치에 대한 칼비노의 명백한 견해가 제시되어 있다. 그리고 「공간의 형태」를 비롯한 다른 이야기들에서는 세상의 모습에 대한 다양한 해석 가능성, 말하자면 현실 읽기의 여러 가지 방식들을 보여 주는데, 결국 그것은 작가의 글쓰기 작업에서 탄생하는 작품의 다층적인 의미의 그물을 상징적으로 암시한다. 그의 표현대로 작가가 글을 쓴다는 것은 무한한 우주 공간 속에 하나의 기호나 표시를 남겨 놓는 것과 마찬가지다. 그 기호 또는 하나의 작품이 지닌 상징적인 의미는 그야말로 현실의 모습만큼이나 다양하다.

한 인터뷰에서 칼비노는 〈인간은 자신의 상상력을 통하여 우주의 지속적인 자체 형성에 기여한다〉라고 술회한 적이 있다. 그렇다면 작품을 쓰는 것은 바로 우주적 삶의 일부분이며, 동시에 그 작품 자체가 하나의 세상을 형성하고 나름의 삶을 살아가는 독자적인 존재가 되기도 한다.

그리고 칼비노는 글쓰기에서 무엇보다도 이미지를 중시했다. 물론 그것은 시각적인 이미지다. 칼비노는 머릿속에 뚜렷한 이미지들이 떠올랐을 때 비로소 그것을 이야기로 전개한다고 말했다. 그렇다면 그 시각적 이미지를 언어로 전환하는 것이 바로 글쓰기이며, 글을 쓰는 순간부터 이미지는 언어의 뒤를 따른다. 그리고 독자는 언어, 즉 글로 표현된 이야기를 다시 이미지로 전환한다. 결국 그의 글쓰기 과정은 이미지에서 언어로, 그리고 다시 언어에서 이미지로 전환되는 과정, 즉 언어를 매개로 한 이미지 전달 작업인 것이다.

이미지를 통한 이야기 전개 방식은 「새들의 출현」에서 분명히 드러난다. 여기에서 칼비노는 만화의 시각적인 이미지 전달 방식을 원용하여 이야기를 전개하고 있다. 물론 그 만화 역시 언어로 표현하고 있지만 이미지의 시각화를 위한 적절한 수단이 되고 있다.

마지막으로 1984년에 가르찬티 출판사에서 간행한 『우주 만화』 증보판에 실린 단편들을 살펴볼 필요가 있다. 「티 제로」는 수학적 언어를 통해 시간과 공간에 위치하는 존재의 본질적인 문제를 다루고 있으며, 「추격」에서는 일종의 형식 논리에 의해 추격하는 자와 추격받는 자 사이의 관계의 뒤바뀜, 즉 추격받는 자가 동시에 추격하는 자가 될 수도 있다는 논리를 전개하고 있다. 그리고 「몬테크리스토 백작」에서 역시 갇혀 있는 자가 동시에 완전히 자유로울 수도 있다는 역설적인 논리를 펼치기도 한다. 물론 이러한 테마들은 이미 『우주 만화』에서 분명히 다룬 것들로서 일종의 부연 설명을 위한 작품들이다.

위에서 언급한 것들 이외에도 『우주 만화』에는 실로 무한한 의미들이 숨어 있다. 작가의 환상적인 현실 인식만큼이나 다양한 상징성과 풍부한 알레고리가 담긴 작품으로서, 해석의 가능성 역시 무한히 열려 있기 때문이다. 이 작품은 모티브와 양식의 다양성과 함께 소설 장르를 위한 새로운 가능성을 보여 준다.

김운찬

이탈로 칼비노 연보

1923년 출생 쿠바의 아바나 근처에 있는 마을 산티아고 데 라스 베가스에서 농학자인 아버지와 자연과학을 공부한 어머니 사이에서 태어남. 그의 부모들은 조국 이탈리아를 기억하도록 아들 이름을 이탈로라고 지음.

1925년 2세 가족이 이탈리아의 산레모로 이주. 아버지는 원예 재배 시험소의 관리자가 됨.

1929~1942년 6~19세 초등 교육과 고등학교 과정을 마치고 토리노 대학의 농학부에 들어감. 자유사상가였던 부모들은 그에게 전혀 종교적인 교육을 시키지 않음. 스티븐슨, 키플링, 니에보, 콘래드 등의 작품을 읽었으며, 아버지로부터 여러 가지 동식물의 이름을 익힘.

1943~1945년 20~22세 파시즘 치하의 이탈리아 군대 소집 영장에 응하지 않고, 당시 알프스 해안 지역에서 활동하던 〈가리발디〉 여단의 반파시스트 빨치산에 열여섯 살이던 동생과 함께 가담하여 레지스탕스 활동을 벌임. 그의 부모들은 몇 달 동안 독일군에게 볼모로 잡혀 있었음. 그 무렵 이탈리아 공산당에 관심을 갖게 되었고 전쟁 후에는 정식으로 가입하여 적극적으로 활동함.

1947년 24세   레지스탕스 대원들에 대한 특혜로 곧바로 토리노 대학 문학부 3학년으로 들어가 조지프 콘래드의 문학에 대한 논문으로 졸업. 레지스탕스 경험을 토대로 한 최초의 소설 『거미집 속의 오솔길 *Il sentiero dei nidi di ragno*』을 출간했고, 이 작품으로 리치오네 문학상을 수상. 토리노의 에이나우디 출판사에서 근무하면서 당시의 문학계를 주도하던 파베세C. Pavese, 비토리니E. Vittorini와 교류하기 시작함.

1949년 26세   단편집 『까마귀 마지막에 오다 *Ultimo viene il corvo*』 출간.

1952년 29세   『반쪼가리 자작 *Il visconte dimezzato*』 출간. 바사니G. Bassani가 주관하는 잡지에 단편 「은빛 개미 La formica argentina」를 발표.

1954년 31세   소설집 『전쟁 개입 *L'entrata in guerra*』 출간.

1956년 33세   에이나우디 출판사의 청탁으로 1년에 걸쳐 이탈리아의 각 지방에서 2백여 편이 넘는 민담을 채록, 이탈리아어로 번역하여 두 권으로 된 『이탈리아 민담 *Fiabe italiane*』을 발간.

1957년 34세   『나무 위의 남작 *Il barone rampante*』 출간. 이 작품으로 비아레조 문학상을 수상. 소련의 헝가리 침공과 관련하여 다른 좌파 지식인들과 함께 이탈리아 공산당을 떠남.

1958년 35세   『스모그의 구름 *La nuvola di smog*』과 『단편집 *I racconti*』 출간.

1959년 36세   『단편집』으로 바구타 문학상을 수상. 『존재하지 않는 기사 *Il cavaliere inesistente*』 출간.

1960년 37세   3부작 『우리의 선조들 *I nostri antenati*』 출간.

1962년 39세   『어느 선거 참관인의 하루 *La giornata d'uno scrutatore*』로 베이용 문학상을 수상.

1963년 40세   『마르코발도 *Marcovaldo*』 출간.

1964년 41세   파리로 이주. 에이나우디 출판사의 편집 자문 등 이탈리아와의 접촉은 그대로 유지. 소련에서 태어난 아르헨티나인 아내와 결혼.

1965년 42세 『우주 만화 Le cosmicomiche』 출간. 딸 아비가일이 태어남.

1967년 44세 단편집 『티 제로 Ti con zero』 출간.

1968년 45세 〈비아레조〉 문학상을 거부하면서 그 밖의 모든 문학상을 부정함.

1969년 46세 레몽 크노 Raymond Queneau의 소설 『푸른 꽃 Les fleurs bleus』을 번역하여 출간. 우화 『교차된 운명의 성 Il castello dei destini incrociati』을 집필.

1971년 48세 샤를 푸리에 Charles Fourier의 『네 가지 운동의 이론』과 『새로운 사랑의 세계』를 편집하여 에이나우디 출판사에서 출간.

1972년 49세 『보이지 않는 도시들 Le città invisibili』 출간. 린체이 아카데미아에서 펠트리넬리 상을 수상.

1973년 50세 출판사들이 대기업가들의 손에 집중되는 것을 반대하는 〈이탈리아 작가 조합〉에 다른 작가들과 함께 참여.

1979년 56세 계속하여 토리노와 파리를 오가면서 생활. 여러 가지 시사 문제에 대한 글들을 잡지와 일간지에 기고, 『어느 겨울 밤 만약 한 여행자가 Se una notte d'inverno un viaggiatore』 출간.

1980년 57세 가족과 함께 파리에서 로마로 이주. 인류의 공존을 위협하는 여러 가지 문제들에 대한 글을 일간 신문 「라 레푸블리카 La Repubblica」에 기고. 평론집 『돌멩이 하나 위에 Una pietra sopra』 출간.

1983년 60세 『팔로마르 Palomar』 출간.

1984년 61세 경제적으로 위기에 처한 에이나우디 출판사를 떠나 밀라노의 가르찬티 출판사로 옮겨, 거기에서 『우주 만화』 증보판과 평론집 『모래 수집 Collezione di sabbia』을 출간. 6월 하버드 내학에서 1985~1986학년도 〈찰스 엘리엇 노턴 시학 강좌〉를 해달라는 공식적인 초청을 받음.

1985년 62세　카스틸리온 델라 페스카이아에서 가족과 함께 휴가를 즐기면서 하버드 대학의 강연을 위한 원고를 준비하던 중 9월 6일 뇌출혈로 쓰러짐. 시에나의 성 마리아 병원에서 12일 동안 고통에 시달리다가 9월 19일 영면. 아내와 딸, 아주 가까운 친구 몇 명이 임종을 지켜봄.

1988년　가르찬티 출판사에서 그의 미완성 유고 『미국 강의 *Lezioni americane*』, 에이나우디 출판사에서 『민담에 대해서 *Sulla fiaba*』가 출간.

열린책들 세계문학 007 우주 만화

옮긴이 김운찬 1957년생으로 한국외국어대학교 이탈리아어과와 동 대학원을 졸업하였고, 이탈리아 볼로냐 대학교에서 움베르토 에코의 지도하에 화두(話頭)에 대한 기호학적 분석으로 박사 학위를 취득하였으며, 현재 대구가톨릭대학교 문과대학 이탈리아어과 교수로 재직 중이다. 저서로 『현대 기호학과 문화 분석』, 『신곡 ─ 저승에서 이승을 바라보다』가 있으며, 옮긴 책으로 단테의 『신곡』, 에코의 『논문 잘 쓰는 방법』, 『나는 독자를 위해 글을 쓴다』, 『거짓말의 전략』, 『이야기 속의 독자』, 『대중문화의 이데올로기』, 『신문이 살아남는 방법』, 칼비노의 『마르코발도』, 모라비아의 『로마 여행』, 파베세의 『피곤한 노동』, 과레스키의 『신부님 우리 신부님』 등이 있다.

지은이 이탈로 칼비노 **옮긴이** 김운찬 **발행인** 홍예빈·홍유진
발행처 주식회사 열린책들 **주소** 경기도 파주시 문발로 253 파주출판도시
전화 031-955-4000 **팩스** 031-955-4004 **홈페이지** www.openbooks.co.kr
Copyright (C) 주식회사 열린책들, 1994, 2009, *Printed in Korea.*
ISBN 978-89-329-0921-9 04880 **ISBN** 978-89-329-1499-2 (세트)
발행일 1994년 12월 10일 초판 1쇄 2006년 2월 25일 보급판 1쇄 2006년 4월 10일 보급판 2쇄 2009년 11월 10일 세계문학판 1쇄 2024년 1월 5일 세계문학판 9쇄

이 도서의 국립중앙도서관 출판예정도서목록(CIP)은 서지정보유통지원시스템 홈페이지(http://seoji.nl.go.kr)와 국가자료공동목록시스템(http://www.nl.go.kr/kolisnet)에서 이용하실 수 있습니다.(CIP제어번호: CIP2009003164)

열린책들 세계문학
Open Books World Literature

001 **죄와 벌** 표도르 도스토옙스키 장편소설 | 홍대화 옮김 | 전2권 | 각 408, 512면

003 **최초의 인간** 알베르 카뮈 장편소설 | 김화영 옮김 | 392면

004 **소설** 제임스 미치너 장편소설 | 윤희기 옮김 | 전2권 | 각 280, 368면

006 **개를 데리고 다니는 부인** 안똔 체호프 소설선집 | 오종우 옮김 | 368면

007 **우주 만화** 이탈로 칼비노 단편집 | 김운찬 옮김 | 424면

008 **댈러웨이 부인** 버지니아 울프 장편소설 | 최애리 옮김 | 296면

009 **어머니** 막심 고리끼 장편소설 | 최윤락 옮김 | 544면

010 **변신** 프란츠 카프카 중단편집 | 홍성광 옮김 | 464면

011 **전도서에 바치는 장미** 로저 젤라즈니 중단편집 | 김상훈 옮김 | 432면

012 **대위의 딸** 알렉산드르 뿌쉬낀 장편소설 | 석영중 옮김 | 240면

013 **바다의 침묵** 베르코르 소설선집 | 이상해 옮김 | 256면

014 **원수들, 사랑 이야기** 아이작 싱어 장편소설 | 김진준 옮김 | 320면

015 **백치** 표도르 도스토옙스키 장편소설 | 김근식 옮김 | 전2권 | 각 504, 528면

017 **1984년** 조지 오웰 장편소설 | 박경서 옮김 | 392면

019 **이상한 나라의 앨리스** 루이스 캐럴 환상동화 | 머빈 피크 그림 | 최용준 옮김 | 336면

020 **베네치아에서의 죽음** 토마스 만 중단편집 | 홍성광 옮김 | 432면

021 **그리스인 조르바** 니코스 카잔차키스 장편소설 | 이윤기 옮김 | 488면

022 **벚꽃 동산** 안똔 체호프 희곡선집 | 오종우 옮김 | 336면

023 **연애 소설 읽는 노인** 루이스 세풀베다 장편소설 | 정창 옮김 | 192면

024 **젊은 사자들** 어윈 쇼 장편소설 | 정영문 옮김 | 전2권 | 각 416, 408면

026 **젊은 베르테르의 슬픔** 요한 볼프강 폰 괴테 장편소설 | 김인순 옮김 | 240면

027 **시라노** 에드몽 로스탕 희곡 | 이상해 옮김 | 256면

028 **전망 좋은 방** E. M. 포스터 장편소설 | 고정아 옮김 | 352면

029 **까라마조프 씨네 형제들** 표도르 도스토옙스키 장편소설 | 이대우 옮김 | 전3권 | 각 496, 496, 460면

032 **프랑스 중위의 여자** 존 파울즈 장편소설 | 김석희 옮김 | 전2권 | 각 344면

034 **소립자** 미셸 우엘벡 장편소설 | 이세욱 옮김 | 448면

035 **영혼의 자서전** 니코스 카잔차키스 자서전 | 안정효 옮김 | 전2권 | 각 352, 408면

037 **우리들** 예브게니 자먀찐 장편소설 | 석영중 옮김 | 320면

038 **뉴욕 3부작** 폴 오스터 장편소설 | 황보석 옮김 | 480면

039 **닥터 지바고** 보리스 파스테르나크 장편소설 | 홍대화 옮김 | 전2권, 각 480, 592면

041 **고리오 영감** 오노레 드 발자크 장편소설 | 임희근 옮김 | 456면

042 **뿌리** 알렉스 헤일리 장편소설 | 안정효 옮김 | 전2권, 각 400, 448면

044 **백년보다 긴 하루** 친기즈 아이뜨마또프 장편소설 | 황보석 옮김 | 560면

045 **최후의 세계** 크리스토프 란스마이어 장편소설 | 장희권 옮김 | 264면

046 **추운 나라에서 돌아온 스파이** 존 르카레 장편소설 | 김석희 옮김 | 368면

047 **산도칸 ― 몸프라쳄의 호랑이** 에밀리오 살가리 장편소설 | 유향란 옮김 | 428면

048 **기적의 시대** 보리슬라프 페키치 장편소설 | 이윤기 옮김 | 560면

049 **그리고 죽음** 짐 크레이스 장편소설 | 김석희 옮김 | 224면

050 **세설** 다니자키 준이치로 장편소설 | 송태욱 옮김 | 전2권, 각 480면

052 **세상이 끝날 때까지 아직 10억 년** 스뜨루가츠끼 형제 장편소설 | 석영중 옮김 | 224면

053 **동물 농장** 조지 오웰 장편소설 | 박경서 옮김 | 208면

054 **캉디드 혹은 낙관주의** 볼테르 장편소설 | 이봉지 옮김 | 232면

055 **도적 떼** 프리드리히 폰 실러 희곡 | 김인순 옮김 | 264면

056 **플로베르의 앵무새** 줄리언 반스 장편소설 | 신재실 옮김 | 320면

057 **악령** 표도르 도스또옙스키 장편소설 | 박혜경 옮김 | 전3권, 각 328, 408, 528면

060 **의심스러운 싸움** 존 스타인벡 장편소설 | 윤희기 옮김 | 340면

061 **몽유병자들** 헤르만 브로흐 장편소설 | 김경연 옮김 | 전2권, 각 568, 544면

063 **몰타의 매** 대실 해밋 장편소설 | 고정아 옮김 | 304면

064 **마야꼬프스끼 선집** 블라지미르 마야꼬프스끼 선집 | 석영중 옮김 | 384면

065 **드라큘라** 브램 스토커 장편소설 | 이세욱 옮김 | 전2권, 각 340, 344면

067 **서부 전선 이상 없다** 에리히 마리아 레마르크 장편소설 | 홍성광 옮김 | 336면

068 **적과 흑** 스탕달 장편소설 | 임미경 옮김 | 전2권, 각 432, 368면

070 **지상에서 영원으로** 제임스 존스 장편소설 | 이종인 옮김 | 전3권, 각 396, 380, 496면

073 **파우스트** 요한 볼프강 폰 괴테 희곡 | 김인순 옮김 | 568면

074 **쾌걸 조로** 존스턴 매컬리 장편소설 | 김훈 옮김 | 316면

075 **거장과 마르가리따** 미하일 불가꼬프 장편소설 | 홍대화 옮김 | 전2권, 각 364, 320면

077 **순수의 시대** 이디스 워튼 장편소설 | 고정아 옮김 | 448면

078 **검의 대가** 아르투로 페레스 레베르테 장편소설 | 김수진 옮김 | 384면

079 **예브게니 오네긴** 알렉산드르 뿌쉬낀 운문소설 | 석영중 옮김 | 328면

080 **장미의 이름** 움베르토 에코 장편소설 | 이윤기 옮김 | 전2권 | 각 440, 448면

082 **향수** 파트리크 쥐스킨트 장편소설 | 강명순 옮김 | 384면

083 **여자를 안다는 것** 아모스 오즈 장편소설 | 최창모 옮김 | 280면

084 **나는 고양이로소이다** 나쓰메 소세키 장편소설 | 김난주 옮김 | 544면

085 **웃는 남자** 빅토르 위고 장편소설 | 이형식 옮김 | 전2권 | 각 472, 496면

087 **아웃 오브 아프리카** 카렌 블릭센 장편소설 | 민승남 옮김 | 480면

088 **무엇을 할 것인가** 니꼴라이 체르니셰프스끼 장편소설 | 서정록 옮김 | 전2권 | 각 360, 404면

090 **도나 플로르와 그녀의 두 남편** 조르지 아마두 장편소설 | 오숙은 옮김 | 전2권 | 각 408, 308면

092 **미사고의 숲** 로버트 홀드스톡 장편소설 | 김상훈 옮김 | 424면

093 **신곡** 단테 알리기에리 장편서사시 | 김운찬 옮김 | 전3권 | 각 292, 296, 328면

096 **교수** 샬럿 브론테 장편소설 | 배미영 옮김 | 368면

097 **노름꾼** 표도르 도스토옙스키 장편소설 | 이재필 옮김 | 320면

098 **하워즈 엔드** E. M. 포스터 장편소설 | 고정아 옮김 | 512면

099 **최후의 유혹** 니코스 카잔차키스 장편소설 | 안정효 옮김 | 전2권 | 각 408면

101 **키리냐가** 마이크 레스닉 장편소설 | 최용준 옮김 | 464면

102 **바스커빌가의 개** 아서 코넌 도일 장편소설 | 조영학 옮김 | 264면

103 **버마 시절** 조지 오웰 장편소설 | 박경서 옮김 | 408면

104 **10 1/2장으로 쓴 세계 역사** 줄리언 반스 장편소설 | 신재실 옮김 | 464면

105 **죽음의 집의 기록** 표도르 도스토옙스키 장편소설 | 이덕형 옮김 | 528면

106 **소유** 앤토니어 수전 바이어트 장편소설 | 윤희기 옮김 | 전2권 | 각 440, 488면

108 **미성년** 표도르 도스토옙스키 장편소설 | 이상룡 옮김 | 전2권 | 각 512, 544면

110 **성 앙투안느의 유혹** 귀스타브 플로베르 희곡소설 | 김용은 옮김 | 584면

111 **밤으로의 긴 여로** 유진 오닐 희곡 | 강유나 옮김 | 240면

112 **마법사** 존 파울즈 장편소설 | 정영문 옮김 | 전2권 | 각 512, 552면

114 **스쩨빤치꼬보 마을 사람들** 표도르 도스토옙스키 장편소설 | 변현태 옮김 | 416면

115 **플랑드르 거장의 그림** 아르투로 페레스 레베르테 장편소설 | 정창 옮김 | 512면

116 **분신** 표도르 도스토옙스키 장편소설 | 석영중 옮김 | 288면

117 **가난한 사람들** 표도르 도스토옙스키 장편소설 | 석영중 옮김 | 256면

118 **인형의 집** 헨리크 입센 희곡 | 김창화 옮김 | 272면

119 **영원한 남편** 표도르 도스토옙스키 장편소설 | 정명자 외 옮김 | 448면

120 **알코올** 기욤 아폴리네르 시집 | 황현산 옮김 | 352면

121 **지하로부터의 수기** 표도르 도스토옙스키 장편소설 | 계동준 옮김 | 256면

122 **어느 작가의 오후** 페터 한트케 중편소설 | 홍성광 옮김 | 160면

123 **아저씨의 꿈** 표도르 도스토옙스키 장편소설 | 박종소 옮김 | 312면

124 **네또츠까 네즈바노바** 표도르 도스토옙스키 장편소설 | 박재만 옮김 | 316면

125 **곤두박질** 마이클 프레인 장편소설 | 최용준 옮김 | 528면

126 **백야 외** 표도르 도스토옙스키 소설선집 | 석영중 외 옮김 | 408면

127 **살라미나의 병사들** 하비에르 세르카스 장편소설 | 김창민 옮김 | 304면

128 **뻬쩨르부르그 연대기 외** 표도르 도스토옙스키 소설선집 | 이항재 옮김 | 296면

129 **상처받은 사람들** 표도르 도스토옙스키 장편소설 | 윤우섭 옮김 | 전2권, 각 296, 392면

131 **악어 외** 표도르 도스토옙스키 소설선집 | 박혜경 외 옮김 | 312면

132 **허클베리 핀의 모험** 마크 트웨인 장편소설 | 윤교찬 옮김 | 416면

133 **부활** 레프 똘스또이 장편소설 | 이대우 옮김 | 전2권, 각 308, 416면

135 **보물섬** 로버트 루이스 스티븐슨 장편소설 | 머빈 피크 그림 | 최용준 옮김 | 360면

136 **천일야화** 앙투안 갈랑 엮음 | 임호경 옮김 | 전6권, 각 336, 328, 372, 392, 344, 320면

142 **아버지와 아들** 이반 뚜르게네프 장편소설 | 이상원 옮김 | 328면

143 **오만과 편견** 제인 오스틴 장편소설 | 원유경 옮김 | 480면

144 **천로 역정** 존 버니언 우화소설 | 이동일 옮김 | 432면

145 **대주교에게 죽음이 오다** 윌라 캐더 장편소설 | 윤명옥 옮김 | 352면

146 **권력과 영광** 그레이엄 그린 장편소설 | 김연수 옮김 | 384면

147 **80일간의 세계 일주** 쥘 베른 장편소설 | 고정아 옮김 | 352면

148 **바람과 함께 사라지다** 마거릿 미첼 장편소설 | 안정효 옮김 | 전3권, 각 616, 640, 640면

151 **기탄잘리** 라빈드라나트 타고르 시집 | 장경렬 옮김 | 224면

152 **도리언 그레이의 초상** 오스카 와일드 장편소설 | 윤희기 옮김 | 384면

153 **레우코와의 대화** 체사레 파베세 희곡소설 | 김운찬 옮김 | 280면

154 **햄릿** 윌리엄 셰익스피어 희곡 | 박우수 옮김 | 256면

155 **맥베스** 윌리엄 셰익스피어 희곡 | 권오숙 옮김 | 176면

156 **아들과 연인** 데이비드 허버트 로런스 장편소설 | 최희섭 옮김 | 전2권, 각 464, 432면

158 **그리고 아무 말도 하지 않았다** 하인리히 뵐 장편소설 | 홍성광 옮김 | 272면

159 **미덕의 불운** 싸드 장편소설 | 이형식 옮김 | 248면

160 **프랑켄슈타인** 메리 W. 셸리 장편소설 | 오숙은 옮김 | 320면

161 **위대한 개츠비** 프랜시스 스콧 피츠제럴드 장편소설 | 한애경 옮김 | 280면
162 **아Q정전** 루쉰 중단편집 | 김태성 옮김 | 320면
163 **로빈슨 크루소** 대니얼 디포 장편소설 | 류경희 옮김 | 456면
164 **타임머신** 허버트 조지 웰스 소설선집 | 김석희 옮김 | 304면
165 **제인 에어** 샬럿 브론테 장편소설 | 이미선 옮김 | 전2권 | 각 392, 384면
167 **풀잎** 월트 휘트먼 시집 | 허현숙 옮김 | 280면
168 **표류자들의 집** 기예르모 로살레스 장편소설 | 최유정 옮김 | 216면
169 **배빗** 싱클레어 루이스 장편소설 | 이종인 옮김 | 520면
170 **이토록 긴 편지** 마리아마 바 장편소설 | 백선희 옮김 | 192면
171 **느릅나무 아래 욕망** 유진 오닐 희곡 | 손동호 옮김 | 168면
172 **이방인** 알베르 카뮈 장편소설 | 김예령 옮김 | 208면
173 **미라마르** 나기브 마푸즈 장편소설 | 허진 옮김 | 288면
174 **지킬 박사와 하이드 씨** 로버트 루이스 스티븐슨 소설선집 | 조영학 옮김 | 320면
175 **루진** 이반 뚜르게네프 장편소설 | 이항재 옮김 | 264면
176 **피그말리온** 조지 버나드 쇼 희곡 | 김소임 옮김 | 256면
177 **목로주점** 에밀 졸라 장편소설 | 유기환 옮김 | 전2권 | 각 336면
179 **엠마** 제인 오스틴 장편소설 | 이미애 옮김 | 전2권 | 각 336, 360면
181 **비숍 살인 사건** S. S. 밴 다인 장편소설 | 최인자 옮김 | 464면
182 **우신예찬** 에라스무스 풍자문 | 김남우 옮김 | 296면
183 **하자르 사전** 밀로라드 파비치 장편소설 | 신현철 옮김 | 488면
184 **테스** 토머스 하디 장편소설 | 김문숙 옮김 | 전2권 | 각 392, 336면
186 **투명 인간** 허버트 조지 웰스 장편소설 | 김석희 옮김 | 288면
187 **93년** 빅토르 위고 장편소설 | 이형식 옮김 | 전2권 | 각 288, 360면
189 **젊은 예술가의 초상** 제임스 조이스 장편소설 | 성은애 옮김 | 384면
190 **소네트집** 윌리엄 셰익스피어 연작시집 | 박우수 옮김 | 200면
191 **메뚜기의 날** 너새니얼 웨스트 장편소설 | 김진준 옮김 | 280면
192 **나사의 회전** 헨리 제임스 중편소설 | 이승은 옮김 | 256면
193 **오셀로** 윌리엄 셰익스피어 희곡 | 권오숙 옮김 | 216면
194 **소송** 프란츠 카프카 장편소설 | 김재혁 옮김 | 376면
195 **나의 안토니아** 윌라 캐더 장편소설 | 전경자 옮김 | 368면
196 **자성록** 마르쿠스 아우렐리우스 명상록 | 박민수 옮김 | 240면

197 **오레스테이아** 아이스킬로스 비극 | 두행숙 옮김 | 336면

198 **노인과 바다** 어니스트 헤밍웨이 소설선집 | 이종인 옮김 | 320면

199 **무기여 잘 있거라** 어니스트 헤밍웨이 장편소설 | 이종인 옮김 | 464면

200 **서푼짜리 오페라** 베르톨트 브레히트 희곡선집 | 이은희 옮김 | 320면

201 **리어 왕** 윌리엄 셰익스피어 희곡 | 박우수 옮김 | 224면

202 **주홍 글자** 너새니얼 호손 장편소설 | 곽영미 옮김 | 360면

203 **모히칸족의 최후** 제임스 페니모어 쿠퍼 장편소설 | 이나경 옮김 | 512면

204 **곤충 극장** 카렐 차페크 희곡선집 | 김선형 옮김 | 360면

205 **누구를 위하여 좋은 울리나** 어니스트 헤밍웨이 장편소설 | 이종인 옮김 | 전2권 | 각 416, 400면

207 **타르튀프** 몰리에르 희곡선집 | 신은영 옮김 | 416면

208 **유토피아** 토머스 모어 소설 | 전경자 옮김 | 288면

209 **인간과 초인** 조지 버나드 쇼 희곡 | 이후지 옮김 | 320면

210 **페드르와 이폴리트** 장 라신 희곡 | 신정아 옮김 | 200면

211 **말테의 수기** 라이너 마리아 릴케 장편소설 | 안문영 옮김 | 320면

212 **등대로** 버지니아 울프 장편소설 | 최애리 옮김 | 328면

213 **개의 심장** 미하일 불가꼬프 중편소설집 | 정연호 옮김 | 352면

214 **모비 딕** 허먼 멜빌 장편소설 | 강수정 옮김 | 전2권 | 각 464, 488면

216 **더블린 사람들** 제임스 조이스 단편소설집 | 이강훈 옮김 | 336면

217 **마의 산** 토마스 만 장편소설 | 윤순식 옮김 | 전3권 | 각 496, 488, 512면

220 **비극의 탄생** 프리드리히 니체 | 김남우 옮김 | 320면

221 **위대한 유산** 찰스 디킨스 장편소설 | 류경희 옮김 | 전2권 | 각 432, 448면

223 **사람은 무엇으로 사는가** 레프 똘스또이 소설선집 | 윤새라 옮김 | 464면

224 **자살 클럽** 로버트 루이스 스티븐슨 소설선집 | 임종기 옮김 | 272면

225 **채털리 부인의 연인** 데이비드 허버트 로런스 장편소설 | 이미선 옮김 | 전2권 | 각 336, 328면

227 **데미안** 헤르만 헤세 장편소설 | 김인순 옮김 | 264면

228 **두이노의 비가** 라이너 마리아 릴케 시선집 | 손재준 옮김 | 504면

229 **페스트** 알베르 카뮈 장편소설 | 최윤주 옮김 | 432면

230 **여인의 초상** 헨리 제임스 장편소설 | 정상준 옮김 | 전2권 | 각 520, 544면

232 **성** 프란츠 카프카 장편소설 | 이재황 옮김 | 560면

233 **차라투스트라는 이렇게 말했다** 프리드리히 니체 산문시 | 김인순 옮김 | 464면

234 **노래의 책** 하인리히 하이네 시집 | 이재영 옮김 | 384면

235 **변신 이야기** 오비디우스 서사시 | 이종인 옮김 | 632면

236 **안나 까레니나** 레프 똘스또이 장편소설 | 이명현 옮김 | 전2권 | 각 800, 736면

238 **이반 일리치의 죽음·광인의 수기** 레프 똘스또이 중단편집 | 석영중·정지원 옮김 | 232면

239 **수레바퀴 아래서** 헤르만 헤세 장편소설 | 강명순 옮김 | 272면

240 **피터 팬** J. M. 배리 장편소설 | 최용준 옮김 | 272면

241 **정글 북** 러디어드 키플링 중단편집 | 오숙은 옮김 | 272면

242 **한여름 밤의 꿈** 윌리엄 셰익스피어 희곡 | 박우수 옮김 | 160면

243 **좁은 문** 앙드레 지드 장편소설 | 김화영 옮김 | 264면

244 **모리스** E. M. 포스터 장편소설 | 고정아 옮김 | 408면

245 **브라운 신부의 순진** 길버트 키스 체스터턴 단편집 | 이상원 옮김 | 336면

246 **각성** 케이트 쇼팽 장편소설 | 한애경 옮김 | 272면

247 **뷔히너 전집** 게오르크 뷔히너 지음 | 박종대 옮김 | 400면

248 **디미트리오스의 가면** 에릭 앰블러 장편소설 | 최용준 옮김 | 424면

249 **베르가모의 페스트 외** 옌스 페테르 야콥센 중단편 전집 | 박종대 옮김 | 208면

250 **폭풍우** 윌리엄 셰익스피어 희곡 | 박우수 옮김 | 176면

251 **어센든, 영국 정보부 요원** 서머싯 몸 연작 소설집 | 이민아 옮김 | 416면

252 **기나긴 이별** 레이먼드 챈들러 장편소설 | 김진준 옮김 | 600면

253 **인도로 가는 길** E. M. 포스터 장편소설 | 민승남 옮김 | 552면

254 **올랜도** 버지니아 울프 장편소설 | 이미애 옮김 | 376면

255 **시지프 신화** 알베르 카뮈 지음 | 박언주 옮김 | 264면

256 **조지 오웰 산문선** 조지 오웰 지음 | 허진 옮김 | 424면

257 **로미오와 줄리엣** 윌리엄 셰익스피어 희곡 | 도해자 옮김 | 200면

258 **수용소군도** 알렉산드르 솔제니찐 기록문학 | 김학수 옮김 | 전6권 | 각 460면 내외

264 **스웨덴 기사** 레오 페루츠 장편소설 | 강명순 옮김 | 336면

265 **유리 열쇠** 대실 해밋 장편소설 | 홍성영 옮김 | 328면

266 **로드 짐** 조지프 콘래드 장편소설 | 최용준 옮김 | 608면

267 **푸코의 진자** 움베르토 에코 장편소설 | 이윤기 옮김 | 전3권 | 각 392, 384, 416면

270 **공포로의 여행** 에릭 앰블러 장편소설 | 최용준 옮김 | 376면

271 **심판의 날의 거장** 레오 페루츠 장편소설 | 신동화 옮김 | 264면

272 **에드거 앨런 포 단편선** 에드거 앨런 포 지음 | 김석희 옮김 | 392면

273 **수전노 외** 몰리에르 희곡선집 | 신정아 옮김 | 424면

274 **모파상 단편선** 기 드 모파상 지음 | 임미경 옮김 | 400면
275 **평범한 인생** 카렐 차페크 장편소설 | 송순섭 옮김 | 280면
276 **마음** 나쓰메 소세키 장편소설 | 양윤옥 옮김 | 344면
277 **인간 실격·사양** 다자이 오사무 소설집 | 김난주 옮김 | 336면
278 **작은 아씨들** 루이자 메이 올컷 장편소설 | 허진 옮김 | 전2권 | 각 408, 464면
280 **고함과 분노** 윌리엄 포크너 장편소설 | 윤교찬 옮김 | 520면
281 **신화의 시대** 토머스 불핀치 신화집 | 박중서 옮김 | 664면
282 **셜록 홈스의 모험** 아서 코넌 도일 단편집 | 오숙은 옮김 | 456면
283 **자기만의 방** 버지니아 울프 지음 | 공경희 옮김 | 216면
284 **지상의 양식·새 양식** 앙드레 지드 지음 | 최애영 옮김 | 360면
285 **전염병 일지** 대니얼 디포 지음 | 서정은 옮김 | 368면
286 **오이디푸스왕 외** 소포클레스 비극 | 장시은 옮김 | 368면
287 **리처드 2세** 윌리엄 셰익스피어 희곡 | 박우수 옮김 | 208면